Ansgar Armbrust

DOMSCHATTEN

Kriminalroman

AGIRO

Dieses Buch ist ein Roman. Handlung und Personen sind frei erfunden. Ähnlichkeiten mit lebenden oder toten Personen wären rein zufällig.

AGIRO

Lektorat: Ulrich Magin / Ines Boiselle-Svrcina
Umschlagfoto von Klaus Venus, www.klaus-venus.de
Gestaltung Schutzumschlag: Clemens Ellert
Printed in Germany
ISBN 978-3-946587-30-9

Weitere Informationen unter:
www.agiro.de

1

OCLEMENS.

Der Duft des Weihrauchs hing noch schwer in der Luft und vermischte sich mit dem Rauch der gelöschten Kerzen. Das schummerige Licht ließ mehr als Konturen erkennen und doch vieles nur vage erahnen. Der ganze Raum schien in Bewegung zu sein – und trotzdem herrschte eine fast völlige Stille, die den Blutfluss im Ohr zum tosenden Rauschen werden ließ und Geräusche simulierte, die allein der Fantasie entsprangen.

Er brauchte nicht mehr Licht, obwohl auch er in dem düsteren Raum im fahlen Schein der wenigen Lampen die Tiefe nicht mehr abschätzen konnte. Doch ihm genügten die wenigen Lichthinweise im Inneren und das Streulicht, das von außen durch die großen Rundbogenfenster einfiel. Er kannte das Gebäude gut genug, um sich zu orientieren.

Der Abend war bereits weit fortgeschritten und in die Nacht übergegangen. Die schweren Portale waren verschlossen, der Besucherandrang abgeebbt.

Tagsüber hatten sich wieder mehrere Hundert Touristen und Gläubige durch die weite und hohe Räumlichkeit bewegt, andächtig die alten Mauern bestaunt und sich von der Tiefenwirkung der Kathedrale beeindrucken lassen. Bei vielen dieser Dombesucher hatte man den Eindruck, sie wollten die archaisch-urwüchsige Atmosphäre des weltbekannten Gotteshauses mit den Augen aufsaugen. Aber mit Einbruch der Dämmerung wurde das schon bei Tageslicht eindrucksvolle Gebäude erst recht zu einem mystischen Raum. In seiner fast tausendjährigen Geschichte schienen die Atemzüge der Menschen vieler Jahrhunderte festgehalten zu sein, die ein Klima schufen, welches sich zwischen den Säulen unter dem Kreuzgratgewölbe wie ein Geist auszubreiten schien. Eine Form von Leben, die sich deutlich von dem Betrieb des Tages unterschied.

Er roch noch deutlich den Duft des Weihrauchs und der vielen mittlerweile erloschenen Kerzen, die heute Morgen beim festlichen Pontifikalamt zur 950-Jahrfeier der Domweihe gebrannt hatten. Einige Kerzen am wuchtigen Kerzenhalter in der Nähe der Marienfigur, entzündet mit sehnlichen Bitten oder aus herzlicher Dankbarkeit, leuchteten in diesen späten Stunden noch nach und verliehen dem Innenraum eine feierliche und geheimnisvolle Stimmung. Hier und jetzt schienen die Mythen zu erwachen, die sich immer noch um die alten Mauern rankten, hier und jetzt schienen die Geister der Vergangenheit Geschichte und Geschichten auferstehen zu lassen.

Für ihn waren diese Nachtstunden die ruhigen Stunden, in denen er sich erholte und Zeit zum Meditieren fand. Ob jemand davon wusste, dass er sich gerade nachts gern im Dom aufhielt, wusste er nicht. Eigentlich war es nicht erlaubt, selbst ihm in seiner Stellung nicht. Aber bisher hatte ihn noch niemand verraten.

Gerade in dieser Nacht hatte er das Gefühl, eins zu sein mit den Hunderten von Generationen, die am Bau und am Erhalt dieses eindrucksvollen Gebäudes beteiligt gewesen waren. Das war seine geistige Familie, mit ihr konnte er auf eine Art und Weise Zwiesprache halten, die keiner Worte bedurfte; es war ein Zusammensein, das gerade in der gefühlten Harmonie mit der steinernen Geschichte und der erwachenden Nachtatmosphäre entstand. Nie war er dem Geist des Raumes und den Menschen, die ihn verwirklicht und erhalten hatten, näher als in diesen nächtlichen Stunden.

O PIA.

Doch diese Nacht war anders. Die sonst gefühlte Ruhe wollte sich nicht einstellen. Vielleicht war es gerade heute ein Fehler gewesen, hierher zu kommen, zumal in der Dunkelheit.

Er hätte jemanden in seine Erkenntnisse und in den Verdacht, den er hegte, einweihen sollen. Andererseits wollte er gerade heute Nacht die stimmungsvolle Stille, das Spätlicht und den speziellen Geruch dieser Jahrtausendräumlichkeit spüren. 950 Jahre, über 30 Generationen, hatten hier ihre Spuren hinterlassen, Handwerker, Architekten, Kleriker, Wallfahrer, Wissenschaftler, Kaiser, einfache Beter und Touristen. Revolutionen und Friedenszeiten, Kriege und Krisen waren über den Dom und die Stadt am Rhein hinweggezogen, und doch stammten die ältesten Teile des Domes noch aus der Zeit der Grundsteinlegung – während die Stadt um den Dom sich in diesen fast 10 Jahrhunderten ständig und erheblich verändert hatte und nun im 21. Jahrhundert angekommen war.

Langsam setzte er seinen Weg durch den Mittelgang fort. Gewissensbisse nagten an ihm. Sollte er schweigen? Sollte er selbst aktiv werden? Sollte er das, was er wusste, offenlegen? Und dann, vor wem? Zu lange schon trug er vermutetes Wissen und Verdachtsmomente mit sich herum. Aber gerade die Ungewissheit seiner vagen Verdächtigungen hatte ihn bisher daran gehindert zu reden.

Einweihung – das, was heute für den gewaltigen Bau aus Steinen gefeiert wurde, – hatte er selbst, im übertragenen Sinn, unterlassen: Er, der eingefleischte Eigenbrötler, hätte jemanden einweihen und sein Wissen unter dem Siegel der Verschwiegenheit anvertrauen sollen, auch das Halbwissen und die Vermutungen.

Gewiss, er hatte Zeichen gesetzt, aber nun kamen ihm in dieser mystischen Umgebung Zweifel, ob die Signale offensichtlich genug waren, ob sie gedeutet werden konnten – und ob sie richtig gedeutet wurden.

Aber Klartext wollte er nicht reden und schon gar nicht ungeschützt in Schrift konservieren. Wie viel einfacher war dies manchmal bei den Vorfahren gewesen, die so manches in Stein gemeißelt hatten. Er bewunderte die vielen Namenlosen, deren Engagement, aber auch Glaube und Vertrauen dieses Riesenbauwerk hatte entstehen lassen, – und diejenigen, welche noch immer Motivation und Geduld in den Erhalt dieses erhabenen Baus investierten, – steinernes Zeichen der Zeit als Mahnung für die Ewigkeit.

Ein Stück Gewissheit gab ihm der Glaube, dass der, welcher seine Hand über das Bauwerk hielt, auch auf ihn ein wachendes Auge hatte.

O DULCIS.

Sein unsteter Gang führte ihn weiter in den Raum. Doch der Weg heute Nacht war keine andächtige Wallfahrt, die sich Schritt für Schritt einem Zentrum näherte.

Er setzte seine Füße vorsichtig auf, um nicht Geräusche zu verursachen, die ihn abzulenken vermochten von den Geräuschen, auf die er hören wollte und auf die er aufmerksam sein sollte.

Hören auf das, was von außen kommt, gerade das wollte er bei seinen Nachtwanderungen im Dom nicht; aber heute konnte er nicht wie sonst in sich hineinhorchen, weil dort viele Stimmen durcheinander klangen. Am lautesten war die

Stimme der Vorsicht, die ihm gebot, den Heimweg anzutreten, mochte der Tag – und die Nacht – noch so historisch und noch so bedeutend sein.

Die Helligkeit rückte näher – die Kerzen ließen in ihrem flackernden Licht die Säule, vor der sich der Opferstock befand, gespenstische Bewegungen vollführen. Auch das war für ihn immer Quelle der Ruhe und Anlass für eine nächtliche beschauliche Betrachtung gewesen – heute Nacht aber verstärkte das unruhige Flackern seine Anspannung.

Bei jedem noch so kleinen Geräusch zuckte er zusammen – obwohl er diese Geräusche des Gebäudes, das lebte und trotz seines hohen Alters immer noch Lebendigkeit und Stärke ausstrahlte, schon tausendfach gehört hatte und sie Teil seiner nächtlichen Reisen waren, ja, die er geradezu brauchte, um geistig und seelisch tiefer in das Geheimnis auch seiner selbst zu gelangen.

Aber heute Nacht verhieß das Knacken und Rascheln nichts Gutes. Er spürte, dass seine innere Stimme ihm eigentlich riet, nach Hause zu gehen und seine Entdeckung morgen endlich publik zu machen.

VIRGO MARIA.

Er hatte nun die Hälfte des Raumes erreicht. Hier begannen die Stufen, die zum Hochaltar, zu den Gräbern der Bischöfe und schließlich über die Gräber der Kaiser und Könige führten. Den östlichen Teil des Raumes konnte er trotz des schwachen Lichts aus dem Chorgestühl immer noch nicht ganz ausmachen.

Anders als sonst waren ihm diese Lichter unheimlich – und die Schatten, die sie warfen, geradezu monströs. Das Rauschen in seinen Ohren verstärkte sich zunehmend. Er hörte das Wispern von Stimmen, die ihm rieten, jetzt noch umzukehren und bei Tageslicht in aller Öffentlichkeit den Skandal an den Pranger zu stellen.

Es war gut gewesen, Hinweise zu hinterlassen, ohne allzu deutlich zu werden, damit sein Wissen nicht für immer verloren war. Aber konnte seine Nachricht entschlüsselt werden? Vor allem so, dass sie nicht vernichtet wurde – und in seinem Sinn gedeutet werden konnte?

Schon wieder hörte er ein Knacken, ein Geräusch, das er so noch nie vernommen hatte. Vielleicht war er wirklich nicht allein – vielleicht war heute der Raum aber auch anders und verstärkte um diese Schlafenszeit jedes Geräusch.

Er blickte die Treppen zur Krypta hinab, in der die toten Könige und Kaiser ihren jahrhundertelangen Schlaf hielten. Die Tür zur Krypta, gewöhnlich abgesperrt, warf einen breiteren Schatten als sonst. Hatte jemand diesen Ort als Versteck genutzt? Vielleicht gezielt heute Nacht? Seinetwegen?

Er stieg über die Absperrung, die das Schiff tagsüber für die Besucher vom Chor trennte, und erklomm die Stufen Richtung Hauptaltar.

Vor der neuen Orgel auf dem Königschor blieb er stehen und horchte erst in den Raum und dann in sich. Nachdenklich betrachtete er die Inschriften in den Bodenplatten, welche die Namen der toten Kaiser auswiesen. In der Ebene unter dem Königschor lagen die ehemaligen Speyerer Bischöfe. Deren Grabplatten waren im diffusen Licht nur schwer zu erkennen, aber er wusste, dass er hier bei den Oberhirten stand, die in der Tradition der Apostel die kirchliche Lehre weitergegeben hatten. Die toten Bischöfe bewachten zusammen mit den toten Kaisern und Königen in der Krypta Tag und Nacht den Dom. Sie waren Zeugen von Kriegen, Krisen und Schicksalen, aber auch von Zeiten der Freude, des Glaubens und der Hoffnung, die am und im Gebäude vorübergezogen waren und von denen nur noch die Steine würden erzählen können.

Er hatte sich Schweigen auferlegt. Ein fortwährendes Schweigen, das nun wohl zu lang gedauert hatte. Zu lange hatte er zugelassen, was längst hätte beendet werden sollen. Zu spät war er sich darüber bewusst geworden, dass auch Nichtstun und Nichtreden und damit das Unterlassen der Wahrheit eine Sünde waren.

Seine Unbehaglichkeit, seine Zweifel wuchsen heute Nacht an. Er fühlte Reue; ein altmodisches Wort für ein starkes klärendes und reinigendes Gefühl, das ihm den einzig sinnvollen und gangbaren Weg öffnete: Morgen würde er Licht in die Sache bringen und öffentlich machen, was bisher noch in seinem Herzen verschlossen lag.

Er ließ sich auf der Orgelbank nieder und setzte den Motor des Instruments in Gang. Der kam sanft in Schwung und füllte die Lunge der Orgel mit Luft. Dann durchströmten die zarten Register mit Klängen von Reger und Mendelssohn den Raum, der zusehends erwachte – sphärische Pfeifenklänge, die meditativ und doch majestätisch den Raum eroberten, vielfach reflektiert und Ursache für einen Disput miteinander konkurrierender Stimmen. Dieterich Buxtehude – fröhliche Orgelmusik, die dennoch seine Stimmung nicht wirklich hob. Schließlich Bach, Musik vom Alten, dem fünften Evangelisten; furioses Orgelwerk und Klangkaskaden des Königs der Kirchenmusik für eine Königin unter den Sakralbauten.

Nachts gehörte der Raum ihm und seiner Musik, ihm, der sich tagsüber nicht anmerken ließ, dass er fähig war, diesen Raum lebendig werden zu lassen, er, der mit so viel toter Materie beschäftigt war.

Die Musik gab ihm weiteren Auftrieb für seine Pläne, machte ihm Mut für den morgigen Schritt. Wie ein Stück Ostern – mitten im Jahreskreis –, erlösend und die Angst überwindend. Aber auch wie ein Stück Weihnachten, Bewusstsein, dass der, der alles hält, auch ihn bei seiner Entscheidung und in seinem Handeln stark macht.

Zu spät bemerkte er den Lichtschein im Spiegel.

Er schaffte es gerade noch, die Beine über die Orgelbank zu schwingen und aufzustehen, ein paar Schritte, dann stand er unvermutet genau der Person gegenüber, die er morgen bloßzustellen gedachte.

2

Nichts regte sie so sehr auf wie ein platter Reifen. Vor allem dann, wenn es morgens schnell gehen musste und nur ein forscher Ritt auf dem Drahtesel sie mit strammem Tempo ans Ziel bringen konnte, um den Zeitplan einzuhalten. So wie heute.

Nun hatte sie aber einen Platten – und für die zeitraubende Reifenflickerei keine Zeit.

Also fand sich Schwester Alphäa angesichts des sich abzeichnenden schönen Herbsttages damit ab, in diesen frühen Stunden vom Speyerer Kloster St. Magdalena im Hasenpfuhl zu Fuß zum Dom zu gehen. Schnell gehen zu müssen, wie sie seufzend dachte.

Dabei hatte sie sich so sehr auf die Fahrt mit dem Rad durch die festlich geschmückte Stadt gefreut. Überall wehten die Fahnen mit dem Jubiläumslogo, das den Dom und die Grabkrone Konrads II. zeigte und auf 950 Jahre Domweihe, auf 900 Jahre seit der Kaiserkrönung von Heinrich V. und 900 Jahre Verleihung der Bürgerprivilegien verwies, mit dem Speyer an die Entwicklung zur freien Reichsstadt erinnerte – und dies wieder einmal zum Anlass nahm, sich selbst und die beschauliche Idylle am Rhein zu feiern.

Alphäa musste sich sputen, denn sie war spät dran. Wo wohl wieder die Zeit geblieben war? Sie hatte es heute Morgen nur knapp aus dem Bett geschafft – aber sie las nun einmal für ihr Leben gern, und im Fall der vergangenen Nacht einen historischen Roman, den eine Mitschwester über die Geschichte des Doms verfasst hatte. Der Roman begann in der Zeit vor dem Pfälzischen Erbfolgekrieg 1688 und endete nach dem Einfall der napoleonischen Truppen 1794.

Ihre Mitschwester hatte das Schicksal einer Speyerer Familie beschrieben, die ihre Habe verlor, als sie diese, wie andere Speyerer auch, zum Schutz vor den Truppen in den Dom brachte. Die Kirche wurde dann aber von Soldaten in Brand gesetzt, der Westteil der Kathedrale stürzte ein. Anschließend wurde auch das Kloster St. Magdalena ein Raub der Flammen. Nach dem Krieg gelang der Speyerer Handelsfamilie ein unternehmerisches Start-up, wie man heute sagen würde, aber 1794 wurde der Dom erneut geplündert und das über Generationen aufgebaute Handelsgewerbe aus seinem Kontor vertrieben. Napoleons Truppen entwürdigten den Dom und funktionierten ihn zum Tierstall und zur Lagerhalle um.

Der Roman endete aber doch glücklich und für alle Beteiligten mit dem sprichwörtlichen blauen Auge bei der Wiedereinweihung des Kaiserdoms 1822. Ganz besonders spannend hatte die Mitschwester das Ringen um den Erhalt des Domes im Jahr 1806 beschrieben, als der Speyerer Dom um ein Haar abgerissen worden wäre. Zum Glück verlor Napoleon den Krieg – und der Dom blieb stehen.

Nach der Lektüre über die Zerstörung der Inneneinrichtung, die teilweise zum Heizen benutzt worden war, und der Schändung der Kaisergräber, vor der die Truppen nicht haltgemacht und dort die Steinplatten herausgerissen und den Grabschmuck gestohlen hatten, war ans Schlafen ohnehin nicht mehr zu denken. Am meisten schmerzte Schwester Alphäa, dass die besonders mutigen Soldaten die kaiserliche und königliche Totenruhe gestört hatten – und so für nachfolgende Generationen von Historikern an den prominenten Grablegen der acht deutschen Könige und Kaiser irreparable Schäden hinterlassen hatten. Die Gier nach Schätzen, die Wut auf die Kirche, der Hass auf die Gegner und die Kriegslust der angestachelten Soldaten – das alles hatte ihre Mitschwester so lebendig dargestellt, dass Alphäa das Buch nicht mehr aus der Hand legen konnte und es bis zum frühen Morgen in einem Zug durchlesen musste.

So hatte sie natürlich – sie hätte es ahnen können und müssen – das klösterliche Morgengebet, die Laudes, um sechs Uhr prompt verschlafen. Dafür würde sie noch eine Rüge von der Priorin kassieren, dachte sie zerknirscht auf dem Fußweg zum Dom. Der Tag barg also noch Potenzial.

Schwester Alphäa war eine begeisterte Dominikanerin, schließlich eiferten die Dominikaner ihrem Namensgeber und Ordensgründer in der Verbreitung der Bildung schon seit Jahrhunderten nach. Allein in Speyer waren die Dominikanerinnen bereits seit 700 Jahren im Bildungssektor aktiv. Und so hatte sich Schwester Alphäa nach ihrem Abitur zunächst ganz auf das Studium der Geschichte und Kunstgeschichte gestürzt, das sie mit Bravour abschloss. Im Studium hatte sie einige Dominikanerinnen kennengelernt und so Kontakt zum Dominikanerorden in Speyer aufgebaut. Nach mehreren Wochen »Kloster auf Zeit« war ihr Wunsch, selbst Dominikanerin zu werden und ins Speyerer Kloster einzutreten, eigentlich nur folgerichtig.

Als sie nach der Promotion dann die Ewigen Gelübde ablegte, trauerte ihre Mutter der nun verlorenen bürgerlichen Lebensplanung für ihre Tochter ein wenig nach. Ihr Vater hingegen, selbst Historiker mit Fleisch und Blut, war begeistert, weil seine Tochter so der Wissenschaft weiter treu dienen, aber auch die religiöse Verwurzelung der Familie leben konnte, für die sie in ihrer Heimatgemeinde keine Zukunft mehr sah.

Wie die anderen Orden in Deutschland sah sich das Kloster inzwischen einem gravierenden Nachwuchsproblem ausgesetzt – Alphäa zählte mit ihren 40 Jahren noch zu den Jüngsten. Um den finanziellen Status des Klosters aufzubessern, hatte sie sich gemeldet, als qualifizierte Domführer gesucht wurden. So konnte sie die Pflicht des Gelderwerbs für den Orden mit ihrer großen Leidenschaft für den Speyerer Dom und die romanische Geschichte verbinden.

Heute Morgen war allerdings nicht die Geschichte die Bestimmungsgröße, sondern die Zeit, die unaufhaltsam verrann. Also eilte Alphäa mit hochrotem Kopf und schnellen Schrittes zum Dom, so dass einige Passanten verwundert, andere kopfschüttelnd dem wehenden Schleier der energisch voranschreitenden Nonne hinterher starrten, die trotz der angenehmen Temperaturen und des recht luftdurchlässigen Habits nun doch leicht ins Schwitzen geriet. Letzteres nicht nur wegen der körperlichen Bewegung, sondern auch, weil sie sich über ihre ungewohnte Nachlässigkeit und Unzuverlässigkeit ärgerte – und sich Verärgerung bei ihr oft auch somatisch äußerte. Sie wollte keinen schlechten Eindruck auf die Reisegruppe machen; immerhin erlebte sie es öfters, dass Besucher gern nach Speyer wiederkehrten.

Unterwegs dachte sie mit gemischten Gefühlen an den festlichen Pontifikalgottesdienst, der in der Pfalz etwas respektlos »Tütenmesse« hieß – benannt nach der Form der bischöflichen Kopfbedeckung, der Mitra, – der am Vortag, einem Sonntag, anlässlich des 950. Jubiläums der Domweihe stattgefunden hatte. Zahlreiche kirchliche und weltliche Würdenträger und Amtsinhaber waren gekommen und hatten das Gebiet rund um den Dom zur Sicherheitssperrzone werden lassen. Viele übliche Besucher der Domgottesdienste waren sauer, weil ihnen ihre Plätze weggenommen wurden, wenn sie überhaupt noch einen Platz im Dom fanden, geschweige denn hineingelassen wurden. Andererseits waren schon lange nicht mehr so viele Bischöfe und Prominente im Speyerer Dom versammelt gewesen. Aber Festtage und Domjubiläum hin oder her – als gewissenhafte Domführerin durfte sie »ihre« Gruppe nicht warten lassen.

Für Alphäa waren diese Führungen auch wichtig, weil sie diese immer als eine gute Übung im Umgang mit Menschen sah. Immerhin wurde der Dom sowohl von »normalen« Menschen besucht, die einfach nur das Bauwerk auf sich wirken lassen wollten, als auch von versierten Romanik-Experten, die anspruchsvolle Detailfragen stellten. Alphäa hatte nicht wenig Freude daran, die vielen kleinen und großen Geheimnisse des altehrwürdigen Gebäudes weiterzugeben, wobei vieles an Wissen in keinem der gedruckten Führer stand.

Schon vom Kloster aus hatte Alphäa den Dom sehen können, der mächtig über den Häusern thronend das gesamte Stadtbild beherrschte. Auch wenn mittlerweile zahlreiche Neubauten dazugekommen waren, blieb der Dom doch das eindrucksvollste und prägende Gebäude. Allerdings war die Zahl der Türme, die im Mittelalter die Stadt überragten, wesentlich größer gewesen; viele der Kirchen und Klöster gab es nicht mehr, und die zugehörigen Bauten waren nach und nach verschwunden. Was mit den nicht mehr benötigten Kirchenbauten geschah, war meist unklar; durch die kirchlichen Umstrukturierungen wurden die Gebäude oft nicht mehr gebraucht und waren auf dem Immobilienmarkt leider echte Ladenhüter.

Wer will denn auch eine stillgelegte Kirche kaufen, dachte Alphäa für sich. Dabei spielten nicht nur die enormen Heizkosten eine ausschlaggebende Rolle. Es gab zwar hin und wieder Interessenten, die es spannend gefunden hätten, in einer Kirche eine Wohnanlage einzurichten, wie dies beispielsweise in Kaiserslautern in der säkularisierten Christkönigskirche schon geschah, aber der Denkmalschutz legte sich meistens mit seinen Bedingungen quer. Lediglich St. Guido stach mit seiner interessanten Neunutzung hervor: Hier hatte die jüdische Gemeinde im ehemaligen katholischen Kirchenkomplex eine neue Synagoge und ein Zentrum für ihr Gemeindeleben errichtet.

Durch die Sonnengasse über den Speyerbach absolvierte Alphäa schnellen Schrittes die Strecke zum Dom. Dabei kamen ihr Bilder in den Sinn, die sie betrachtet hatte und auf denen die Ansicht der Stadt nach Fertigstellung des Domes rekonstruiert wurde: ein steinernes Bollwerk mitten zwischen hüttenähnlichen Häusern eines Dorfs mit nicht mehr als 500 Seelen.

Schwester Alphäa dachte bei ihrem Galopp durch die Altstadt außerdem an die eindrucksvolle Predigt des Bamberger Erzbischofs, der dem gestrigen Festgottesdienst vorstand.

Nach der Wiedergründung des Bistums Speyer 1817 und der Eingliederung der Pfalz in das bayerische Staatsgebiet im Jahr 1816 in Folge der napoleonischen Kriege und des Wiener Kongresses wurde Speyer zur Hauptstadt der bayerischen Rheinpfalz erklärt und das Bistum Speyer der bayerischen Kirchenprovinz Bamberg zugeschlagen. Dies hatte man nach dem Ende der bayerischen Herrschaft durch die französische Besatzung im Jahr 1918 bis zum heutigen Tag nicht verändert, und so gehörte das Bistum Speyer kirchenrechtlich nach wie vor zum Erzbistum Bamberg – und der Bischof von Speyer war immer noch einer der bayerischen Bischöfe.

Schwester Alphäa, die dieses historische Kuriosum wie viele andere milde belächelte, fand es ebenso erstaunlich, dass bis 2004 im Plenarsaal des bayerischen Landtags ein Gobelin hinter dem Rednerpult hing, auf dem unter dem großen bayerischen Staatswappen die Wappen der Hauptstädte der bayerischen Regierungsbezirke prangten – und darunter auch das Speyerer Stadtwappen mit seiner historischen Domansicht. Also wurde nicht nur in der Kirche so manches historische Erbe hochgehalten, wie Alphäa schmunzelnd zur Kenntnis nahm. Da sie am gestrigen Festtag nicht für Führungen eingeteilt gewesen war, hatte Alphäa die Zeit für ihre eigene Bildung genutzt und sich mit neueren Forschungsergebnissen über den Speyerer Dom auseinandergesetzt.

Am heutige Montag aber war auch für Schwester Alphäa ein normaler Arbeitstag, an dem sie jetzt in die Zielgerade einbog, nachdem sie – vorbei am Friedrich-Spee-Haus, dem Pfarrheim der Domgemeinde – endlich den Edith-Stein-Platz erreicht hatte, der nördlich des Doms lag und über dessen Namensgebung sie sich freute. Schließlich war Edith Stein lange Jahre Lehrerin an der Mädchenschule von St. Magdalena in Speyer gewesen, bevor sie in den Karmel eintrat und dann, weil sie eine geborene Jüdin war, vom NS-Regime 1942 in Auschwitz-Birkenau umgebracht wurde.

Von Weitem sah Alphäa schon eine Gruppe von Touristen vor dem Dom stehen, einige davon mit vermeintlich kritischem Blick auf ihre Armbanduhren. Unter ihnen waren auch zwei augenscheinlich in der Pubertät befindliche Jungs, die gerade ganz offensichtlich eine ältere Frau in einer grauen Weste mit einem altmodischen Haarknoten vom Typ »engagierte Lehrerin« mit Fragen zu einem steinernen Objekt vor dem Dom nervten. Alphäa wunderte sich, weil die beiden in einem schulpflichtigen Alter zu sein schienen. Aber vielleicht stammten sie aus einem anderen Bundesland und hatten heute noch Ferien.

»Wofür ist denn dieses Ding da?« Diese Frage bekam Alphäa gerade noch auf den letzten Metern mit. Der Junge deutete mit dem Zeigefinger auf die große steinerne Schale, die sich vor dem Speyerer Dom befindet.

»Das ist der Domnapf«, meinte die Frau in Grau, schon leicht gereizt. Offenbar hatten die beiden jüngsten Gruppenmitglieder ihre Langeweile schon einige Zeit mit der intensiven Befragung dieser Dame zu vertreiben gesucht. Dass sie wohl nicht alles ernst nahmen, zeigten ihre schelmischen Gesichter, bei denen sich auch Alphäa unsicher war, ob sie wirklich eine Antwort auf ihre Fragen haben wollten.

»Und für welche Tiere ist der Napf?« Die Jungen ließen nicht locker. Die Dame in Grau seufzte, wurde aber unversehens von ihrem Schicksal erlöst.

»Das ist keine Tiertränke«, schaltete sich Alphäa spontan ein, die die Gruppe schnaufend erreichte und der die genervte Dame leid tat. Andererseits war sie aber froh, ihr Wissen anbringen zu können. Ob den zwei Jugendlichen der Begriff »Tränke« bekannt war, fragte sie sich, nachdem sie es aber schon gesagt hatte. Seis drum.

»Der Domnapf war früher ein Markierungsstein, der die bürgerliche Stadt vom Machtbereich des Bischofs abtrennte. Wer also von der Stadt verfolgt wurde und sich hinter den Napf retten konnte, durfte von der Stadt nicht bestraft werden. Er genoss sozusagen Kirchenasyl.«

Letzteres war an die anderen Teilnehmer gerichtet, die sie nun herzlich begrüßte. Alphäa entschuldigte sich für ihr marginales Zuspätkommen, was aber offenbar doch niemanden gestört zu haben schien. Immerhin waren es nur drei Minuten gewesen.

Ohne größere Pause schwenkte sie ihren Blick auf die monumentale Westfassade, mit der sie traditionell ihre Führung begann, auch wenn dies einer der jüngsten Gebäudeteile war. Aber sie fand, dass es immer einen gewissen Reiz hatte, in der Zeit sozusagen rückwärts zu schreiten, um sich so schließlich in der Krypta, dem ältesten Teil des Doms, von der Gruppe verabschieden zu können – an den Gräbern derer, die Speyer als ihre Grablege bestimmt und mit dem Dom der Stadt einen Besuchermagneten erster Klasse beschert hatten. Auch wenn, wie es Alphäa oft durch den Kopf ging, die touristische Dimension des Domes zu Konrads Zeiten sicher noch kein Thema gewesen war.

Den beiden Jungen war der Domnapf indes immer noch nicht geheuer: »Und warum steht der Napf immer noch hier rum? Heute kann doch kein Gauner vor der Polizei hierher rennen.«

»Nein, heute steht der Domnapf da, um an diese historische Situation zu erinnern – und daran, dass Speyer eine Stadt mit einer ziemlich langen und interessanten Geschichte ist«, erwiderte Alphäa, die gern mit Kindern zu tun hatte. Deren Neugier und Wissensdurst beflügelte sie, ihre Vorträge und Führungen und auch sich selbst immer wieder zu überdenken, zumal gerade Kinder mit ihrer Kritik nicht hinter dem Berg hielten.

»Erst gestern wurde der Napf mit Wein befüllt, weil der Dom seinen 950. Geburtstag feierte. Der Napf wird zu besonderen Anlässen mit Wein gefüllt, zum Beispiel, wenn ein neuer Bischof in sein Amt eingeführt wird, bei Papstbesuchen, Seligsprechungen – und natürlich bei Domjubiläen.«

»Voll krass, ey.« Sichtlich angewidert schauten die beiden Halbwüchsigen den Napf an. »Der Wein wird dann einfach hier reingekippt? Kein Fake? Is' ja endgeil, echt gaga.«

»Nein, natürlich nicht, es kommt zuerst ein Plastikbehälter hinein, und dann wird der Wein über Plastikschläuche aus dem Napf abgezapft«, erklärte Alphäa lachend und drehte sich dabei leicht verwundert um.

Etwas hatte sie heute Morgen am Dom gestört, sie konnte es aber, abgehetzt wie sie war, nicht gleich benennen. Jetzt sah sie es: Die Eisengitter am Westbau des Domes waren noch geschlossen – eine ganz ungewöhnliche Situation. Nach dem langen Tag gestern hatten die Sakristane des Doms einen Tag Sonderurlaub nehmen dürfen, und Domkapitular Korbinian Birglbichler, von den Domführern wegen seiner zuvorkommenden Art sehr geschätzt, hatte heute selbst den Schließdienst übernommen.

Alphäa konnte Birglbichler gut leiden, schließlich war er immer sehr hilfsbereit und hatte auch schon kurzfristig Führungen von ihr übernommen. Er war ein fleißiger, umsichtiger und verlässlicher Kollege, der in der kurzen Zeit, in der er in Speyer war, ein enormes Wissen über den Dom angesammelt hatte, obwohl seine Aufgaben in der Bistumsleitung eher »technisch-strukturell« waren, wie er immer zu sagen pflegte.

Trotzdem hatte Alphäa manchmal das Gefühl, dass er etwas vor ihr verbarg. Stellte sie ihm Fragen nach seiner Biografie, so wich er meist lachend aus und schob immer wieder vor, dass er aus einem kleinen Dorf bei Freising komme, zunächst eine Landpfarrstelle in Oberbayern übernommen habe und schließlich im Erzbischöflichen Ordinariat in München gelandet sei. Dort hatte er die Stellenausschreibung in Speyer gesehen und sich beworben. Und nun mache er »Verwaltungsaufgaben im Ordinariat«, die es ihm erlaubten, sich nebenher mit dem Dom zu beschäftigen. Da er keine Pfarrstelle hatte und offenbar auch nur wenige Werktagsgottesdienste vorbereiten musste, blieb ihm scheinbar noch Zeit, sich mit der Speyerer Bischofskirche auseinanderzusetzen.

Alphäa hätte dieses Interesse auch anderen Verantwortlichen gewünscht, konnte aber verstehen, dass Verwaltungsaufgaben echte Zeitfresser waren. Sie selbst fühlte sich in ihrer Stellung als Domführerin ein wenig privilegiert – und vermutete, dass die Schwestern, deren Aufgabe die Funktionsfähigkeit des Klosters war, gelegentlich ihre Sonderrolle außerhalb der hohen Klostermauern neidisch und kritisch beäugten.

Alphäas Gedanken schweiften von der Historie des Domes zu Korbinian Birglbichler ab. Alphäa fand es interessant, dass er als Vornamen den Namen desjenigen Heiligen trug, der erster Bischof von Freising gewesen war. Birglbichler hatte schon mehrfach die Legende erzählt, nach der dem Heiligen Korbinian auf seinem Weg nach Rom ein Bär begegnet war, der seinen Lastesel angefallen und getötet hatte. Da habe der Heilige dann dem Bären sein Bündel aufgeschnallt und ihn einfach mit auf seinen Weg nach Rom gezwungen. So ging der Bär in das Stadtwappen von Freising ein und schließlich in das Wappen von Papst Benedikt XVI., dem ehemaligen Bischof von Freising.

»Manchmal habe ich das Gefühl, dass ich der Bär in meinem Job bin. Aber nachdem schon einige Bischöfe aus Speyer auf dem Bischofsstuhl in München gelandet sind, war es schließlich Zeit, dass sich auch einmal ein Münchner Kleriker nach Speyer verirrt, wenn auch nicht auf eine so herausragende Stellung«, hatte Birglbichler ihr einmal lachend erläutert und mit dieser entwaffnenden Art alle weiteren Nachfragen im Keim erstickt.

Er wollte nicht reden. Na schön, dachte Alphäa, was sollte auch nerviges Nachfragen; wichtig war ihr, dass sie sich mit ihm gut verstand.

Es war ein offenes Geheimnis, dass einige Pfälzer Geistliche nicht gut auf ihn zu sprechen waren, weil sie sich selbst Hoffnungen auf seine Stelle im Domkapitel gemacht hatten und auch allgemein erwartet wurde, dass ein verdienter Pfälzer Pfarrer zum Domkapitular erhoben wurde. Manche Gemeinde hatte gehofft, so ihren ungeliebten Pfarrer wegloben zu können, wie dies in der Politik üblich und auch in der Kirche immer wieder gängige Personalpolitik war.

Und wenn auch die stille Antipathie einiger Kleriker aus dem Bistum Speyer, die Birglbichler entgegenschlug, fast mit Händen greifbar war, mochte ihn Alphäa. Nachher würden sie zusammen eine Tasse Kaffee in der Stadt trinken und den neuesten Klatsch und Tratsch rund um den Dom und die Mitarbeiter austauschen, ihrer beider einziges Laster – neben der Anhäufung von Kunstwissen. Birglbichler war ihr als Diskussionspartner über die neuesten Erkenntnisse der Domforschung ein kaum zu ersetzendes Pendant, weil er durch die Arbeit im Ordinariat noch schneller an viele Erkenntnisse kam. Außerdem hatte er als Domkapitular die Möglichkeit, alle Ecken des Doms aufzusuchen und mit den Zuständigen für die Renovierungsarbeiten zu sprechen.

Weil sie selbst immer Schlüssel für den Notfall dabei hatte, öffnete sie sich an diesem Morgen die Gittertore und das bronzene Hauptportal, nicht ohne ihre Gruppe über wichtige Grundlagen und interessante Details des Gebäudes zu informieren – wie etwa über den steinernen Brezelverkäufer am Westeingang, der damit dem Speyerer »Nationalgebäck« ein Denkmal ersten Ranges setzte. Aber schließlich waren am Kölner Dom auch Hennes, der Geißbock des 1. FC Köln, Konrad Adenauer und Willy Millowitsch in Stein gemeißelt.

Aus der Richtung der Jugendlichen kamen noch Satzfetzen wie »Auf, geh'ma mit'm Krampfadergeschwader in'n

Murmelschuppen ...« und »Hoffentlich textet uns der Pinguin nicht zu ...«, die sie geflissentlich überhörte.

Schwester Alphäa entschuldigte sich bei der Gruppe, weil sie in der Sakristei erst noch die Beleuchtung einschalten musste, um vor allem den verhältnismäßig dunklen Ostchor ins rechte Licht zu rücken, ein unvermeidbarer weiter Weg, den sie aber schnellen Schrittes absolvierte.

Kaum trat sie aus der Sakristei, erblickte sie schon die beiden Jungen, die ihr nachgelaufen waren und kundtaten, dass sie den noch recht düsteren Dom, »eine abgefahrene Hütte«, in diesen Morgenstunden »megageil« fanden, wie sie lautstark in die weihrauchgeschwängerte Stille des heiligen Raumes krakeelten. Die zwei wollten sich offenbar von ihrer Gruppe absetzen, um den Dom auf eigene Faust zu erkunden oder – wie Alphäa mutmaßte – um das Gebäude als Spielwiese zu missbrauchen oder um sich nur in eine Ecke zu verkrümeln, den MP3-Player oder das neueste Smartphone auszupacken und ein aktuelles Spiel zu testen oder sich gegenseitig die trendigsten Apps vorzuführen. Sie seufzte. Glücklicherweise hatte sie viel Geduld, auch mit der eigensinnigen und oft wenig geschichtsbewussten Jugend.

Auf dem Weg zu den Stufen, die vom Seitenschiff in das südliche Querhaus führten, erspähte sie die beiden Dreikäsehochs, die seltsam still geworden waren und sich mit offenem Mund über das Absperrgitter zum Chor beugten. Ein derartiges Interesse für Details am Dom hatte Alphäa noch nie bei so jungen Besuchern erlebt.

Sie wollte gerade ein pädagogisch wertvolles Lob loslassen, als sich einer der zwei Jugendlichen mit den Worten zu ihr umdrehte:

»Hey, Schwester, sorry ... Hier vorne bei der Location hat sich einer geerdet. Was is'n das für ein krasser Typ da mit dem violetten Schal um ’n Bauch? Voll der Schluffi, bestimmt ralle oder weggebeamt, sieht aus wie gebügelt, echt crazy …«

Alphäa befürchtete schon, dass an diesem frühen Morgen ein Mitglied des Domkapitels im Dom betete oder meditierte, und sah sich bereits einer Rüge ausgesetzt, als sie selbst einen Blick auf die Treppen zum Königschor warf und vor Schreck erstarrte.

»Krasskonkret, Schwester, was geht? Sieht aus wie kaltgemacht.«

Die Stimmen der Jungen nahm sie gar nicht mehr wahr.

Auf den Treppenstufen zum Königschor lag auf dem Rücken, den Kopf nach unten, mit seltsam verdrehten Armen neben dem Körper und mit einem noch staunend geöffneten Mund und einem überraschten Blick in den Augen – ihr Kaffee- und Klatschfreund, der Birglbichler.

Er hatte eine einfache Soutane an, darüber aber sein violettes Zingulum, das breite Band, das katholische Kleriker bei feierlichen Anlässen tragen und das ihn als Mitglied des höheren Klerus auswies.

Ungeachtet der Würde des Domes und der Besucher rief Schwester Alphäa mehrfach: »Korbinian! Korbinian!«, während sie sich über die Absperrung schwang und die Stufen zum Hauptaltar hinauf rannte, die sonst der liturgische Dienst während des Pontifikalamtes nahm.

Korbinian Birglbichler, ihr geschätzter Gesprächspartner, antwortete auf ihre Zurufe nicht.

Noch bevor Alphäa bei dem Körper auf den Stufen zum Königschor angelangt war, sagte ihr eine innere Stimme, dass das »Salierjahr« einen dramatischen Höhepunkt erreicht und eine unerquickliche Wendung genommen hatte.

3

Alphäa gelang es, die zwei naseweisen Jungen vom Ort der Tragödie fernzuhalten. Ihr kam die Absperrung des Chorraumes zu Hilfe, die schon rein psychologisch eine Grenze darstellte. Glücklicherweise wurde sie von den aufmerksamen Eltern unterstützt, die rasch zu Hilfe eilten und die beiden aufgeregten Teenager wegzogen – unter wütendem Protest der Jugend, die sich um ein Highlight ihres Speyer-Besuchs gebracht sah.

Nachdem Alphäa geistesgegenwärtig ihr Mobiltelefon gezückt und wie in Trance den Notruf angewählt hatte, konnte sie gerade noch »Ein Bewusstloser im Speyerer Dom, schnell, kommen Sie, es ist ein Notfall!« hervorstoßen und ihren Namen nennen, dann hatte sie auch schon die Gestalt in der schwarzen Soutane erreicht, die in der seltsamen Rückenlage kopfüber auf den Treppen lag.

Alphäa besuchte regelmäßig die Auffrischungskurse in Erster Hilfe – man konnte ja auch bei den Domführungen nie wissen, was sich dabei abspielen würde –, jetzt aber hatte sie das Gefühl, dass ihr alle Maßnahmen entfallen waren.

Sie erschrak, als sie keinen Puls fühlte, aber das konnte, so hoffte sie, auch einfach an ihrer eigenen Aufregung liegen. Den Körper aufzuheben, war ihr unmöglich, sie wollte es aber auch nicht, aus Angst, ihrem kunsthistorisch bewanderten Freund möglicherweise weitere Verletzungen beizubringen. Also blieb sie auf den Stufen knien, hielt die Hand des Domkapitulars, flehte ihn immer wieder mit »Korbinian, so sag doch was!« an und betete dazwischen kurze Stoßgebete.

Inzwischen waren weitere Mitglieder ihrer Gruppe an die Chorabsperrung gekommen. Leider war unter ihnen niemand mit einer medizinischen Ausbildung – aber immerhin alle so geistesgegenwärtig, den Dom zu verlassen. Sie standen jetzt am Ausgang und wimmelten weitere Besucher ab.

Eine ältere Dame war bei Alphäa geblieben. »Kindchen, ich lass dich jetzt net allein«, tröste sie die Ordensfrau, deren Herz fast zersprang. »Mein Schorsch hätt ach ganz bletzlich än Schlachanfall. Unn dann iss alles gonz schnell gange. Awwer der Parre do, der macht jo noch än gonz gsunde Inndruck. Dem isses beschdimmt bloß schlecht worre, dann isser hiegefalle und hodd sich de Deez angerennt. Der werd widder, dess wern Se sieh, Frolleinsche. Der hodd bloß e Gehirnerschidderung. Mai Dante Bawett hott sich ach emol de Kopp so an äm Schrank angehaue ...«

Den Rest konnte Alphäa nicht mehr aufnehmen. Sie war trotzdem froh, dass sie in dieser Situation nicht allein blieb.

Knapp zehn Minuten später eilten ein Notarzt und zwei Rettungssanitäter durch den Dom, die in Sekundenschnelle eine Unmenge an medizinischer Ausrüstung auspackten und dem Verunglückten anlegten.

Korbinian Birglbichler zeigte keine Reaktionen. Nach wenigen Minuten gründlicher Untersuchungen blickte der Notarzt Alphäa mitfühlend an und schüttelte mit einer bedauernden Miene den Kopf. Nun gab es also Gewissheit.

Alphäa konnte sich nur mühsam beherrschen, um nicht laut loszuheulen. In Situationen wie dieser siegte bei ihr immer noch der Abschiedsschmerz. Zwar glaubte auch sie fest an die Auferstehung der Toten und das Ewige Leben, aber wenn Menschen in ihrem Umfeld plötzlich aus dem Leben herausgerissen wurden, reagierte sie manchmal wie die, von denen ein kirchliches Gebet sagt, es seien diejenigen, »die keine

Hoffnung haben«, nämlich mit Trauer, manchmal auch mit Wut. Sie war dann von sich selbst enttäuscht und zweifelte an ihrem Glauben. Aber, so fragte sie sich, war es denn so falsch, auch seine einfach menschlichen Gefühle zuzulassen?

»Sind Sie verwandt oder befreundet?«, wollte der Notarzt wissen, und ob sie vielleicht eine Betreuungsperson wünschte. Wie durch eine Wand aus Watte nahm sie die Fragen und die mitfühlenden Gesten des Arztes und der Sanitäter wahr und konnte nur abwesend antworten. Eigentlich hatte sie sich schon beim Warten auf den ärztlichen Notfalldienst auf den Chorstufen mit dem Gedanken abgefunden, dass trotz aller christlichen Hoffnung wahrscheinlich nur noch Gebete für einen guten Gang in die himmlischen Wohnungen angebracht waren.

Alphäa schaffte es gerade noch, dem Arzt und den beiden betreten blickenden Männern vom Rettungsdienst zu danken und mit Tränen in den Augen, die schon über ihre Wangen kullerten, zu versichern, dass sie guten Mutes sei, dass Birglbichler zwar ziemlich plötzlich, aber nicht unvorbereitet vor seinen Schöpfer getreten sei. Sie hatte immer den Eindruck gehabt, dass er sein Leben immer auch in der Hoffnung auf die Auferstehung geführt und gelebt hatte – und zwar nicht von Berufs wegen, sondern weil diese Überzeugung aus seinem ganzen Handeln und Reden strahlte, auch wenn er nicht alle Details seines Lebens vor ihr ausbreiten wollte. In Gesprächen über die Grenzfälle des Lebens hatte sie eine innere Zuversicht aus seiner Stimme herausgehört und eine Überzeugung, die sie gern auch vernommen hätte, wenn er seine Andeutungen über seine aktuelle Arbeit machte, von der sie bislang keine klare Vorstellung hatte.

Inzwischen waren auch Polizeibeamte eingetroffen, die der Notarzt alarmiert hatte, da ihm die Umstände des

Todes verdächtig vorkamen, wenigstens seltsam, und er die Todesursache nicht zweifelsfrei klären konnte und wollte. Er hatte noch versucht, Alphäa diesen Umstand zu erklären, drang damit aber nicht zu ihr durch.

In Speyer befanden sich die Polizei und Rettungskräfte in diesen Wochen in erhöhter Aufmerksamkeit und Einsatzbereitschaft, weil sich anlässlich der Jubiläumsfeiern eine große Zahl von Touristen in der Stadt aufhielt. Die Kriminalinspektion lag nur wenige Häuser vom Dom entfernt in der Maximilianstraße, so dass Gerhard Kranich und Dennis Krübling, die Vorermittler des Kommissariats K1, das sich mit Todesermittlungen und Fahndungen befasst, zu Fuß kamen. Die beiden verschafften sich zunächst einen Überblick und wimmelten dann am Portal die Neugierigen ab, die sich allmählich ansammelten.

Das Blaulicht des Rettungswagens, der genau vor dem Hauptportal unter der Rosette auf der Westseite des Domes stand, war immerhin mehrere hundert Meter weit in der Maximilianstraße zu sehen. Man nahm das Blaulicht also in der Speyerer Prachtstraße und Einkaufsmeile, die genau auf den Dom zulief, fast bis ans Altpörtel wahr.

Kriminalkommissar Gerhard Kranich war ein altgedienter Polizist, der Stadt, Dom, Bistum und die Mitarbeiter der kirchlichen Gremien schon seit Jahrzehnten gut kannte. Aufgrund seines überdurchschnittlich engagierten Einsatzes für die Kripo Speyer war er vom Polizeipräsidenten aus Ludwigshafen fast zwangsweise befördert worden, um seine Leistungen wenigstens annähernd zu honorieren. Kranich, wenige Jahre vor der Pension, war aber nicht nur als Polizist ein arbeitsames Vorbild. Er war auch ehrenamtliches Mitglied im Pfarrgemeinderat der Dompfarrei, und im Katholikenrat der Diözese stellte der mittlerweile ergraute, leicht übergewichtige und immer freundliche Kranich die treibende Kraft dar, ohne die viele kirchliche Veranstaltungen kaum umgesetzt worden wären. Seine Gelassenheit und Ruhe verhinderten selbst bei Festnahmen eine Eskalation. In seiner verbleibenden Freizeit widmete er sich der Heimatforschung und Lokalgeschichte. Er kannte daher die Dompfarrei, aber auch die Gepflogenheiten der Kirche vor Ort wie der gesamten Diözese bestens – natürlich auch Klatsch und Tratsch aus erster und zweiter Hand.

Kranich hatte sich freiwillig gemeldet, nachdem am Vortag fast alle verfügbaren Kräfte in den Sonntagsdienst gerufen wurden, der bis spät in die Nacht dauerte, um die Sicherheit der Prominenten und des einfachen Volkes zu gewährleisten. Am heutigen Montag gab es daher für die meisten einen Ausgleichstag, und die Dienststelle war nur von einer kleineren Truppe besetzt.

Kranichs Engagement war durchaus nicht uneigennützig. Durch seine guten Beziehungen zur Dompfarrei und dem liturgischen Dienst am Dom hatte er im Pontifikalamt zivilen Einsatz direkt am Bischofsaltar unter der Vierungskuppel. Allerdings trug er, trotz dienstlicher Anwesenheit, nicht seine grüne Polizeiuniform – er weigerte sich standhaft, diese noch vor seiner Pensionierung gegen die neue, blaue Dienstkleidung auszutauschen (»Ich will die Cop-Klamotten nicht«), die ihn zu sehr an amerikanische Polizeiserien erinnerten. Er kam mit einer beigen Albe und war integriert in den liturgischen Dienst, wenn auch ohne Waffe. Wer ihn nicht kannte, musste davon ausgehen, dass es sich um einen Ministranten im vorgerückten Alter oder ein Mitglied der nicht geweihten kirchlichen Ämter handelte. In Zivil ging es dann beim Empfang des versammelten Klerus im Friedrich-Spee-Haus am Dom weiter, was er als große Ehre empfand.

Dichter am Geschehen konnte man bei der Feier eines so wichtigen Ereignisses nicht sein, und so betrachtete er das 950. Jubiläum der Domweihe auch als einen Höhepunkt in seiner persönlichen Biografie. Immerhin hatte er durch historische Beiträge einige der vielen Menschen, ohne die es das alte Gebäude heute nicht mehr geben würde, ins Gedächtnis zurückgerufen.

Nicht mehr zurückrufen konnte aber auch er an diesem Morgen den toten Domkapitular Korbinian Birglbichler, wie Kranich bedauernd vom Notarzt erfuhr, der ihm nun die notwendigen Unterlagen aushändigte.

Als der Anruf in der Dienststelle eingegangen war, hatte er seinen jungen Kollegen informiert, Kommissaranwärter Dennis Krübling.

Krübling, drahtig, schwarzhaarig, Mitte 20, befand sich gerade in der Ausbildung an der Landespolizeischule auf dem Eifel-Flughafen Hahn, musste Praxiserfahrungen sammeln – und stand nun ziemlich aufgeregt neben dem abgeklärten Kranich im Dom. Für ihn war die ganze Sache ungeheuer spannend, zumal auch er am Vortag Dienst rund um den Dom geleistet und sich freiwillig für die Frühschicht am Montag gemeldet hatte. Krübling hatte dies aber weniger aus Motivation für die Sache getan, er hoffte vielmehr auf eine gute Abschlussbeurteilung durch die Dienststelle.

Jetzt standen also die beiden Beamten, einer in klassischem Grün, der andere im modernen Blau, im Königschor des Domes. Kranich blickte etwas ratlos, Krübling dagegen interessiert auf den toten Birglbichler, der immer noch kopfüber auf den Stufen lag. Noch mit den hellblauen Sternen des mittleren Dienstes auf den Schulterklappen, aber mit stolz geschwellter Brust unterstrich Krübling mimisch die Wichtigkeit ihres Einsatzes, wobei er darauf bedacht war, dass er dem »alten Hasen« Kranich nicht das Revier streitig machte.

»Also für mich ist das eine klare Sache: Er ist gestolpert und dann rückwärts die Treppe hinuntergestürzt.«

Krübling hätte gern selbst ein so wichtiges Protokoll geschrieben und seine Überlegungen zu diesem Unfall dargelegt, weil er darin ein Sprungbrett für seine Karriere bei der Polizei sah.

»Rückwärts die Treppe heruntergefallen? Der Birglbichler?« Kranich zog die rechte Augenbraue nach oben und schüttelte dann skeptisch seinen grauen Kopf. »Das kann nur nach einer ordentlichen Ladung vergorenen Traubensaftes gewesen sein. Und den Birglbichler habe ich selten trinken sehen. Er war zwar gestern auch am Domnapf, aber ich meine, weil er zum Domkapitel gehört und sich dort sehen lassen musste. Ich hatte den Eindruck, dass er sich am Jubiläumsglas eher festhielt, als dass er dessen Funktion gebührend nutzte.« – Zur Domnapffüllung hatte es auch diesmal wieder Gläser mit besonderem Aufdruck gegeben, die bei Sammlern sehr begehrt waren. – »Außerdem war er doch im Dom praktisch zu Hause; der hätte sich auch im Dunkeln zurechtgefunden.« Kranich wies auf den Toten: »Und schauen Sie sich doch mal die Lage an – wer fällt denn rückwärts die Stufen runter? Wenn der Birglbichler herumgelaufen ist, dann doch wohl vorwärts. Aber dann würde er mit dem Gesicht nach unten liegen.« Kranich betrachtete den Toten mit undefinierbarer Miene. »Oder wenigstens auf der Seite.«

Krüblings Mimik ließ erkennen, dass die Ausführungen von Kranich eine gewisse Logik hatten. Trotzdem wollte er sich nicht so schnell den Wind aus den Segeln nehmen lassen und verteidigte seine Hypothese: »Aber er hätte ja trotzdem gerade hier rückwärts laufen können.«

»Und warum?«, wollte Kranich wissen.

»Vielleicht hatte er hinter sich etwas gehört oder beim Umdrehen gesehen.«

Kranich dämmerte, was Krübling damit andeuten wollte: »Er lief rückwärts, weil er vor etwas oder jemandem weggelaufen ist, aber den Blick nicht abwenden wollte?«

»Ja, so sehe ich das«, bekräftigte Krübling triumphierend. Er platzte fast vor Aufregung. »Das heißt, das könnte auch gar kein unglücklicher Unfall gewesen sein ...« Er wurde ganz aufgeregt und wollte seine Gedanken weiterspinnen, als er kurz innehielt. »Sagen Sie mal, was rauscht denn hier so?«

Kranich hatte das Geräusch auch schon die ganze Zeit im Hintergrund gehört und bereits befürchtet, dass wegen des ganzen Stresses um das Jubiläum noch ein Tinnitus im Anzug sei. Er lauschte, dann konnte er das Geräusch lokalisieren und wandte den Kopf zu dem großen Holzkasten an der Seite. »Die Orgel ist an.«

Krübling schaute erst Kranich fragend an, dann mit ihm gemeinsam auf die 2008 eingebaute Seifert-Chororgel, neben der sie standen.

»Birglbichler hat Orgel gespielt.« Kranich lachte. »In einem Hochamt im vergangenen Herbst hatte der Organist, der hier spielte, weil die neue Hauptorgel nicht fertig war, die Nachwirkungen des Neuen Weines gespürt und Hals über Kopf die Orgelbank in Richtung WC verlassen. Birglbichler ist dann ohne großes Aufsehen einfach an die Bank, hat seine Messkleidung abgelegt und den Rest des Gottesdienstes weiter gespielt. Wenn man's nicht gesehen hätte, hätte man es nicht gehört. Der konnte!«

Kranichs Blick schwenkte von der Chororgel, auf deren Notenpult mehrere Orgelhefte standen, zum toten Domkapitular.

»Vielleicht war er üben und wollte nochmals heim, um Noten zu holen. Dann wollte er wohl durch den Mittelgang raus.« Er dachte nach. Bevor Krübling etwas entgegnen konnte, setzte er hinzu: »Aber wahrscheinlich nicht rückwärts.« Er zückte sein Diensthandy. »Das stört mich an der ganzen Sache. Aber wir spekulieren jetzt nicht lang herum.« Sprach 's und hatte schon eine Nummer aus seinem Speicher geladen.

»Wir holen jetzt die K7er von ihren Mikroskopen weg«, entschied er.

Schon eine Viertelstunde später wurden Dennis Krübling und Gerhard Kranich durch einem ganzen Schwarm von Kolleginnen und Kollegen des Kommissariats K7 unterstützt, die für die Kriminaltechnik zuständig waren und nun nach Spuren suchten, wobei sie rasch eine ganze Batterie an Utensilien und Gerätschaften im Dom anhäuften.

Kranich und Krübling entschieden, Alphäa, die zusammengesunken in einer der hinteren Bankreihen saß und nach unten starrte, erst später zu befragen. Kranich hatte den Notarzt zu ihr geschickt, der noch bei ihr war, beruhigend auf sie einsprach und gerade die Manschette des Blutdruckmessgeräts abnahm.

Während Kranich und Krübling den Königschor für die Spurensicherung frei gemacht hatten, nun am unteren Ausläufer des Mittelschiffs standen, sich den Tatort besahen und noch einmal über die seltsame Lage des Toten debattierten, versuchte Krübling in Gedanken verzweifelt, alle wichtigen Informationen aus seinen Kriminalistik-Vorlesungen zusammenzukratzen. Es war abzusehen, dass bald noch mehr Kripo-Beamte anrücken würden, um das weitere Vorgehen abzustimmen. Glücklicherweise waren die Kollegen von der Streife noch im Haus in der Maximilianstraße gewesen, so dass nun der Seiteneingang als einziger Zugang offen blieb, aber von zwei freundlichen Polizisten bewacht wurde. Einstweilen diskutierten Kranich und Krübling über mögliche Ursachen für den Toten im Kaiserdom und das weitere Vorgehen.

»Wenn ich Sie so höre, dann ist mir schnell klar, was ich zu tun habe.«

Überrascht drehten sich Krübling und Kranich zu der wohltönenden Sopranstimme in ihrem Rücken um: Die Staatsanwältin Andrea Steinheufele von der zuständigen Staatsanwaltschaft Frankenthal war eingetroffen und hatte die Diskussion der beiden Polizeibeamten wohl mitgehört.

Steinheufele, Mitte 30, seit zwei Jahren immer wieder bei Todesermittlungen in Speyer anwesend, war eine sehr kompetente Juristin, die schon einige Angebote, sich auf ein Richteramt zu bewerben, abgelehnt hatte, weil sie ihre berufliche Erfüllung bei den staatsanwaltlichen Ermittlungen sah und um nichts die Arbeit »an der Front«, wie sie es gern ausdrückte, gegen tagelanges Aktenstudium und zähe Verhandlungen tauschen wollte. Die patente Staatsanwältin war bei sämtlichen Kriminalinspektionen und -direktionen, die zur Frankenthaler Staatsanwaltschaft gehörten, sehr beliebt, aber zum Leidwesen aller, die beruflich mit ihr zu tun hatten, seit wenigen Monaten mit einem ebenso dynamischen Richter am Oberlandesgericht Zweibrücken verheiratet und damit weg vom Heirats- und Beziehungsmarkt.

Auch einige Kollegen aus dem Einzugsgebiet der Staatsanwaltschaft Frankenthal hatten schon laut Überlegungen geäußert, sie würden sich gern einmal privat mit Steinheufele treffen. Entsprechende direktere Avancen hatte diese bisher immer kokett, aber bestimmt abgelehnt. Trotzdem waren alle von der Zusammenarbeit mit ihr und dem Team der Staatsanwaltschaft angetan, sicher auch ein Grund, warum die Effektivität der Speyerer Polizei im Landesdurchschnitt stets Spitzenwerte einnahm.

Kranich, der sich jenseits des Balzalters befand, schätzte vor allem die offene Art, die fruchtbaren Diskussionen und die verlässliche Zusammenarbeit auf Augenhöhe mit den für Speyer zuständigen Staatsanwälten, die keine Starallüren hatten, sondern die Arbeit und das Teamwork der Ermittlungsbeamten mit aller Kraft unterstützten.

Steinheufeles Leistung hatte heute Morgen zunächst darin bestanden, im Eiltempo über die B 9 zu fahren, um möglichst bald am Tatort zu sein. So war sie nur eine knappe halbe Stunde nach dem Ruf der Kriminalpolizei, der standardmäßig auch die Staatsanwaltschaft informierte, schon vor Ort – wie immer in einem dunkelblauen Kostüm. Kranich vermutete, dass noch Termine vor Gericht anstanden. Er hatte sie auch schon in Jeans und einer lässigen Bluse beim dienstlichen Aktenstudium angetroffen. Damit machte sie eine nicht weniger gute Figur.

Steinheufele drehte rund um die Absperrbänder, die inzwischen von der Kriminaltechnik angebracht worden waren, ihre Runde, betrachtete eingehend den Tatort und die Leiche und stieß dann noch einmal zu den beiden Kriminalbeamten, die sie knapp ins Bild setzten. Nach deren Erklärungen und Mutmaßungen nickte Steinheufele beifällig.

»Ich finde die Lage des Herrn Birglbichler auch eigenartig. Ich denke, wir sollten unsere Ermittlungen dahingehend aufnehmen, dass wir klären, ob es sich tatsächlich um einen tragischen Unfall handelt – oder ob jemand nachgeholfen hat. Mal sehen, was die Kriminaltechniker dazu meinen. Haben Sie schon die Nonne befragt?«

Die beiden Polizisten verneinten und blickten in Richtung Alphäa, die immer noch in der gleichen Bank saß, nach wie vor einen aufgewühlten Eindruck machte und ein ums andere Mal verstohlen in ihren Augen wischte. Den Notarzt hatte sie schon weggeschickt, dieser hatte aber Kranich gegenüber nochmals betont, dass man vorsichtig sein musste. Die Schwester stehe, wenn nicht gerade unter Schock, so doch in einer massiven Stresssituation.

Am meisten interessierte Kranich, in welcher Beziehung Schwester Alphäa zu dem Toten stand. Ihre Erschütterung ging nach dem, was er in jahrzehntelangem Polizeialltag gesehen hatte, über das Maß einer Bekanntschaft offensichtlich hinaus. Als Polizist, so überlegte er, habe er eigentlich das Recht, da einmal nachzuhaken, was er dann auch tat.

Umso enttäuschter war Kranich, als Alphäa ihm klarmachte, dass es sich bei ihrer Beziehung zu dem Toten um eine gemeinsame kunsthistorische Leidenschaft gehandelt habe. Na ja, möglicherweise waren gewisse anderweitige Tendenzen auch dabei, vermutete Kranich, aber das konnte man noch genauer ermitteln, sollte es wichtig werden.

Er selbst kannte Alphäa vom Sehen schon seit Längerem und hatte immer den Eindruck, dass hier eine intelligente Domführerin das Bauwerk mit viel Freude und Engagement präsentierte. Aber in seiner langen Dienstzeit waren schon viele Kriminalfälle überraschend ausgegangen. Daraus hatte er gelernt, dass man vom äußeren Schein nie auf eine bestimmte innere Disposition schließen sollte. Allerdings klang Alphäas begeisterte Schilderung der fruchtbaren Diskussionen zwischen ihr und Birglbichler sehr authentisch. Als intimer Kenner kirchlicher Strukturen wusste Kranich auch, dass es ein breites Spektrum gab, wenn ein Geistlicher eine »Frau an seiner Seite« vorstellte.

Kranich fiel bei diesen Überlegungen auf, dass er selbst seltsamerweise über Birglbichler keine besonderen Informationen besaß.

Der Domkapitular war immer freundlich und zuvorkommend gewesen, interessiert an historischen Zusammenhängen und Fakten. Er konnte Kranich auch schon einmal die berüchtigten Löcher in den Bauch fragen. Kranich fand, dass Birglbichler sich sehr schnell ein profundes Wissen über den Dom und das Bistum angeeignet hatte.

Aber ein genaues Bild hatte Kranich nicht von diesem Domkapitular, der vor etwas mehr als eineinhalb Jahren ganz plötzlich aus Bayern gekommen war und im Bistum vor allem als erster Ansprechpartner bei finanziellen Angelegenheiten galt. Persönlichere Fragen hatte er bei Veranstaltungen, in denen sie aufeinandergetroffen waren, immer sehr ausweichend beantwortet, dies aber stets in einem unverbindlichen und freundlichen Ton. Kranich konnte ihn, im Gegensatz zu allen anderen Mitgliedern des Domkapitels – inklusive Bischof und Weihbischof –, auch nicht annähernd in eine kirchenpolitische Ecke stecken. Er war weder Fundamentalist noch modern oder progressiv, kein Umstürzler, dem das Zweite Vatikanische Konzil nicht weit genug ging, aber auch kein »Back-to-the-Roots«-Theologe. Birglbichler hatte das Hemd mit dem weißen Stehkragen, an dem man einen Priester schnell erkennen konnte, nur zu offiziellen kirchlichen Feiern angehabt, sonst immer einen Anzug getragen, an dessen Revers ein Fisch statt eines Kreuzes gesteckt war.

Kranich hatte sich über die eigenartige Besetzung der Stelle im Domkapitel durch einen von so weit »Hereingerutschten«, wie es in der Pfalz hieß, gewundert. Aber selbst der Bischof hatte sich bei diesbezüglichen Anfragen immer bedeckt gehalten und Birglbichler als optimale Besetzung gelobt.

Erstaunt musste Kranich nun von Schwester Alphäa erfahren, dass auch sie eigentlich nicht mehr über das private und berufliche Umfeld des Toten wusste.

Krübling wollte sich nicht in die Befragung einmischen. Die Staatsanwältin übernahm die Rolle der aufmerksamen Zuhörerin, entschied aber, dass Schwester Alphäa gehen könne, und gab ihr den Ratschlag, den Rest des Tages etwas zu tun, das sie ablenkte.

»Wir müssen definitiv als Erstes klären, ob es sich um einen Unfall oder um ein Tötungsdelikt handelt«, formulierte Krübling in Erinnerung an die Lerninhalte seiner Polizeiausbildung, »und hierzu stichhaltige Beweise finden. Aber es gibt hier sicher Tausende von Spuren, das wird bestimmt nicht einfach mit der Auswertung.« Der junge Kommissaranwärter nickte bedeutungsschwer.

Steinheufele und Kranich sahen sich mit unterdrücktem Grinsen an, bevor die Staatsanwältin ausführte: »Vor unserer Befragung von Schwester Alphäa hat die Chefin der Kriminaltechnik mit mir gesprochen. Der Motor der Orgel ist immer noch eingeschaltet. Nachdem gestern Abend der leitende Domsakristan den Dom ordnungsgemäß überprüft und alles verschlossen hatte, muss Birglbichler wohl in der Nacht zum Orgelspielen in den Dom gekommen sein. Auf dem Pult stand neben Klassikern von Bach, Pachelbel, Buxtehude und Reger ...«, Steinheufele blickte auf ihre Notizen, »... ›Marche des Rois Mages‹ von Théodore Dubois.«

»Ah, das ist ein sehr populäres Orgelwerk für die Weihnachtszeit«, bemerkte Gerhard Kranich und nickte zur Bestätigung.

»Marsch der Könige?«, meinte Krübling ironisch, »Soll das etwa heißen, die toten Untermieter aus dem Domkeller sind hier nachts unterwegs?«

Kranich musste unwillkürlich über die flapsige Formulierung lachen, obwohl er eigentlich den Jungspund zu mehr Respekt vor den Monarchen in der Krypta des Domes hatte ermahnen wollen – und erzählte dann Krübling und Steinheufele die »Geschichte vom Fährmann«, die beide noch nicht kannten.

»1813 betrieb ein Fährmann an der Ostseite des Domes seine Fähre zum Transport über den Rhein, weil es damals noch keine Brücke an dieser Stelle gab. An einem Abend im Oktober habe er von der westlichen Rheinseite den Ruf ›Fährmann, hol über!‹ vernommen. Er setzte mit seiner Fähre hinüber ans Ufer hinter dem Dom, wo acht Reiter, die er wegen des dichten Nebels allerdings nicht erkennen konnte, auf ihn warteten. Nach der Überfahrt erhielt er von jedem dieser geheimnisvollen Reiter eine alte Goldmünze, auf der jeweils Namen von Kaisern und Königen standen, mit denen er aber nichts anfangen konnte. Einige Tage später erschienen die Reiter erneut und wollten wieder zurückgefahren werden. Der Fährmann folgte anschließend diesen Reitern und sah, so die Legende, dass sie durch eine Öffnung im Osten des Gebäudes in den Speyerer Dom hinein ritten. Am nächsten Morgen wurde dann bekannt, dass in der Völkerschlacht bei Leipzig die deutschen Truppen das deutlich größere napoleonische Heer besiegt und so Napoleons Herrschaft in Deutschland ein Ende gesetzt hatten. Seitdem geht die Legende, dass die Kaiser und Könige ihre Grablege in der Krypta des Speyerer Doms verlassen, wenn Deutschland von fremden Mächten bedroht wird.«

Kranich blickte bedeutungsschwer in die beiden interessierten Gesichter. »Es gibt dazu ein schönes Gedicht, das bringe ich Ihnen gelegentlich mal mit«, versprach er seinem jungen Kollegen. »Das muss man eigentlich kennen, wenn man in Speyer lebt oder arbeitet. Und«, ergänzte er, »den ›Marsch der Heiligen Drei Könige‹, den Théodore Dubois für Orgel umgesetzt hat, sollte man auch einmal gehört haben. Durch das gesamte Stück klingt ein hoher Ton, weil der Organist zu Beginn des Stücks eine Taste hierfür festklemmt. Dieser Ton soll den Stern darstellen, der die Weisen aus dem Morgenland – das müssen übrigens nicht drei gewesen sein und waren sicher keine Könige, steht so in der Bibel nicht drin – nach Bethlehem geführt hat.« Kranich grinste. »In Speyer stellt man übrigens die Heiligen Drei Könige auch gerne mit Gold, Weihrauch und Brezeln dar.«

Staatsanwältin Steinheufele hatte sich die Erzählung angehört und erwiderte: »Okay, eine nette Geschichte. Aber wir haben hier einen Toten und werden kein Wachbataillon abstellen, das untersucht, ob die toten Kaiser und Könige hier im Dom Nachtwanderungen veranstalten. Sollte sich herausstellen, dass der Tod von Herrn Birglbichler ...«

» ... von Herrn Domkapitular Birglbichler«, insistierte Kranich ein wenig vorlaut.

»... von Herrn Birglbichler«, betonte Andrea Steinheufele mit einer dezent hochgezogenen Augenbraue und einem entsprechend strafenden Blick auf den älteren Polizeibeamten, »kein natürlicher war, will ich als Tötungstheorie nicht so einen alten Legendenschinken hören – und auch nichts, was im Entferntesten danach klingt. Okay? Diese Verschwörungstheorien, die einem auf Schritt und Tritt begegnen, hängen einem ja langsam zum Hals heraus. Wir haben hier in Speyer keine dubiosen Logen, und in der Krypta ist sicher nicht der Heilige Gral versteckt, auch wenn Bernhard von Clairvaux hier zum Kreuzzug aufgerufen hat. Ich glaube auch nicht, dass wir hier auf den Schatz der Nibelungen, Atlantis, das Labyrinth des Minotaurus, das Bernsteinzimmer oder eine Goldader stoßen – und Herr Birglbichler deshalb sterben musste.« Sie grinste. »Außerdem ist hier sicher auch nicht Bielefeld.«

Sie wurde schlagartig ernst. »Ich erwarte eine präzise und rationale Ermittlungsarbeit, wie ich dies immer von Ihnen gewohnt bin, und keine mystischen Spekulationen oder unausgegorenen Theorien rund um religiöse Verschwörungen. Haben wir uns verstanden?«

»Jawoll!« Kranich schlug die Haken zusammen und salutierte, worauf Steinheufele, die sonst für viele Späße und Koketterien zu haben war, fast sauer wurde.

Bevor sie ihm aber eine Abfuhr erteilen konnte, wurde sie von einem Kriminaltechniker in die Sakristei gebeten, wo sie sich etwas anschauen sollte. Sie entschwand.

Der Polizeifotograf hatte auf Geheiß der Staatsanwältin, die die Ermittlungsleitung kurzfristig an sich gerissen hatte, mittlerweile eine ganze Batterie an Tatortaufnahmen gemacht.

Unterdessen durchsuchte die Kriminaltechnik immer noch den gesamten Chorraum nach Spuren. Von Weitem sah es schon seltsam aus, wenn man zwar gewohnt war, dass sich im Hochamt weiß gekleidete Menschen im Dom tummelten, nun aber noch weißer gekleidete, überwiegend gebückt arbeitende Gestalten mit Kapuzen am Ganzkörperschutzanzug im Königschor herumwerkelten.

Kranich schmunzelte. Er erinnerte sich an ein Pressefoto des Vorgängerbischofs, der bei einer Küchenbesichtigung in einer kirchlichen Einrichtung gezwungen wurde, zu seiner Soutane eine weiße Schutzhaube für die Haare zu tragen. Das Bild kursierte noch Wochen in den kirchlichen Medien mit entsprechend satirischen Bemerkungen. Es löste damit das Foto einer Ministrantenfreizeit ab, bei der sich der Bischof über seine Soutane ein von den Messdienern gestaltetes, allerdings ein wenig zu enges T-Shirt gezogen hatte, aus dem er nach dem Besuch herausgeschnitten werden musste.

Eben wurden alle beweglichen Objekte des Königschors, insbesondere an der Orgel, in Plastik verpackt, ebenfalls auf Anordnung der Staatsanwältin, und zum Abtransport in einen Polizeibus am Nebeneingang verfrachtet. Zwei Mitarbeiter der »Spusi«, wie die Spurensicherung manchmal intern liebevoll genannt wurde, trugen die Orgelbank hinaus, fachfraulich verpackt, denn dafür waren zwei Kolleginnen verantwortlich. Auch die Birglbichlersche Orgelliteratur war bereits in Plastikfolie eingetütet und wie alles andere fachkundig beschriftet.

Am Seitenportal hatten sich mittlerweile weitere Neugierige eingefunden, die vergeblich versuchten, einen Blick in das Innere des Doms zu erhaschen, vor allem in den Königschor, in dem zusätzliche Scheinwerfer den Gebäudeteil taghell erleuchteten.

Als Kranich und Krübling sich wieder auf den Weg zum Königschor machen wollten, wurden sie auf eine Diskussion am Seiteneingang aufmerksam, wohin sie nun eilten.

Zunächst sah das Geschehen ganz nach Regenbogen-Presse aus, die mit Gewalt versuchte, in den Dom zu gelangen, um in der sommerlichen Saure-Gurken-Zeit des Journalismus mit großen Lettern und vermeintlich aussagekräftigen Bildern im Großformat einen dicken Aufmacher zu bekommen. Beim Näherkommen stellte sich ein aufgeregter weißhaariger, bebrillter und etwas untersetzter Herr mit hochrotem Kopf als Verursacher des Krawalls heraus. Er trug ein Collarhemd mit Rundkragen und weißem Einsatz unter dem Kinn, das ihn als Priester auswies, sowie einen Kreuzstecker im Revers und verlangte mit Nachdruck Einlass in den Dom. Die Streifenbeamten wirkten etwas ratlos und winkten Kranich Hilfe suchend herbei. Aus dem ärgerlichen Redefluss des Priesters waren noch Bruchstücke wie »... entwürdigende Aufruhr ...«, »... mich nicht informiert ...« und »... Amtsanmaßung ...« herauszuhören.

Kranich hörte gerade noch ein wütendes »Lassen Sie mich sofort in meinen Dom!«, als er den älteren Herrn bereits erkannte.

Es war Domdekan Hans-Bernhard Brunck, der so vehement Einlass begehrte, sich aber rasch beruhigte, als er den Polizeibeamten sah. Kranich erklärte ihm, dass es einen Unfall gegeben habe und die Polizei nun Ermittlungen anstelle.

Der Domdekan war allerdings immer noch verärgert, weil er von der Polizei hätte informiert werden wollen. Stattdessen hatte ihn aber ein treuer Mitarbeiter im Bischöflichen Palais gegenüber dem Domeingang angerufen, als er den Polizeiaufmarsch sah, der sich in den Dom hineinbewegte. Er informierte dann den Domdekan als einen der Hausherren des Domes. Da dieser nicht in Speyer wohnte, sondern ein leerstehendes Pfarrhaus im nahen Römerberg als Altersruhesitz bezogen hatte, dauerte es eine Weile, bis er kommen konnte, um sich selbst ein Bild zu machen.

Kranich erklärte, dass Korbinian Birglbichler gestürzt sei und nun tot auf der Chortreppe liege. Der Domdekan war bestürzt: »Der Birglbichler? Der kannte doch die Kathedrale wie seine Westentasche!«

Der Domdekan ging bis zum Mittelgang im Hauptschiff, warf einen Blick nach vorn, wo man im hellen Licht der kriminaltechnischen Scheinwerfer die Lage des Toten gut erkennen konnte.

»Gefallen?« Kritisch runzelte er die Stirn. »Nach hinten?« Er schüttelte den Kopf. »Soll der rückwärts die Stufen runtergefallen sein?«

»Vielleicht ist er vor etwas zurückgewichen.« Kranich zuckte mit den Schultern. »Und dann unglücklich an den Rand gekommen.«

Der Domdekan sah den Kriminalkommissar an, als hätte dieser angedeutet, eine außerirdische Lebensform habe den Speyerer Dom auf den Planeten Melmac zu beamen versucht.

»Und wovor sollte er den Rückzug angetreten haben? Vor dem Leibhaftigen doch sicher nicht! Und die toten Kaiser treiben seit der Leipziger Schlacht auch keinen Spuk mehr in meinem Dom, das kann ich Ihnen versichern.«

Er lachte meckernd über seine Bemerkung. »Außerdem kämen die wahrscheinlich eher über die Stufen aus der Krypta heraus, die haben ja damals auch eine Fähre über den Rhein gebraucht.« Der Domdekan lachte erneut über seinen schlechten Scherz.

Krübling und Kranich fanden diese Bemerkung ein wenig pietätlos, beiden ging aber auch durch den Kopf, dass der ständige Umgang mit dem Tod vielleicht ein wenig resistent machte. Kranich fiel auf, dass noch kein Wort des Bedauerns oder der Trauer gefallen war. Aber die Spannung zwischen dem Domdekan, der nach dem Dompropst der zweite Mann im Domkapitel war, und dem neuen Domkapitular aus Bayern war bistumsweit bekannt.

Der Domdekan ging den Mittelgang vor und beobachtete schweigend die Arbeiten der Kriminaltechnik.

Krübling, der mit Kranich ein Stück zurückgeblieben war, fragte den älteren Kollegen: »Warum spricht der denn von ›seinem‹ Dom? Der Dom gehört doch wohl dem Bischof!«

»Nein. Nicht unbedingt. Die meisten Dome sind sozusagen Eigentum des Domkapitels, die dann auch das Hausrecht haben. Normalerweise übt das Hausrecht der Dompropst aus, das ist hier in Speyer zurzeit der Weihbischof. Dessen

Stellvertreter ist ein Domkapitular, der dann Domdekan ist. Die eigentliche Domverwaltung geht aber vom Domkapitel, nicht vom Bischof aus.«

»Aber der Bischof«, und damit wies Krübling auf den Bischofssitz in der Vierung, über dem das Wappen mit Wahlspruch des derzeitigen Amtsinhabers hing, »hat doch hier seinen Bischofssitz.«

»Ja, stimmt. Deswegen bezeichnet man den Speyerer Dom auch als Kathedrale, weil die Cathedra, der Sitz, des Speyerer Oberhirten hier steht.« Kranich dachte nach. »Aber seine Exzellenz ist nicht der Hausherr des Doms«, fügte er mit ein wenig Pathos hinzu.

Den Ehrentitel für Bischöfe hörte Krübling selten in einer direkten Rede, aber im Moment war er nur froh, dass sich der Domdekan beruhigt hatte. Meistens wurde die Arbeit an einem Tatort zusätzlich von Angehörigen oder Bewohnern gestört, die das eigentlich gar nicht wollten, trotzdem zumindest im Weg herumstanden. In manchen Fällen kam es zu echten Behinderungen der kriminalistischen Arbeit, in anderen Fällen waren Besserwisser da, die ihre eigene Auffassung von Polizeiarbeit auch tatkräftig umsetzen wollten.

Der Domdekan kam zurück und bat Kranich und Krübling, ihn auf dem Laufenden zu halten, entschuldigte sich, dass er anderweitige Termine habe, und entschwand.

»Na, besonders nahe ist ihm der Tod von Birglbichler nicht gegangen«, bemerkte Krübling.

»Nein. Aber die beiden konnten sich auch nicht besonders leiden, es ging wohl um irgendeine Sparmaßnahme am Dom, die der Birglbichler durchgesetzt hat. Der Domdekan war seither sauer, weil am Dom in der Zeit vor Birglbichler immer erst ganz zum Schluss gespart wurde.«

»Gerhard, wir brauchen jetzt eine klare Entscheidung, wie wir weitermachen sollen«, riss Birgit Schocke, Mitte 50, als Kriminalhauptkommissarin die Leiterin der Kriminaltechnik, die beiden aus ihrem Gespräch.

»Die Steinheufele denkt wohl, wir hätten nichts zu tun, und meint, wir sollen mal alles einpacken und mitnehmen. Wenn 's ein Fehlalarm wäre, könnte man das Zeug ja schnell wieder beischaffen. Die hat Nerven – oder besser wohl Karriereabsichten. Na ja, wenn 's wirklich nur ein Unfall war, hat sie den Stress am Bein und nicht wir.« Sie grinste mit einem leichten Anflug von Schadenfreude.

Kranich wollte auch nach seiner Pension noch aktiv in der Kirche tätig sein. Er befürchtete, dass er beim Vermasseln der Ermittlungen in diesem Fall, der ihm jetzt schon ein wenig suspekt vorkam, schneller zur heimatlichen Gartenkultivierung im Ruhestand kommen könnte, als ihm lieb war, und traf eine schnelle Entscheidung.

»Krübling, ich rufe jetzt den KOK an, und wir entscheiden, ob wir Ludwigshafen einschalten sollen. Ich verstehe nicht, warum der nicht schon längst da ist.«

Der KOK, Kriminaloberkommissar Niclas Dängler, war erst vor sechs Monaten nach jahrelangen Versetzungsanträgen endlich aus seinem Kommissariat im unspektakulären Westerwald (»Ich wäre dort noch vor Langeweile umgekommen«) in die Vorderpfalz versetzt worden. Zunächst hatte er sich über die enormen Mieten entsetzt, dann aber eingesehen, dass der Großraum Speyer viele Vorzüge aufzuweisen hatte, die den realen Einkommensnachteil wieder wettmachten.

Dängler war nach den Personalentscheidungen der letzten Monate der ranghöchste Kommissar des K1 in Speyer. Der Posten des Dienststellenleiters war schon seit zwei Jahren nicht besetzt worden, weil das Land dies in seinem Sparkurs so eingeplant hatte. Der damalige Hauptkommissar, der sich mehrfach um eine Beförderung im Haus bemüht und die Dienststelle in dieser Zeit kommissarisch geleitet hatte, selbstverständlich für ein geringeres Gehalt, ging dann vor einem halben Jahr frustriert nach Baden-Württemberg, wo er direkt befördert wurde.

Nun stand Dängler in einem der unvermeidlichen Staus auf der völlig überlasteten A61. Er wollte aber unbedingt noch kommen und machte am Telefon nicht viele Worte, sondern fragte Kranich direkt: »Was würden Sie tun?«

Kranich antwortete: »Ich würde gerne noch abwarten, was die Staatsanwältin meint, aber ich glaube, dass wir heute die Sache hier nicht begraben können.« Er arbeitete gern mit Dängler zusammen, ihr gegenseitiger Respekt beeinflusste die Atmosphäre der ganzen Inspektion positiv.

Die ungeschickte Formulierung fiel ihm nicht auf, obwohl Krübling von einem Ohr zum anderen grinste. »Ich würde Ludwigshafen einschalten.« Die Kriminaldirektion Ludwigshafen war die vorgesetzte Dienstbehörde, in der auch die zentrale Kriminalinspektion angesiedelt war.

Dängler stimmte zu. Kranich war dankbar, dass Dängler ihm so viel Handlungsspielraum zugestand, drückte unverzüglich seinen Kollegen aus der Leitung und hatte per Kurzwahl die Leitstelle der Ludwigshafener Direktion dran.

»Polizeidirektion Ludwigshafen. Mausthaler am Apparat. Sie wünschen?«

Als Kranich meldete, dass sich ein Toter im Speyerer Dom befände, erntete er zunächst wieherndes Lachen. Der Mitarbeiter des Kriminaldauerdienstes kam sich besonders witzig vor und meinte, vor Lachen kaum verständlich: »Im Speyerer Dom liegen doch schon seit Jahrhunderten ein paar Tote!« Dann kam auch noch der beliebte Schenkelklopfer der

Vorderpfalz: »Ohne die toten Kaiser im Dom wär' in Speyer ja überhaupt kein Leben.«

Kranich schluckte seinen Ärger über diesen tiefergelegten Humor herunter, zumal er den Kollegen kannte. Der hatte seinem Polizeipräsidenten zum Dienstjubiläum wünschen wollen, dass dieser in die Annalen der Polizei eingehen möge. Leider hatte er einen Satz formuliert, in dem er das Wort mit nur einem »n« benutzte und diesen noch so verschraubt vorgetragen, dass in den nächsten Jahren nicht daran zu denken war, dass er seinen Dienst in der Telefonzentrale beenden könnte.

Kranich verlangte den Kriminaldirektor, dem er die Sachlage und erste Ermittlungsergebnisse schilderte.

Der Kriminaldirektor entschied schnell, selbst den Todesfall in Augenschein zu nehmen, und versprach, unverzüglich in den Dom zu kommen.

»Sollen wir einen Leichentransport organisieren?«, wollte der junge Krübling wissen. »Wir können ihn doch nicht hier liegen lassen.«

Kranich schüttelte den Kopf. »Wir warten so lange, bis der Kriminaldirektor und die Spurensicherung durch sind, dann sehen wir weiter.«

Unterdessen trat die Staatsanwältin aus der Sakristei.

»Meine Herren, wir werden den Toten in die Gerichtsmedizin bringen lassen.«

»Aber nur wegen der seltsamen Haltung des Domkapitulars können wir doch keine Ermittlung eröffnen«, wandte Kranich ein. »Da steht doch der Anfangsverdacht auf dünnen Beinen. Können Sie das der Oberstaatsanwältin gegenüber verantworten?«

»Also ...«, die Staatsanwältin dehnte das Wort und machte ein bedeutungsschweres Gesicht, »wir können Zweifel an der Todesart nicht ausräumen. Der Fall erscheint mir und anderen doch sehr fragwürdig. Aber Sie haben recht, das wäre doch etwas wenig.«

»Und womit wollen Sie die Leichenöffnung begründen?«

»Die Kriminaltechnik hat die Sakristei untersucht. Dass Birglbichlers Schlüssel samt Bund im Schloss steckt, erscheint ja logisch, er wollte offensichtlich seiner Orgelleidenschaft nachgehen und brauchte Licht. Es fehlt auch nichts, sein Geldbeutel ist da, die Opferstöcke sind nicht aufgebrochen, kein Vandalismus, alles so weit okay. Auch in der Sakristei stehen noch alle Wertgegenstände, soweit der Domdekan dies auf die Schnelle beurteilen konnte, wir müssen es noch mit den Sakristanen klären. Aber wir haben einen Hinweis, dass Birglbichler nicht allein im Dom war – und dass die mindestens zweite Person etwas zu verbergen hat.«

»Jetzt machen Sie es nicht so spannend!«, drängte Kranich.

»Die Kriminaltechnik hat daktyloskopische Spuren aufgenommen, die noch ausgewertet werden müssen.«

»Ja, und?«, fragten Kranich und Krübling fast unisono.

»Auf dem Schlüssel für die Sakristei sind keine Fingerabdrücke. Auf den anderen Schlüsseln auch nicht. Auf keinem einzigen Schlüssel – und auch nicht auf der Türklinke. Und das, obwohl allein gestern rund um den Jubiläumsgottesdienst eine Menge Menschen in der Sakristei waren und sich sozusagen die Klinke in die Hand gegeben haben. Außerdem sind an einigen Türen in der Sakristei ebenfalls Wischspuren. Da hat jemand sorgfältig mit einem Reinigungsmittel gearbeitet, um seine Fingerabdrücke unkenntlich zu machen. Sie werden mir sicher nicht erklären können, warum Birglbichler das alles abgewischt haben sollte. Es ist auch unklar, warum er die Tür aufschließen konnte, ohne Abdrücke zu hinterlassen, – er trug ja keine

Handschuhe. Außerdem haben wir an Birglbichlers Händen auch kein Reinigungsmittel feststellen können. Es steht aber in der Sakristei eine Flasche mit Reinigungsmittel, an der ebenfalls die Fingerabdrücke beseitigt wurden. Dazu liegen hier vorne keine Gummihandschuhe oder Ähnliches. Mir erscheinen die Umstände dieses Todesfalles doch ein wenig sehr mysteriös. Deswegen lassen wir die Leiche in die Gerichtsmedizin bringen. Und wenn der Gerichtsmediziner das nicht anders sieht, heißt es für uns: Ab sofort ermitteln wir in einem Tötungsdelikt.«

4

Ihr Wecker klingelte heute Morgen definitiv zu früh und auf jeden Fall zu laut. Gefühlt mitten in der Nacht, tatsächlich aber um sieben Uhr riss die elektronische Melodie Kriminaloberkommissarin Maria Zoely in ihrer Zweieinhalbzimmerwohnung in der Faulhaberstraße im Mainzer Stadtteil Bretzenheim aus dem Schlaf.

Es war am Samstagabend spät geworden, das heißt, eigentlich sehr früh. Ihre Einheit hatte eine Reihe von Gewaltverbrechen in den Stadtteilen Mombach und Kastel erfolgreich aufgeklärt und diesen epochalen Erfolg ausgiebig gefeiert. Dabei gab es zunächst die üblichen länderübergreifenden Verwicklungen auf politischer Ebene, weil die ersten Taten in Mainz-Kastel gemeldet worden waren, der Ort aber zu Wiesbaden gehört. Da Kriminalität nicht an Ländergrenzen haltmacht, war von den Leitungsebenen der hessischen und der rheinland-pfälzischen Kriminalpolizei schnell eine länderübergreifende Soko gebildet worden. Von beiden Seiten, aus Hessen und Rheinland-Pfalz, war eine Menge beteiligter Kollegen zur gemeinsamen Feier gekommen – mit dem Ziel, weiterhin über die Landesgrenzen hinweg zu kooperieren. Zumal im Rahmen der Ermittlungen noch einige Verbrechen aufgeklärt werden konnten; »Bonusmaterial«, wie einige Kollegen scherzhaft meinten und dann mit erhobenem Daumen hinzufügten: »›Gefällt mir‹ anklicken.«

Die Abschlussfete steckte Maria Zoely immer noch in den Knochen. Erst dachte sie, ihr Telefon hätte sich gemeldet – in ihrem Fall ein altes Modell, noch mit Wählscheibe, das an ihrem Festnetzanschluss hing und bei Gästen regelmäßig ein erstauntes Kopfschütteln hervorrief. Dabei fand sie das nostalgische Telefon weder besonders kultig noch stylisch, auch nicht »cool«, sondern hatte einfach Spaß an diesem Oldtimer der Telekommunikation, der – einziges Zugeständnis an die moderne Technik – von einem der Hobbybastler bei der Mainzer Kriminaltechnik einen TAE-Stecker verpasst bekommen hatte, damit es auch die Umzüge mitmachen konnte. Außerdem war es eine Erinnerung an ihre Jugend, aus der auch noch der Nordmende Radiowecker an ihrem Bett gehörte – Stücke, die einige ihrer Freunde und Bekannten gern als »Devotionalien« bezeichneten.

Sie brauchte noch ein paar Minuten zum Wachwerden, schälte sich dann aus dem Bett und wankte schlaftrunken in die Küche.

Wenige Minuten später gurgelte die Kaffeemaschine. Sie hatte in ihrem chronisch leeren Kühlschrank tatsächlich noch einen Rest Margarine aufgestöbert, mit der sie den kläglichen Rest einer bereits abgelaufenen Packung Knäckebrot bestreichen konnte. So rettete sie wenigstens eine Andeutung von Frühstück und verkürzte zudem die Zeit bis zum völligen Update der wichtigsten Körperfunktionen. Außerdem konnte so auch der leichte Kater, der sich nun doch bemerkbar machte, bald wieder Reißaus nehmen.

In einem Anflug von Ärger kamen Maria Zoely leichte Gewissensbisse wegen der Feier. Sie hatte dem Alkohol doch ein wenig zu sehr zugesprochen, zumindest für ihre Verhältnisse. Und das, obwohl sie sonst sehr diszipliniert war. Sie konnte nämlich sehr wohl Nein sagen, wenn es um geselligen Alkoholkonsum ging. Aber am Vortag hatte sie ihre persönliche Toleranzschwelle wohl doch etwas überschritten. Vielleicht hatte sie sich bei den Kolleginnen und

Kollegen einfach wohl gefühlt. Es wurde zwar unvermeidbar viel von der Arbeit gesprochen, aber seit langer Zeit hatten sie auch einmal wieder andere Themen angerissen: Kino, Lesen, Politik und das Leben in Mainz. Sie war erstaunt, wie vielseitig interessiert sich so mancher Kollege gezeigt hatte. Im Dienstbetrieb bekam man davon leider viel zu wenig mit.

Vielleicht hatte sie auch etwas zu intensiv mit dem Kollegen Carlo von der hessischen Drogenfahndung geflirtet. Zumindest war sie nicht weiter schwach geworden. Weder beim Trinken noch bei Carlo, von dem ihr momentan der Zuname nicht einfiel, dachte sie aufatmend.

Obwohl, wenn sie ehrlich war, mischte sich ein zartes Bedauern in ihre Erleichterung. Vielleicht war ihr doch eine gute Gelegenheit durch die Lappen gegangen, denn Gelegenheit machte bekanntlich Liebe.

Auf dem Weg ins Bad fiel ihr Blick in den Garderobenspiegel, was ihre Laune ein wenig hob. Über dem zerknautschten Pyjama schauten sie zwar zwei übernächtigte grüne Augen unter kurzgeschnittenem und nun völlig zerzaustem schwarzem Haar an, aber ansonsten hätte sich die schlanke ein Meter achtzig große Kommissarin auf jeden Fall wiedererkannt.

Jetzt freute sie sich auf einen »normalen« Gang der Dinge und einen ruhigen Tag im Büro. Außerdem würde sie nun hoffentlich wieder Zeit haben für alles, was bei der unregelmäßigen Arbeit der letzten Wochen liegen geblieben war, vorrangig Hausarbeiten wie Waschen, Bügeln, Aufräumen und Putzen. Vieles hatte warten müssen, weil die Gewaltserie einfach Vorrang hatte und die Dienstzeiten damit mehr als unplanbar geworden waren.

Eine Wechseldusche tat ihr gut, und bald saß sie in ihrem Kadett C, Baujahr 1978, einem weiteren nostalgischen Objekt ihres Lebens, an dem sie ebenso hing wie an dem alten Telefonapparat. Tapfer sammelte sie die ernstgemeinten Kaufangebote, die nunmehr wöchentlich unter dem Scheibenwischer und im Türrahmen steckten, aber trennen wollte sie sich von dem gepflegten Schmuckstück nicht. Und das nicht, weil sie den potenziellen Kaufpreis in astronomische Höhen treiben wollte, sondern weil der Wagen noch von ihrem Vater gekauft worden war, bevor er einige Jahre später überraschend schnell starb. Die Fahrt gab ihr so immer ein wenig Familiengefühl, auch wenn sie selbst das einigermaßen seltsam fand.

Der Verkehr durch Mainz war schon ziemlich stark, so dass es nicht so schnell voranging, wie sie einkalkuliert hatte. Dafür ersparte ihr der zähe Verkehr auch einiges an Hupkonzert, das sie üblicherweise ertragen musste, wenn ihr geliebter Kadett mitten auf der Kreuzung ausging oder beim Anfahren an der Ampel nicht so schnell beschleunigte, wie die Hinterherfahrenden das gerne gehabt hätten.

Das Stop-and-go in der Mainzer Innenstadt gab ihr Gelegenheit zum Nachdenken, auch über ihren Versetzungsantrag. Sie hatte einfach unüberlegt gehandelt, als sie mit ihrem Ermittlungspartner Florian eine Beziehung begann, obwohl eigentlich beide wussten, dass sie nicht nur nicht zusammenpassten, sondern auch ihrer beider Beruf der Beziehung nicht förderlich sein konnte. Sie waren ein hervorragendes Ermittlerteam, jeder für sich und erst recht beide zusammen. Irgendwann gingen nach einem langen Besprechungsabend dann die Hormone mit ihnen durch, was sich zunächst auch gut anließ. Aber die langen und unregelmäßigen Einsatzzeiten der vergangenen Monate und ihre – wie sich leider erst zu spät herausstellte – sehr unterschiedlichen Interessen hatten sich immer wieder und in immer kürzeren Intervallen zu Streit und Konfliktszenen zugespitzt. Leider steckten beide dann emotional schon mehr in ihrer Beziehung, als sie sich gegenseitig eingestehen wollten. Schlussendlich mussten sie einsehen, dass ein Ende mit Stil besser war als ein unsinniges Herauszögern des unvermeidlichen Schlusspunkts. Seltsamerweise war ihnen dieser Schritt dann am sinnvollsten erschienen, als sie bereits über eine gemeinsame Wohnung diskutierten. Die Wohnungsfrage hatte wohl endgültig das Fass zum Überlaufen gebracht – war letztlich aber auch wie ein klärender Guss.

Florian und Maria hatten zunächst geglaubt, dass es danach wieder werden würde wie vorher. Fehlanzeige. Immer wieder diese seltsamen Blicke, das vorsichtige Aufeinanderzugehen, die angespannte Atmosphäre, der Gedanke an die gemeinsame Zeit und die nagende Frage, warum bei ihnen das Miteinander nicht funktioniert hatte.

Nachdem die Stelle des Hauptkommissars in der Mainzer Mordkommission frei wurde, auf die sie sich eigentlich bewerben wollte, war ihr schnell klar, dass die Zusammenarbeit mit Florian noch schlechter laufen würde, wenn sie zu allem Übel noch seine Vorgesetzte wäre. Und wenn er sich bewerben würde und die Stelle bekäme, wäre es für ihn als ihr Vorgesetzter auch nicht einfacher.

Also hatte sie sich für eine weitere, räumliche Trennung entschieden. Obwohl sie gern in Mainz geblieben wäre, wo es ihr gefiel und sie bei der Polizei sicher Karriere gemacht hätte.

Und so reichte sie bei Kriminaloberrat Blechmayer von der Mainzer Kriminaldirektion, ihrem Chef, neben der abgeschlossenen Ermittlungsakte ein Schreiben ein, in dem sie formlos um Versetzung bat: in ein anderes Kommissariat, vorrangig für Delikte am Menschen, oder innerhalb der rheinland-pfälzischen Polizei, vorzugsweise Richtung Süden des Bundeslandes. Florian hatte sich dann, auch auf ihr Drängen hin, um die freie Stelle in Mainz beworben, die er sicherlich auch bekam.

Ihr Chef, den sie als Führungsperson sehr schätzte und der im Gegenzug seine beste Ermittlerin förderte, wo er konnte, wusste wohl um die aufgelöste Liaison. Er würde ihr womöglich die freie Stelle schmackhaft machen und sie auf eine Bewerbung drängen, dachte sie, als sie ihren alten Kadett in der Direktion, in der sich auch ihr Büro befand, einparkte – begleitet von den neugierigen Blicken einiger Kollegen, die in moderne Dienstwagen einstiegen.

Maria Zoely machte sich auf den Weg durch die weißgetünchten Korridore des Altbaus in ihr Büro. Heute wollte sie sich der ungeliebten Aktenarbeit widmen. Hoffentlich eine der letzten Arbeiten mit ihrem Ex-Lover, dachte sie bitter.

Auf ihrem Tisch lagen schon Papierberge zur Kontrolle und zur Unterschrift bereit. Sie war froh, dass ihr das Abfassen von Berichten leichtfiel und ihr so der Abschlussbericht schnell von der Hand gegangen war. Florian war mit ihrer Arbeit zufrieden, wie ein Memo am Bericht zeigte. Jetzt musste alles noch nummeriert und registriert werden, dann war der Platz wieder frei für neue Fälle, von denen sich schon einige auf dem Seitenschrank stapelten.

Sie war mit dem Lesen und mit dem Zusammenstellen der Unterlagen beschäftigt – und erleichtert, dass Florian heute Morgen als Zeuge vor dem Landgericht auftreten musste. Der Arbeitstag würde ruhig werden; ein Tag ganz nach dem Geschmack der Polizeigewerkschaft.

Um 11.56 Uhr, als sie gerade überlegte, ob sie die polizeiinterne Kantine nutzen oder doch mit einem der Diensträder zu einem schnellen Essen in die Innenstadt radeln sollte, meldete sich das Diensttelefon.

»Ich möchte mich schon jetzt gleich tausendmal entschuldigen«, schallte es ihr aus dem Hörer laut tönend entgegen, noch bevor sie sich vorstellen oder eine sonstige Reaktion loswerden konnte. Dabei klang die Stimme aus dem Hörer überhaupt nicht zerknirscht oder schuldbewusst.

»Ich weiß, dass Sie heute eigentlich das Recht auf einen ruhigen Tag hätten, aber bei mir ist momentan die Hölle los!«

»Guten Morgen, Herr Teufel«, antwortete Maria Zoely ihrem Gesprächspartner mit einem unterdrücktem Gähnen. Bürokratie machte sie immer müde, schon allein beim Betrachten der Aktenberge und bei dem Gedanken an die zeitfressende Beschäftigung mit dem Papier fiel ihre Kondition in den Keller.

»Hahaha, schön, dass Sie trotz allem Ihren Humor nicht verloren haben.« Am Telefon war ihr Chef, Kriminaloberrat Blechmayer.

»Hören Sie, wenn es um meinen Antrag geht ...« Weiter kam sie aber nicht.

»Jetzt lassen Sie diesen Antrag mal sein, ich habe ein ganz anderes Problem. Aber ich möchte Ihnen die Geschichte nicht am Telefon erzählen. Könnten Sie bitte in mein Büro kommen?«

Maria Zoely wollte den Besuch erst nach der Aktenlage machen und fragte unverfänglich nach: »Wann?«

»Am liebsten vor einer halben Stunde«, Blechmayer lachte, wurde dann aber gleich wieder seriös. »Im Ernst, ich glaube, es ist ein Notfall – und ich denke auch, Sie werden mir nicht böse sein, wenn Sie hören, warum ich störe. Es ist ein Fall, der gerade auf Sie zugeschnitten zu sein scheint.«

An Selbstbewusstsein hat es ihm noch nie gemangelt, dachte sie. Außerdem kannte sie Blechmayer lange genug, um zu wissen, dass er gern Honig um den Bart schmierte, wenn es auch um seine Vorteile ging. Sie antwortete dann aber laut: »Okay, Herr Armani, ich schaue mir Ihren maßgeschneiderten Fall gleich an.«

Seufzend legte Maria Zoely auf und machte sich auf den Weg zu ihrem Chef.

Auf das zackige »Herein« hin öffnete sie die Tür zu dem modernen Büro, das in hellen Farben gehalten war und neben einem alten Bücherschrank eine moderne Sitzgarnitur, einen verspiegelten Besprechungstisch und Kunstdrucke französischer Expressionisten enthielt. Außerdem stach eine Bronzefigur mit dem Titel »Gerechtigkeit«, das Werk eines jungen, aufstrebenden Mainzer Künstlers, ins Auge. Sie war ein Geschenk zu Blechmayers Fünfzigsten vor drei Jahren und symbolisierte einerseits seinen beruflichen Hauptantrieb und andererseits seine Beliebtheit bei den ihm Untergebenen, die damit ein ausgefallenes Geschenk mit langer Haltbarkeit ausgesucht hatten.

Aber heute lenkte Maria Zoely ihren Blick nicht auf die geschmackvolle Büroausstattung, die Blechmayer fast komplett selbst finanziert hatte. Das Land war chronisch klamm, und er wollte nicht, wie er sagte, »einen Großteil der Lebenszeit zwischen Sperrholz und Blech verbringen«. Viele verstanden das aufgrund seines Namens als Anspielung.

Vielmehr nahm sie mit Verwunderung die zweite Person wahr, die sich im Büro befand und sie neugierig musterte: der Mainzer Polizeipräsident persönlich.

Er war eine imposante Erscheinung, großgewachsen, aufrecht stehend und den weißhaarigen Kopf hoch erhoben, ohne dabei überheblich zu wirken – im Gegenteil. Er genoss einen tadellosen Ruf und garantierte als oberster Vertreter der Mainzer Polizei schon allein mit seinem Auftreten polizeilichen Erfolg. Er hatte sich nach der Hauptschule von der Streife durch alle Dienste hindurchgearbeitet bis hin zum Dozenten an der Deutschen Hochschule für Polizei in Münster. Dort studierten die Polizeiführungskräfte. Die tägliche Arbeit der »Freunde und Helfer« in vielen polizeilichen Bereichen war ihm also bestens vertraut.

»Liebe Frau Zoely«, eröffnete der Polizeipräsident auch sogleich das Gespräch, »Sie wundern sich sicher über mein Erscheinen – und das mit gutem Grund. Heute Morgen war gegen 10 Uhr im Mailverteiler die Meldung, dass in Speyer in den frühen Morgenstunden ein Domkapitular tot im Dom aufgefunden wurde. Kurz nachdem ich die Meldung gelesen habe, wurde sie dahingehend präzisiert, dass von einem Tötungsdelikt die Rede ist; die Staatsanwaltschaft in Frankenthal, die ich sehr schätze, hat ein Ermittlungsverfahren eingeleitet. Ich kannte noch keine Einzelheiten, als mich gegen 11 Uhr mein Kollege aus dem Polizeipräsidium Ludwigshafen anrief und mir deutlich machte, dass er aufgrund der Ermittlungsergebnisse eine Sonderkommission eingesetzt hat. Nun sei aber in Speyer die Stelle des Ermittlungsleiters vakant, er habe aber Ihren Versetzungswunsch in der internen Stellenpost gelesen.«

Der Mainzer Polizeipräsident machte eine kurze Pause, nickte Blechmayer zu, um ihm zu signalisieren, dass er das Gespräch fortsetzen wolle, und sagte dann wieder in Richtung Maria Zoely: »Kurz und gut: Mein Ludwigshafener Kollege und natürlich unser verehrter Herr Blechmayer halten gerade Sie für diesen Fall prädestiniert.«

Er machte eine weitere kurze Pause, lächelte ihr vertrauensvoll zu und meinte: »Und ich übrigens auch. Ich sage Ihnen offen, dass ich Sie nicht gern verliere. Aber ich glaube, gerade für diese Kommission gibt es niemand Geeigneteren als Sie. Mein Ludwigshafener Kollege hat unsere Domfälle sehr genau studiert und mich heute Morgen direkt wegen Ihnen und Ihrer offenen Bewerbung angerufen.«

Der Polizeipräsident spielte damit auf einen Fall im Mainzer Dom an. Dort waren während der routinemäßigen Orgelwartung der Domorganist und der Orgelbauer beim Stimmen der Kardinalstrompete, einem Orgelregister, das zur Purpurverleihung des Mainzer Bischofs in die Orgel eingebaut worden war, über eine Leiche gestolpert. Die Leiche wurde erst geraume Zeit nach der Tat entdeckt, was die Ermittlungen zunächst massiv erschwert hatte. Die Nachforschungen der Sondereinheit, die von Maria Zoely geleitet wurde, erstreckten sich schließlich auch auf die höchsten Kirchenkreise im Mainzer Bistum.

»Sie wissen ja, dass der Mainzer Kardinal mir eigens ein Empfehlungsschreiben schickte, in dem er sich sehr für Ihre diskrete, aber aufhellende Ermittlungsarbeit bedankte, insbesondere dafür, dass Sie im Bistum Mainz im Kirchenmilieu mit Fingerspitzengefühl und Geschick agierten und bei aller Informationspflicht der Öffentlichkeit gegenüber immer die besondere Sphäre der Kirche im Blick hatten.«

Die zunächst zähen und langwierigen Ermittlungen waren damals nach zahlreichen Verhören und Untersuchungen letztendlich von Erfolg gekrönt. Seither galt Maria Zoely als »Geheimwaffe« polizeilicher Ermittlungsarbeit in allen Fällen, die in den kirchlichen Bereich hineinragten oder in irgendeiner Art das klerikale System tangierten.

»Nun gut. Nach der Mail aus Speyer und dem Anruf meines Ludwigshafener Kollegen hatte ich mir Bedenkzeit erbeten«, fuhr der Mainzer Polizeipräsident fort. »Der Kollege aus Ludwigshafen rief mich aber vor etwa einer halben Stunde nochmals an, weil bei ihm mittlerweile der Weihbischof von Speyer und dann auch noch die Speyerer

Oberbürgermeisterin besorgt angerufen und eine Ermittlung mit Hochdruck gefordert haben.« Der Polizeipräsident hob die Augenbrauen und setzte seine Rede fort: »Der Ludwigshafener Polizeipräsident fragt direkt nach, ob wir denn nicht wieder die Ermittlertruppe aus dem Mainzer Fall einberufen können, das habe auch der Speyerer Weihbischof angefragt. Die Kirche brauche jetzt nicht noch mehr schlechte Publicity. Und die Stadt macht sich Sorgen, dass der tragische Fall ein schlechtes Licht auf das laufende ›Salierjahr‹ wirft.«

Er machte eine kurze Pause und lachte dann sarkastisch. »Ich warte nur darauf, dass ich in den nächsten Stunden auch noch Rom in der Leitung habe.«

Maria Zoely hatte aufmerksam zugehört – sie konnte sich denken, was der Polizeipräsident als nächstes zu sagen hatte.

»Und daher dachte ich«, so der Polizeipräsident, »wir schlagen mehrere Fliegen mit einer Klappe. Wir schicken Sie zur Ermittlung nach Speyer, wo Sie die Sonderkommission ›Dom‹ leiten werden. Nach Abschluss der Ermittlungen übernehmen Sie die freie Stelle der Hauptkommissarin in der K1 in Speyer. Und läuft die Sache wieder so gut wie in Mainz, könnten Sie auch eine Stelle als Erste Hauptkommissarin bekommen – oder nach Ludwigshafen gehen. Mein Kollege würde Sie sowieso gleich in die Direktion holen, nachdem Sie hier eine so ergiebige Ermittlungsarbeit an den Tag legen. Die öffentliche Ausschreibung in der Pfalz können wir so drehen, dass die Sache rund wird. Ihre Bewerbung wäre dann auch vom Tisch – und ich glaube, dass das ganz in Ihrem Sinne wäre. Zumal Sie ja auch aus der südlichen Landesregion stammen. Wären Sie damit einverstanden?«

Überrumpelt sah Maria Zoely vom Polizeipräsidenten zu ihrem direkten Vorgesetzten und wieder zurück. Das war viel auf einen Schlag. Außerdem schien es wieder ein Fall zu sein, der es in sich hatte – vom kriminalistischen Standpunkt aus, aber auch wegen der Ermittlungsarbeit in Kirchenkreisen. Spannend schien er allemal zu werden.

»Worum geht es eigentlich genau?«, fragte sie erst einmal nach, auch um Zeit zu gewinnen.

In groben Zügen erläuterte der Polizeipräsident den bisherigen Stand der Dinge: ein toter Domkapitular, Ermittlungen wegen einer nicht geklärten Todesursache, fehlende Spuren an markanten Stellen – die Entscheidung der Staatsanwaltschaft, in einem Tötungsdelikt zu ermitteln.

»Ich kann Ihnen natürlich jetzt keine weiteren Einzelheiten schildern, aber der Fall scheint klar zu liegen: Fremdeinwirkung. Genaue Obduktionsergebnisse stehen aber noch aus.«

Der Polizeipräsident sah Maria Zoely erwartungsvoll an.

»Die Soko wird momentan gerade zusammengestellt und soll so bald wie möglich anlaufen. Der Druck von den Amtsinhabern in Speyer ist, wie gesagt, massiv. Stadt und Bistum befürchten einen Riesenskandal.«

Gespannt blickten der Polizeipräsident und ihr Chef Blechmayer sie an. Dann beeilte sich der Polizeipräsident hinzuzufügen, dass natürlich die Polizei und nicht zuletzt auch die Öffentlichkeit, die durch die Staatsanwaltschaft vertreten werde, ein Interesse im Rahmen des Strafrechts habe.

Maria Zoely resümierte, dass ihr Präsident in einer Zwickmühle saß und vor allem auch ohne Gesichtsverlust aus der Nummer kommen wollte. Eine schnelle Antwort wurde von ihr erwartet, und sie wägte Für und Wider rasch ab. Am drängendsten war im Moment der Wunsch, woanders als in Mainz zu ermitteln. Speyer kam ihr in diesem Zusammenhang auch insofern gelegen, dass sie als gebürtige Bad Dürkheimerin dort näher an ihrer Heimat sein würde.

So hörte sie sich couragiert und fast von sich selbst überrascht sagen: »Einverstanden, ich übernehme den Fall.«

Da sie die stille Freude des Polizeichefs sah, ergriff sie, um sich noch ein Hintertürchen offen zu halten, die Gelegenheit beim Schopf und schob schnell nach: »Aber ob ich dauerhaft in die Pfalz möchte, würde ich mir gerne noch überlegen.«

»Da sehe ich kein Problem.« Der Polizeipräsident grinste Oberrat Blechmayer vielsagend an. »Schön, dass Sie sich für den Fall erwärmen können. Ich dachte mir, dass Sie ihn nicht ablehnen würden, deshalb habe ich auch schon ein paar Dinge für Sie vorbereiten und in die Wege leiten lassen. Sie haben noch heute Nachmittag einen Termin beim Gerichtsmediziner, der gerade die Obduktion der Leiche vornimmt.«

Maria Zoely staunte denn doch, dass der Polizeipräsident so schnell bei der Sache war. Ein wenig dreist war es schon, aber als Beamtin war sie immerhin weisungsgebunden. Sie öffnete gerade den Mund, als der Polizeipräsident – sie vermutete, dass es so etwas wie Telepathie doch geben müsse – nachschob: »Und wegen einer Unterkunft in Speyer müssen Sie sich momentan auch keine Gedanken machen. Darum haben wir uns schon gekümmert.«

5

Die Fahrt am Nachmittag zur Gerichtsmedizin in Heidelberg verlief ruhig, sah man von den teilweise beunruhigenden Motorgeräuschen ihres Kadetts ab, die Maria Zoely aber kannte, so dass sich ihre Herzfrequenz deswegen nicht erhöhte. Außerdem hing sie noch ihren Gedanken an den heutigen Morgen nach.

In ihrer Wohnung in der Faulhaberstraße hatte sie in aller Eile ihre Tasche für ein paar Tage gepackt und sich dann einige belegte Brötchen organisiert. Sie dachte daran, dass Michael von Faulhaber vor seiner Zeit als Münchner Erzbischof zunächst Bischof von Speyer gewesen war.

Bei der Durchfahrt zur Autobahn registrierte sie die 40er-Zone-Schilder, die sie jeden Morgen belächelte. Sie konnte sich bei ihrem Anblick stets die sicher lebhafte Diskussion im Stadtrat zwischen Befürwortern und Gegnern eines Tempolimits auf 30 km/h vorstellen. Offensichtlich hatte man sich als Kompromiss auf 40 km/h geeinigt. Diese Schilder waren ein echtes Kuriosum. Sie hatte sie schon öfter für 40. Geburtstage verschickt und dabei mehrmals die Rückfrage bekommen, ob es sich hierbei um eine Fotomontage handelte. Für ihren alten Kadett war die 40er-Zone indessen eine willkommene Regelung.

Während sie Bretzenheim hinter sich ließ, durchlebte sie noch einmal das Gespräch mit ihren Vorgesetzten. Das war tatsächlich ein geschickter Schachzug der beiden Männer gewesen! Ihrem Versetzungswunsch hatte man entsprochen, ihre privat-berufliche Konstellation war dadurch entknotet worden, und sie hatte eine neue Karrierechance erhalten. Der Ludwigshafener Polizeichef konnte bezüglich der Besetzung von außen mit Druck von vielen Seiten und der Notwendigkeit einer schnellen Aufklärungsarbeit argumentieren und hatte dem Konkurrenzkampf um die Stelle vorgebaut. Dass sie dabei die Buhfrau war, musste sie schlichtweg in Kauf nehmen.

Blieb eigentlich nur noch, den Todesfall im Speyerer Dom zu klären. Sie lächelte – ein wenig selbstironisch. Aber andererseits trat sie beruflich immer sehr bestimmt auf und zeigte eine enorme Leistungsbereitschaft, das strahlte eine selbstbewusste und positive Haltung aus, so dass sie dieser neuen Aufgabe gerade an dem neuen Ort und der ungewohnten Umgebung mit Spannung und Freude entgegenfieberte.

Trotzdem blieb sie gelassen genug, auf manchen Streckenabschnitten nach Heidelberg noch einige Melodien zu pfeifen, da das Radio heute Mittag nicht spielen wollte, zumindest nicht am Stück. Als ihr bewusst wurde, dass sie einen Kirchenfall zu lösen hatte, flocht sie in ihr Pfeifkonzert, das maßgeblich von den Hitparadenerfolgen der 90er dominiert war, das jugendbewegte »Laudato Si« ein, meist respektlos als »Lauda Tussi« verhöhnt. Bei diesem echten Evergreen des Neuen Geistlichen Liedes achtete sie auch darauf, das Tempo nicht zu steigern, wie sie es in Gottesdiensten leider oft erleben musste.

Als sie Heidelberg erreichte, musste sie unwillkürlich lächeln: Ihr Chef hatte wohl alle Aspekte berücksichtigt, dann eins und eins zusammengezählt und sich ausgerechnet, dass sie einfach nicht Nein sagen konnte.

Der Clou an der Sache war, dass der Mainzer Polizeipräsident mit dem Ludwigshafener Kollegen auch gleich eine Dienstwohnung für sie organisiert hatte. Mit einem Schmunzeln hatte er ihr berichtet, dass der Speyerer Weihbischof persönlich ihn und seinen Ludwigshafener Kollegen auf eine schnelle Aufklärung gedrängt habe. Dass nicht gleich der Bischof selbst in der Leitung hing, war der Tatsache geschuldet, dass der gerade an der Vollversammlung der deutschen Bischöfe in Würzburg teilnahm. Da habe er die Gelegenheit beim Schopf ergriffen und unverblümt nachgefragt, ob es denn im Bistum nicht vorübergehend eine leere Wohnung gäbe, es würde die Arbeit doch beschleunigen, wenn die leitende Ermittlerin nicht immer zurück nach Mainz müsste. Er wisse doch um die unregelmäßigen Arbeitszeiten und die zeitraubende Ermittlertätigkeit – und die Möglichkeiten, die sich für die Ermittlerin vor Ort überhaupt erst ergeben würden.

Er habe Glück, meinte der Speyerer Weihbischof, das Priesterseminar am Germansberg sei in der Auflösung begriffen, weil sich nicht mehr genug junge Männer für den Priesterberuf entschieden. Dort seien bis zum Verkauf der Gebäudeanlage auf jeden Fall noch Zimmer frei, eigentlich könne sie sogar gleich einen ganzen Flur beziehen.

Der Mainzer Polizeichef wollte sich schon für den schnellen und unkomplizierten Service bedanken, als der Weihbischof hinzufügte, es gäbe natürlich einen entsprechenden Rabatt auf das Zimmer, und er werde dies umgehend persönlich seiner Finanzkammer mitteilen, damit diese es bei der Rechnungsstellung berücksichtige.

Der Polizeichef machte gute Miene, wollte sich keine Blöße geben und willigte ein. Schließlich war dies ein weiterer Köder, um Maria Zoely von der einen an die andere Domstadt am Rhein zu lotsen. Dem Land als Kostenstelle konnte man den Deal als zwingende Kosten in einem unaufschiebbaren Fall mit Priorität A vermitteln. Die Kosten würden sich immerhin im Rahmen halten, was man von den Landesmitteln für den Nürburgring seiner Meinung nach nicht sagen konnte. Immerhin hatte er die Mietzeit vorerst auf einen Monat begrenzt und Maria Zoely angewiesen, sich in diesem Monat eine eigene Wohnung zu suchen, sollte es ihr in Speyer gefallen.

»Das ist ja einmal prominente Kundschaft!«, hatte sie der Heidelberger Gerichtsmediziner, Prof. Dr. rer. nat. Dr. med. Dr. h. c. mult. Manfred Berger, wie das Büroschild auswies, begrüßt, ein rundköpfiger, athletischer Mediziner Anfang sechzig mit einem weißen Kranz Resthaare. Er machte einen freundlichen, aber bestimmten Eindruck.

»Ich?«, fragte Maria Zoely etwas irritiert.

»Äh, nein, zum Glück gehören Sie nicht zu meiner Kundschaft – oder besser noch nicht – oder sagen wir mal: hoffentlich nie!« Berger lachte schallend – ein wenig unpassend in diesen weiß gestrichenen und steril gefliesten Räumen. Sie ließen trotz sorgfältig ausgesuchter Kunstdrucke abstrakter Malerei vermuten, dass hier Genesungswünsche an die Patienten definitiv zu spät kamen.

»Ich spreche von dem hohen Herrn aus dem Speyerer Domkapitel, der hier in der Tiefe einer unserer Blechkühlschränke ruht.«

Zahlreiche Nachschlagewerke, loses Papier, zwei fest installierte Rechner und ein angekoppeltes Laptop, auf denen ein augenscheinlich modernes Analyseprogramm lief, wie das Design der Programmfenster vermuten ließ, nahmen den freien Platz auf den Stellflächen von Bergers Büro ein.

»Ich freue mich, dass wir uns jetzt schon treffen können. Ich dachte nicht, dass wir heute noch miteinander sprechen würden«, entgegnete Maria Zoely.

Manfred Berger lachte. »Wir sind hier von der schnellen Truppe – die Speyer Kripo aber auch, das muss man schon sagen. Aber wir haben heute hier nur den einen Fall, da wollte ich nicht lange fackeln. Außerdem hat der Polizeipräsident schon angerufen. In Speyer brennt wohl die Hütte.«

Er grinste vielsagend und schob dann hinterher: »Damit meine ich nicht den Dom.«

Maria Zoely lächelte. »Vielen Dank, dass Sie die Ergebnisse Ihrer Untersuchung gleich mit mir durchgehen wollen. Außerdem möchte ich mich einfach vorstellen, wir werden uns demnächst öfter sehen.«

»Das freut mich«, Berger lächelte freundlich zurück, »für Sie und mich natürlich, weniger für unsere Kunden. Und was meine Obduktionsergebnisse angeht: Mit mir können Sie immer Tacheles reden. Ich muss natürlich den Bericht im medizinisch einwandfreien Jargon verfassen«, meinte der Gerichtsmediziner mit hochgezogener Braue und einem verschmitzten Schmunzeln im Gesicht, »ich habe ja auch einen Ruf zu verteidigen – aber nicht Ihnen und der Polizei gegenüber. Es ist schön für mich, dass die Polizei meine Arbeit als wichtigen Bestandteil sieht.« Er machte eine kleine Kunstpause und fuhr dann fort: »Ich habe ein eigenes Gerechtigkeitsgefühl. Meine Arbeit dient schließlich in diesen Fällen einem höheren gesellschaftlichen Zweck.« Er hielt kurz inne. »Nun aber genug mit dem Coming-out. Come in – und finden Sie wieder heraus«, spielte er auf einen sprachlich verkorksten, aber bekannten Werbeslogan an. »Hereinspaziert in die gute Stube – mit dem besonderen Service eines Obduktionsberichts im Klartext.«

Maria Zoely musste wieder lächeln, der Gerichtsmediziner machte seinem guten Ruf als freundlicher und verständlicher wie verlässlicher Kollege der medizinischen Todesfallanalyse alle Ehre. Er war schon lang eine Koryphäe auf seinem Gebiet, weit über Baden-Württemberg und Rheinland-Pfalz hinaus bekannt – und hatte bereits so manchen Ruf an andere Universitäten abgelehnt. Einerseits war ihm die Metropolregion Rhein-Neckar so ans Herz gewachsen, dass er weder umziehen noch sich einen fahrbaren Untersatz zulegen wollte, so dass man ihn außer Haus fast immer auf seinem geliebten Rennrad sah. Andererseits war auf sein Betreiben hin seine Gerichtsmedizin auch für Obduktionen aus Rheinland-Pfalz zuständig, nachdem das Land ein entsprechendes Kooperationsabkommen mit Baden-Württemberg unterzeichnet hatte. Beide Länder sparten dadurch Geld – und die Heidelberger Gerichtsmedizin hatte außerdem eine breitere Arbeits- und damit Datenbasis für ihre Forschungsarbeit. Eine eindeutige »Win-win-Situation«, wie der Gerichtsmediziner bei einem Interview des SWR kürzlich ausdrücklich betonte. Maria Zoely hatte sich das Interview noch schnell in ihrer Mainzer Dienststelle im Internet angeschaut. Bei dieser Gelegenheit konnte sie dem Namen, der mit spektakulären Obduktionsergebnissen immer wieder in den überregionalen Zeitungen zitiert und von anderen europäischen Gerichtsmedizinern konsultiert wurde, endlich ein echtes Gesicht zuordnen. Sie hatte sein Konterfei bisher nur als Bild in Zeitungen und als Illustration auf der institutseigenen Website gesehen.

Der Gerichtsmediziner führte Maria Zoely durch mehrere ebenfalls nüchtern weiß gehaltene Gänge zum Raum mit den berühmten Kühlfächern. Er öffnete routiniert eine Stahltür, rollte die darin befindliche Bahre auf ein fahrbares Gestell und die abgedeckte Leiche zu einem gut ausgeleuchteten Untersuchungstisch. Dort hob er die Plane über dem Oberkörper auf.

Ein friedliches Gesicht kam zum Vorschein, aus dem keinesfalls abzulesen war, dass dieser Mensch nicht eines natürlichen Todes gestorben war.

»Interessant wird es hinten.« Der Gerichtsmediziner drehte mit geübtem Schwung die Leiche um 90 Grad und wies auf bläuliche Verfärbungen auf dem Rücken hin. »Diese Stellen stimmen vom Druckmuster her mit den Treppenstufen des Königschors überein – ich habe mir die Maße der Treppe von Ihren Kollegen mailen lassen.«

»Also könnte es ein unglücklicher Sturz gewesen sein?«, mutmaßte Maria Zoely.

»Für den Laien durchaus. Jetzt kommt es aber – schauen Sie ...« Der Gerichtsmediziner zeigte auf eine Stelle am Hinterkopf. »Das hier könnte auch von einer Treppenstufe stammen. *Könnte*, das will ich noch einmal betonen. Man würde es vielleicht bei einer schnellen Leicheninspektion auch so deuten. Aber –«, er machte eine bedeutungsschwere Pause, »alle diese Flecken«, er deutete auf die regelmäßig verteilten Druckstellen, »sind für einen Sturz dieser Art zu schwach ausgebildet. Einem jungen Kollegen wäre dies vielleicht nicht aufgefallen, aber wenn Sie einmal, wie ich, über dreißig Jahre hinweg immer wieder Hämatome, Hautabschürfungen und Prellungen betrachten, dann gehören die sozusagen zur engeren Bekanntschaft.«

Wieder ein lauter, aber freudloser Lacher. Er zeigte auf die Nackengegend:

»Diese Stelle kam mir gleich komisch vor. Beim Sturz auf die Treppe konnte der Tote mit dem Nacken nicht so aufgeschlagen sein, dass das Genick derart massiv geschädigt wird. Aber er konnte sich auch nicht das Genick gebrochen haben und dann die Stufen bis zur Ausgangsposition gefallen sein. Der Mann hätte gleichwohl heruntergerutscht sein können –

dafür gibt es aber kaum Spuren an der Leiche – und wie Ihre Kriminaltechnik ermittelt hat, nur geringe Stoffabriebspuren im Dom. Außerdem wäre eine derartige Fallbewegung völlig widernatürlich.«

Während seiner Darlegungen war er an einen Seitentisch getreten. Darauf befanden sich das Modell einer Treppe und eine Holzgliederpuppe, anhand derer er die möglichen Situationen nachstellte.

»Da aber die Hämatome so aussehen, als seien sie zwar kurz danach, aber eben erst nach dem Eintritt des Todes entstanden, habe ich die Genickverletzung eingehender untersucht.«

Maria Zoely wollte ihn nicht unterbrechen und nicht antreiben, immerhin ersparte er ihr die medizinischen Feinheiten und kam direkt zu den wichtigen Ergebnissen.

»Der Tote ist eindeutig an einem Genickbruch gestorben. Und dieser Genickbruch ist durch einen starken Schlag mit einem festen Gegenstand, eventuell einer Metallstange oder einem massiven Holzstab, entstanden. Wir konnten nur minimale Lackreste sicherstellen, die aber kaum zu analysieren sind, weil die Trägermenge zu gering ist. Natürlich sind auch Steinabriebspuren von den Stufen zu finden, aber diese liegen interessanterweise über den Lackresten, die viel tiefer eingedrungen sind.«

Bedeutungsvoll bestätigte er seine letzten Worte mit einem Nicken. Er fügte hinzu: »Und nun unter uns: Ich tippe eher auf eine Holzstange als auf eine Metallstange; aber für die exakte wissenschaftliche Analyse reicht das nicht aus, deswegen wird dies auch nicht in meinem Befund zu lesen sein. Sie verstehen?«

Maria Zoely verstand – und war beeindruckt.

»Das war aber eine Miniaturarbeit.« Interessiert blickte sie auf die Stellen, die der Gerichtsmediziner ihr zeigte, und betrachtete anschließend schweigend alle Druckstellen auf der Haut des Toten.

»Und falls Sie jetzt noch wissen wollen«, fuhr Berger fort, »ob ich mir in Bezug auf die Todesursache sicher bin, dann sage ich Ihnen, dass mich nicht nur meine langjährige Erfahrung zu diesem Ergebnis führt.« Er legte eine kleine Kunstpause ein, bevor er fortfuhr: »Ich gehöre einem Arbeitskreis deutscher Gerichtsmediziner an, die ein Projekt betreuen, das sich mit der Klärung von Todesfällen beschäftigt, die zunächst wie Unfälle aussehen. Wir haben hier in Deutschland eine hohe Rate ungeklärter Todesfälle und sicher eine hohe Dunkelziffer von nicht festgestellten Verbrechen mit Todesfolge. Wir haben aber auch eine hohe Rate an Unfällen, die nicht zweifelsfrei als solche anzusehen sind – und dazu gehören auch solche Fallopfer. Deshalb haben wir Kontakt zu den Technischen Universitäten in Kaiserslautern und Karlsruhe, wo in Forschungsprojekten im Maschinenbau und der Verfahrenstechnik mit Hilfe von Dummys, wie sie auch bei Crashtests von Autos verwendet werden, Fallsituationen simuliert werden. Damit können Fallbewegungen nachgestellt und die Belastungen der einzelnen Körperteile beim Aufprall simuliert werden.«

Maria Zoely erinnerte sich vage, davon in einer Kriminalzeitschrift gelesen zu haben. Das Verfahren wurde zunächst getestet für Objekte, die durch Fallbewegungen größeren Belastungen ausgesetzt werden. Später hatte man dann Anwendungen im medizinischen Bereich gesucht. Es ging – und damit war eine Menge an Forschungsmitteln im Spiel – auch um die Herstellung von Funktionsbekleidung für Berufe und Sportarten, bei denen das Fall- und damit Verletzungsrisiko äußerst hoch war. Durch die Analyse der gefährdeten Bereiche und die dann auftretenden Druckbelastungen ließ sich die entsprechende Schutzbekleidung vom Materialaufwand optimal designen.

Maria Zoely erläuterte kurz ihr Hintergrundwissen, der Gerichtsmediziner nickte erfreut.

»Genau dieses Verfahren meine ich. Also habe ich für Ihren Domherrn hier eine solche Analyse angefordert. Gewicht und Stufenmuster hatte ich ja, und mithilfe des Computers konnte ich eine 3-D-Körpersimulation nach Kaiserslautern und Karlsruhe schicken. Die Wissenschaftler haben versprochen, sich so bald wie möglich zu melden. Die Ergebnisse gehen auch direkt nach Speyer.«

Bevor Maria Zoely noch etwas entgegnen konnte, ergänzte er: »Ich sage das im Zweifelsfall auch als Gutachter vor Gericht so aus.«

Sie nickte ihm dankbar zu. Da auch der Tatort Ungereimtheiten aufwies, war sie froh, dass die Staatsanwältin schnell entschlossen die Obduktion angeordnet hatte. So konnte nun mit einer verbesserten Indizienlage wegen eines Tötungsdeliktes ermittelt werden.

Es war fast 17 Uhr, als Maria Zoely von der B 9 bei der Abfahrt »Dom/Museum« auf die B 39 einbog. Bald schon erblickte sie den die Stadt überragenden Dom, der dadurch an eine Krone erinnerte. Mit einem Kronenmotiv hatte Worms das vergangene Jahr als »Stauferjahr« gefeiert, das Motto hätte aber auch für Speyer und sein »Salierjahr« gepasst. Bevor sie den Dom erreichte, bemerkte sie überrascht ein scheinbar gerade abhebendes Flugzeug beträchtlicher Ausmaße, was sich jedoch bei genauerem Hinsehen als Highlight der Exponate des Technikmuseums Speyer entpuppte. Gekonnt und mit Sinn für Effekte war dieses Riesenflugzeug, eine Boeing 747 – oder auch Jumbojet –, auf einem hohen Sockel über dem Museum angebracht. Es war begehbar – und in kürzester Zeit zu einem Wahrzeichen der Stadt geworden.

Hinter dem Historischen Museum der Pfalz, an dem ein überdimensionales Salier-Plakat für die laufende Ausstellung warb, und vorbei am Sitz des Kirchenpräsidenten der Evangelischen Kirche der Pfalz, der gegenüber residierte, erreichte sie den Vorplatz des Domes, der sich mit seinen vier schlanken Türmen, den beiden Kuppeln, dem riesigen Langhaus und den charakteristischen, mit Grünspan überzogenen Kupferdächern zwischen der übrigen Bebauung mächtig erhob.

Maria Zoely dachte daran, dass der Dom seinen 950. Geburtstag feierte und in diesen Jahrhunderten viele Schicksalsschläge überlebt hatte. Damals wie heute nötigte er dem Betrachter allein durch seine schiere Masse Respekt ab.

Gegenüber dem Dom erblickte sie das Bischofshaus, einen langgezogenen Barockbau, der nach einer aufwendigen, langwierigen und millionenschweren Renovierung wieder in weißer Farbe und gelben Gesimsen erstrahlte, den traditionellen katholischen und vatikanischen Farben. Am Balkon des bischöflichen Palais erkannte sie das bischöfliche Wappen, in dem neben traditionellen Elementen wie Kreuz und Sonne auch eine Brezel zu sehen war. Das vom Bischof selbst gewählte Wappen war nicht nur in der Domstadt mit viel Staunen zur Kenntnis genommen worden. Man hatte den Eindruck, dass die Brezel geradezu in Speyer erfunden sein müsste: An so vielen Ecken war das Laugengebäck in vielen Geschmacksrichtungen und Härtegraden erhältlich.

Die Überraschung, dass das Zunftzeichen der Bäcker nun in einem Bischofswappen wiederzufinden war, hatte der frischgebackene Speyerer Oberhirte in einem Interview in einer überregionalen Zeitung erklärt. Maria Zoely erinnerte sich, dass der neue Bischof zunächst eine Bäckerausbildung absolviert hatte und selbst aus einer traditionsreichen Bäckerfamilie stammte. Außerdem wies er im Interview darauf hin, dass die Brezel auch ein christliches Motiv sei, erinnere sie doch an beim Beten vor dem Körper verschränkte Arme. Und gäbe es in Speyer ein treffenderes Symbol für die Dreifaltigkeit als die Brezel? – hatte er abschließend humorvoll gefragt.

Neben dem Bischofswappen und dem Wappen des Bistums Speyer, ein silbernes Kreuz auf blauem Grund, befand sich das Wappen des amtierenden Papstes. Maria Zoely betrachtete das päpstliche Wappen, das dort sicher nicht hing, weil der Speyerer Bischof vielleicht seine Wunsch-Wirkungsstätte dokumentieren oder sich selbst früh für höhere Ämter empfehlen wollte. Vielleicht war damit einfach eine dauerhafte Einladung an den Heiligen Vater verbunden.

Eigentlich sollte sich Maria Zoely bei der neuen Dienststelle vorstellen, danach sollte eine Tatortbesichtigung stattfinden. Sie wollte aber als Erstes in den Dom, den sie seit ihren Kindertagen kannte – und sich einen vorläufigen Eindruck vom Tatort verschaffen, auch wenn ihr klar war, dass ihr in diesem Fall nur ein Blick als Zaungast möglich war.

»Ut unum sint« – die Türinschrift über dem Hauptportal, eine neuere Bronzetür mit biblischen Szenen, auch aus dem Leben Jesu, sprach sie an. »Dass sie eins seien«, so viel Latein war aus ihrer Schulzeit noch übrig geblieben. Na ja, dachte sie, mit der Einigkeit war es wohl hier nicht so weit her, sonst wäre sie jetzt nicht da.

Auf dem Weg von den Eisengittern, die jetzt wieder für die zahlreichen Besucher geöffnet waren, zum Hauptportal durchquerte sie die mächtige Vorhalle, die zusammen mit dem kompletten Westbau 1854 bis 1858 nach Plänen von Heinrich Hübsch errichtet worden war, wie sie dem Vortrag einer Touristengruppe entnehmen konnte. Diese ornamental reiche Vorhalle hatte die Besucher einst schon auf die ehemals bunte Ausmalung des Doms im Nazarener-Stil eingestimmt. Nach der Restaurierung von 1957 bis 1961, bei der neben der Bemalung auch große Teile des Putzes entfernt wurden, wirkte sie aber als Übergang in das fast schmucklose Innere, bei dem man auf große kahle Steinflächen blickt, ein wenig deplatziert.

Maria Zoely wunderte sich nicht, dass die Portale geöffnet waren; man konnte den Dom schließlich nicht dauerhaft abriegeln. Außerdem hatten ihn die Spurensucher am Morgen gründlich unter die Lupe genommen und eine immense Vielzahl von Spuren entdeckt, die gar nicht alle ausgewertet werden konnten – und zum überwiegenden Teil auch nicht sachdienlich waren. Nach der akribischen Arbeit hatte die Polizeileitung beschlossen, den Dom wieder zu öffnen und lediglich den Altarbereich um die Chororgel zum Sperrgebiet zu erklären, der entsprechend gesichert war.

Schon beim Betreten des Hauptschiffs, dessen frisch renovierte und geweißte Kreuzgratgewölbe die Sandsteinbögen, -säulen und -wände des Domes hell erstrahlen ließen, sah Maria Zoely den farblichen Misston, der sich in die bekannte Optik des romanischen Bauwerks mischte: Rot-weißgestreifte Bänder sperrten den Königschor ab, der unmittelbarer Tatort war.

Dieses Zugeständnis hatte die Kriminalpolizei dem Bistum abgerungen, und das Domkapitel hatte schlussendlich zähneknirschend zugestimmt. Ein zarter Protest war auch von Seiten der Dommusiker gekommen, die momentan nicht an die Chororgel durften. Allerdings konnte nach dem Neubau auch die große Hauptorgel auf der Westempore genutzt werden, die zum Domjubiläum pünktlich fertiggestellt worden war, großteils durch die Spende einer Unternehmerfamilie finanziert.

Der abgesperrte Bereich wurde von Polizeikräften bewacht, auch dies hatte Maria Zoely der digitalen Information entnommen. Man hatte sie zwar in ziviler Kleidung postiert, mit ihren geübten Augen konnte sie aber ihre Kollegen ausmachen, die auffallend unauffällig um den abgetrennten Bereich schlenderten und Besucher mimten.

Als Maria Zoely sich dem Band näherte, das den Königschor vom Schiff trennte, sah sie in den Augenwinkeln, dass sie von einer Zivilkraft scharf beobachtet wurde. Sie wusste auch, dass sie gefilmt wurde, obwohl sie die Kamera nicht sah. Sie hielt zwar wenig von dem Spruch: »Der Täter kehrt immer an den Tatort zurück«, aber es war nicht von der Hand zu weisen, dass es durch diese Methode immer wieder den einen oder anderen Treffer gab. Einige Male hatte es sich leider erst zu spät ergeben, dass man aufgrund der Videoanalyse den Kreis der Verdächtigen hätte einschränken können.

Da sie sich dem Absperrband offenbar zu sehr genähert hatte und ihr Interesse am Tatort offensichtlich war, wurde sie von einem netten jungen Mann in einer unauffälligen Strickweste angesprochen, die überhaupt nicht zu seinem Typ passte. Sie beschloss, das bei der nächsten Dienstbesprechung zu erwähnen. Oft waren professionelle Täter bei Verbrechen mindestens so schlau und meistens besser ausgestattet als die Polizei. Der junge Mann mit der für ihn modisch suboptimalen Herrenoberbekleidung zeigte ihr unauffällig einen Dienstausweis der Polizei und bat sie freundlich, sich auszuweisen oder ihm zwanglos zu folgen. Maria Zoely hielt dem jungen Schwarzhaarigen, dessen durchtrainierte Figur sich auch unter der großväterlichen Weste nicht verbergen ließ, die allerdings die Schusswaffe im Schulterholster problemlos kaschierte, ihren Dienstausweis unter die Nase. Sie war sich sicher, dass ihr Zivilkollege auch in einer geheiligten Halle nicht vor einer Verfolgungsjagd zurückschreckte und gute Chancen hatte, diese auch zu gewinnen. Der junge Kollege betrachtete den Ausweis eingehend, nickte dann und entfernte sich so unauffällig wieder von ihr, wie er gekommen war. Sogar die direkt Umstehenden hatten nichts von dieser kurzen Begegnung bemerken können. Maria Zoely nahm sich vor, auch diese professionelle Polizeiarbeit bei der Dienstbesprechung als positiven Aspekt zu erwähnen.

Sie betrachtete den Tatort, an dem nichts mehr auf den Toten hinwies. Das Bistum und die Polizei hatten vereinbart, die Meldung über den Todesfall so knapp wie möglich zu halten, und eine unverfängliche Formulierung gewählt, die einen tragischen Unfall vermuten ließ.

Darüber, inwieweit sich mögliche Gerüchte über den Toten verbreiteten, weil die Polizei den Dom nicht im Verborgenen abgeriegelt hatte, mochte natürlich niemand eine Prognose wagen, aber die Beamten der Speyerer Dienststelle hatten bei den Zaungästen zunächst nur von einem Unfall gesprochen. Außerdem war die lokale Presse so sehr auf das Domjubiläum fixiert, dass eine mögliche Yellow-Press-Meldung auch nicht zu befürchten war. Und bis zur wöchentlichen Polizeipressenachricht am Freitag waren es auch noch ein paar Tage. Zeit, um neben der Ermittlung auch eine Strategie für die Öffentlichkeitsarbeit zurechtzulegen.

Maria Zoely war mittlerweile im südlichen Querhaus auf den dortigen Zugangstreppen angelangt, von denen man über die im Boden eingelassenen Kaiser- und Königsgräber direkt auf den Spieltisch der Chororgel blicken und den oberen Bereich des Tatorts einsehen konnte. Da sie kein Aufsehen erregen wollte, sprach sie die diensthabenden

Kollegen, die sie als Kriminaler an ihrer Art schnell erkannte, nicht an, sondern entschied, nach Schließung der Kirche noch einmal mit den Kollegen hierher zu kommen, um die Ermittlungsergebnisse zu diskutieren.

Einen Besuch in der Krypta wollte sie sich aber nicht entgehen lassen, also stieg sie die Stufen in die Unterkirche hinab und stand dann in der größten romanischen Säulenhalle Europas, die für sich allein schon ein Kleinod der Architektur war – und noch aus dem ersten Bauabschnitt des Doms stammte. Von hier ging sie in die Kaisergruft zur Grablege der Erbauer des Domes, die ebenfalls erst zu Beginn des 20. Jahrhunderts angelegt worden war und nach der Gräberöffnung und Umbettung der Skelette einen würdigen Rahmen für die Bauherren des Domes samt Familie bot.

Ihr wurde mit einem leichten Seufzen bewusst, dass sie noch wichtige dienstliche Termine wahrzunehmen hatte und ihre neue Wirkungsstätte kennenlernen musste – und sie machte sich daher wieder auf den Rückweg aus der stillen Krypta, bei der man sich wie auf einer Reise in die Vergangenheit fühlte. Sie schwelgte in Kindheitserinnerungen an die unbeschwerte Zeit in der Pfalz, die gern als »Weinland Pfalz« beworben wurde, als sie auf dem Weg zurück durch die überwölbten Seitenschiffe durch den Dom ging. Als gebürtige Pfälzerin gehörte für sie – wie für viele andere – der Speyerer Dom zur Heimat, deswegen planten auch schon die meisten Grundschulen einen Besuch dort ein. Und nicht nur die heimischen Domfans pilgerten an den Rhein; der Dom hatte auch einen internationalen Ruf, war er doch in den Romanik-Bildbänden auf den ersten Seiten, wenn nicht sogar oft auf dem Titelblatt zu finden. Nicht zuletzt hatte Helmut Kohl in seiner Kanzlerschaft immer wieder internationale Spitzenpolitiker hierher geführt.

Maria Zoely betrachtete noch einmal die überdimensional große, aber schlichte Bronzekrone, die über dem Königschor an zentraler Stelle über den darunter liegenden Kaisergräbern angebracht war – eine Nachbildung der Grabkrone von Konrad II., dem Bauherrn des ersten Doms. Das Original, bei der Öffnung der Kaisergräber 1900 bis 1906 gefunden, war heute im Historischen Museum der Pfalz, wenige hundert Meter vom Dom gelegen, zu sehen – und zierte symbolisch das Logo zum »Salierjahr«. Maria Zoely nahm sich vor, das Museum, in dem zum Jubiläumsjahr eine umfangreiche Salier-Ausstellung zu sehen war, bald zu besuchen.

Auf dem gesamten Weg durch den Dom fragte sie sich, wer ein Interesse am Tod des Domkapitulars haben könnte. Sie hatte bezüglich des Falls, der Umstände und auch wegen ihrer eigenen Situation ein wenig Bauchschmerzen, was rein psychologisch begründet war. Die Aufklärungsquote bei Mord und Totschlag lag zwar stets bei etwa 95 Prozent, aber ihr war bewusst, dass es damit immer noch genügend Delikte gab, die nicht aufgeklärt wurden. Und dieser Fall schien eindeutig in die Kategorie »dubios und mysteriös« zu gehören.

Erst jetzt nahm sie die Kühle des Speyerer Doms an diesem noch recht warmen Herbsttag wahr. Sie fröstelte ein wenig, was sie aber nur auf die Temperatur zurückführte und nicht auf den Mordfall. Sie war im Dienst schließlich sehr souverän im Umgang mit Gewaltverbrechen, wenngleich sie der Tod der Menschen nicht unberührt ließ. Vielleicht war es auch der plötzliche Gedanke an Florian, der ihr leichte Schauer über den Rücken jagte. Immerhin schien dieses private Problem jetzt mehr oder weniger langfristig gelöst. Der Abstand von Speyer nach Mainz war zwar nicht riesig, aber hoffentlich groß genug, um diese emotionale Hürde zu überwinden.

Der Domnapf vor dem Speyerer Dom, 1560 Liter Fassungsvermögen, wie von einer Führung zu hören war, die sich am steinernen Trog vor dem Westportal versammelt hatte, war auch ihr als historischer Grenzstein zwischen dem Rechtsgebiet der Stadt und dem Jurisdiktionsbereich des Bischofs bekannt.

Maria Zoely fragte sich, wer denn im Mittelalter ermittelt hätte, wenn es diesen Toten im Dom gegeben hätte – ob dann eine bischöfliche Sonderkommission eingesetzt worden wäre?

Wie die Inschrift von 1490 verkündete, war die steinerne Schale »Grenze, Schutzwall und Hort der Freiheit« und für Angeklagte »Zuflucht«. Außerdem hätte sie interessiert, ob auch die Literzahl eine theologische oder biblische Bedeutung hatte. Die 24 Oberfenster des Domes wiesen ja auf die 24 Ältesten in der Offenbarung des Johannes hin, die 12er-Zahl der Säulen im Hauptschiff spielte eine tragende Rolle in der Bibel, und auch geometrische Formen am Dom, wie etwa integrierte dreieckige Strukturen, stellten wichtige Bezüge zu den Aussagen des Glaubens her, – wie sie dem Vortrag einer Gruppenführung gerade entnehmen konnte.

Bevor sie jedoch noch intensiver über die schalenförmige Immunitätsgrenze nachdenken konnte, kam ihr – mit einem breiten Lächeln im Gesicht – Kommissar Gerhard Kranich entgegen.

Der Ludwigshafener Polizeichef hatte verfügt, dass Kranich in diesem sensiblen Fall aufgrund seiner profunden Kenntnisse über den Dom und das zugehörige Bodenpersonal Gottes eine unschätzbare Kontaktperson sei. Zoely war für diese Entscheidung sehr dankbar, zumal Kranich einen überaus sympathischen ersten Eindruck machte – ein offenbar mit sich und der Welt zufriedener Mann auf dem Weg in den Ruhestand, der nun schnurstracks auf sie zukam und sie herzlich begrüßte.

»Sie haben mich gleich erkannt?«, fragte Maria Zoely, angenehm überrascht über den unerwartet freundlichen Empfang.

»Na ja, über EPOS kam ein Foto und die Meldung über Ihre Ankunft in Speyer«, erwiderte Kranich, was zeigte, dass er das elektronische verschlüsselte Postsystem der rheinland-pfälzischen Behörden nutzte und sich trotz seines unmittelbar bevorstehenden Ruhestandes beruflich noch immer auf dem Laufenden hielt.

»Aha.« Maria Zoely überspielte schnell ihre Verwunderung und lächelte freundlich zurück. »Ich freue mich ebenfalls, Sie kennenzulernen.« Sie schüttelte dem älteren Kollegen die Hand.

»Den Domnapf brauche ich Ihnen wohl nicht mehr zu erklären, Sie sind ja Pfälzerin«, fuhr Kranich fort und schlug mit ihr den Weg zur Maximilianstraße und damit zur Polizeiinspektion ein.

Die Speyerer haben schnell recherchiert, dachte Maria Zoely leicht amüsiert. Wenigstens musste sie nun nicht mehr befürchten, dass sie als Neue in der Pfalz zu einer nächtlichen Elwetritsche-Jagd eingeladen wurde – die liebenswerte pfälzische Legende über die einheimischen Fabelwesen kannte sie schon seit Kindertagen. Angeblich konnten aber immer wieder Nicht-Pfälzer mit der Mär auf den Arm genommen werden, selbst wenn sicher keiner mehr bereit war, mit Sack und Laterne in der Nacht durch den Pfälzerwald zu ziehen.

Auf ihrem gemeinsamen Weg zur Kommandozentrale der Sonderkommission »Dom« in der Speyerer Dienststelle wurde Kranich mehrfach von Passanten gegrüßt. Er schien hier bekannt zu sein wie der sprichwörtliche bunte Hund, dachte Maria Zoely.

In der Dienststelle wurden sie von der handverlesenen Soko empfangen. Maria Zoely hatte zunächst noch ein klammes Gefühl in der Magengegend gehabt, wie man sie als »Hereingerutschte« aufnehmen würde, musste aber nun feststellen, dass ihre künftigen Mitarbeiter beim ersten Augenschein allesamt einen sympathischen, offenen Eindruck machten.

Kriminaldirektor Voigtländer von der Ludwigshafener Direktion war eigens gekommen, um sie vorzustellen. Er hielt sich knapp mit seiner Begrüßung und drückte vor allem seinen Wunsch nach einer schnellen Aufklärung aus.

Klasse, dachte Maria Zoely, der Druck nimmt ja immer mehr zu.

Ein sportlicher Mittdreißiger mit dichten dunkelblonden Haaren, der in Jeans und einem dezent farbigen Hemd einen souveränen Eindruck machte und sich als »Niclas Dängler« vorstellte, ergriff schließlich das Wort. Er begrüßte sie im Namen der Speyerer Dienststelle und rief dann die Soko »Dom« im Besprechungszimmer zusammen. Dort trug er die bisherigen Ergebnisse und Erkenntnisse noch einmal vor.

Oberkommissar Niclas Dängler war Maria Zoely schon beim Eintreten angenehm aufgefallen – umso erfreulicher fand sie es jetzt schon, dass sie künftig mit ihm zusammenarbeiten würde. Bei allem dienstlichen Engagement machte Dängler den Eindruck, als wäre er einem gemütlichen Abend in einer der zahlreichen Kneipen oder Bistros von Speyer nicht abgeneigt. Kranich hatte schon beim Weg in die Dienststelle auf die Bedeutung der Stadt als Wohnort mit der höchsten Kneipendichte Deutschlands aufmerksam gemacht. Trotzdem mahnte sie sich, in diesem Fall auf die Gefühlsbremse zu treten. Sie wollte nicht riskieren, schon wieder eine Beziehung mit einem Kollegen zu beginnen.

Schließlich war sie hierhergekommen, um sich mit ganzer Kraft ihrer Arbeit zu widmen.

Dängler referierte die wesentlichen Fakten. Der tote Domkapitular, die Indizien dafür, dass es kein Unfall war, und die unbrauchbare Masse an Spuren im Dom, die, wie Dängler ausführte, dazu beitrug, dass der Chorraum des Doms wieder freigegeben werden sollte.

»Wir haben allein rund um die Orgel von so vielen Personen Spuren aufgenommen, dass wir sicher halb Speyer vernehmen könnten.«

Dängler warf einen schnellen Blick auf Maria Zoely: »Wir werden uns morgen als Erstes das Dienstzimmer des Domherrn vornehmen – wir haben beim Generalvikar einen Termin.«

Dängler erklärte, dass das Dienstzimmer unmittelbar nach der Bestätigung der Staatsanwaltschaft, dass Ermittlungen aufgenommen würden, versiegelt worden war. Zuvor hatte aber dort die Spurensicherung ihre Routine abgearbeitet. Ebenso stand Birglbichlers Privatwohnung am kommenden Tag auf dem Programm.

»Die Spurensicherung war schon dort. Die Privatwohnung wird außerdem von einer Streife bewacht.«

Maria Zoely war angenehm überrascht über das schnelle Arbeitstempo und das zuvorkommende Auftreten der Speyerer Kripo. Dass sie außerdem gleich als neue Führungskraft akzeptiert und in das Team integriert wurde, verbuchte sie ebenfalls positiv.

»Dann lassen Sie sich mal nicht aufhalten und legen gleich los«, ermunterte der Kriminaldirektor, der mit diesem verbalen Feuerwerk an Sprachfreude, intellektueller Rhetorik und Mitarbeitermotivation auf die Kaffeemaschine zusteuerte. »Allein wegen eurem Kaffee würde ich die Kriminaldirektion glatt von Ludwigshafen nach Speyer verlegen lassen«, fügte er gut gelaunt hinzu.

Aha, der Pfälzer Genitiv, dachte Maria Zoely amüsiert.

Der Kaffeevollautomat in der Dienststelle war eine Gemeinschaftsanschaffung. Reihum war jeweils ein anderer der Nutznießer für die Bohnenlieferung verantwortlich, so dass jeder Kaffeesüchtige in finanziell erträglicher Weise auf seine Kosten kam.

»Wir haben heute eine Bohnensorte aus dem Bistum Cyangugu aus dem Westen Ruandas«, erklärte Gerhard Kranich. »Das Bistum ist das Partnerbistum der Diözese Speyer. Wir beziehen dort von einer Genossenschaft Kaffeebohnen, die in der Pfalz geröstet werden; die dortigen Kaffeebauern erhalten feste Preise und eine langfristige Handelsbeziehung.«

Der Kriminaldirektor nickte anerkennend, so dass sich Kranich zu der Anmerkung genötigt sah: »So sorgen wir nicht nur in der Pfalz für ein bisschen mehr Gerechtigkeit.«

Krübling, der schon eine Weile unruhig war, weil er darauf hoffte, dem morgendlichen Rapport auch einen Beitrag zusteuern zu können, nutzte eine kleine Pause, um sich einzubringen: »Also, ich habe Korbinian Birglbichler schon mal gegoogelt.« Nachdem sich keine Reaktion bei den Anwesenden zeigte, legte er nach: »Soll ich kurz erzählen, was ich gefunden habe?«

»Nein«, entschied der Polizeidirektor, »ich glaube, auf diese Idee sind hier schon alle gekommen.«

Ein allgemeines Grinsen breitete sich auf den Gesichtern der Anwesenden aus, die gleichzeitig zustimmend nickten.

Der Polizeichef nutzte aber die Gelegenheit, um Krübling in väterlich-vertrautem Ton zu fragen: »Ist Ihnen denn bei dieser Online-Recherche etwas aufgefallen?«

»Na ja, Birglbichler war Pfarrer in einer Landgemeinde in Bayern. Auf der Homepage war ein Bild, das man aber nicht weiter vergrößern konnte, und ein Text über seinen Abschied und die Einführung des neuen Pfarrers.«

»Aha. Und wie bewerten Sie diesen Text?«, examinierte Voigtländer den mittlerweile recht unsicheren Krübling, der nicht gerade auf diese Weise im Mittelpunkt der Aufmerksamkeit stehen wollte und sich wegen seines Schnellschusses nun schon ein wenig ärgerte.

»Es stand nur drin, dass Birglbichler etwa sechs Jahre Pfarrer war, zuvor Kaplan im Stab des Bamberger Erzbischofs, vorher Studium, auch in Rom, ganz normal alles. Promotion ...«

»Ja, ja, ja. Das haben wir alles gelesen. Ich wollte eigentlich wissen, wie *Sie* die Darstellung fanden?« Voigtländer wirkte ungehalten.

»Es war halt ein Bericht. Mehr nicht. Wie soll ich das denn finden?«

»Dann lesen Sie mal die Online-Veröffentlichung der Gemeinde Böhl-Iggelheim über den Abschied des vorigen Pfarrers nach, und dann sprechen wir uns noch einmal.«

Der Kripochef nickte den Anwesenden zu und beendete das Treffen, indem er sich seinem Kaffee sowie zwei jungen Kommissaranwärterinnen zuwandte. Sie gehörten nicht der Soko an, was Maria Zoely spontan bedauerte, da die jungen Frauen einen aufgeweckten Eindruck machten.

Kranich hatte ihren Blick bemerkt und ihr beim Hinausgehen zugeraunt: »Ja, wir haben hier schon gute Leute ...« und dann lachend hinzugefügt: »Und das stinkt auch nicht.«

Die Soko umfasste neben Maria Zoely und Dängler als leitenden Ermittlungsbeamten Kranich als Kontaktperson und

Krübling, der offenbar den Polizeichef derart mit Strategien und Motivspekulationen genervt hatte, dass der ihn kurzerhand in die Truppe steckte. Kranich hatte ihr diese Episode auf dem Weg vom Dom amüsiert erzählt.

»Sie sind wohl immer gut im Bild«, hatte Maria Zoely darauf freundlich erwidert. Er verstand die nette Geste sofort, zeigte dabei auf seinen Vollbart und frotzelte: »Der Mann mit dem Bart ist der Mann mit dem Plan.«

Bei Krübling hatte Maria Zoely die Befürchtung, dass ein solcher Heißsporn eher ein Hindernis sein könnte. Vielleicht sollte sie sich aber auch einfach mit Kranichs Zusage abfinden, dass Krübling eine sehr engagierte Wühlmaus sei, dem kein Arbeitseinsatz lästig falle.

Dem Team gehörte noch Kriminalkommissarin Daniela Pfeffer an, eine 33-jährige Rothaarige mit leuchtend grünen Augen, die Krüblings schmachtende Blicke während Dänglers Zusammenfassung mit einem freundlichen, aber distanzierten Lächeln quittierte. Sie sollte die Ermittlung koordinieren, den Kontakt und die Kommunikation mit der Direktion Ludwigshafen aufrecht halten, Zwischenberichte verfassen, Pressearbeit machen und im Zweifel das LKA hinzuziehen.

In der Speyerer Inspektion wurden außerdem noch die Kriminalkommissare Holger Blumke und Piotr Dziwicz, beide aus der Speyerer Dienststelle, eingesetzt, die für die zusätzliche Aktenarbeit und Recherchen, Telefonate und Unterstützung bei den Ermittlungen zuständig waren. Blumke und Dziwicz schienen gern und oft zusammenzuarbeiten, was einen optisch ganz interessanten Kontrast ergab: Blumke war hellblond und dürr, Dziwicz schwarzhaarig mit leichtem Bauchansatz, beide Anfang bis Mitte 30. Kranich hatte Maria Zoely auf dem Weg schon verraten, dass die beiden auch in der Freizeit viel miteinander unternahmen, so dass sie intern nur »Blisch und Blum« genannt wurden, frei nach dem Hundedoppel »Plisch und Plum« bei Wilhelm Busch, dem sie auch optisch recht nahe kamen.

Maria Zoely empfand die insgesamt recht junge Truppe auf den ersten Blick ausgesprochen sympathisch, dynamisch und zugänglich und hoffte, dass der erste Schein sie nicht trog.

Dass die Arbeit bei allem gemütlichen Beisammensein auch in den Abendstunden noch rief, brachte Piotr Dziwicz nun in Erinnerung. Er ging an seinen Schreibtisch und kehrte mit einem Papierausdruck zurück.

»Die Universitäten Kaiserslautern und Karlsruhe haben die Analyse des Gerichtsmediziners bestätigt. Bei keiner Fallbewegung kann das Genick auch nur ansatzweise derart belastet werden. Möglicherweise wäre der Tod durch eine Verletzung des Hinterkopfs oder infolge einer massiven Gehirnschädigung eingetreten. Aber eine derartige Nackenverletzung schließen beide Universitäten unabhängig voneinander aus.«

Dieses neue Indiz, das die Ermittlung in einem Tötungsdelikt untermauerte, wurde ohne weitere Kommentare entgegengenommen, zumal eine ausführliche schriftliche Begründung ausgeteilt wurde, über die sich Dänglers und Zoelys Köpfe sofort senkten.

Nach einem schnellen Querlesen bedankte sich Maria Zoely für die freundliche und kollegiale Aufnahme und erinnerte nochmals an die Termine des nächsten Tages. Dann packte sie sich einige Akten als Lektüre zusammen, die sie den Rest des Tages als Starthilfe in den neuen Fall und ihre Arbeit in Speyer durchzuarbeiten beabsichtigte. Außerdem wollte sie sich noch einen Überblick über die Dienststelle in der Domstadt und die zurückliegenden Fälle verschaffen, um sich mit der Arbeitsweise der Speyerer vertraut zu werden.

Nachdem Maria Zoely sich mit dem Papierberg in ihr neues Büro verabschiedet hatte, klingelte kurz vor dem allgemeinen Auseinandergehen noch einmal das Telefon.

Die Spurensicherung hatte ein weiteres Belastungsindiz sichergestellt. Die mikroskopische Feinanalyse von Korbinian Birglbichlers Schlüsselbund hatte ebenfalls Reste von verwischten Fingerabdrücken ergeben, was aber inzwischen kaum mehr verwunderte.

Interessanter war ein zweiter Befund: An einigen der Schlüssel war festzustellen, dass sie Anhaftungen einer wachsartigen Substanz aufwiesen, von der mikroskopische Spuren noch vorhanden waren. Diese Substanz wurde, erklärte der Kriminaltechniker am Telefon, normalerweise benutzt, um Abdrücke von Schlüsseln für Duplikate herzustellen.

»Da wollte jemand die Domschlüssel nachmachen lassen«, mutmaßte Maria Zoely.

»Könnte man meinen«, antwortete der Kriminaltechniker lapidar. »Aber die Wachsspuren befanden sich nicht an den Schlüsseln, die zum Dom gehören.«

6

Am Dienstagmorgen war Maria Zoely früh wach, weit vor dem Klingeln des Weckers, obwohl die Nacht nur kurz gewesen war.

Sie war nicht umhin gekommen, sich spät Abends nochmals in die anstrengende Papierarbeit zu stürzen. Zuvor hatte sie noch die Antrittsbesuche bei den diensthabenden Kolleginnen und Kollegen absolviert, mit denen wenigstens »small getalkt« wurde, wie Dennis Krübling scherzhaft meinte. Schließlich hatte sie zusammen mit Niclas Dängler eine große Präsentationstafel im Konferenzzimmer mit den wichtigsten Daten und Zusammenhängen beschriftet. Sie achteten dabei darauf, dass noch genügend Platz blieb für neue Erkenntnisse, immerhin standen sie erst am Beginn ihrer Ermittlungen.

Später wurde sie vom Regens des Priesterseminars empfangen, der ihr voller Elan ihr neues Domizil, das übergangsweise zugewiesene Zimmer, gezeigt sowie eine Liste mit den wichtigsten Informationen überreicht hatte – nicht ohne sie auch zu den geistlichen Veranstaltungen des Hauses herzlich willkommen zu heißen. Sie würde sich hier noch daran gewöhnen müssen, dass die Abkürzung »PS« für das Priesterseminar stand und nicht für das südwestpfälzische Pirmasens, das aber eigentlich lieber einmal SWP für Südwestpfalz geheißen hätte. Aber auch nicht alle Haßlocher waren mit ihrem Ortsnamen zufrieden.

Die Fülle an Informationen war dann aber wohl doch so erschlagend, dass sich Maria Zoely schließlich nur noch nach ihrem Bett sehnte. Eine ordentliche Portion Schlaf war auch eine der besten Voraussetzungen für eine konzentrierte und effektive Ermittlungsarbeit.

Ihr gewohntes Morgenprogramm musste heute allerdings ausfallen. Das Fahrrad stand noch in ihrem Mainzer Keller, und zum Joggen war sie einfach zu spät dran. Lieber wollte sie sich noch schnell ein klareres Bild vom Tatort verschaffen. Immerhin wurde auch in den Ermittlungsakten mit viel Fachvokabular gearbeitet, das sich auf die baulichen Gegebenheiten bezog. Vielleicht, dachte sie mit einem Anflug von Ironie, hatte der Kriminaltechniker, der den Bericht abgefasst hatte, die Arbeit bei der Polizei erst nach einem Architektur- oder Kunstgeschichtsstudium begonnen. Wenigstens hatte die Kriminaltechnik einen nummerierten Lageplan in die Akte eingefügt, der ihr die Zuordnung der Bezeichnungen zu den jeweiligen Stellen im Dom doch sehr erleichterte. In ihrem Zimmer im Priesterseminar gab es glücklicherweise WLAN, so dass sie sich die neue virtuelle Dom-Präsentation im weltweiten Netz anschauen konnte. In beeindruckenden 360-Grad-Aufnahmen konnte sie von ihrem Bett aus einen Rundgang durch den Speyerer Dom unternehmen. Den Tatort im Königschor studierte sie dabei genau. Da eine Bewegung der Maus die Perspektive veränderte, konnte sie auch den Boden des Doms und die Umgebung der Chororgel in Ruhe betrachten. Selbst die Inschriften auf den Platten, welche die Namen der in der Krypta bestatteten Kaiser und Könige angaben – alle lateinisch und zum Teil abgekürzt – waren gestochen scharf. Seltsam erschien, dass Heinrich V. etwas abseits seiner Familie eine Gedenkplatte erhalten hatte und nun direkt vor der Chororgel positioniert war.

Die Stufen, auf denen Korbinian Birglbichler gefunden worden war, führten hinab zur Ebene des Volksaltars, um den herum die Bischofsgräber lagen. Birglbichler hatte unmittelbar neben der Marienstatue auf der Treppe gelegen, erinnerte sie sich. Ob dies ein Zeichen des Täters sein sollte? Sie konnte sich allerdings noch keinen Reim darauf machen. Es erschien ihr gleichfalls bemerkenswert, dass der Domkapitular ausgerechnet zwischen der Grablege der Kaiser und der letzten Ruhestätte der Speyerer Bischöfe sein Leben beenden musste.

Sie recherchierte noch einige Fakten, was bei über einer Million Treffern zur ihrer Suchanfrage »Speyer Dom« auch kein Kunststück war. Der Tod des Domkapitulars war inzwischen auch schon überregional in den Kurznachrichten, aber, wie geplant, immer noch als Unfall verbrämt.

Mit Schrecken nahm sie die Uhrzeit wahr und sprang in Schuhe und Jacke. Nach einer zügigen Fahrt durch die Innenstadt, in der sie die Tempolimits grenzwertig einhielt und sich über die offensichtlich nicht für so viel Verkehr ausgelegten Straßen ärgerte, kam sie deshalb einige Minuten zu spät an der Kriminalinspektion an. Ihren alten Kadett parkte sie im Innenhof, wo sie und ihr fahrbarer Untersatz ebenso neugierig beäugt wurden wie in Mainz.

Da es heute wieder nicht zum Frühstück gereicht hatte, hatte sie auf der Fahrt noch einen Stopp bei einer Bäckerei eingelegt. Was das Kulinarische betraf, musste man sich in Speyer nicht beklagen, das war ihr schon bald aufgefallen.

Ihre Truppe war bereits zum Dom aufgebrochen. Sie nutzte die Möglichkeit, auf dem Weg noch ungestört eines der gekauften Brötchen zu verdrücken, so dass sie nicht befürchten musste, dass ihr Magen bei der Ortsbegehung knurrte.

Am Hauptportal hatte sie die Kollegen eingeholt, die sich gerade anschickten, den Bau zu betreten.

Am Vortag hatte sich die Soko eigens auf einen frühen Besichtigungstermin geeinigt, bevor der Besucherstrom in das Gotteshaus stürmen würde. Außerdem konnte man sich in dem großen Raum relativ laut unterhalten, ohne dass neugierige Ohren gleich Dienstgeheimnisse aufschnappten.

Obwohl der Dom jetzt noch für die Öffentlichkeit gesperrt war, beobachteten einige frühe Speyer-Besucher neugierig die kleine Gruppe in unauffälliger Zivilkleidung, die nun den Dom betrat und hinter sich das große Metallportal schloss.

Beim Durchschreiten des Mittelgangs fielen Maria Zoely die großen Messingbuchstaben im Boden auf: »O CLEMENS«, »O PIA«, »O DULCIS«, »VIRGO MARIA«.

Gerhard Kranich, der sich an diesem Morgen wieder auffallend um die neue Kollegin bemühte, bemerkte ihre Blicke und klärte auf: »Bernhard von Clairvaux war an Weihnachten 1146 hier im Dom und hat für die Teilnahme am Kreuzzug geworben. Konrad III. hat sich darauf den Kreuzzügen angeschlossen. Angeblich hat Bernhard dem alten Gesang ›Salve Regina‹ dann als Schluss die Verse ›o clemens, o pia, o dulcis virgo Maria‹ angefügt, die den Gesang seither beenden.« Er schmunzelte: »Es gibt aber noch eine weniger rühmliche Anekdote, die aber wohl erst viel später Bernhard nachgesagt wurde. Er soll beim Eintreten in den Speyerer Dom vom Gnadenbild«, damit deutete Kranich auf die Marienfigur auf den Stufen des Königschors, die sie mittlerweile erreicht hatten, »begrüßt worden sein. Heute haben wir aber eine neuere Figur hier stehen, weil die alte vermutlich in den Revolutionswirren zerstört wurde. Auf jeden Fall soll Bernhard diese Ergänzung gesungen haben – und wurde dabei freudig vom Gnadenbild angesprochen, worauf Bernhard mit dem Paulus-Wort geantwortet habe, die Frau solle in der Kirche schweigen.«

Diese Geschichte war Maria Zoely neu, wenngleich sie die Diskussion über diese Stelle bei Paulus kannte.

Auf den Stufen des Königschors war neben der Marienstatue mit dezenten Klebestreifen, die man von den seitlichen Treppenaufgängen kaum sehen konnte, die Lage des Toten markiert. Dazu wurden noch einmal die großformatigen, hochaufgelösten und kontrastreichen Tatortfotos kommentiert, die sie bereits am Vortag in den Ermittlungsakten studiert hatte.

Niclas Dängler lieferte einen knappen Bericht über die Lage der Leiche und die Ergebnisse der Spurensicherung und der Gerichtsmedizin, alles in verständlichen Worten, gut gegliedert und ohne jegliches Überlegenheitsgetue.

Dängler wäre auch ein guter Chef hier in Speyer, schoss es Maria Zoely durch den Kopf, besser als er hätte sie es auch nicht machen können.

Dängler wies nochmals auf den Schlag in den Nacken mit einem stumpfen Gegenstand hin, die Positionierung der Leiche auf der Treppe, die zahllosen Spuren von allen möglichen Personen im Chorraum, den noch laufenden Orgelmotor, die abgewischten Spuren an den Schlüsseln in der Sakristei und auf die jüngsten Erkenntnisse, nämlich die Reste eines Schlüsselabdruckpräparates.

»Es gab keine Kampfspuren und keine Abwehrverletzungen, also müssen wir annehmen, dass Korbinian Birglbichler heimtückisch erschlagen wurde. Keine Notwehr. Andererseits fehlt nichts, er hatte seinen Geldbeutel bei sich mit einem ansehnlichen Betrag sowie Geldkarten und Ausweisen, anscheinend alle komplett. Das Handy wird gerade hinsichtlich der Verbindungen überprüft, wir selbst fahren anschließend noch in die Wohnung. Bis jetzt haben wir keinerlei Anhaltspunkte.«

»Wäre nicht auch ein extremistischer Anschlag oder eine Aktion religiöser Fundamentalisten möglich?«, hakte

Krübling nach, der auch an diesem Morgen schon einen ganz aufgeregten Eindruck machte.

»Na ja, wir wollen jetzt nicht den Teufel an die Wand malen«, mäßigte Dängler den jungen Nachwuchskriminalbeamten, »aber wir werden in diesem Stadium der Ermittlungen keine mögliche Richtung von vornherein ausschließen.«

»Ich glaube auch nicht, dass wir den internationalen Terrorismus hier in Betracht ziehen sollten«, meldete sich Maria Zoely zu Wort. »Wenn es ein Verbrechen aus dieser Richtung wäre«, sie blickte ihre Kollegen an, »hätten wir sicher am Vormittag eine aufsehenerregende und medienwirksam inszenierte Aktion gesehen. Ich will jetzt nicht von einem möglichen Massaker sprechen, aber der internationale Terrorismus hat ein solches Potenzial, dass er sich kaum auf diese Weise artikulieren würde. Ich will Sie jetzt nicht mit den üblichen Statistiken und Analysen des LKA langweilen, aber mir erscheint dies eher ein lokaler oder regionaler Fall zu sein.«

Maria Zoely blickte vom Chor in den langen Kirchenraum. »Am Sonntagmorgen war hier so viel Prominenz aus Politik, Kirche und Gesellschaft versammelt, da wäre ein Anschlag aus politischem oder religiösem Fanatismus viel wahrscheinlicher gewesen. Täter aus dieser Ecke möchten schließlich so spektakulär wie möglich in die Weltpresse.« Sie schüttelte nachdenklich den Kopf. »Ich denke vielmehr an ein persönliches Motiv – und das gilt es zu finden.«

Dängler und Kranich nickten, während Krübling immer noch etwas skeptisch dreinblickte.

»Aber wenn«, ließ er nicht locker, »vielleicht schon Morgens ein Anschlag im Gottesdienst geplant war, der dann aus irgendwelchen Gründen schiefging, hätte Birglbichler vielleicht eine Art Bauernopfer sein können.«

Auf die skeptischen Blicke aller anderen hin fügte er hinzu: »Man kann ja mal laut denken.«

Maria Zoely versuchte, mit Diplomatie die Kurve zu bekommen. »Ich bin grundsätzlich froh, wenn Ideen und Vermutungen laut geäußert werden, deswegen arbeiten wir ja auch im Team. Besser, wir haben einige Ansätze, die wir verwerfen können, als keine oder nur wenige Anhaltspunkte, die unsere Arbeit massiv einengen. Ich erhoffe mir von der Analyse des Dienstzimmers und der Privatwohnung einige neue Aspekte für unser weiteres Vorgehen.«

Ihre Soko-Kollegen nickten beifällig.

Aus einiger Entfernung wurde die Gruppe von einem der Domsakristane beobachtet, der aber offenbar keinen ihrer Dialoge verstehen konnte. Die schlechte Akustik im Speyerer Dom, die alle Laute mit einem mehrere Sekunden langen Nachhall versah, tat ihr Übriges, damit alles Gesagte nur in einem kleinen Kreis verstanden werden konnte – und sich sonst zu einem Klangbrei vermischte, der jede Informationsentnahme zunichtemachte.

Im Anschluss wurde die Sakristei, die nach allgemeiner Ansicht eine nicht unerhebliche Rolle in diesem Fall spielte, von der Soko inspiziert.

Der Sakristeiwächter betonte, dass nichts fehle, auch die liturgischen Geräte seien komplett, »obwohl einiges schon ganz schön was wert ist«. Die Kelche, Monstranzen und Ziborien standen überwiegend in einem Tresor, vor allem die wertvolleren, aber es gab auch alte Kerzenhalter, Weihrauchfässer, Kreuze – sowie den Bischofsstab des Speyerer Bischofs, bei dem die Krümme, die nur auf eine metallene Tragestange aufgesteckt wird, in einem Koffer auf dem Sakristeitisch lag. Neugierig blickte Maria Zoely auf die moderne Silberarbeit, die im Samtfutteral blinkte.

»Dass der nicht weg ist …« Der Sakristan konnte seine Verwunderung nicht verbergen.

»Wegen des hohen Silberanteils?«, fragte Niclas Dängler. »Ich verfolge die Metallpreise an den Börsen nicht, aber ist der Silberpreis mittlerweile so hoch?«

Der Sakristan schüttelte den Kopf. »Nein. Das heißt, ja, deswegen auch. Aber wichtiger ist: Der Stab wurde von einem prominenten Bildhauer angefertigt.« Er nannte den Namen, »Aureus Argent«, und alle zogen erstaunt die Augenbrauen hoch. Er war einer der momentan am höchsten gehandelten Silber- und Goldschmiedekünstler, der bei Verkäufen und Auktionen immer wieder erstaunliche Preise erzielte.

»Wie kommt denn der Bischof von Speyer an einen so wertvollen Stab?« Maria Zoely war selbst überrascht.

»Die Familien des Künstlers und des Bischofs sind schon lange befreundet.« Der Sakristan wies auf einen Siegelabdruck am Rand der Krümme. »Hier sehen Sie auch das Werkstattzeichen.«

Auch ansonsten sei es verwunderlich, dass nichts weggekommen sei, »oder dass der Einbrecher nichts verwüstete«, betonte der Sakristan, der alle Schränke aufgeschlossen hatte, damit die Kriminalbeamten einen Blick hineinwerfen konnten. Höhere Geldbeträge würden nicht in der Sakristei aufbewahrt, selbst das Geld für die Kerzen stand unberührt auf dem Schrank. »Aber wer will schon seine Taschen mit so viel Kleingeld belasten?«

»Na ja, täuschen Sie sich da mal nicht. Wenn wir die Kriminalstatistik sehen, sind dort immer viele brutale Fälle mit relativ geringem geldwerten Schaden zu verzeichnen.«

Die Beamten schauten sich interessiert in allen Winkeln um.

Maria Zoely wandte sich wieder an ihre Gruppe:

»Nehmen wir an, dass die Tat Birglbichler persönlich galt – und nicht ein Raubüberfall oder ein anderes allgemeines Motiv im Vordergrund stand, so dass sein Tod etwa billigend in Kauf genommen wurde oder der Domkapitular getötet wurde, um eine andere Straftat zu vertuschen –, wer war Korbinian Birglbichler? Wem nützte sein Tod – oder besser: Wer wollte nicht, dass er weiterlebte? Für wen bedeutete er eine Gefahr?«

Ihre Botschaft kam an. Da man aber bislang noch keine näheren persönlichen Informationen über Birglbichler hatte, erwartete Maria Zoely auch keine Antwort, hoffte jedoch, Denkimpulse gesetzt zu haben, die weitere Erkenntnisse zutage förderten.

Da nach der Ortsbegehung kein Diskussionsbedarf mehr bestand und niemand den Ermittlungen der Kriminaltechnik zusätzliche bemerkenswerte Aspekte entnommen hatte, beendete Maria Zoely den Ortstermin und brach mit Krübling, Kranich und Dängler in Richtung Birglbichlers Dienstzimmer im Bischöflichen Ordinariat auf.

Auf dem Bürgersteig fragte sie im Scherz: »Und wer ist hier der Harry, der schon mal den Wagen holt?«

»Den gibt es hier genauso wenig wie im Original«, erwiderte Dängler grinsend. »Wir holen erstens die Wagen selbst, und zweitens gehen wir jetzt zu Fuß, weil das Bischöfliche Ordinariat – wir sagen hier übrigens nur kurz BO – gerade um die Ecke liegt. Nur die Kollegen von der ›Spusi‹ fahren, falls wir aus dem Büro Unterlagen mitnehmen müssen. Die können den Kram ja nicht ins Büro tragen.«

Maria Zoely lachte. Ihr war natürlich der Standort des BOs klar – immerhin nutzte sie ja die faszinierenden Informationsmöglichkeiten des Datennetzes –, sie hatte vielmehr nach einer Gelegenheit für ein unverfängliches Gespräch mit Dängler gesucht.

Krübling lief auf dem Weg neben Maria Zoely her und fragte: »Was wollte eigentlich der Chef gestern von mir? Was habe ich denn bei der Internetrecherche übersehen?«

»Sie haben es doch selbst gesagt.«

»Was denn?«

»Dass es sich um einen Bericht gehandelt hat.«

»Verstehe ich nicht. Ich weiß auch nicht, warum ich den Text vom Abschied des letzten Gemeindepfarrers von Iggelheim lesen soll.«

Kranich konnte den Jungspund nicht länger leiden sehen und erklärte es ihm: »Bevor du noch länger ›nachkrübelst‹«, er grinste ob seines in seinen Augen gelungenen Wortspiels, »in Iggelheim war der Abschied von Tränen übersät. Ein emotionaler Abschied von einem beliebten Pfarrer – und genauso gefühlsbetont geschrieben, dass einem beim Lesen fast die Tränen kamen.«

»Ach so – weil es bei Birglbichler nur so ein sachlicher Bericht war mit biografischen Hinweisen ohne großes Bedauern oder überschwängliche Bemerkungen?«

Maria Zoely nickte. »Und was folgern Sie daraus?«

»Dass die Gemeinde nicht traurig war über Birglbichlers Fortgang?«

»Ja, so habe ich das auch interpretiert.« Maria Zoely nickte. »Jedenfalls hat ihm offensichtlich niemand nachgetrauert.« Das Nicken der Kollegen zeigte ihr, dass sie mit dieser Interpretation auf Zustimmung traf. Ihr kam unterdessen eine Idee, die sie aber privat umsetzen wollte.

Am Bischöflichen Palais vorbei ging es in die Kleine Pfaffengasse, in der das Bischöfliche Ordinariat stand, das Verwaltungszentrum des Bistums.

»Witziger Name für die Straße«, meinte Krübling amüsiert.

»Hier wohnten die Geistlichen des Doms in der mittelalterlichen Stadt, also hat man zur Erinnerung diesen etwas despektierlichen Namen beibehalten«, erläuterte Kranich, als sie das alte Gebäude betraten. Dessen hölzerne Stufen, historische Fenster und Decken versprühten einen altmodischen Charme, der ein wenig die Glanzzeit des Speyerer Bistums bewusst machte, das einst wesentlich größer und bedeutender gewesen war.

Nach der Anmeldung eilte ein hageres Männchen im Collarhemd mit dünnen, dunkelbraunen Haaren auf sie zu, das sie begrüßte und sich als »Dr. Dr. Thomas Rodt, Generalvikar« vorstellte und erklärte, dass er der Stellvertreter des Bischofs in Verwaltungsangelegenheiten sei. Er war über das Kommen der Kriminalbeamten informiert und führte die Gruppe ohne großes Geplänkel direkt zu Birglbichlers ehemaligem Dienstzimmer.

Über knarrende Holzstufen des ehrwürdigen Altbaus ging es an den Ölbildern der Speyerer Bischöfe der vergangenen Jahrhunderte vorbei, von denen sich Maria Zoely fast ein wenig beobachtet fühlte.

»Wir hoffen, dass dieser Fall bald aufgeklärt wird«, meinte der Generalvikar auf dem Weg, worauf Niclas Dängler nur lapidar antwortete: »Wir auch.«

»Aber«, fuhr Generalvikar Rodt fort, »wir wünschen natürlich, dass der Fall nicht unnötig schlechtes Licht auf das Bistum wirft. Die Kirche hat momentan eine so negative Presse, dass ich Sie herzlichst bitte, mit dem entsprechenden Fingerspitzengefühl an die Arbeit zu gehen.«

»Fingerspitzengefühl können wir Ihnen garantieren«, beruhigte Maria Zoely, »aber wir sind genauso der Wahrheit verpflichtet wie Sie.«

»Verstehen Sie meine Bitte nicht falsch«, Rodt legte einen Stopp auf einem Treppenabsatz ein und schaute ihr ein wenig zu scharf in die Augen – mit einiger Nervosität, wie ihr schien –, »niemand will hier etwas unter den Teppich kehren. Aber ich bitte Sie wirklich, mit Äußerungen erst nach außen zu gehen, wenn Sie stichhaltige Beweise haben. Wir hatten in den letzten Jahren als Kirche eine schlechte Außenwirkung, die wir leider zu einem großen Teil selbst mit verschuldet haben. Dabei können wir uns hier im Bistum Speyer noch glücklich schätzen; hier haben die Wogen nicht so hoch geschlagen. Außerdem haben wir unter den Bistümern Deutschlands insgesamt einen guten Ruf. Es gibt eine Untersuchungskommission, die sogar von Rom unterstützt wird und jetzt herausfinden will, worin unsere besondere Qualität liegt.« Er warf sich stolz in die Brust, um gleich darauf wieder ein wenig in sich zusammenzusacken. »Aber ein Kapitalverbrechen wie dieses«, er schüttelte betrübt den Kopf, »brauchen wir wirklich nicht. Und nicht nur, weil diese scheußliche und gräuliche Tat ein schlechtes Licht auf Stadt und Dom wirft.«

Mit diesen Worten schloss der Generalvikar die rustikale Holztür zu Birglbichlers Dienstzimmer auf. Allgemeines Erstaunen bei den Soko-Mitgliedern folgte. Die Polizisten hatten ein barockisiertes oder zumindest antiquiertes Interieur erwartet. Statt eines überladenen, von dunklem Holz und hohen Schränken dominierten Zimmers sahen sie aber einen modern eingerichteten und sehr funktionellen Raum. Es gab zwar eine Stuckdecke, Parkett und dem historischen Gebäudestil angemessene Fenster, aber neben den modernen Heizkörpern standen hier stylische Büroregale aus Edelstahl und Holz, ein moderner Schreibtisch mit Glasplatte und Freischwinger aus schwarzem Leder mit

Stahlrohrrahmen nebst einer passenden Sitzgruppe für kleine Gesprächsrunden. Durch die kaum verstellten Wände wirkte der Raum sehr hell und einladend.

Das obligatorische Kruzifix fiel verhältnismäßig klein aus, war aber ebenfalls eine moderne Künstlerarbeit. Maria Zoely erkannte darin eine Replik der Ferula, des Tragekreuzes, das die Päpste seit Paul VI. in der Liturgie nutzten und das erst Benedikt XVI. abgelegt hatte. Es stand am Rande des Schreibtischs, der von einem Flachbildschirm und einer Funktastatur mit kabelloser Maus dominiert wurde.

Zentraler Blickfang war aber ein modernes Kunstwerk, das aus mehreren unterschiedlich langen, teilweise verkohlten Holzbalken bestand, die eine Mitte freigaben, durch die eine vergoldete glatte Fläche funkelte. Da das Werk an der Wand so aufgehängt war, dass das Tageslicht gerade jetzt darauf fiel, war der Effekt umwerfend.

Generalvikar Rodt hatte wohl ihre Blicke richtig gedeutet und erklärte, dass jeder Domkapitular sein Büro nach seinem eigenen Geschmack einrichten könne. »Und Herr Birglbichler hat Wert auf ein zeitgenössisches Büro gelegt; das wollte ihm niemand verwehren, zumal er einen Teil der Kosten selbst getragen hat.« Da ihm der interessierte Blick Maria Zoelys auf das Holz-Kunstwerk nicht entgangen war, fügte er hinzu: »Dieses Osterbild stammt aus dem Hauptaltar einer Kirche in unserem Bistum, die von einem verheerenden Brand fast völlig zerstört wurde, die Gemeinde feiert nun wieder wie früher im Schulhaus. Die Balken wurden von einem hiesigen Künstler konserviert und umgearbeitet. Birglbichler hatte das Bild als schönes Symbol für seine Arbeit interpretiert und es als Auferstehungssymbol und Hoffnungszeichen gedeutet. Es gehört Herrn Birglbichler privat ... äh, gehörte«, setzte er nach einer kurzen Pause hinzu.

Maria Zoely nickte beeindruckt und erklärte dann, dass nach der Untersuchung das Büro versiegelt werde. »Wir müssen aber sicher einige Dinge mitnehmen.«

Der Generalvikar erschien darüber nicht erfreut, hatte wohl aber schon im Vorfeld mit der bischöflichen Rechtskammer gesprochen und dort juristischen Rat eingeholt, worauf sich wohl sein Placet für diese polizeiliche Maßnahme gründete.

»Eine Frage noch«, wandte sich Maria Zoely an den Generalvikar, der Anstalten machte, sich zu entfernen. »Wer wird denn das Kunstwerk nach dem Tod von Herrn Birglbichler erben?«

Irritiert blickte der Generalvikar die Ermittlungsleiterin an.

»Ich weiß es nicht, ich hoffe aber, dass es in unserem Bistum verbleibt. Kunstschätze mit einer geistlichen Dimension sollten nicht auf einem Kunstmarkt oder einer kommerziellen Börse gehandelt werden – sie sind als Dekorationsware für private Wohnräume nicht geeignet.«

Der Generalvikar empfahl sich: »Die täglichen Geschäfte laufen leider auch bei uns weiter, selbst in einer solchen Situation, die uns alle erschüttert hat.«

Einen besonders mitfühlenden Eindruck machte der Generalvikar auf Maria Zoely nicht. Auch Kranich war die reservierte Haltung des Generalvikars nicht entgangen. Er gab ihr nach dem Entschwinden des Generalvikars zu bedenken, dass schon der Domdekan ähnlich kühl reagiert hatte. »Ich möchte mal wissen, was hier gelaufen ist.«

Maria Zoely wollte sich darüber jetzt weniger Gedanken machen, vielmehr zunächst nur den Raum auf sich wirken lassen. Sie setzte sich auf den Schreibtischstuhl, danach auf die Besucherstühle und lief im Zimmer hin und her. Angst vor der Zerstörung von Spuren hatte sie nicht, da die Kollegen von der Spurensicherung das Zimmer schon am

Vortag professionell unter die Lupe genommen, leider aber nichts Aussagekräftiges festgestellt hatten.

Schließlich ging sie an den mit Büchern gefüllten Regalen vorbei und las die Buchrücken.

Ihre Kollegen ließen sie still gewähren, Niclas Dängler war unterdessen dem Generalvikar gefolgt, um sich mit ihm Birglbichlers Personalakte anzusehen.

Die vorhandenen Ordner würden sie alle mitnehmen, zusammen mit dem Computer, entschied sie, worauf Krübling eine Liste für die Kollegen anfertigte. Der Generalvikar hatte zwar keine erfreute Miene gemacht, musste sich aber zähneknirschend den Wünschen der Polizei beugen.

Maria Zoely lief noch einmal durch das Zimmer, betrachtete das Kunstwerk, die Möbel und schlug schließlich eines der Bücher aus dem Regal auf. Dann ein weiteres und noch einige andere. Abrupt drehte sie sich zu Gerhard Kranich um.

»Sagen Sie mir, welchen Eindruck Sie von dieser Literatur haben.«

Kranich verstand sofort. Er wurde hier nicht examiniert; ihr war etwas aufgefallen, und sie wollte die Meinung eines erfahrenen Kollegen dazu hören.

Kranich ging an den Buchrücken auf und ab. »Eine seltsame Auswahl an Literatur, viel altes Zeug, dabei war Birglbichler doch ein Moderner.« Er zog mehrere Bücher nacheinander heraus, um darin zu blättern.

Maria Zoely musterte Kranich verstohlen von der Seite.

»Was denken Sie darüber?«, wollte sie wissen.

»Hm. Merkwürdig.«

»Warum?« Sie zog fragend die Augenbrauen hoch.

»Das sind alte Bücher, könnten aus dem Priesterseminar stammen, und zwar aus dem Keller.«

»Aus dem Keller?«

»Ja, so nennen wir das hier. Wenn ein Geistlicher stirbt, werden seine Bücher oft an die Bibliothek des Priesterseminars weitergegeben. Die Angehörigen denken gern, das seien bibliophile Kostbarkeiten und sind dann enttäuscht, wenn die Bibliothekare des Priesterseminars dankend abwinken. Hier zum Beispiel«, er schlug ein vergilbtes großformatiges Buch in einem schönen Ledereinband auf. »Das ist eines von den vorkonziliaren Messbüchern, hochwertiges Papier, teurer Druck, Goldschnitt. Davon hat die Bibliothek des Priesterseminars schon so viele Exemplare, dass sie die dann verkauft. In deren Keller, daher meine Bemerkung von vorhin. Die Bücher waren einmal sehr teuer – und werden einem jetzt fast nachgeworfen.«

»Und was halten Sie von den Büchern?«, drängte Maria Zoely noch einmal.

»Komisch. Viele alte und wahrscheinlich nicht so wertvolle Schinken, ein paar neuere Sachen, aber nur ganz wenig theologische Literatur, würde ich vom Zustand der Bücher und den Titeln her sagen.« Nachdenklich kratzte er sich am Kinn, während zwei Beamte bereits die ersten Kisten mit Ordnern befüllten und diese samt dem Computer zum Abtransport richteten.

Kranich griff nach einigen Titeln, die Maria Zoely auch schon ins Auge gefallen waren. »Neuere Bücher aus der Betriebswirtschaftslehre mit ...« Kranich versuchte, ohne Brille die Untertitel zu entziffern, » ... speziellen Methoden der Unternehmensführung und Unternehmensreformen.« Er zog einen Ordner heraus. »Personalmanagement.« Ein weiterer Ordner wurde inspiziert. »Kostenreduktion in komplexen Organisationen.« Der nächste Sammelordner. »Straffung innerbetrieblicher Strukturen unter Berücksichtigung synergetischer Effekte im Außendienst.«

Er blickte Maria Zoely an: »Seltsam. Und ungewöhnlich«

»Richtig«, pflichtete sie ihm bei, »das ist mir auch aufgefallen. Außerdem rückt bisher keiner so recht heraus, welche Aufgabe Birglbichler genau hatte. Vielleicht erfährt Herr Dängler etwas, was uns weiterbringt.«

»Und das heißt jetzt für uns?«, fragte Dennis Krübling nach, der die ganze Zeit schweigend daneben gestanden hatte.

»Wir hören uns noch einmal die Ergebnisse der KTU an, vor allem auch, was die Untersuchung seiner Wohnung angeht«, entschied Maria Zoely. Sie blickte auf ihre Uhr. »Die Kollegen müssten mit der Wohnung jetzt fast durch sein.«

Sie überlegte kurz und gab dann die weitere Marschrichtung vor: »Wir müssen unbedingt als Nächstes in Birglbichlers Privatwohnung. Dann sollten wir in Erfahrung bringen, was dieser Domkapitular hier überhaupt genau gemacht hat. Ich habe den leisen Verdacht, dass da wahrscheinlich auch der Schlüssel zu seinem Tod liegt.«

Niclas Dängler kehrte von seinem Gespräch mit dem Generalvikar zurück und wollte schon berichten, aber Maria Zoely winkte ab.

»Wir gehen jetzt weiter zur Wohnung von Korbinian Birglbichler. Dort haben wir genügend Ruhe für Ihre Informationen. Außerdem ist es mir hier zu hellhörig.«

Sie würde in Speyer noch viel laufen, dachte Maria Zoely, und wusste nicht, ob sie sich darüber freuen sollte oder es eher ein bedenklicher Anfang war.

Kranich, der ihre Gedanken offenbar lesen konnte, grinste sie von der Seite an und erklärte, dass in der Speyerer Innenstadt alles sehr eng beisammen liege. »Normalerweise fahren wir auch viel mit dem Wagen, aber dieser Fall ist wohl eher mit Fußarbeit verbunden.«

»Was hat das Gespräch mit dem Generalvikar ergeben?«, lud Maria Zoely Dängler im Eingangsbereich von Birglbichlers Wohnung zum Bericht ein.

»Also, der Domkapitular schien wirklich nicht besonders beliebt gewesen zu sein. Immerhin murmelte der Generalvikar ein paar mitfühlende Worte. Aber er wollte auch nicht recht herausrücken, was denn hinter den Kulissen gelaufen ist. Birglbichler wurde den Speyerern wohl vor die Nase gesetzt, so viel klang durch. Es war wohl auch nicht so, dass der Bischof ihn unbedingt haben wollte. Die Besetzung der Stelle mit Birglbichler schien von Seiten der Bischofskonferenz und des Bamberger Erzbischofs eingefädelt worden zu sein – und wurde allen Anschein nach sogar von Rom unterstützt. Er hatte wohl die Aufgabe, den Sparkurs des Bistums weiter zu konsolidieren. Immerhin laufen die Strukturreformen und Sparmaßnahmen schon einige Jahre – und werden jetzt verschärft.«

»Wir müssen auf jeden Fall noch die Akten auswerten«, meinte Maria Zoely, »Blisch ... ähem, Dziwicz und Blumke müssen sich die Ordner vornehmen, und Birglbichlers Rechner soll zur KTU. Mal sehen, ob die schon etwas vorweisen können.«

»Wie sieht es denn mit dieser Pädophilen-Geschichte aus?«, warf Krübling in den Raum, »das ist doch im Moment *das* Thema in der katholischen Kirche.« Für sein Dafürhalten kam dieser – momentan hochbrisante – Aspekt viel zu kurz.

»Habe ich durch die Blume nachgefragt, der Generalvikar ist deshalb ziemlich sauer geworden«, erwiderte Dängler. »Birglbichler scheint jedenfalls nicht aus diesem Grund hierher versetzt worden zu sein. Aber trotz Unschuldsvermutung sollten wir keine Ermittlung außer Acht lassen. Andererseits denke ich, in solch einem Fall hätte man ihn nicht hier auf eine Domherrenstelle gewuchtet, sondern in einer Landpfarrei abgestellt. Wir sollten auf jeden Fall eine offizielle Anfrage an die bayerischen Kollegen richten.« Er blickte dabei Maria Zoely von der Seite an, der diese Aufgabe als Leiterin der Soko zustand.

»Ja, leiten Sie das bitte in die Wege«, beauftragte sie ihren Kollegen, ohne mit der Wimper zu zucken. Sie vertraute selbst zunächst auf den inoffiziellen Weg, der sicher noch ein anderes Licht in die Sache brachte als eine offizielle polizeiliche Ermittlung. Die förderte oftmals viel Fassade zutage, kam aber nicht immer unbedingt an die sprichwörtlichen und tatsächlichen Leichen im Keller heran.

»Birglbichler wurde sozusagen als bischöflicher Kämmerer eingesetzt«, fuhr Dängler fort, »hatte also die Oberaufsicht über die Finanzen des Bistums und war kirchenpolitisch der Leiter der Finanzkammer. Für die rechtlichen Fragen war dann immer noch der Justiziar des Bischofs zuständig. Ein wenig undurchsichtig ist diese ganze Geschichte aber schon. Andererseits bin ich kein Betriebswirt und kann hier nur das wiederholen, was der Generalvikar erklärt hat. Deshalb habe ich beim Generalvikar den Antrag auf ein Gespräch mit dem Bischof gestellt. Wir wären wohl schon bei ihm vorstellig geworden, aber er ist zurzeit bei einer Tagung in Würzburg, und zwar«, Dängler blickte auf seinen Zettel, »bei der Herbstvollversammlung der Deutschen Bischofskonferenz. Es geht außer um eine Nachbetrachtung des Papstbesuchs auch um Fragen der Ökumene – und der Bischof ist Vorsitzender der Ökumenekommission«. Er sah wieder von seinen Unterlagen auf. »Das passt ja auch gut, denn das Bistum Speyer und die Protestantische Landeskirche der Pfalz arbeiten schon seit Jahren eng zusammen.« Er grinste: »Und es ist allgemein bekannt, dass der Bischof und der

Kirchenpräsident morgens gemeinsam joggen und immer wieder einmal vierhändig Orgel spielen. Nächstes Jahr ist sogar ein Konzert mit den beiden geplant, für einen sozial-karitativen Zweck.«

»Also«, fasste Maria Zoely zusammen, »wir haben immer noch keine Ahnung über die Beweggründe für den Mord an Korbinian Birglbichler, aber einen Raubüberfall können wir – glaube ich – ausschließen.« Sie nickte und fügte hinzu: »Nehmen wir also die Wohnung unter die Lupe.«

Da sich das Abdruckwachs am Schlüssel von Birglbichlers Privatwohnung befunden hatte, war die Wohnungsinspektion mit einer gewissen Spannung verbunden.

»Außerdem wird hier nicht die halbe Pfalz durchmarschiert sein«, versuchte Krübling eine positive Bemerkung zu machen, nachdem die Spurenlage im Dom so reichhaltig und damit gleichzeitig so dürftig war. Die Spurensicherung war bereits vor Ort gewesen und hatte Fingerabdrücke sichergestellt und nach Spuren gesucht, deren Auswertung noch lief.

Die Altbauwohnung in der Großen Himmelsgasse, einer Parallelstraße zur Maximilianstraße, war geräumig, aber nicht überdimensioniert. Auf den ersten Blick wirkte sie ein wenig steril, trotz der warmen Holzdielenböden. Hohe Wände, mit Raufasertapete verkleidet und weiß getüncht, davor an einer Wand Regale aus Buche mit einer Fülle an Literatur, vor allem theologischer Standardwerke, neben betriebs- und volkswirtschaftlicher Studien- und Spezialliteratur, die stark zerlesen aussah. Nach Dänglers Informationen wunderte sich Maria Zoely über die ökonomisch orientierte Literatur nun weniger als im Ordinariat.

Zahllose Haftnotizen und Zettel, die aus den Büchern herausragten, zeigten eine emsige Arbeit mit den Druckwerken.

Eine Sitzgruppe mit Blick auf einen Flachbildfernseher, eine Wand mit Fotografien des Speyerer Doms. Ein kleines Schlafzimmer mit einem Bett, einem Kleiderschrank, als Wandschmuck eine Reihe kleinerer gerahmter Fotos, alle schwarz-weiß – und einem Schreibtisch, auf dem sich ordentlich sortierte Papierstapel befanden.

Im Kleiderschrank die zu erwartende eher weniger farbenfrohe Bekleidung eines Geistlichen: eine Reihe weißer Hemden, einige Collarhemden, wenige gedeckte Krawatten, ein paar Anzüge in Grau und Schwarz, zwei in Dunkelblau, vier Paar schwarze Schuhe, Standard. Sowohl im Schlaf- wie auch im Wohnzimmer herrschte peinliche Sauberkeit und Ordnung, sah man von den Resten der Spurensicherung ab, die fleißig Fingerabdrücke gesucht und gesammelt hatte.

»Penibler Typ«, meinte Krübling, der auch im Bad eine saubere Umgebung und nur die typischen Hygiene-Utensilien eines allein lebenden Mannes vorfand, »keine Verschwendung, kein Luxus.«

»Na ja, außer der hier«, meinte Niclas Dängler, der eine moderne Spiegelreflexkamera hochhielt, die im Flurschrank lag. Daneben ein Stabblitz und einige sehr professionell aussehende Aufsatzobjektive, ein Stativ, mehrere elektronische Zusatzgeräte und eine Fototasche.

»Die könnten also von ihm sein«, sinnierte Maria Zoely, die sich die Fotos im Wohnzimmer genauer betrachtete. Es war immer das gleiche Motiv, nämlich der Speyerer Dom aus ganz unterschiedlichen Perspektiven, teilweise Detailstudien mit einer interessanten Beleuchtung, Experimente mit der Schärfeneinstellung oder einige offensichtlich nachbearbeitete Fotos, davon viele nachts aufgenommen. Vor einigen Jahren hatte der Dombauverein eine Reihe interessanter Perspektivfotos des Speyerer Doms veröffentlicht, die überregional großen Anklang gefunden hatten – diese Fotos hier standen denen in nichts nach, sah man davon ab, dass bei den Profifotografien des Dombauvereins auch Kräne und weitere Hilfsmittel benutzt worden waren.

Die Bilder im Schlafzimmer fand Maria Zoely allerdings sehr merkwürdig. Es waren sieben Schwarz-Weiß-Aufnahmen, die nach Schnappschüssen ohne Nachbearbeitung aussahen, ganz im Kontrast zu den übrigen nahezu professionellen Fotos. Das seltsamste an den sieben Fotografien im Schlafzimmer waren die Motive: meist Haushaltsgegenstände, die zum Teil aussahen, wie im Laden fotografiert.

Die Fotos zeigten einen Geldbeutel, einen Würfel, eine Rose, einen Korb, in dem ein Hammer, eine Zange und Nägel lagen, eine Leiter, den Ausschnitt eines Apothekenschilds mit dem Äskulapstab und eine Peitsche. Während der Geldbeutel offenbar in einem Kaufhaus fotografiert worden war, sahen der Korb mit Hammer, Zange und Nägeln, aber auch das Leiterbild aus, als wären sie im Baumarkt aufgenommen. Bei der Rose fiel vor allem auf, dass die Blüte nur ansatzweise erkennbar war, während die Dornen ganz deutlich das Bild dominierten. Die Peitsche lag eindeutig in einem Geschäft für Pferde- und Reitzubehör und schien durch das Schaufenster fotografiert worden zu sein.

Dängler und Kranich waren hinter Maria Zoely in das Schlafzimmer getreten und betrachteten die Fotos nun ebenfalls mit Interesse.

»Diese Fotos sind doch sehr seltsam, meinen Sie nicht auch?«, fragte sie.

»Allerdings«, meinte Niclas Dängler, »was könnten sie bedeuten?«

»Vielleicht eine Foto-Studie oder etwas Modernes, keine Ahnung.«

»Ein Fetisch«, schlug Dennis Krübling vor. »Vielleicht lief hier im Schlafzimmer etwas, was mit diesen Dingen zu tun hatte – und die Fotos waren zur Stimulation gedacht. Ich finde, die Peitsche spricht doch für sich.«

Maria Zoely erschien diese Interpretation doch etwas weit hergeholt, zumal das Bett einen sehr biederen Eindruck machte. Vielleicht hatte die »Spusi« etwas herausgefunden, was man in diese Richtung deuten konnte. Der Bericht lag noch nicht vor, und sie hatte weder gedrängt noch einen mündlichen Rapport verlangt, weil sie sich selbst zunächst einen unverstellten Blick über die Situation verschaffen wollte.

»Vielleicht sind es auch theologische Motive«, sinnierte Gerhard Kranich, während Krübling schon die Stirn runzelte. »Bei den Dornen denke ich an die Vorgeschichte der Kreuzigung, dazu würde auch der Korb mit Hammer, Zange und Nägeln passen, ebenso die Peitsche. Der Äskulapstab könnte auch auf die eherne Schlange des Mose in der Wüste hindeuten. Bei den anderen Motiven gibt es sicher auch biblische Bezüge. Außerdem würden diese eigenartigen Aufnahmen auch zu dem Brandobjekt in seinem Dienstzimmer passen, das war ja auch ungewöhnlich. Zudem sind es *sieben* Bilder.«

»Die sieben Todsünden!« Wieder wurde Dennis Krübling ganz aufgeregt.

»Da gab es doch einmal einen Film, der sich an den sieben Todsünden entlang arbeitet – vielleicht hat das damit etwas zu tun. Vielleicht«, sinnierte er weiter, »sind die Fotos ja vom Mörder extra für uns aufgehängt worden.« Er steigerte nochmals seine Logik: »Und damit ist Birglbichler das erste Opfer in einer Siebener-Serie.« Triumphierend blickte er in die Runde.

Maria Zoely fand die Idee zwar etwas abwegig, aber nicht ganz unlogisch. Sie machte Krübling deutlich, dass sie für seinen Impuls dankbar war, zumal Niclas Dängler schon den Mund geöffnet hatte – und sein Blick verriet, dass sein Kommentar wenig schmeichelhaft gewesen wäre.

Die Drei betrachteten die sieben Bilder, konnten sich aber keinen weiteren Reim darauf machen. Maria Zoely ging schließlich wieder zurück ins Wohnzimmer.

Auch hier inspizierte sie die Literatur genauer. Neben den ökonomischen Fachbüchern fanden sich moderne theologische Literatur und einige Kriminalromane. Es zog sie zurück zu dem Schreibtisch im Schlafzimmer. Ein kleiner Schreibtisch, der an einer Wand stand und nicht viel Platz beanspruchte. Bei einem Papierstoß handelte es sich offenbar um das Manuskript zu einem Aufsatz oder Buch. Die Seiten aus einem Laserdrucker lagen ordentlich aufgeschichtet und trugen am Rand handschriftliche Korrekturen, die wahrscheinlich von Birglbichler stammten. Sie packte die Bögen ein, um sie im Büro oder in ihrem Zimmer im Priesterseminar in Ruhe zu lesen – wenigstens ansatzweise. Es ging hier um Strukturmaßnahmen im Bistum Speyer und Kostenansätze, das konnte sie bei flüchtigem Durchblättern erkennen.

Sie öffnete die Schubladen des Schreibtischs, die mit den üblichen Utensilien gefüllt waren. In einer Schublade fand sie Kontoauszüge, die sie sogleich oberflächlich studierte. Sie war erstaunt, wie hoch die monatlichen Bezüge des Domkapitulars gewesen waren, der hier so relativ bescheiden wohnte. Er schien außer der Miete, den Beiträgen für eine Kranken- und eine Lebensversicherung keine größeren Ausgaben gehabt zu haben. Trotzdem wunderte sie der niedrige Kontostand, dann aber sah sie, dass Gelder offensichtlich in eine Fondsgesellschaft überwiesen wurden. Immer wieder waren auch nicht unbeträchtliche Überweisungen für kirchliche Hilfswerke verzeichnet: Misereor, Adveniat, Renovabis, sogar das evangelische Hilfswerk »Brot für die Welt« wurde bedacht.

Seinen Vermögensverhältnissen müssen wir genauer nachgehen, dachte Maria Zoely. Auch, wem denn jetzt dieses Geld gehört. Bei einem Tötungsdelikt an einem Priester war die Frage, wer von seinem Tod finanziell profitiert, besonders interessant.

»Wer könnte denn das Geld eines Priesters erben?«, fragte sie Gerhard Kranich. Dieser zuckte mit den Schultern. »Wenn es kein Testament gibt, fällt das Geld sicher an die Diözese. An den Staat doch wohl nicht. Oder? Das habe ich mich noch nie gefragt. Und bei den Todesfällen im Kirchenmilieu, die wir bisher hatten, lag immer ein Testament vor.«

Maria Zoely machte sich im Geiste eine Notiz, dass auch hier nachgeforscht werden musste. Sie wandte sich wieder den Kontoauszügen zu.

Bei einigen Abbuchungen stutzte sie – dann wandte sie sich an Dennis Krübling, der noch den Kleiderschrank untersuchte und dabei jede Tasche nach Inhalten überprüfte.

»Bitte sehen Sie doch einmal nach, ob im Fotoapparat noch eine Speicherkarte ist«, bat sie den Anwärter.

»Nein«, meinte Krübling kurz darauf.

Maria Zoely hatte mittlerweile ihr Dienst-Smartphone gezückt und eine Nummer gewählt.

»Ja. Ich bin's. Können Sie mir schon Einzelheiten über die Untersuchung der Wohnung Birglbichler nennen?... Ja, gut, der schriftliche Bericht zur Wohnungsuntersuchung reicht auch morgen noch. Ich wollte nur wissen, ob es Auffälligkeiten gab ... Okay.« Sie lauschte aufmerksam der Stimme aus dem Mobilfernsprecher. Plötzlich ging sie in die

Knie und schaute angestrengt in eine Richtung. Ihr Gesicht hellte sich etwas auf. »Ja, danke, das habe ich mir gedacht.« Sie hörte weiter zu, lachte dann. »Ja, ich hoffe doch, dass Sie eine ganz pingelige Truppe sind. Vielen Dank, sehr gut.« Nach weiterem Zuhören schließlich: »Wir haben hier einen Fotoapparat ohne Speicherkarte ... Ja, das ist gut, dass Sie die Karte direkt mitgenommen haben, das war mir natürlich klar ... Ja, danke, dass Sie schon an der Rekonstruktion der Fotos sitzen. Falls die alten Fotos nicht überschrieben wurden oder die Karte formatiert wurde, müsste man da noch etwas herausholen können ... Ja, ich weiß, dass Ihnen der Apparat und die Karte nicht entgangen sind.« Sie machte noch eine freundliche Bemerkung und drückte den Anruf dann weg.

Kranich, Dängler und Krübling hatten das Telefonat aufmerksam mitverfolgt. Maria Zoely lächelte ihnen energiegeladen entgegen, diesen Triumph wollte sie sich jetzt nicht entgehen lassen, auch wenn die Spurensicherung erst morgen ihre Ergebnisse mitteilen würde.

»Was haben Sie denn herausgefunden?«, wagte sich Krübling ein wenig nassforsch vor.

»Die Karte war leer, aber die ›Spusi‹ sitzt schon an der Rekonstruktion.« Das war nach dem Mithören des Telefonats für die Polizisten keine Neuigkeit mehr.

Maria Zoely blickte Dennis Krübling an. »Sie haben doch sicher auch eine Digitalkamera.«

»Ja.«

»Und was machen Sie mit den Bildern?«

»Die ziehe ich mir rüber auf die Platte, damit ich sie bearbeiten kann.«

»Aha. Hier hängen also Fotos, die wohl mit Birglbichlers Digitalkamera aufgenommen wurden. Wir haben eine leere Speicherkarte, und hier haben wir ein paar Abbuchungen einer Firma, die online Digitalabzüge herstellt.« Sie wies auf einige Posten in den Kontoauszügen und machte eine bedeutungsschwere Pause.

»Dann müsste hier aber auch ein Computer stehen, auf dem die digitalen Fotos gespeichert, bearbeitet und hochgeladen werden«, ergänzte Krübling, worauf Maria Zoely nickte und dabei die Augenbrauen hob.

»Tut er aber nicht«, konterte Krübling direkt. Dängler und Kranich folgten interessiert dem Dialog.

»Genau. Wir haben auch beim Toten im Dom und bei seinen Sachen hier oder im Dienstzimmer oder in seiner Aktentasche, in der sich nur Orgelnoten befanden, keinen Laptop gefunden.«

»Und deswegen haben Sie mit den Kollegen von der Spurensicherung telefoniert? Der könnte das doch alles an seinem Dienstcomputer organisiert haben«, argumentierte Krübling, wobei es Dängler schon dämmerte, was Maria Zoely jetzt sagen würde.

»Richtig, deshalb habe ich noch mal nachgefragt. Die Kriminaltechnik hat diese Schreibtischplatte untersucht und festgestellt, dass hier Reste von Gummifüßen an der Platte haften, die bei vielen Laptops benutzt werden. Das heißt, in diesem Raum stand ein Laptop, der nun nicht mehr da ist.«

Krübling war erstaunt.

»Und es kommt noch besser«, fuhr Maria Zoely fort, »die Spurensicherung ist sich wegen der Staubverteilung sicher, dass der Laptop noch nicht lange fehlt. Außerdem hat derjenige, der den Laptop entfernt hat, auch noch versucht, die Staubspur zu verwischen. Hier liegt sowieso extrem wenig Staub. Aber am Abrieb auf dem Tisch ist feststellbar, dass an der Stuhlseite ein Gegenstand auf Füßen stand, der die Grundfläche eines handelsüblichen Mobilrechners hatte.«

Sie dachte kurz nach. »Wir wissen, dass Spuren von Abdruckwachs an Birglbichlers Wohnungsschlüssel anhafteten. Das heißt, jemand hat einen Nachschlüssel zu dieser Wohnung hergestellt oder herstellen lassen und sich nach seinem Tod Zugang verschafft, um den Laptop mitzunehmen – und vielleicht noch anderes belastendes Beweismaterial.«

7

Das Frühstück im Priesterseminar war übersichtlich, aber gut.

Es hatte sich wohl schon herumgesprochen, dass die Kommissarin, die mit der Leitung der Ermittlungen im Todesfall Birglbichler betraut war, hier vorübergehend Unterschlupf gefunden hatte. Als nämlich Maria Zoely am Morgen nach den Ortsbesichtigungen, mittlerweile war es Mittwoch, den Speisesaal betrat, erstarben einige Gespräche und neugierige Blicke streiften sie.

Sie tat, als bemerke sie dies alles nicht, nahm sich einen Teller mit Brot, Wurst und Käse von der Theke und setzte sich an einen Tisch mit, wie sie annahm, jungen Priesteramtskandidaten, die sie freundlich, aber unverkennbar mit Interesse musterten.

Vermutlich wurde sie so angestarrt, befürchtete sie, weil sie die Unterlagen aus Birglbichlers Wohnung in mehrstündiger nächtlicher Lesung durchgearbeitet hatte – und ihr die lange beziehungsweise kurze Nacht sicher anzusehen war. Sie spürte einen gewissen Nachholbedarf an Schlaf. »Erquickung« hieß das wohl im Kirchenjargon, dachte Maria Zoely müde. Obwohl ihre Zeit bei der Polizei noch überschaubar war, hatte sie den Eindruck, dass das Papiervolumen in den letzten Jahren stetig gewachsen war. Einige ihrer Kollegen frotzelten schon geraume Zeit, dass seit Einführung der EDV die Papiermengen exponentiell wachsen würden. Sie wollte sich aber unbedingt von allen wichtigen Details selbst ein authentisches Bild machen, um nicht einer einseitigen Interpretation aufzusitzen. Es war, wie sie sich seufzend eingestehen musste, immer eine besondere Hürde ihrer Arbeit, möglichst unvoreingenommen die Beweismittel zu analysieren.

In der Nacht hatte sie eine Arbeitspause eingelegt für das, was auch die Salier zu Fuß tun mussten, aber auch, um durchzuatmen, sich einen Kaffee aufzubrühen – und bei Johann Sebastian Bachs Passacaglia c-Moll die Gedanken schweifen zu lassen. Die Aufnahme dieses Orgelwerkes war eine Interpretation an der Speyerer Chororgel, also sozusagen Musik vom Tatort. In den knapp dreizehn Minuten war sie noch einmal die losen Fäden durchgegangen, die sich ihr bislang entgegenstreckten und die es nun zu verweben galt. Wahrscheinlich gab es weitere Spuren und Hinweise; sie hoffte, dass sich der Fall nicht zu einem unentwirrbaren Knäuel verhedderte.

Nun saß sie mit deutlichen Zeichen der Übermüdung bei ihrem Frühstück. Sie war erstaunt, dass auch mehrere jüngere Frauen anwesend waren, die sie erst beim zweiten Blick registriert hatte, und sprach es bei ihren Tischnachbarn an.

Ein Seminarist, Mitte 20, schwarze Haare, sympathisches Gesicht, lachte und erklärte ihr, dass das Speyerer Priesterseminar nicht dauerhaft belegt sei, da in Speyer keine theologische Hochschule oder Fakultät angesiedelt war.

»Eigentlich wären wir auch nicht hier, sondern an unseren Unis, aber wir haben hier eine Praxisphase für die Gemeindeseelsorge zu absolvieren, deswegen ist momentan das Haus belegt. Und die Frauen, die Sie hier sehen«, er grinste sie verschmitzt an, »sind angehende Pastoralreferentinnen, die die gleichen Kurse besuchen müssen. Übrigens handelt es sich auch nicht bei allen hier anwesenden Männern um angehende Priester, es sind auch zukünftige Pastoralreferenten dabei. Sie sitzen allerdings am Tisch bei den Jungs vom ›PS‹.«

Dass hier einiges abgekürzt wurde, war Maria Zoely zwar schon aufgefallen, aber jetzt musste sie doch grinsend nachfragen, was denn »GD im BH« bedeute, was sie heute Morgen am Schwarzen Brett gelesen hatte.

Mark Losburger, der dunkelhaarige Priesteramtsanwärter und offensichtlich der redseligste am Tisch, klärte sie auf, dass »GD im BH« nichts mit den anwesenden Frauen zu tun habe, sondern dass ein Gottesdienst im Bistumshaus St. Ludwig in der Innenstadt stattfinde. Dorthin würde nach dem Umbau das Priesterseminar einziehen, »... mit allem Drum und Dran, also vor allem der Bibliothek, die auch von außen sehr frequentiert wird. Die Bude hier wird dichtgemacht, weil es nicht mehr so viele Priesterkandidaten gibt.« Er grinste wieder verschmitzt. »Dann werden wir in Speyer noch mehr aus dem BH erfahren.«

»Aber das Gebäude sieht noch nicht alt aus«, warf Maria Zoely ein.

»Richtig. Das Priesterseminar St. German, so heißt das Gebäude hier, wurde 1956 erbaut, als Ausbildungsstätte für die Priester und später auch für die Laientheologen.«

»Und warum so weit entfernt von Dom und Bischofshaus?«, wollte Maria Zoely wissen.

»Hier auf dem Germansberg hat man bei Ausgrabungen nach dem Zweiten Weltkrieg Reste einer christlichen Kultstätte aus dem siebten Jahrhundert gefunden und Teile einer Klosterkirche aus dem elften Jahrhundert, Reste einer wohl salischen Klosterkirche. Das Gebiet hier ist also neben dem Dom einer der ältesten christlichen Orte der Stadt. Bis 1468 gab es hier ein Kloster, das dem heiligen German geweiht war. Die Mönche sind dann aber in ein Kloster innerhalb der Stadtmauern umgezogen, und Kloster und Kirche wurden später abgerissen.«

Maria Zoely ließ sich ein wenig über die Stundenpläne und die Inhalte berichten, zu denen heute auch liturgischer Gesang gehörte. Der Unterricht ließ nicht gerade Begeisterungsstürme aufbranden, »... aber wir müssen es später können« – also sah man dieser Herausforderung tapfer ins Auge. Erstaunt war sie darüber, dass auch die liturgische Haltung, das Sprechen und der Vollzug der liturgischen Handlungen im Priesterseminar geübt wurden, zum Teil mit Dramaturgen und Rhetorikern.

»Im Studium haben wir den theologischen Background gelernt, hier geht es um die Praxis, also etwa, wie man in einer Kirche deutlich vernehmbar spricht. Aber auch, wie wir gezielt Seelsorge ausüben können, Tipps im Umgang mit Krisensituationen, Management der Gemeinde, Personalführung und Mitarbeiterrekrutierung und so weiter«, erläuterte ein Seminarist.

Maria Zoely nutzte die Gelegenheit und entschloss sich nach den Erklärungen der Priesterkandidaten zur Flucht nach vorn: »Wissen Sie eigentlich, wer ich bin?«

Allgemeines Grinsen am Tisch.

»Wir hatten gestern Nachmittag eine kleine Teerunde mit dem Regens, um das Programm für unsere Seminarphase zu besprechen. Dabei hat er uns darüber informiert, wer jetzt bei uns wohnt.« Keck fügte der junge Theologe hinzu: »Wir hoffen natürlich, auch Infos aus erster Hand zu bekommen.«

Maria Zoely lachte und meinte: »Die Hoffnung soll man ja bekanntlich nie aufgeben.« Aha, der Buschfunk funktioniert auch bei den Kirchen, dachte sie und fragte dann laut: »Haben Sie alle Herrn Birglbichler gekannt?«

Betretenes Schweigen am Tisch, die meisten aber nickten, wenn auch zögerlich. Mark Losburger wollte gerade wieder das Wort ergreifen, wurde aber abgewürgt.

»Na ja, gekannt ist ein bisschen viel gesagt, weil wir ja eigentlich in Mainz, Freiburg, Eichstätt oder einer anderen Stadt studieren und meistens nur in den Semesterferien hier sind«, antwortete ein anderer junger Mann am Tisch. »Aber Herr Birglbichler war in den vergangenen Semesterferien in der letzten Ausbildungswoche hier im Priesterseminar und hat uns in die Fragen der Leitung einer Pfarrei als betriebswirtschaftliche Einheit eingeführt. Da ging es um Buchhaltung, Kostenstellen, Haushaltspläne, Finanzierungsfragen, auch ein bisschen Steuer-, Arbeits- und Kündigungsrecht und so weiter. Hatte nix mit Theologie zu tun.«

»Na gut, aber das haben Sie ja auch ausgiebig studiert«, meinte Maria Zoely.

»Das ist richtig, trotzdem bekommen wir hier viele Tipps und methodische und didaktische Anweisungen für unseren späteren Beruf. Aber die Vorlesungen und Übungen von Domkapitular Birglbichler fielen komplett aus der Reihe.«

»Wieso? Wie fanden Sie seine Vorlesungen?«, wollte Maria Zoely wissen.

Allgemeines eifriges Kopfnicken.

»Klasse!«

»Super kompetent!«

»... konnte auf alle Fragen eine hilfreiche Antwort geben ...«

»... nannte Beispiele und Rechtsgrundlagen ...«

»... nicht nur Theorie, sondern viele praktische Beispiele und Modelle ...«

»... falls es Verständnisprobleme gab, blieb er auch länger da oder kam extra nach dem Abendessen noch einmal vorbei ...«.

Mark Losburger machte eine bedeutungsschwere Miene, die großen Respekt ausdrückte. »Herr Birglbichler war auch zuständig für die Finanzen des Bistums und alles, was damit zusammenhängt.«

»Aber der Bischof hat doch eine eigene Finanzkammer«, erinnerte sich Maria Zoely an ihre Zeit im Mainzer Ordinariat, als sie dort einen Todesfall im Dom aufzuklären hatte.

»Ja, schon, aber im Domkapitel geht es um grundsätzliche Fragen, während die Finanzkammer sozusagen das Ministerium ist, in dem dann Vorschläge umgesetzt werden und konkrete Berechnungen stattfinden. Es ist ja auch ein Domkapitular für die Dommusik zuständig, aber tatsächlich machen der Domorganist, der Domkantor und der Domkapellmeister die Musik.« Mark Losburger hatte wieder die Gesprächsführung an sich gerissen. Maria Zoely vermutete, dass er sicher auch Kurssprecher war, wenn es so etwas geben sollte.

»Was Herr Birglbichler allerdings genau machte, wissen wir auch nicht. Aber das hat nichts zu sagen, das wissen wir von anderen auch nicht.« Allgemeine Belustigung am Tisch bestätigte die flapsige Aussage.

»Er hat auf jeden Fall selten Gottesdienste gehalten.« Einer der Seminaristen, der sich bisher noch nicht zu Wort gemeldet hatte, rückte damit heraus.

»Aber er war Priester«, entgegnete Maria Zoely.

»Ja«, meinte der Seminarist, »sicher – oder gibt es daran Zweifel?«

Nachdem der Seminarist dies so offen angesprochen hatte, sah Maria Zoely hier eine neue Frage, der nachgegangen werden musste.

Der Seminarist hatte den Gedanken allerdings schon weitergesponnen. »Das wäre ja ein Ding. Meinen Sie, er hat sich bei uns eingeschlichen?« Er grinste. »Vielleicht ein Maulwurf der Bischofskonferenz – oder sogar von Rom, die sehen wollen, ob in Speyer alles seinen rechten Gang geht.« Gelächter am Tisch quittierte diese fantastischen Gedanken.

Maria Zoely wehrte lakonisch ab – und musste dabei selbst lächeln: »Na ja, wir gehen allen Spuren nach.«

Sie zögerte kurz und setzte dann hinzu: »Allen vernünftigen und vernünftig erscheinenden Spuren.« Sie biss in ihr Brot und kaute mit nachdenklicher Falte auf der Stirn. »Aber ich muss herausfinden, wer es auf den Domkapitular abgesehen haben könnte, um alle Spuren zu verfolgen.«

Ratloses Schweigen, das nur von den Essgeräuschen untermalt wurde. Schließlich durchbrach ein unscheinbar wirkender Priesteramtskandidat die Sprachlosigkeit: »Also, wir hier haben kein Interesse daran gehabt. Im Gegenteil. Die meisten von uns waren froh, einen so kompetenten Ansprechpartner in der Bistumsleitung zu haben. Wir studieren jahrelang Theologie, kommen dann in eine Gemeinde mit mittlerweile 8.000 bis 14.000 Katholiken – und müssen uns plötzlich mit der Finanzierung von Kindergärten, Pfarrheimen, Kirchen und anderen Gebäuden herumschlagen, Bauarbeiten beaufsichtigen, Menschen einstellen und entlassen, Kontakte zur Politik pflegen, betriebswirtschaftliche Kalkulationen durchführen und vieles mehr. Davor habe ich mehr Bedenken, als wenn ich einen Menschen seelsorgerisch betreuen muss. Aber das andere lernt man nicht im Studium.«

Maria Zoely überraschte die Offenheit des jungen Mannes, der nun ergänzte, »Ich denke, ich kann für die Mehrheit hier sprechen, dass wir froh sind«, er korrigierte sich, »dass wir froh waren, dass das Bistum so jemanden in der Leitungsebene installiert hatte.«

»Das ist ja ein sehr positives Bild von Herrn Birglbichler.« Maria Zoely kalkulierte bei diesem offenen Impuls ein, dass sie sich jetzt ein wenig aus dem Fenster lehnte.

»Na ja. Wir waren natürlich über die Vorlesungen sehr erfreut ...«, Mark Losburger wiegte den Kopf. Er druckste ein wenig herum, dann ließ er die Katze aus dem Sack: »Birglbichler war aber wohl einigen im Bistum ein Dorn im Auge, weil er die undankbare Aufgabe hatte, den Sparkurs, den das Bistum vor Jahren eingeschlagen hat, jetzt strikt weiter auszubauen. Wir haben schon in den letzten Jahren eine ganze Reihe an Veränderungen mitgemacht, jetzt wurden weitere Stellen und Räumlichkeiten gestrichen, die aber für die Arbeit in der Seelsorge gebraucht worden wären.«

»Außerdem«, nun meldete sich der augenscheinlich jüngste am Tisch wieder zu Wort, »hatten sich einige schon gute Chancen auf diese Stelle ausgerechnet – und dann kam eben diese externe Stellenbesetzung mit einem völlig Unbekannten. Der Bischof spielte dies bei der Konferenz der Priester, an der auch wir als angehende Kollegen teilgenommen hatten, herunter und sagte, dass für die Erledigung dieser besonders unangenehmen Dinge eine Person von außen sicher objektiver und neutraler sei. Vielleicht hatte der Bischof auch einkalkuliert, dass das Amt eine Menge Ärger auf sich ziehen würde. Und sicher hätte ein Pfälzer auf dieser Stelle auch nicht so konsequent den Sparplan verfolgt; der hätte sich doch letztlich ins eigene Fleisch geschnitten, wenn er sich zur Persona non grata gemausert hätte.«

»Wie war denn die Reaktion auf die Personalie Birglbichler?«, wollte Maria Zoely wissen.

»Na ja, wie in jedem Großbetrieb: Einige waren zufrieden, andere nicht. Der Hinweis mit den neuen Besen, die gut kehren, wurde dem Bischof auch prompt negativ ausgelegt.«

»Wieso?«

»Weil man das Kehren als Auskehren interpretiert hat.« Losburger lachte und ergänzte: »Außerdem wurde natürlich bei den Besen die übliche Replik gebracht, dass die alten Besen eher wissen, wo der Dreck sitzt.«

Maria Zoely erfuhr nun auch eingehender von dem Strukturreformprozess »Gemeindepastoral 2015«, der 2010 eingeleitet worden war und in dessen Verlauf die ursprünglich 346 Pfarreien des Bistums Speyer zu 60 Großpfarreien zusammengefasst wurden, die über jeweils mehrere Tausend »Schäfchen« verfügten. Ausgangspunkt war der starke Rückgang der Kirchenmitglieder und der Kirchensteuereinnahmen, außerdem wollte sich das Bistum wieder auf die Kernaufgaben der Kirche konzentrieren und statt einer flächendeckenden seelsorgerischen Versorgung auf geistliche Zentren setzen.

»Aber dieser Prozess läuft ja schon einige Zeit, das kann eigentlich nicht der Grund für diesen Anschlag auf den Domkapitular gewesen sein«, lautete die einhellige Meinung am Tisch.

»Wir sind gespannt, was auf uns zukommt. Der Vorgängerbischof, der diese Umbaumaßnahmen in Gang gesetzt hat, schrieb in einem Hirtenwort, dass Paul Josef Nardini, der erste Selige aus dem Bistum Speyer, von Pirmasens aus 22 umliegende Ortschaften zu Fuß betreute. Wir dachten erst an einen rhetorischen Scherz oder eine theologische Metapher, aber mittlerweile sind viele der Überzeugung, dass damit der Rahmen der innerkirchlichen Sparmaßnahmen abgesteckt worden ist.«

Maria Zoely dankte den Seminaristen. Eine ihrer Aufgaben würde es sein, noch mehr über den toten Domkapitular herauszufinden, der eine offenbar eigenartige Rolle in Speyer gespielt hatte – oder hatte spielen müssen.

Am Vorabend hatte Maria Zoely sich ein Herz gefasst und noch bei Ludwig Moosbrunner angerufen. Moosbrunner war Hauptkommissar und arbeitete in der Abteilung »Delikte am Menschen« bei der Kripo Freising und damit nur einen Katzensprung von Untergiggenbach entfernt, wo Birglbichler zuletzt eine Pfarrstelle innehatte.

Maria Zoely hatte Moosbrunner bei einer Fortbildung der Interpol in München kennengelernt, als beide noch Kommissaranwärter waren. Vielleicht wäre mehr daraus geworden, wären nicht beide so heimatverbunden gewesen. Außerdem befanden sie sich damals in festen Beziehungen, so dass außer gemeinsamen Schlummerdrinks am Abend nichts geschah. Sie hatten sich als gute Freunde getrennt und hin und wieder Erfahrungen per E-Mail ausgetauscht. So wusste sie, dass Moosbrunner nun verheiratet war und zwei kleine Kinder hatte.

Sie hatte ihm vorsichtshalber eine private E-Mail geschrieben und ihn gebeten, die Ohren offen zu halten. Unter Umständen war es auch möglich, einen dienstlichen Abstecher nach Untergiggenbach zu unternehmen, um dort ein wenig die Lage und die Stimmung zum Ex-Pfarrer zu sondieren.

Vielleicht meldete er sich auch gar nicht zurück oder konnte auf diesem Weg nichts in Erfahrung bringen, dann konnte sie sich aber wenigstens sagen, dass sie auch in diese Richtung geforscht hatte.

Eine offizielle Anfrage würde auch gestellt werden, aber manchmal förderte eine private Lauschaktion mehr Information ans Tageslicht als der korrekte Dienstweg. Maria Zoely dachte an viele Fernseh-Krimis, die auch damit arbeiteten und das immer wieder angekreidet bekamen. Leider sah der Alltag manchmal wirklich so aus.

Je nachdem, wie die Kooperation mit den bayerischen Kollegen aussah und wie gut die Staatsanwaltschaften miteinander auskamen, war vielleicht aber auch die offizielle dienstliche Anfrage erfolgversprechend.

Sie hoffte auf den Freisinger Kollegen, weil sie ihn als sehr engagierten Polizisten kannte. Ihm war die Wahrheitsfindung so wichtig wie ihr selbst.

Freundlicherweise hatte Mark Losburger ihr sein Fahrrad überlassen, so dass sie heute ihren Kadett im Hof des Priesterseminars stehen lassen konnte. Die Priesterkandidaten hatten ihr nämlich lachend erzählt, dass man schneller mit dem Fahrrad durch Speyer kam als mit einem motorisierten Untersatz. Das stimmte, wie ein Blick auf die Armbanduhr bei der Ankunft an ihrer neuen Dienststelle zeigte.

Speyer war bei der Gründung und dem Heranwachsen städtebaulich nicht auf die Verkehrsfülle ausgerichtet. Also trat sie in die Pedale; das glich auch ein wenig die ausgefallenen Frühsportaktivitäten aus.

Es sah aus, als würden die beiden meditieren: »Blisch« und »Blum« saßen vornübergebeugt vor aufgeklappten Ordnern und lasen. Die einzigen Geräusche waren das Umblättern der Seiten und das gelegentliche Kratzen der gut gespitzten Bleistifte, mit denen sich die zwei Beamten beim Lesen Notizen machten.

Maria Zoely hatte einen Ordner aus dem Dienstzimmer von Birglbichler unter dem Arm und wollte bereits die Tür zum Büro der beiden von außen behutsam schließen, als Dziwicz (»Blisch«), sie sah und prompt hereinwinkte.

»Chefin«, Maria Zoely zuckte bei dieser ungewohnten Anrede, zackig artikuliert, kurz zusammen, »we have a problem.«

Dass bei Ermittlungen nicht immer alles glatt lief, war für Maria Zoely nicht neu, sie sah aber, dass Dziwicz es ernst meinte, und auch Blumke (»Blum«) machte eine betretene Miene.

»Wir haben hier einfach mal quergelesen, wer denn sozusagen dienstlich ein Interesse am vorgezogenen Ableben des werten Herrn Domkapitulars haben könnte.« Dziwicz lachte freudlos auf und ließ dann wie zur Bekräftigung scharf Luft entweichen. »Birglbichler war wohl so etwas wie die Finanzinquisition des Bistums. Hier in diesem Ordner«, er klopfte auf ein prall gefülltes breites Exemplar, »sind nur Fahndungen wegen Geldausgaben, die vom Bistum aus moniert wurden. Das liest sich wie der Jahresbericht des Bundesrechnungshofes oder die Rote Liste des Bundes der Steuerzahler, auf Speyerer Verhältnisse heruntergebrochen, wie man es so gerne neudeutsch sagt.«

Dziwicz hatte schon zu blättern begonnen und erläuterte: »Hier hat eine Gemeinde an einer Filialkirche einen barrierefreien Zugang errichtet. Das Bistum hat das Bauvorhaben zunächst grundsätzlich abgelehnt, da nur alle vier Wochen ein Sonntagsgottesdienst stattfindet. Dann muss wohl die Gemeinde aus Verärgerung und Trotz statt der geplanten Stahlrampe eine aufwendige Steinanlage gebaut haben, die gleich achtmal so teuer kam. Das Bistum hat sich geweigert, finanzielle Zuschüsse zu geben – und ratet mal, wer das Ablehnungsschreiben unterschrieben hat ...«

»Birglbichler«, ergänzte Maria Zoely reflexhaft.

Dziwicz und Blumke nickten.

»In einem anderen Fall wurde eine Kirchenrenovierung durch die Maßgaben des Denkmalschutzes so teuer, dass das Bistum, dessen Denkmalamt die Baumaßnahmen forderte, diese auf einmal finanziell nicht weiter unterstützen wollte. Abschlägiges Schreiben durch das Bistum, unterschrieben von Korbinian Birglbichler. Hier beschwert sich eine Gruppe von Pfarrgemeinderäten über die Reduzierung der Pfarrerstellen und die gleichzeitige Gehaltskürzung für die Amtsinhaber, während auf der anderen Seite aber Millionen für den Dom ausgegeben werden und das – ich zitiere – ›Minibistum Speyer sich zehn Domkapitulare leisten muss‹, immerhin seien es in Limburg nur vier, die aber haben über 100.000 Katholiken mehr im Diözesangebiet. Und das geht so weiter: Bauvorhaben, Personaldiskussionen – immer wieder gibt es Schreiben aus der Gemeinde oder von Pfarrern, die gegen ganz konkrete Finanzentscheidungen des Bistums Einspruch erheben. Das reicht von großen Baumaßnahmen wie dem Protest gegen die Verweigerung des Wiederaufbaus einer abgebrannten Kirche, die nun mit vielen anderen zu einer größeren Seelsorgeeinheit gehören wird, über Streitigkeiten im Zusammenhang mit Renovierungen, Ärger, weil Gemeinden durch diözesanen Druck Gebäude veräußern müssen, bis hin zu kleinen Dingen, dass etwa der Kirchendienst nicht mehr finanziert wird.« Dziwicz sah von seinen Unterlagen auf.

»Eine Gemeinde hat eine höhenverstellbare Orgelbank angeschafft für einen Chorleiter, der nur eine Handvoll Gottesdienste an der Orgel gestaltet – daraufhin hat sich der Organist beschwert, dem die alten Bank genügte, anschließend wurden die Zuschüsse für die Gemeinde um diesen Betrag gekürzt«, zitierte Blumke einen gerade vor ihm liegenden Fall.

»Es gab sowieso von einer ganzen Gruppe von Organisten harschen Protest, weil die als Weisungsempfänger des Priesters degradiert wurden und mit einem Minihonorar zufrieden sein sollten, während die Chorleiter ihre Honorare mit den Gemeinden selbst vereinbaren können, weil sie nach Ansicht des Bistums einen künstlerischen Dienst verrichten. Mit der Folge, dass das Bistum eine ganze Batterie von Organisten verloren hat. Die im Grenzgebiet zu anderen Bistümern sind eh schon lange weg – und die im Bistum spielen in den evangelischen Kirchen. Auch hier immer auf sämtlichen Antwortschreiben: die Unterschrift von Birglbichler.«

»Ich habe da noch einen sehr delikaten Fall, dem wir nachgehen sollten. Birglbichler wollte die drei unehelichen Kinder eines Priesters nicht weiter alimentieren. Es gab Beschwerdebriefe – Birglbichler hatte alles schön abgeheftet. Dann hat sich das Bistum tatsächlich durchgerungen und die Zahlungen eingestellt. Der Pfarrer hat ein Gerichtsverfahren angestrengt und in mehreren Instanzen Recht bekommen. Es läuft wohl aber eine Klage in einer weiteren Instanz, so dass das Bistum nach wie vor die Zahlungen auf Eis gelegt hat. Wenn das nicht zumindest Unmut erzeugt.« Dziwicz runzelte die Stirn.

»Also war Birglbichler hier sozusagen der Sparkommissar«, meinte Dängler, der mittlerweile hinzugekommen war und interessiert zugehört hatte, »aber ist das ein Mordmotiv?«

»Das wird darauf ankommen, wie weit sich negative Gefühle aufbauen und verstärken.«

Maria Zoely wiegte den Kopf.

»Aber andererseits gehört zum Morden immer ein starkes Motiv. Es muss Fälle geben, bei dem sich aus dem Sparkonzept wirkliche Tragödien ableiten lassen. Auf der anderen Seite dürfen wir auch nicht sämtliche Priester und aktiven Gläubigen unter Generalverdacht stellen.«

Dziwicz nickte bestätigend. »Wenn wir alle, die mit dem Birglbichler aneinandergerappelt sind, als mögliche Täter in Betracht ziehen, müssten wir eigentlich fast alle Priester, Pfarrgemeinde- und Verwaltungsräte, neben- und ehrenamtlichen Mitarbeiter befragen und durchleuchten. Das geht nicht. Wir meinen auch, dass wir hier im direkten Umfeld suchen müssen. Wir nehmen uns auf jeden Fall die Unterlagen noch einmal vor und suchen die extremen Fälle heraus, vielleicht zeigt sich uns eine Spur.« Er hob vielsagend die Schultern. »Was natürlich nicht ausschließt, dass ein über die Maßen verärgerter Gläubiger aus dem Bistum Speyer hierher gefahren ist und dem Domkapitular eins auf die Mütze gegeben hat, was dann in seiner Wut zu heftig ausgefallen ist.«

Maria Zoely nickte. »Das wären dann die wenigen Prozentpunkte in der Kriminalstatistik, die die unaufgeklärten Fälle liefern.«

Blumke lachte. »Wir können ja vorsorglich auch mal bei ›Aktenzeichen XY‹ nachfragen.«

Maria Zoely wollte gerade noch ein paar Ideen in den Raum werfen, als Krübling ohne Anklopfen die Bürotür aufstieß. Er stürmte herein und verkündete sogleich mit wichtigem Gesicht: »Ich war bei den Computerspezialisten, und die haben sich die SD-Karte aus Birglbichlers Fotoapparat vorgenommen.«

»Guten Morgen«, sagte Blumke gespielt freundlich. Er fand das plötzliche Hereinschneien ins Büro nicht besonders begrüßenswert.

Krübling verstand den dezenten Wink nicht und wartete auf die Aufforderung, seine Erkenntnisse – oder besser die der Datenrekonstrukteure – zum Besten zu geben. Maria Zoely dachte, dass an der außerfachlichen Ausbildung im Bereich Kommunikation und Etikette noch ein wenig gefeilt werden müsse, und fragte seufzend nach Krüblings Neuigkeiten.

»Also ...« Krübling warf sich in die Brust. »Ich habe auf dieser CD«, er hielt einen glänzenden Datenspeicher hoch, »die rekonstruierten Daten von der Speicherkarte. Birglbichler hat wohl die Bilder auf die Festplatte vom Computer gezogen und dann von der Speicherkarte gelöscht. Da er aber keine neuen Aufnahmen gemacht hat, waren die alten Daten noch zugänglich. Das ist das alte Thema: Viele glauben, sie könnten durch das Löschen Daten vernichten, und übersehen, dass beim Löschen nur der bisher belegte Speicher wieder frei gemacht wird. Erst die neuen Daten machen die alten kaputt.«

Maria Zoely signalisierte mit einem Blick, Krübling nicht zu sagen, dass dies zum Allgemeinwissen der Polizei und einem Großteil der Bevölkerung gehörte. Sie ermunterte ihn, mit seinen Neuigkeiten fortzufahren.

Krübling war indessen an einen Laptop getreten und legte mit ein wenig Theatralik eine CD ein. Schon bei der Miniaturansicht des Ordnerinhaltes ließen sich die meisten Fotos schnell als Aufnahmen im Dom und in seiner Umgebung identifizieren. Beim näheren Betrachten wurde deutlich, dass hier jemand mit geübtem Auge und sicher mit viel Herzblut für das Gebäude hervorragende Aufnahmen gemacht hatte, von der Beleuchtung her oft am frühen Morgen, vielfach aber auch in der Nacht.

»Man kann hier sehen, wann die Fotos aufgenommen wurden«, prahlte Krübling mit seinem sicher bei den Datenpolizisten erworbenen Wissen weiter und zeigte, dass die Aufnahmen in den Monaten vor Birglbichlers Tod entstanden waren.

Nach einer Batterie Bilder mit Domdetails kamen Aufnahmen, bei denen sich die Kommissare Gedanken machten, was dies sein könnte.

»Sieht ja aus wie bei ›Dalli Klick‹«, murrte Dziwicz.

Eine Kreuzigungsszene aus Metall gab zunächst Rätsel auf.

»Das ist auf einem Bischofsstab«, meinte Kranich, der sich die ganze Zeit aufmerksam, aber still im Hintergrund gehalten hatte. Seine Vermutung wurde von der folgenden Großaufnahme der Krümme bestätigt.

»Ah, jetzt weiß ich es: Das ist der Wormser Stab. Der stammt aus dem 15. Jahrhundert und hat ursprünglich einem Wormser Bischof gehört. Bei der Amtseinführung eines neuen Speyerer Bischofs bekommt der – meistens von seinem Vorgänger – diesen Bischofsstab überreicht. Der Stab wird aber nicht benutzt, sondern ist im Domschatz des Historischen Museums.«

»Wo aber offensichtlich das Bild nicht aufgenommen wurde«, warf Dennis Krübling ein. Deutlich waren im Hintergrund des Fotos die Konturen der Schränke in der Domsakristei zu erkennen.

Es folgten weitere Fotos liturgischer Geräte, allesamt interessante Detailaufnahmen: Monstranzen, Kelche, Patenen, Ziborien, Custodien, Weihrauchfässer und Kreuze.

»Aber nur der alte Kram«, meinte Kranich nachdenklich, räusperte sich und fügte hinzu: »Ähem, ich meine, nur die historisch herausragenden Stücke des Domschatzes. Den Bischofsstab unseres Bischofs zum Beispiel hat er nicht fotografiert, der ist ja auch wertvoll, aber nicht alt.«

Maria Zoely dachte an das Gespräch mit dem Sakristan. Sie fand es immer noch seltsam, dass keine Kunstgegenstände aus dem Dom entwendet worden waren.

»Vielleicht waren es wirklich nur die historischen Geräte, die Birglbichler interessiert haben«, meinte Dängler, und Blumke setzte ironisch hinzu: »Vielleicht hat er Fotos gemacht, um den alten Krempel irgendwo zur Sanierung der Bistumsfinanzen zu verhökern.«

Jetzt lachte nur Dziwicz, aber auch schon ein wenig nachdenklich.

Kranich erinnerte an den Raub des Kölner Domschatzes. In den Siebzigerjahren waren Einbrecher durch den Lüftungsschacht ins Domschatzmuseum eingedrungen und hatten eine Vielzahl wertvoller Exponate gestohlen. Die Verbrecher waren schnell gefasst, auch dank eines V-Mannes und der Einbeziehung der Kölner Unterwelt, aber einige liturgische Gefäße waren bereits eingeschmolzen worden und damit unwiederbringlich verloren. »Der Fall war außerordentlich spektakulär und kam sogar bei ›Aktenzeichen XY‹.«

Daniela Pfeffer klappte ihren Laptop auf. »Ich habe im Internet gegoogelt – und dabei festgestellt, dass Birglbichler mit einem Facebook-Profil begonnen hat. Ich habe nun eine Gruppe gegründet, über die sich alle aus dem Sozialen Netzwerk melden sollen, die irgendwie Kontakt mit Birglbichler hatten. Außerdem habe ich bei der Staatsanwaltschaft beantragt, dass wir einen Zugang zu Birglbichlers Profil bekommen und von dort aus posten können. Des Weiteren sollen alle Freunde kontaktiert werden. Vielleicht erhalten wir dadurch eine Information, die wir bisher noch nicht auf dem Radar haben.«

Maria Zoely war begeistert, dass die Kollegin den Gedanken, der ihr auch schon gekommen war, so schnell umgesetzt hatte. »Kümmern Sie sich auch um die Rückmeldungen?«, fragte sie.

»Klar«, nickte Daniela Pfeffer, »das kann ich auch zu Hause machen.«

Nachdenkliches Schweigen in der Gruppe, während Krübling schon wieder die rothaarige Kollegin Pfeffer anschmachtete.

Man sollte ihm einmal vorsichtig ans Bein treten, dachte sich Maria Zoely, die aber die Spannung aufhob, indem sie anordnete: »Als Nächstes befragen wir die Nachbarn von Birglbichlers Privatwohnung. Vielleicht hat ja jemand etwas gesehen oder kann Personen beschreiben, die Birglbichler besucht haben. Außerdem will ich mir noch einmal die Wohnung anschauen. Wie sieht es denn mit der Anrufkontrolle aus? Schon durch?« Maria Zoely wandte sich an Blumke und Dziwicz, die sofort eine Liste herholten.

»Ja, wir haben die Liste mit den Handyverbindungen und denen von seinem Apparat im Ordinariat, aber da sind nur die Nummern von Behörden drauf, Generalvikariate, Ordinariate, Finanzkammern anderer Diözesen und solche Adressen. Natürlich auch die Nummern von Speyerer Kirchenbehörden, auch evangelischen, und von Pfarrämtern in der Diözese. Wir haben dann die Privatnummern durchprobiert, das waren in erster Linie Steuerberater, ein paar Mal hat er auch das Finanzamt kontaktiert. Einige Nummern aus Italien, bei denen wir den Teilnehmer am anderen Ende nicht verstehen konnten, haben wir Kopper von der Kripo Ludwigshafen gegeben.« Blumke lachte. »Wir hatten richtig vermutet, die Angerufenen waren natürlich Italiener – und wo tätig?«

»Im Vatikan«, traf Krübling ins Schwarze.

»Genau. Alles dienstliche Angelegenheiten. Erst wollten sie nicht herausrücken, worum es ging, aber die spärlichen Informationen drehten sich immer um Kirchenfinanzen und Sparpotenziale.«

Blumke ergänzte: »Einen schönen Gruß übrigens auch von der Frau Odenthal – die Ihnen«, er blickte zu Maria Zoely, »einen guten Einstand wünscht und hofft, dass sie vielleicht einmal zusammen an einem Fall arbeiten.«

Maria Zoely nickte dankend, während sie bereits die Liste überflog, die von den beiden Bürokollegen penibel ergänzt und kommentiert worden war.

Doch dann stutzte sie.

»Herr Kranich, Sie haben doch mit der Ordensschwester gesprochen, die den toten Domkapitular gefunden hat ...«

»Schwester Alphäa, ja.«

»Ich habe im Protokoll gelesen, dass Birglbichler und Schwester Alphäa ein sehr gutes Verhältnis hatten und sich öfter getroffen haben.«

»Ja, richtig.«

»Haben Sie nachgefragt, wie die sich verabredet haben?«

Kranich schlug sich vor die Stirn. »Natürlich, die haben miteinander telefoniert – und zwar von Handy zu Handy. Dann müsste ja mindestens Alphäas Nummer auf den Listen auftauchen.«

»Richtig«, entgegnete Maria Zoely, »und genau das tut sie nicht. Das heißt, dies war sein Diensthandy. Und das wiederum bedeutet, uns fehlt noch ein Mobiltelefon – nämlich sein privates.«

8

Während Blumke und Dziwicz die Telefongesellschaften wegen eines Mobiltelefonkunden namens Korbinian Birglbichler kontaktierten und Daniela Pfeffer die Online-Community aufmischte, machte sich der Rest der Soko zu einem Ortstermin in Birglbichlers Wohnung auf. Dängler, Kranich und Krübling nahmen sich die Nachbarn oberhalb und unterhalb vor, während Maria Zoely an der Tür gegenüber klingelte, die allerdings nicht geöffnet wurde.

»Dess jung Frolleinsche kummt erschd heid Noochmiddaach, die Fraa iss noch in de Schuul«, informierte sie eine mit einer schweren Einkaufstasche bepackte vorbeischnaufende ältere Dame mit Dutt, die sich mit der freien Hand am Treppengeländer festhielt.

»Lehrerin?«, fragte Maria Zoely.

»Ei jo, awwer frooche se mich nedd, wuu. So guud kenne mer uns ach nedd«, war die Antwort im breitesten Pfälzisch.

Bevor Maria Zoely reagieren konnte, war bereits Dennis Krübling bei der Dame, nahm ihr die Einkaufstasche ab und verwickelte sie auf dem Weg in ihre Wohnung in ein Gespräch. Maria Zoely war platt, das hätte sie dem jungen Kommissaranwärter nicht zugetraut; vielleicht war dies eine der neuen Ausbildungstechniken an der Polizeischule.

Nachdem sie selbst bei verschiedenen Bewohnern des Mehrfamilienwohnblocks geklingelt und ergebnislos gefragt hatte, entschieden sich die Kriminalbeamten, zuerst eine kleine Mittagspause in einem Bistro einzulegen. Mittlerweile war es wieder sehr warm geworden, die kühlen Getränke taten gut.

Dennis Krübling stieß etwas später zu ihnen. Er hatte der älteren Dame nicht nur die Tasche in ihre Wohnung getragen und dabei noch einiges aus ihrem Leben erfahren, sondern von ihr auch gehört (»Sie hann dess awwer nedd vunn mir«), dass die gegenüber Birglbichler wohnende Nachbarin, die Lehrerin, wohl ein Verhältnis mit Birglbichler gehabt habe. »Gell, Sie veroode dess nedd, awwer die jung Lehrerin iss immer mol widder driwwe bei dem Parre gewess.« Sie sei aber nicht die einzige gewesen. »Gell, awwer nedd, dass Sie denke, isch dääd denne noochschbioniere ... Awwer wisse Se, die Lehrerin, die iss blond, unn aus der Wohnung vunn dem Parre iss ach schunn emol e Schwarzhoorischi kumme«.

Mehr habe sie allerdings darüber nicht sagen können, »weil isch doch nimmi so guud sieh – unn heere du isch ach nimmi alles, was mansches Mool ach nedd schlecht iss«. Aber: »Schää sinn se alle zwee«, hätte sie gesagt, allerdings sei das, so Krübling, nicht unbedingt ein Anhaltspunkt für die schwarzhaarige Unbekannte.

Maria Zoely und Niclas Dängler lachten ein wenig in sich hinein, ließen Krübling aber weiter berichten.

Der Lehrerin sollte man nicht trauen, hatte die betagte Mitbewohnerin gemeint, wenn die und der Domkapitular etwas miteinander gehabt hätten, würde die sicher alles abstreiten. Sie wollte dann doch wissen, warum die Polizei im Haus herumfrage: »Was hoddn der Bayer ausgefresse?«

Krübling hatte nichts gesagt, dann aber erfahren, dass die von ihm befragte Frau »dem nedde Bayer« nichts Schlechtes zutrauen würde. »Dess iss enn ganz Nedder, awwer der schaffd jo ach bei de Kerch, hadd er mer mol vezehld. Unn die misse sich heizedaach nadierlich ach um die Leid bemiehe, die kumme jo nimmi vun selbschd in die Kerch.« Krübling bemühte sich um eine authentische sprachliche Wiedergabe – mit entsprechender mimischer Darstellung.

Maria Zoely nickte. Es waren vier unterschiedliche Fingerabdrücke gesichert worden, von denen »drei vermutlich von Frauen stammen«, hatte Birgit Schocke, die Leiterin der Spurensicherung, ihr per Handy mitgeteilt. »Das schreibe ich natürlich nicht in den offiziellen Bericht, das ist ein Erfahrungswert, aber nicht rechtsbeständig.« Und die vierte stammte natürlich von Birglbichler selbst. Weiter war aufgefallen, dass einige Fingerabdrücke an der Klinke verwischt waren. »Da war jemand mit Handschuhen dran gewesen.«

»Also suchen wir noch einen Unbekannten – drei Unbekannte, wahrscheinlich Frauen, davon die eine dunkelhaarig ...«

»... oder mit einer dunklen Perücke«, warf Krübling ein.

»Okay. Aber wir haben immer noch keinen Anhaltspunkt, was das Mordmotiv betrifft. Die Rolle von Birglbichler im Bistum müssen wir noch genauer abklopfen. Mit den Frauen bleiben wir auch dran, vielleicht ist es ein Eifersuchtsmotiv«, gab Maria Zoely zu bedenken.

»Und warum fand dann der Mord im Dom statt?«, fragte Krübling. »Sollte das die Dramatik unterstreichen?«

Maria Zoely gab zu bedenken, dass die Tötung im Speyerer Dom wie ein Unfall aussehen sollte.

Sie zögerte ein wenig, rührte nachdenklich in ihrem Kaffee und meinte: »Ich werde den Gedanken nicht los, dass die ganze Sache irgendetwas mit dem Dom zu tun hat. Vielleicht weiß die Nachbarin mehr. Wir befragen sie, sobald es geht. Aber ich glaube, dass der Mord nicht zufällig im Dom geschah. Sonst läge die Leiche ja hier – oder woanders«, fügte sie schnell hinzu.

Es entstand eine gespannte Stille, die vom Klingeln ihres Handys unterbrochen wurde.

Am Apparat war eine bekannte Stimme, die sogleich wissen wollte, ob Maria Zoely reden könne. Sie bestätigte, sagte nur kurz »privat« zu den Kollegen und stand auf, um sich etwas abseits von der Gruppe ungestört unterhalten zu können.

»Ich habe gestern meinen freien Tag zum Anlass genommen und bin nach Untergiggenbach gefahren, natürlich ganz privat ...«, lachte Ludwig Moosbrunner am anderen Ende der Leitung.

»Nein, ganz im Ernst, ich fahre ab und zu gerne mal raus aufs Land; es war eine schöne Spazierfahrt. Während meine Frau mit den Kleinen unterwegs zum Spazierengehen und auf dem Spielplatz war, habe ich natürlich die Kirche besucht, in der Birglbichler damals Pfarrer war, und mich dort als ehemaligen Einwohner ausgegeben, der wissen wollte, warum er nicht mehr da ist.«

»Danke, dass du das extra für mich getan hast«, Maria Zoely fand vor lauter Überraschung erst jetzt Worte.

»Na, schon gut. Falls du mal wieder in unserer Region auftauchst oder wir eine Fortbildung zusammen machen, bist du mit der Zeche dran.«

Moosbrunner lachte noch einmal sein polterndes Lachen, das ihm beruflich wie privat sicher viele Türen öffnete. In Untergiggenbach schien er jedenfalls einige Gesprächspartner gefunden zu haben.

»Ein paar meiner Zufallsbekanntschaften haben sich gewundert, dass jemand den Birglbichler vermisst – denen scheint der nämlich überhaupt nicht zu fehlen.«

»Hatten die Gemeindemitglieder ihn nicht gemocht?, wollte Maria Zoely wissen.

»Nein, nicht gemocht haben die den nicht.«

Maria Zoely musste erst über die Satzkonstruktion nachdenken, weil die doppelte Verneinung in Bayern im Gegensatz zum übrigen deutschen Sprachgebiet – Moosbrunner würde jetzt »außerbayerisches Ausland« sagen – eigentlich immer noch eine Verneinung blieb, wenn auch verschärft.

Aber Moosbrunner hatte es tatsächlich im üblichen Sprachgebrauch gemeint und fuhr fort: »Ich habe eigentlich niemanden gefunden, der Birglbichler ablehnend gegenüberstand. Eine Frau, die ich auf dem Friedhof angesprochen habe, hat es wohl auf den Punkt gebracht: Er war so wenig in seiner Gemeinde präsent, dass man eigentlich keine Gelegenheit hatte, ihn nicht zu mögen.«

»Hast du nachgehakt, warum der Birglbichler so wenig vor Ort war?«

»Ja, klar. Nix Genaues weiß man nicht, würden wir sagen. Er war einfach kaum da. Er hat seine Messen gehalten und seinen Schulunterricht. Mit den Ansprachen auf dem Friedhof und bei Trauungen waren wohl alle zufrieden, er eckte nirgends an und war eigentlich immer sehr zuvorkommend. Aber er hat offenbar keinen bleibenden Eindruck hinterlassen, keine besonderen Aktionen organisiert oder sich durch andere Highlights hervorgetan. Er war wohl meistens auch nicht im Pfarrhaus, sondern auswärts. Eine Untergiggenbacherin hat gemeint, er hätte etwas beim Bistum zu tun gehabt, irgendetwas mit Geld. Einer der Befragten meinte, es wäre sowieso keine ganze Stelle gewesen, die er innehatte, deswegen hätte Birglbichler auch nicht die üblichen Arbeiten und Dienste einer Pfarrstelle zu versehen gehabt, der ganze Verwaltungskram wurde extern erledigt. Und natürlich gab es immer wieder Mutmaßungen über Frauengeschichten und so weiter, aber keinen echten Hinweis. Also keine wirklich überraschenden Erkenntnisse, Maria, tut mir leid.«

»Hm. Ich glaube trotzdem, dass gerade diese Abwesenheit von Birglbichler ein ganz interessanter Ansatz ist.«

Maria Zoely tauschte mit Moosbrunner noch einige Nettigkeiten aus, erkundigte sich nach seiner Familie und erwiderte seinen Wunsch nach einem baldigen Wiedersehen.

Kaum hatte sie das Telefonat beendet, kam der Streifenpolizist, der die Wohnungstür der Nachbarin Birglbichlers im Auge behalten sollte, und meldete, dass die Nachbarin, »die Blonde«, »eingetrudelt« sei.

Ines Deutermann, Birglbichlers Nachbarin von gegenüber, erwies sich als angenehme Zeitgenossin. Sie war 32 Jahre alt, schlank, blond, Lehrerin für katholische Religion, Latein und Griechisch an einem Speyerer Gymnasium und im Kontrast zu ihrem fröhlichen und offenen Lachen doch etwas bieder gekleidet. Sie bat Maria Zoely und Niclas Dängler sofort in ihre Wohnung und lud zu einem Kaffee ein. Die beiden anderen Beamten waren zurück ins Büro gefahren.

Die Lehrerin war am humanistischen Gymnasium am Dom beschäftigt – dort wurden die alten Sprachen gepflegt. Diese seien wieder »voll im Kommen«, wie sie hinzufügte. Maria Zoely fand die Formulierung zwar einer Altphilologin unangemessen, aber vermutlich wurde im Rahmen eines schülerzentrierten Unterrichts auch auf ein wenig Slang geachtet – oder vielleicht hieß das in Speyer »lingua iuventae«, wenn sie ihr Schullatein nicht fehlleitete. Immerhin wurden im Vatikan auch die modernen Begriffe in neue lateinische Begriffe übersetzt, damit die Veröffentlichungen des Heiligen Stuhls – wie immer in Latein – auch in der Moderne in der gewohnten Tradition fortgeführt werden konnten.

»Ich muss nach der Schule immer erst mal einen Kaffee trinken und etwas Süßes essen«, seufzte Ines Deutermann und öffnete sogleich eine Keksdose. Maria Zoely und Dängler griffen gerne zu, als sie sahen, dass es sich offensichtlich um selbst gebackene Kekse handelte, »nach einem Rezept aus meiner Münsteraner Heimat«, wie die Lehrerin ihnen auf Nachfrage verriet.

Die Wohnung war fast spiegelverkehrt zu der von Birglbichler angelegt, ebenfalls hell gestrichen und gnadenlos überfüllt mit Büchern, die sich selbst auf dem Wohnzimmertisch stapelten. Auch auf den Fenstersimsen waren Bücher übereinander geschichtet, und sogar auf der Küchenanrichte fand sich Literatur: Die vorhandenen Regale reichten längst nicht mehr aus.

Ines Deutermann interpretierte Maria Zoelys Blick richtig und erklärte: »Als Single hat man genug Zeit zum Lesen. Und neben dem Universum Schule ist es wichtig, dass man sich geistig noch andere Welten zur Entspannung und zum Ansporn schafft.«

Erst jetzt schien ihr überhaupt aufzugehen, dass hier zwei Polizisten bei ihr waren, und sie fragte nach deren Anliegen.

Maria Zoely ließ nicht gleich die Katze aus dem Sack, sondern tastete sich vorsichtig vor. »Wir haben ein paar Fragen im Zusammenhang mit Ihrem Nachbarn ...«

»Dem Domkapitular Birglbichler? Ein netter, sympathischer Mensch. Wir teilen uns die Tageszeitung – er liest sie zuerst, weil er erst später weg muss, danach bekomme ich sie und habe gleich eine Abendlektüre. Manchmal haben wir uns auch schon zum Kaffee getroffen und theologische Fragen erörtert – ein klasse Gesprächspartner. Er hat auch schon während meines Urlaubs die Blumen gegossen oder Handwerkerarbeiten betreut.«

Sie machte eine Pause und fragte dann mit zusammengezogenen Augenbrauen: »Warum interessieren sie sich denn für ihn? Der hat doch wohl nichts ausgefressen.« Sie lachte unsicher, und Maria Zoely dachte, dass Ines Deutermanns Schüler sicher nie böse auf sie sein könnten.

»Haben Sie in den letzten drei Tagen die Zeitung erhalten?«, fragte Maria Zoely nach.

Ines Deutermann war irritiert. »Ja, aber es ist schon eigenartig, dass Sie das fragen. Normalerweise steckt Herr Birglbichler die Zeitung in den Türgriff. In den letzten Tagen ist sie unten an den Briefkästen liegen geblieben. Ich dachte, dass er überraschend weggefahren ist, das kam schon ein paar Mal vor.«

Ihr schien nun gewahr zu werden, dass die beiden Ermittler von der Kriminalpolizei kamen, und sie fragte vorsichtig:

»Ist etwas passiert?«

»Haben Sie die Lokalnachrichten nicht gelesen?«

»Nein, im Moment habe ich so viele Korrekturen, dass ich die Zeitungen nur noch stapele und dann im Paket querlese. Was ist denn passiert?« Eine deutliche Unruhe war ihr nun doch anzumerken.

Maria Zoely klärte Ines Deutermann auf: »Herr Birglbichler wurde tot aufgefunden; wir untersuchen die Umstände seines Todes.«

»Aber er war doch nicht krank!« Ines Deutermann wirkte sichtlich schockiert. Mit großen Augen blickte sie von Maria Zoely zu Niclas Dängler. »Zumindest wäre ich geschockt, wenn er mir das verheimlicht hätte. Wir hatten nämlich keine Geheimnisse voreinander.« Sie wurde sich der Mehrdeutigkeit des letzten Satzes bewusst und korrigierte schnell: »In den Gesprächen, meine ich.« Dass man sich auch darüber noch Gedanken machen konnte, kam ihr glücklicherweise nicht in den Sinn – und Dängler nutzte die Pause, um zu des Pudels Kern vorzudringen.

»Wir sind von der Mordkommission.« Damit kürzte er den vorsichtigen Kurs seiner Kollegin und Fast-Chefin ab und erntete für die etwas rabiate Gangart einen missmutigen Seitenblick.

Entsetzt schlug Ines Deutermann ihre Hand vor den Mund und blickte die beiden völlig verstört an.

»Wir müssen Sie deshalb fragen, in welcher Beziehung Sie zu dem Toten standen.«

Maria Zoely schaute Ines Deutermann aufmerksam in die Augen, um ihre Reaktion zu sehen. Es dauerte etwas, bis die Lehrerin ihre Fassung wieder gefunden hatte und reden konnte.

»Wie ich Ihnen schon erzählt habe, waren wir gute Nachbarn. Da wir beide Theologie studiert haben, haben sich gemeinsame Gespräche über Gott und die Welt, wie man so schön sagt, angeboten.«

»War Birglbichler theologisch konservativ?«, wollte Maria Zoely wissen.

»Ich finde nicht, dass er auf eine anbiedernde Art progressiv gewesen wäre. Er hat versucht, die Aussagen der Bibel und die Leitlinien des Glaubens auf die Menschen und die Welt von heute zu übertragen – mit allen Anforderungen, Problemen, aber auch guten Möglichkeiten, die das mit sich bringt. Aber ich glaube, niemand wäre auf die Idee gekommen, Birglbichler wegen seiner theologischen Standpunkte umzubringen. Er war in keiner Richtung extrem.« Tränen schimmerten bereits in ihren Augenwinkeln.

Maria Zoely nickte. Nach allem, was sie bisher erfahren hatte, hielt sie dieses Motiv auch für äußerst nachrangig.

Ines Deutermann wertete ihr vielsagendes Nicken offensichtlich falsch. Sie druckste ein wenig herum und schien dann die Flucht nach vorn antreten zu wollen.

»Falls Sie Fingerabdrücke in der Wohnung gegenüber finden, sind sicher auch meine dabei; wir haben uns ja auch ab und zu bei ihm getroffen.«

Und, als ob sie Dänglers Gedanken lesen könnte, die dieser nicht zu formulieren wagte, aber auch nicht völlig verbergen konnte, fügte sie hinzu: »Sie werden meine Fingerabdrücke aber nicht im Schlafzimmer finden, wenn Sie so etwas denken. Wir hatten keine Affäre oder etwas in dieser Richtung, sondern eine gute, rein intellektuelle Freundschaft.« Sie nickte heftig, so dass sich einige Tränentropfen lösten.

»Haben Sie Kenntnis davon, wer noch in Herrn Birglbichlers Wohnung ein und aus ging?« Maria Zoely hoffte, dass der persönliche Kontakt von Ines Deutermann zum Domkapitular noch ein paar Spuren erbrachte.

»Herr Birglbichler hat eigentlich hier in Speyer kaum Kontakte gehabt. Zumindest war das mein Eindruck.« Ines Deutermann überlegte, nervös auf ihren Lippen kauend.

»Das heißt, ich habe einmal eine Frau hier auf der Treppe gesehen, die aus seiner Wohnung gekommen sein könnte. Aber das kann auch täuschen. Ansonsten war dort nur seine Reinigungskraft – die ich übrigens auch beschäftige.« Ines Deutermann stand auf und schrieb auf einen Notizzettel Name und Anschrift. »Helga Becker. Sie wohnt hier in Speyer, eine sehr zuverlässige und gewissenhafte Arbeitskraft. Ich habe sie von einer Kollegin empfohlen bekommen und Herrn Birglbichler dann weiterempfohlen.«

Das könnte stimmen, überlegte Maria Zoely. Im Schlafzimmer waren außer Birglbichlers Fingerspuren noch zwei weitere gesichert worden. Eine davon gab wegen ihrer Verteilung zunächst Rätselraten auf, dann tippten die Spurensicherer aber – aufgrund ihrer Erfahrungswerte – auf die Fingerabdrücke einer Reinigungskraft.»

Diese Frau, die Sie auf der Treppe beobachtet haben: Können Sie die beschreiben?«, wollte Maria Zoely wissen.

»Oje – ich versuche es. Sie war auffallend groß, mindestens ein Meter achtzig. Sie hatte lange, dunkle Haare, schwarz, glaube ich, dunkle Augen, war hübsch und machte einen sehr selbstbewussten Eindruck. Ja, sie hat mich auf der Treppe ganz unbefangen gegrüßt, deshalb dachte ich zuerst, sie wohnt hier. Oder dass sie neu zugezogen sei; ich habe sie jedenfalls zum ersten Mal hier gesehen. Nachdem ich die jüngeren Mieter hier eigentlich alle kenne – von den Mieterversammlungen, wissen Sie, die älteren kommen da weniger – fiel sie mir auf. Sie machte aber nicht den Eindruck, als wäre sie eine Einbrecherin oder Gaunerin, die sich hier aus niederen Beweggründen – das heißt doch so? – herumtreiben würde. Sie war recht gut angezogen, deshalb habe ich sie nicht für eine Kriminelle gehalten, die hier älteren Herrschaften an der Haustür ein windiges Geschäft anbietet oder wartet, bis man ihr ein Glas Wasser bringt, um sich dann mit der Geldbörse oder dem Sparbuch aus dem Staub zu machen. Aber mehr weiß ich leider wirklich nicht.«

Sie zögerte kurz. »Andererseits habe ich Herrn Birglbichler einmal auf diese Dame angesprochen – und er hat sehr seltsam reagiert.« Ines Deutermann lachte kurz und fast hart. »Da habe ich mir meinen Teil gedacht und die Sache auf sich beruhen lassen.«

Maria Zoely hatte Ines Deutermann ungestört reden lassen, glaubte aber, dass an dieser Stelle ein Schnitt sinnvoll wäre. Sie bedankte sich für die freundliche Aufnahme und die Informationen. Sie benötige nun noch ihre Fingerabdrücke bei der Dienststelle. Ines Deutermann erschrak sichtlich, sagte aber nichts, sondern nickte mit zusammengekniffenen Lippen heftig.

Maria Zoely entschied, mit Dängler sofort zu Helga Becker zu fahren.

Im Wagen diskutierten sie über Ines Deutermann. Dängler machte keinen Hehl aus seiner Vermutung, dass er sie als heimliche Geliebte Birglbichlers betrachtete, »... vielleicht eine von zwei – die dann die Konkurrentin aus ihrem Revier vertreiben wollte?«

Maria Zoely machte auf die Fingerabdrücke aufmerksam, worauf Dängler entgegnete: »Wenn sie wirklich nur auf gute Nachbarschaft bei Birglbichler war, werden die Fingerabdrücke das belegen.«

Maria Zoely nickte. So sah sie es auch.

»Ich frage mich, welche Rolle diese dunkelhaarige Frau spielt. Eigenartig, dass Ines Deutermann nicht mehr über diese Frau wusste, wenn sie sich doch mit Birglbichler öfter traf. Da fragt man doch noch einmal unverfänglich nach, zumal sie selbst ja der Meinung war, dass Birglbichler sehr wohl wusste, wen sie da auf der Treppe gesehen hatte. Wenn es eine Mitarbeiterin der Bistumsleitung gewesen wäre, hätte Birglbichler sie sicher erwähnt. Es war doch gut möglich, dass Ines Deutermann ihr über den Weg laufen würde.«

Sie dachte kurz nach.

»Wir müssen auch Ines Deutermann in den Kreis der Verdächtigen einbeziehen, immerhin könnte auch ein Eifersuchtsmotiv oder ein anderes Drama dahinterstecken. Es wäre nicht der erste Mord oder Totschlag aus verschmähter Zuneigung.«

»Vielleicht ist diese ominöse Schwarzhaarige die heimliche Geliebte – und Birglbichler hat die Deutermann auf die lange Bank geschoben«, warf Dängler ein.

»Das ist mir auch schon durch den Kopf gegangen«, meinte Maria Zoely.

»Könnte diese Schwester – Alphäa – vielleicht die dunkelhaarige Frau sein, die sich in Zivilkleidung heimlich mit Birglbichler in seiner Wohnung getroffen hat?«, schob Niclas Dängler nach.

»Ich glaube nicht. Erstens hatte ich beim Gespräch mit Schwester Alphäa den Eindruck, dass sie sich nicht verstellt, sondern tatsächlich einen guten Freund und kunstsinnigen Gesprächspartner verloren hat ...«

»Und zweitens?«

»Zweitens schaute bei Schwester Alphäa unter dem Schleier eine Büschel Haare hervor. Sie hat brünette Haare, relativ hell, keine schwarzen oder dunklen.«

Dängler war nicht zufrieden: »Na ja, eine Perücke aufzuziehen, ist sicher nicht so schwierig.«

Dem wusste Maria Zoely nichts mehr hinzuzusetzen.

Der Wohnblock in Speyer-Nord, in dem Helga Becker lebte, war schlicht, aber sauber. Auf ihr Klingeln hin und ihre Vorstellung an der Gegensprechanlage wurde ihnen sofort geöffnet.

Helga Becker war Mitte bis Ende 50 und hatte dunkelblonde Haare – gehabt, musste man wohl sagen, da sich der größte Teil schon ins Graue verfärbte. Sie trug ein T-Shirt, Jeans und Sandalen und schien mit Mehl hantiert zu haben. Sie entschuldige sich, dass sie gerade am Backen sei, was sie nicht unterbrechen könne. Der Backofen laufe bereits auf Hochtouren, und sie habe ein strammes Arbeitspensum. Trotzdem studierte sie die Dienstausweise der beiden genau und bat sie dann in die Küche. Dort befanden sich neben einer einfachen, in »Eiche rustikal« furnierten Küchenzeile, die weit über 20 Jahre auf dem Buckel hatte, ein Tisch mit vier Stühlen aus Kiefernholz und mehrere IKEA-Regale, in denen sich alles an Vorräten und Küchenhilfen stapelte, was eine emsige Hausfrau benötigte. Trotz der Backaktion strahlte die Küche eine aufgeräumte und saubere Atmosphäre aus, die durch die Backaktivität zusätzlich eine gewisse Behaglichkeit erhielt.

Nachdem Helga Becker sich dafür entschuldigt hatte, dass sie keinen Kuchen anbieten konnte, und die beiden Kriminalbeamten auch den angebotenen Kaffee ablehnten – mehr aus Höflichkeit, um den Backprozess nicht vollends aus dem Takt zu bringen –, erläuterte Maria Zoely den Grund ihres Kommens. Helga Becker war entsetzt, als sie vom Tod ihres Arbeitgebers erfuhr, und setzte sich erst einmal auf einen Küchenstuhl. Nervös putzte sie ihre Hände an einem Geschirrhandtuch ab und fragte mit zitternder Stimme: »Und Sie verdächtigen jetzt mich?«

»Wir müssen allen Spuren und Informationen nachgehen«, versuchte Niclas Dängler die aufgeregte Frau zu beruhigen, hatte aber sichtlich keinen Erfolg. »Im Moment müssen wir uns erst einmal ein Bild von Herrn Birglbichler machen.« Helga Becker schien sich wieder zu fassen.

»Ich habe einmal in der Woche bei Herrn Birglbichler geputzt, gesaugt und das eine oder andere aufgeräumt.«

Nachdem die beiden Kriminalbeamten ihr wortlos zu verstehen gaben, dass sie gerne noch mehr hören wollten, fuhr Helga Becker fort:

»Na ja, wenn Sie in der Wohnung waren, haben Sie sicher gesehen, dass es da nicht viel zum Aufräumen gab – also konnte ich eigentlich immer ganz schnell durchputzen. Die Bezahlung war gut, er hat mir sogar mehr bezahlt, als ich zunächst verlangt habe. Manchmal habe ich auch für ihn eingekauft, dann war es so, dass er mir Geld gab und das Wechselgeld nicht mehr haben wollte.«

»Haben Sie oft Kontakt mit ihm gehabt?«, wollte Niclas Dängler wissen.«

»Eigentlich nicht. Wissen Sie, ich bin morgens gekommen, wenn er schon weg war. Wenn etwas Besonderes war, hat er mir einen Zettel auf den Wohnzimmertisch gelegt, etwa den Einkaufszettel – oder wenn ich Blumen entsorgen sollte oder Wäsche wegbringen. Das hat er mir übrigens auch immer extra bezahlt; also großzügig war er schon, der Herr Domkapitular. Hat mir zuerst nur gesagt, er sei beim Bistum beschäftigt, dann habe ich ihn beim Pontifikalamt im Dom gesehen, wie er mit einem violetten Kragen herumlief – ich dachte erst, das ist ein Bischof, dann hat mir aber jemand gesagt, dass der zum Domkapitel gehört. Na ja, ist ja auch ein hoher Herr. Aber immer sehr großzügig und immer sehr freundlich. Mit so Mitarbeitern macht die Kirche immer einen guten Eindruck, wenn Sie mich fragen.«

Maria Zoely pirschte behutsam vor: »Haben Sie bemerkt, dass auch andere Personen in der Wohnung waren?«

»Ich habe Herrn Birglbichler immer nur allein angetroffen, aber wie gesagt, meistens war niemand da.«

»Nein, ich wollte wissen, ob Ihnen etwas in der Wohnung aufgefallen ist, das darauf hinwies, dass Herr Birglbichler Besuch hatte?«

Maria Zoely blickte Helga Becker direkt an, die sichtlich nervöser wurde.

»Na ja, manchmal stand mehr Geschirr herum, als eine Person allein so normalerweise benutzt; das habe ich dann gespült. Für eine Spülmaschine war der Ein-Mann-Haushalt ja doch zu klein, außerdem ging Herr Birglbichler mittags immer in die Kantine.«

Maria Zoely überlegte sich, wie die bischöfliche »Kantine« wohl in der Kirchensprache hieß, irgendetwas mit »-um«

oder »-a« am Schluss. Ein Refektorium wie im Kloster wird es nicht sein, vermutete sie, vielleicht eher eine Mensa. Sie merkte sich, dass sie Ines Deutermann einmal danach fragen könnte und unterdrückte bei diesen Gedanken ein Lächeln.

»Haben Sie Spuren entdeckt, die von einer Frau stammen könnten?«

Helga Becker lief rot an, klappte den Mund auf und zu und entgegnete fast empört: »Der Herr Birglbichler lebte doch im Zölibat – die dürfen das nicht!«

Maria Zoely sah sie freundlich an und meinte dann: »Frau Becker. Sie sind gegenüber Ihrem Arbeitgeber loyal – und das ist sehr ehrenhaft für Sie. Aber wir haben hier einen ungeklärten Todesfall. Herr Birglbichler wurde von jemandem getötet, da sind Rücksichtnahme und Loyalität nicht mehr entscheidend. Ihnen ist doch auch daran gelegen, dass sein Tod aufgeklärt wird – oder?«

Helga Becker nickte schuldbewusst und meinte dann: »Aber Sie behandeln doch meine Aussage vertraulich? Also ich meine, wenn ich jetzt etwas sage, und jemand wird dann von Ihnen verhört und hat damit gar nichts zu tun – schade ich dem dann auch nicht? Im Fernsehkrimi ist das doch auch immer so ...«

Maria Zoely beruhigte sie: »Wir sind alle Profis bei der Polizei. Ihre Aussagen werden wir natürlich protokollieren, aber die gelangen nicht an die Öffentlichkeit.«

Helga Becker druckste ein wenig herum und meinte dann: »Ja, natürlich. Wenn Sie wie ich schon so lange putzen, dann haben Sie für viele Dinge einen Blick. Man kann die Menschen ganz gut einschätzen, wie sie mit ihrer Kleidung umgehen, mit den Möbeln und so. Und am Geschirr kann man auch was sehen. Außerdem putze ich ja auch, da fällt einem auch das eine oder andere auf. Wissen Sie, Putzfrauen kriegen schon viel mit, nicht nur den Staub und den Dreck auf dem Lappen. Außerdem bin ich ja nicht dumm. Ich muss aber putzen gehen; mein Mann ist vor acht Jahren gestorben. Weil er lange krank war und ich in meinem Beruf keine Arbeit mehr finde – ich habe Hauswirtschafterin gelernt –, habe ich mich als private Putzkraft gemeldet. Natürlich alles ganz legal, mit Lohnsteuerkarte und so. Außerdem habe ich auch Babysitten und Betreuung von Wohnungen und Gärten in den Ferien im Programm.«

Sie stand auf, kramte in einem Küchenregal herum und überreichte Niclas Dängler einen Flyer, auf dem sie, ziemlich professionell, mit *»Babysitting – Homesitting – Roomservice, Helga Becker, Mein Service für Ihren Komfort«* warb. Seriös und trotzdem modern gestaltet, schlicht, aber ansprechend und offensichtlich mit einem Farblaserdrucker erstellt.

Die beiden Polizisten merkten, dass die Frau sich erst warm reden musste, und schauten sich den Flyer interessiert an. Sie wollten Helga Becker am Reden halten.

Der nächsten Frage kam Helga Becker zuvor: »Das hat der Herr Birglbichler für mich gemacht – kostenlos; es war ein Geschenk zu Weihnachten, vergangenes Jahr. Es gibt ein paar Wohnanlagen, zum Beispiel unten am Rhein, da kommen die super an. Ich verteile die im Frühjahr, und für den Sommer habe ich echt Konjunktur. Und das ist gut zahlende Kundschaft, die gerne noch etwas drauflegt – und dann Mund-zu-Mund-Propaganda macht.«

Sie stand auf und zog einen weiteren Flyer, schwarz-weiß, ähnlich dem ersten, aber weniger modern, in einer Schrift mit Serifen, heraus. »Den hat mir der Herr Birglbichler auch noch entworfen. Für die älteren Semester und konservative junge Paare, meinte er.« Sie lachte. Dieser Flyer warb mit *»Baby betreuen – Haus hüten – Raumpflege, Helga Becker* *kümmert sich engagiert um Ihre Anliegen, damit Sie Ihre Zeit genießen können«.*

Maria Zoely nickte zustimmend. Helga Becker hatte diese lange Vorrede wohl machen müssen, um ihre Unsicherheit abzulegen. Maria Zoely ermunterte sie: »Sie können ruhig mit uns reden, auch wenn Sie meinen, aus Dankbarkeit dem Verstorbenen gegenüber eher schweigen zu müssen.«

Helga Becker nickte: »Außerdem wäre das ja auch eine Straftat, Behinderung der Ermittlungen oder so, das kenne ich aus dem Fernsehen. Nein, ich will auch, dass der Täter, dieser elende Kerl, gefasst wird!«

»Wieso kommen Sie gerade auf einen ›Kerl‹? Wir haben doch vorhin nach einer Frau gefragt?«, irritiert blickte Niclas Dängler Helga Becker an.

»Na ja, bei Frauengeschichten hängt doch meistens immer noch ein weiterer Mann drin – sonst müsste man die doch nicht geheim halten.«

Auf die fragenden Blicke der beiden Polizisten fuhr sie fort, nicht ohne zuvor einen tiefen Seufzer zu machen: »Da ich beim Domkapitular manchmal Geschirr gespült habe, ist mir schon aufgefallen, dass an den Gläsern Lippenstiftreste waren. Manchmal hatte ich auch das Gefühl, dass noch Parfüm zu riechen war – aber nach der Marke dürfen Sie mich nicht fragen, da kenne ich mich gar nicht aus.«

Maria Zoely und Niclas Dängler bemerkten, dass sich da noch etwas Bahn brechen wollte, dann holte Helga Becker tief Luft. »Wissen Sie, das Geschirr ist ja nicht so eindeutig. Aber ich verrichte ja auch die anderen Haushaltsarbeiten – und beim Saugen und Putzen tauchen immer mal wieder Haare auf. Die einen sind blond und passen von der Länge zu einer Dame, die nicht weit weg wohnt, auch eine Kundin von mir, die mich an Herrn Birglbichler vermittelt hat ...«

Maria Zoely lächelte sie ermunternd an und sagte ihr, dass sie wüssten, dass sie von Ines Deutermann redete. Daraufhin verdrehte Helga Becker resigniert die Augen.

»Die Dame ist aber harmlos. Nett, unkompliziert, Marke ›Kumpeltyp‹. Ihre Haare liegen auch nur im Wohnzimmer, der Küche und im Flur.« Sie machte eine bedeutungsvolle Pause. »Und sie benutzt keinen Lippenstift.«

Maria Zoely und Dängler warteten mit Spannung. Helga Becker hatte ihren Teig offensichtlich vergessen, aber keiner der beiden Polizisten wagte es, den Ofen abzustellen, um den Redefluss nicht zu unterbrechen.

»Im Schlafzimmer finde ich aber auch manchmal lange schwarze Haare, die ja nicht Herrn Birglbichler gehören können.«

Helga Becker machte wieder eine lange Pause, schaute betreten zu Boden und schien zu überlegen. Maria Zoely und Dängler warteten geduldig, Dängler hoffte inständig, dass sein Magen nicht zu knurren begann.

Dann gab sich Helga Becker eine Ruck und setzte hinzu: »Die schwarzen Haare finden sich manchmal auch auf der Bettwäsche.«

Damit war es heraus. Maria Zoely hatte etwas Ähnliches geahnt und war weniger überrascht.

Helga Becker schoss auf ihrem Stuhl nach vorne, die Hände geradezu flehend von sich haltend: »Aber gell, Frau Kommissarin, Herr Kommissar, ich will den Herrn Birglbichler nicht in Verruf bringen, das ist mir alles unheimlich peinlich, und ich möchte, dass das auch nicht nach außen getragen wird. Ich bin dann nämlich meine Jobs bald los, wenn das bekannt wird.«

»Wir werden Ihre Aussagen vertraulich behandeln«, beruhigte Maria Zoely die aufgeregte Frau, die nervös ihre Hände knetete und offensichtlich wieder zurückrudern wollte. Mehl fiel auf den sonst sauberen Boden, aber das sah Helga Becker nicht. Sie machte vielmehr den Eindruck, als wollte sie das Gesagte wieder einfangen und ungesagt machen.

»Kennen Sie eine Person aus dem Umfeld von Herrn Birglbichler, von der diese Haare stammen könnten?« Erwartungsvoll sah Dängler die engagierte Dienstleisterin an.

»Nein. Deshalb habe ich mir ja auch so meine Gedanken gemacht – und bin mir sicher, dass da noch ein Mann dahintersteckt«, meinte sie mit bedeutungsschwangerer Miene.

Maria Zoely staunte über die Beobachtungsgabe der sympathischen Raumpflegerin; ein Seitenblick auf ihren Kollegen Dängler zeigte ihr, dass auch er von den Schilderungen ganz angetan war.

Ohne dass die beiden Kriminalbeamten nachhaken mussten, führte Helga Becker aus: »Wissen sie, es ist ja nicht schlimm, wenn ein Priester eine Freundin hat, es gibt ja auch welche mit Kindern. Es gibt katholische Pfarrer, die da ganz offen dazu stehen. Und der Herr Birglbichler ist ja eigentlich keine so prominente Person gewesen. Der hatte irgendwas im Ordinariat zu tun. Das wäre überhaupt nicht aufgefallen. Aber die Dame wollte wohl nicht gesehen werden, und der Herr Birglbichler wollte wohl auch nicht, dass jemand sie sieht. Frau Deutermann hat mich einmal deswegen angesprochen, ich habe aber getan, als wüsste ich von nichts. Die hat dann den Herrn Birglbichler wohl selbst auf diese Unbekannte angesprochen. Jetzt ist die ja nicht neugierig, hat aber auch nie was mitbekommen, außer einmal im Treppenhaus so eine komische Situation. Aber mir – mir! – hätte der Birglbichler ja was sagen können!«

Würde man Birglbichlers Bekannte zusammenbringen, vermutete Maria Zoely, käme es sicher zu einem heftigen Streit um das beste Vertrauensverhältnis, das inzwischen ja schon mehrere für sich reklamiert hatten.

Beide Polizisten bedauerten, dass auch Helga Becker nichts mit der unbekannten und mittlerweile ominösen Dunkelhaarigen anfangen konnte, versicherten ihr aber, wie dankbar sie für ihre freimütige Aussage waren, die auf jeden Fall sehr aufschlussreich war.

Sie hatten gerade die Wohnungstür erreicht, als Maria Zoely noch etwas einfiel. In bekannter Colombo-Manier drehte sie sich zu Frau Becker um. »Besaß Herr Birglbichler einen Laptop?«

»Ja, klar, wie die meisten modernen Büromenschen auch.«

»Wissen Sie etwas über die Marke oder das Aussehen?«

«Nein, tut mir leid. Aber der Drucker war von HP, das weiß ich, weil ich beim Ausdrucken der Flyer mit dabei war.« Sie grinste verlegen. »Und ich habe dann scherzhaft gefragt, ob ›HP‹ ›Hochwürden-Print‹ heißt.«

Der Drucker war also auch weg, dachte Maria Zoely. ·

»Machte Herr Birglbichler in der letzten Zeit irgendwelche Andeutungen, die darauf schließen ließen, dass er in Schwierigkeiten war?«, wollte Niclas Dängler noch wissen.

Helga Becker sah ihn überrascht an. »Nein. Aber wir hatten ja auch selten persönlichen Kontakt. Manchmal hat er es eingerichtet, dass er noch da war, zum Beispiel, wenn er spezielle Hemden gebügelt haben wollte oder wenn er mich gebeten hat, einen Kuchen zu backen. Aber ansonsten war er hier in Speyer ziemlich allein. Der arme Kerl.« Sie seufzte.

Sie und die Nachbarin Ines Deutermann schienen bisher die ersten zu sein, denen der Tod von Korbinian Birglbichler wirklich nahe ging, dachte Maria Zoely.

Dängler und sie dankten Helga Becker nochmals, nahmen ihren Schlüssel zu Birglbichlers Wohnung als Beweismittel mit und baten sie, zur Fingerabdruckabnahme in der Dienststelle vorbeizukommen.

Sie wandten sich bereits zum Gehen um, als Helga Becker noch etwas einzufallen schien: »Sie haben doch vorhin gefragt, ob mir irgendetwas aufgefallen ist ...«

»Ja.« Maria Zoely und Niclas Dängler warteten.

»In seinem Schlafzimmer hatte er immer Blumenfotos hängen, für die er sich extra ein Objektiv gekauft hatte – tolle Nahaufnahmen, ganz klasse.«

»Ja – und was finden Sie daran seltsam?«, fragte Niclas Dängler, dem schon etwas schwante.

»Sie haben doch die Wohnung untersucht – haben Sie die Fotos im Schlafzimmer gesehen?«

Die beiden Polizisten nickten.

»Diese neuen Aufnahmen hängen noch nicht so lang. Herr Birglbichler hat die erst vor zwei oder drei Wochen in die Rahmen hineingetan. Ich fand die Fotos ganz komisch. Und das habe ich ihm auch gesagt.« Helga Becker war offensichtlich stolz über ihren Mut, einen engagierten Fotografen für seine Bilder zu tadeln.

»Und was hat er darauf geantwortet?«, fragte Maria Zoely erwartungsvoll.

»Dass das wichtige Fotos seien. Aber sie ständen nicht für sich, sondern seien nur ein Hinweis. Es war eine ganz komische Antwort ...« Sie überlegte.

»Es war ein Bibelzitat mit *sehen*.« Sie dachte nach.

Maria Zoely zitierte: «Selig, die nicht sehen und doch glauben.«

»Nein«, entgegnete Helga Becker, »die Stelle vom ›ungläubigen Thomas‹ war es nicht. Herr Birglbichler hat sich aber das ›Gleichnis vom Sämann‹ herausgesucht, er hat mich nämlich gefragt, ob ich das kenne.«

Sie überlegte, ging dann in das Wohnzimmer und kam mit einer Bibel wieder zurück. Sie blätterte darin einige Zeit hin und her.

»Hier habe ich es. Also beim ›Gleichnis vom Sämann‹, da steht das, was er zu mir gesagt hat ...« Und dann zitierte sie:

»›Deshalb rede ich zu ihnen in Gleichnissen, weil sie sehen und doch nicht sehen, weil sie hören und doch nicht hören und nichts verstehen.‹«

Helga Becker schaute von ihrer Bibel auf.

»Und dann sagte er: ›Frau Becker, das sind *ganz wichtige* Fotos.‹«

9

Der Stein fühlte sich warm an und strahlte trotz seiner rauen Oberfläche Weichheit aus. Er wirkte angenehm und beruhigend. Mit seinen vielen Nachbarn machte er seit fast 1000 Jahren den Speyerer Dom aus. Maria Zoely hatte die Hand auf einen massiven Steinblock eines Pfeilers im Querhaus des Domes gelegt und die Einkerbungen fast schon meditierend betrachtet, als sie den Schatten neben sich bemerkte und dann ein verlegenes Räuspern hörte.

»Die meisten Dombesucher denken, dass es sich bei diesem Steinmuster um mittelalterliche Handwerkskunst handelt. Aber ursprünglich waren die Steine glatt. Bei der Ausmalung des Doms hat man die Steine behauen, damit der Verputz hält.«

Maria Zoely drehte sich um, als sie die sonore männliche Stimme hörte. Neben ihr stand, ganz adrett in Jeans und einem jugendlich geschnittenen Sakko, ein schlanker, dunkelhaariger Mann, der trotz seines jungenhaften Lächelns und der tiefdunklen Haare schon fast 50 sein dürfte. Die etwas hohe Stirn und die rahmenlose, eckige Brille gaben ihm einen intellektuellen Touch.

»Irenäus Neumeling«, stellte sich der Unbekannte vor, »ich bin der stellvertretende Dombaumeister.«

»Maria Zoely«.

»Ich weiß.« Irenäus Neumeling strahlte sie gewinnend an. »Mein Chef, Dombaumeister Hubertus Klötzle, hat mich gebeten, mit Ihnen Kontakt aufzunehmen. Er würde gern selbst mit Ihnen sprechen, aber er ist in dieser Woche auf einer

Fachtagung über romanische Restaurierungsmaßnahmen in Spanien und kann dort nicht weg, weil er einer der Fachreferenten ist. Der Speyerer Dom ist nun mal das Aushängeschild der Romanik.«

Er war Maria Zoely sofort sympathisch.

»Ich soll Ihnen zur Verfügung stehen, wenn Sie irgendeine Ecke des Domes sehen wollen. Natürlich auch zu anderen Tageszeiten – oder Nachtzeiten.«

Als er Maria Zoelys verdutzten Gesichtsausdruck sah, fügte er schnell hinzu: »Rein dienstlich, natürlich. Ich habe nämlich nicht nur alle Schlüssel, sondern kann Ihnen zu dem Bauwerk auch jede Menge erzählen. Dombaumeister Klötzle hat mich gebeten, für Sie und Ihre Kollegen immer ansprechbar zu sein.«

Aha, also ein Rundum-Sorglos-Paket, dachte Maria Zoely. Aber wahrscheinlich soll er mir einfach ein bisschen nachspionieren und mich aushorchen – und dann Bericht erstatten, wo wir gerade mit unseren Ermittlungen stehen. Hat der denn nichts zu tun?

Als ob er Maria Zoelys letzten Gedanken erraten hätte, fügte Neumeling hinzu: »Wir haben in dieser und der nächsten Woche keine planerischen Arbeiten am Dom, weil während der direkten Festwochen hier nicht gearbeitet wird. Trotzdem muss immer einer der Architekten vor Ort sein, falls es Probleme gibt, etwa bei den kleineren Arbeiten, die trotzdem weiterlaufen – time is money.«

Maria Zoely nickte und versuchte dann, den Gesprächsfaden wieder aufzunehmen. Sie deutete auf die Einkerbungen, die Neumeling als Aufhänger benutzt hatte. »Gab es denn noch mehr so offensichtliche Eingriffe in den Dom?«

Er nickte mit geknickter Miene. »Ja, leider. Bei der Ausmalung hat man auch einiges abgeschlagen, was der

Malerei und dem Putz im Weg war, also auch einige der Steinvorsprünge.«

»Das ist ja furchtbar!«

»Ja, aber andererseits lebt der Dom seit 1000 Jahren – und hatte immer wieder ein anderes Gesicht – übrigens auch außen.« Neumeling wies mit ausladender Geste im Innenraum hin und her. »Wir sehen heute den Dom innen so und glauben, das ist Romanik. Wir müssten vielmehr sagen, dass der Dom im Inneren deshalb so aussieht, weil man glaubt, dass dies der Romanik am nächsten kommt.«

Er zögerte kurz, dann ergriff er die Gelegenheit beim Schopf und bot Maria Zoely eine individuelle Domführung an. »Auf Geheiß meines Chefs«, setzte er sofort hinzu. Als er ihren enttäuschten Gesichtsausdruck sah, schob er aber gleich hinterher: »Aber natürlich auch gerne privat«. Er lachte.

»Was für ein Draufgänger«, dachte Maria Zoely, nahm aber Neumelings Angebot dankend an. Immerhin konnte ein bisschen mehr Ortskenntnis nichts schaden.

Der Weg führte zunächst in einem der Westtürme hinauf zur gerade eingeweihten Hauptorgel, von deren Empore sich ein eindrucksvoller Blick in das hohe und langgestreckte Hauptschiff bot. Neumeling referierte Zahlen zu den Dimensionen des Gebäudes, bei denen Maria Zoely nur nickte – allerdings vor allem wegen der unglaublichen Perspektive. Auch die Vorstellung, dieses gigantische Instrument über sich zu haben, machte sie leicht schwindelnd. Wie musste sich erst der Organist fühlen, der auf einer eigenen Empore über dem Emporenboden an einem Spieltisch saß, der dem Cockpit eines Düsenjets oder der Steuerzentrale eine Kraftwerks nicht unähnlich war.

»Diese Empore ist in die Mauer zwischen Vorhalle und Hauptschiff eingebaut – die Mauer hier ist über sechs Meter dick. Wenn Sie wieder draußen vor dem Dom stehen, schauen Sie sich die Osttürme an, die ja fast neu sind. Aber was sind schon 150 Jahre gegenüber dem Alter der Krypta! Ursprünglich saßen die Osttürme auf der Mauer auf und waren nicht, wie heute, an den Dom angebaut.«

Beeindruckt nickte Maria Zoely. Sie war schon allein von der puren Masse des Steinbaus beeindruckt. Dann aber auch immer wieder von den zahllosen zu entdeckenden Details, die ein geduldiges und konzentriertes Hinsehen erforderten.

Schweigend gingen sie weiter in den Kaisersaal über der Vorhalle hinter der Hauptorgel. Fasziniert betrachtete Maria Zoely den hohen und weiten Raum, in dem einige Exponate aus der Geschichte des Doms aufgestellt waren, auch Figuren. Vor allem stachen aber einige riesige Gemälde in bunten Farben ins Auge, die Maria Zoely an den Bilderzyklus im Dom erinnerten. Sie sprach Neumeling darauf an.

Neumeling erklärte ihr, dass der Dom ursprünglich bunt gefasst war, wohl auch schon im Mittelalter, dann aber besonders, als er 1846 bis 1853 von Johann Schraudolph bunt ausgemalt wurde.

»Der sogenannte Nazarener-Stil hatte allerdings eine sehr eigene Farbgestaltung.« Neumeling wies auf eine Fotografie, bei der Maria Zoely erst beim zweiten Hinschauen erkannte, dass es sich dabei um das Innere des Doms handelte.

»Man hat bei der Renovierung 1957 bis 1961 die Bilder wieder herausgenommen und den Verputz auch gleich entfernt. Sie denken noch an die Einkerbungen der Steine?«

Maria Zoely nickte.

»Die meiste Zeit aber, davon kann man inzwischen ausgehen, war der Dom verputzt. Diese karge Steinsicht heute ist eigentlich eine modernere Sicht auf den Dom und die romanische Epoche.«

»Das heißt, der Dom zeigt, wie man sich ein romanisches Bauwerk vorstellte, ist aber doch nicht authentisch.« Maria Zoely schüttelte den Kopf.

»Ja«, Neumeling nickte betrübt. »Wir würden heute den Verputz lassen und die Bilder renovieren, damals war man der Meinung, man müsste das Hinzugefügte wieder entfernen. So ändern sich die Ansichten der Restauratoren.« Neumeling grinste und meinte sarkastisch: »Aber die Zerstörung durch die napoleonischen Truppen war doch größer.«

Er betrachtete sinnierend eines der Gemälde. »So hat man damals Restaurierung verstanden. Heute würde man die Bilder sicher erhalten und nur die Farben auffrischen; denken Sie an die Farbenpracht, die sich nach der Renovierung der Sixtinischen Kapelle dort entfaltet hat.«

Vor einem großen Schraudolph-Gemälde blieb Maria Zoely nochmals stehen. »Das sind doch Gemälde, die bis in die 60er-Jahre an die Domwand gemalt waren.«

Neumeling bestätigte dies. »Ja, das sind die Originalgemälde.«

»Original? Aber wie hat man die Bilder dort herunternehmen und hier wieder an die Wand bringen können? Wurden Teile vom Verputz transportiert?« Maria Zoely war näher an ein Gemälde getreten und suchte nach Rissen oder anderen Hinweisen auf ihre Vermutung.

Neumeling schüttelte den Kopf. »Nein. Die Methode war damals geradezu revolutionär. Man hat ein entsprechend präpariertes Gewebe über die Gemälde an der Wand gezogen, damit wurde das Bild vom Verputz gelöst und blieb auf diesem Träger haften. Diese großen Stoffbahnen konnten dann mit dem Gemälde abgenommen und zusammengerollt werden.«

»Wurden sämtliche Gemälde gerettet?«

»Nur ein kleiner Teil, 20 Bildtafeln. Die meisten Bilder wurden mit dem Verputz von der Wand abgeschlagen. Damals galten die Bilder als Kitsch. Heute ist die Wissenschaft anderer Meinung, weil der Speyerer Dom die größte zusammenhängende Nazarener-Ausmalung besaß.« Neumeling zuckte mit den Achseln und wies mit einer weit ausholenden Armbewegung durch den Kaisersaal. »Der Kaisersaal ist nun ein Ort der Würdigung der Kunst des 19. Jahrhunderts geworden. Man hat hier besondere Träger installiert, die Gipskartontafeln tragen – auf diese wurden die Fresken nach der Restaurierung aufgebracht.«

Maria Zoely folgte Irenäus Neumeling weiter durch den Dachstuhl des Doms in einen der Westtürme, wo sie hinter ihm zunächst über eine schmale Metalltreppe nach oben klettern musste. Nach dem Besuch der Glockenstube mit den neun Glocken des Domgeläuts ging es auf einem Holzsteg weiter über die Gewölbe des Hauptschiffs.

Ein Stück liefen sie schweigend, dann fragte Neumeling: »Wenn Sie mich schon so eifrig in *meinem* Arbeitsgebiet befragen – haben Sie denn schon einen Verdacht in *Ihrem* Fall? Es sah doch wie ein Unfall aus.«

Maria Zoely grinste in sich hinein. Also war ihre Vermutung nicht falsch gewesen, dass man – wer auch immer – einen V-Mann, falls dies in Kirchenkreisen auch so hieß, auf sie angesetzt hatte. Ihr gingen die Begriffe »Maulwurf« und »Trojaner« durch den Kopf, und sie dachte amüsiert, dass in Kirchenkreisen die Bezeichnung »Kryptaner« ganz passend wäre.

Maria Zoely erinnerte Irenäus Neumeling freundlich daran, dass sie über laufende Ermittlungen nicht sprechen dürfe. Neumeling machte ein enttäuschtes Gesicht, zeigte aber Verständnis für die Schweigepflicht der Polizei.

»Wohl auch so eine Art Schweigegelübde«, frotzelte er. Maria Zoely lachte. Von Neumeling ging eine durchaus anziehende Aura aus, wie sie erneut irritiert feststellte.

Nachdem Neumeling aber schon den Fall angesprochen hatte, nutzte Maria Zoely die Chance, nun nachzuhaken: »Kannten Sie Domkapitular Birglbichler?«

»Na ja, wie man halt jeden hier aus dem klerikalen Stand kennt. Speyer ist ein überschaubares Bistum und eine kleine Stadt, da kennt man schnell die Truppe.«

»Hatten Sie den Eindruck, dass er Feinde hatte?«

»Ich hatte mit ihm wenig zu tun. Manchmal kam er bei uns in der Hütte vorbei und hat nach neuen Erkenntnissen gefragt. Er war sehr interessiert und auch kunsthistorisch und architektonisch sehr gebildet. Sicher sein Steckenpferd. Aber er selbst hatte mit der Domrenovierung dienstlich nichts zu tun. Weil wir wussten, dass er nicht nebenher kunsthistorische Publikationen erstellt und mit unserem Wissen hausieren geht, waren wir immer offen. Nein, insgesamt ein netter, freundlicher und – was den Dom angeht – sehr informierter Mensch. Er hat uns nie enttäuscht.« Er lachte ein wenig verschmitzt. »Außerdem haben wir von der Hütte auch Interesse, das Domkapitel bei Laune zu halten. Man weiß ja nie. Hat ihn aber trotzdem nicht gehindert, auch bei uns den Rotstift zu schwingen.« Neumelings Gesichtsausdruck verfinsterte sich, dann zuckte er mit den Achseln und beschwichtigte: »Es hielt sich aber noch in Grenzen. Andere Bereiche der Domarbeit waren stärker betroffen.«

»Wirkte sich denn seine Arbeit sehr auf die Tätigkeit Ihrer Hütte aus?« Sie waren bei ihrer Wanderung auf dem Holzsteg inzwischen an einer Stelle stehen geblieben, wo ein Gewinde mit aufgesetzter Mutter von unten aus dem Gewölbe über dem Hauptschiff kam und im Steg befestigt war.

Neumeling wiegte bedächtig seinen Kopf. »Also, der Sparkurs, den Birglbichler eingeschlagen hatte, sollte natürlich auch die Hütte treffen. Aber die Renovierung des Kaiserdoms, die 1996 begann, soll 2015 beendet sein. Und der Großteil der etwa 27 Millionen Euro wird aus verschiedenen Zuwendungen aufgebracht. Wir haben ja den Dombauverein, der mit den verschiedensten Aktionen Geld für die Renovierung sammelt. Neben dem Verkauf von Uhren, Wein, Büchern, DVDs, Schlüsselanhängern, Schmuck, Schokolade und Postern sind natürlich die Mitglieder und deren Jahresbeitrag sowie vor allem die Spenden eine wichtige Geldquelle für die Domrenovierung. Aber der Verein ist so aktiv und der Dom von so großem internationalen Interesse, dass die Sparmaßnahmen des Bistums hier wenig Auswirkungen haben werden. Nehmen wir die neue Hauptorgel, die vor wenigen Wochen geweiht wurde. Das Instrument wurde maßgeblich durch die Spende einer Unternehmerfamilie finanziert, so dass auch hier das Bistum keine Abstriche machen musste.«

Maria Zoely hakte dann doch noch einmal nach: »Und was passiert, wenn die Domrestaurierung abgeschlossen ist?«

Neumeling zuckte mit den Achseln. »Die Karawane zieht weiter. Die meisten werden an einer anderen Hütte weiterarbeiten, schließlich ist es ja schon eine Empfehlung für sich, wenn man an den Erhaltungsmaßnahmen im Speyerer Dom mitwirken durfte. Das kann man so schnell nicht toppen.«

Maria Zoely nickte, ihr ging es bei diesem Fall ja ähnlich.

Neumeling fragte interessiert: »Sicher suchen Sie Stellen, an denen sich der Mörder versteckt haben könnte.«

»Ja. Außerdem würde mich interessieren, wie denn die Kunde vom toten Domkapitular so schnell die Runde machen konnte.«

»Oh, das war nicht schwer. Von hier oben kann man nämlich in die Vierung sehen.« Neumeling deutete auf das Eisengewinde, das durch die Gewölbedecke ragte. An der Mutter vorbei konnte man durch ein Loch in der Langhausdecke bis in den Altarraum blicken. Eine gewaltige Perspektive – Maria Zoely war beeindruckt und ärgerte sich im Stillen, dass sie keinen Fotoapparat mitgenommen hatte.

»Sie sehen, dass hier die Nachbildung der Kaiserkrone hängt, genau über der Stelle, an der Herr Birglbichler gefunden wurde. Von hier hat ein Handwerker morgens den Domkapitular gesehen und dann natürlich auch den Polizeiauflauf. Der Rest ergab sich dann von selbst, als mittags der Domdekan bei der Bauhütte erschien und uns aufforderte, über den Fall nach außen zu schweigen.« Neumeling nickte mit pathetischem Gesichtsausdruck. »Ich habe natürlich den Dombaumeister in seinem Hotel in Spanien in Kenntnis gesetzt, und der hat entschieden, dass ich mich zu Ihrer Verfügung halten soll, bis er wieder hier ist. Der Tote betrifft ja nicht die Dombauhütte.«

»Könnte von hier oben jemand in der Nacht das Attentat beobachtet haben?«, fragte Maria Zoely.

Neumeling wehrte heftig ab. »Doch hoffentlich nicht! Wenn hier nachts jemand bleibt und zum Beispiel ein Brand ausbricht, bekommen wir nämlich massive Probleme mit der Versicherung. Deswegen haben wir immer abends, wenn der Dom schließt, einen Appell in der Hütte, damit niemand, auch nicht aus Versehen, drinnen bleibt. Manche unserer Handwerker können sich nämlich nicht von der alten Dame trennen.«

Neumeling überlegte und erzählte dann, dass trotzdem einer der Arbeiter, ein gebürtiger Schwabe, vor einigen Monaten erwischt wurde, als er nachts im Dom blieb. »Der gute Mann hat immer irgendeinen Weg gefunden, hier über die Gewölbe zu gelangen. Das konnten wir nie abschließend klären. Jedenfalls war er ein starker Raucher, und eines Abends hatte er wohl draußen im Übergang zum Turm geraucht und die Verbindungstür zum Langhausspeicher nicht geschlossen, so dass Rauch nach innen geweht wurde – und die Brandmelder anschlugen.« Neumeling deutete auf einen davon. »Wie Sie sehen, sind hier feuerfeste Rollläden eingebaut. Sollte nämlich tatsächlich einmal ein Brand ausbrechen, brennt nur ein Drittel des Dachstuhls und nicht gleich das ganze Gebälk.«

Neumeling grinste. »Die Schutzrollläden hier sind schon kurz nach ihrer Installation in einem Weihnachtshochamt losgegangen, weil unten am Altar zu viel Weihrauch aufgelegt wurde und die Sensoren zu fein eingestellt waren.« Er lachte kurz. »Und an diesem Abend wie auch an jenem Weihnachtstag gingen die feuerfesten Vorhänge mit einer entsprechenden Geräuschkulisse runter und lösten bei der Feuerwehr Alarm aus. Die waren sofort zur Stelle, wir proben ja auch regelmäßig hier.« Er lachte erneut. »Im Weihnachtshochamt ist sogar der für den Dom zuständige Domdekan mitten aus der Messe verschwunden und nach der Feuerwehr hier aufgetaucht.«

»Und wie haben Sie bei dem zweiten Alarm den Urheber ausfindig machen können?«

»Wir lassen bei Großveranstaltungen Kameras mitlaufen. Über diese Aufzeichnungen konnten wir den Raucher sofort identifizieren und stellen. Bei einem hohen Festtag lassen wir das Gebäude nicht ohne Kontrolle.«

»Wahrscheinlich wurde ihm fristlos gekündigt.«

»Nein.« Neumeling verdrehte die Augen. »Das war ein Problem. Der Arbeiter ist der beste Steinmetz, den wir je hatten. Er kann sogar mit traditionellem Handwerkszeug täuschend echte Kopien von Statuen herstellen und hat schon am Kölner Dom Duplikate zahlreicher Figuren angefertigt. Hier ist er für die Feinarbeiten zuständig, auf die der Blick des Beobachters fällt. Wir haben ihn abgemahnt und ihm die Kosten des Feuerwehreinsatzes schrittweise vom Lohn abgezogen. Als pädagogischen Nebeneffekt konnten wir außerdem die anderen Domnarren – entschuldigen Sie den Ausdruck – damit gleich mit abschrecken.«

»Aber Ersatz wäre doch sicher zu bekommen – bei diesem Beruf ist doch die Arbeitsmarktlage prekär.«

Neumeling schüttelte den Kopf. »Natürlich hätten wir einen anderen Steinmetzen bekommen können, keine Frage. Aber einen Handwerker von dieser Qualität und – entschuldigen Sie, das ist jetzt keine Werbung für uns – zu diesem günstigen Arbeitspreis: nein.«

Wahrscheinlich nicht über Tarifvertrag entlohnt, dachte Maria Zoely, und keine tarifvertraglichen Arbeitszeiten. Sie schwieg aber. Dass man hier, an dieser religiösen Arbeitsstätte, auch nicht mehr Gnade vor Recht hatte walten lassen, war ihr ebenfalls suspekt. »Haben Sie noch mehr so baubegeisterte Mitarbeiter?«, wollte sie wissen.

Irenäus Neumeling lachte und erzählt dann die Legende von den drei Steinmetzen, die am Speyerer Dom arbeiten. Auf die Frage, was sie denn täten, antwortete der erste: »Ich behaue Steine.« Der zweite Handwerker gab zur Antwort: »Ich verdiene meinen Lebensunterhalt.« Und der dritte entgegnete: »Ich baue am Speyerer Dom.«

Maria Zoely kannte die Geschichte und fand sie in diesem Zusammenhang sehr passend, zumal der Architekt im Brustton der Überzeugung meinte: »Die Mitarbeiter unserer Bauhütte sind glücklicherweise alle vom dritten Schlag: Stolz auf ihren Dom, dem sie durch ihre Arbeit dienen dürfen und den sie damit für die nächsten Jahrzehnte und Jahrhunderte erhalten.«

Sie erinnerte sich, dass es am Kölner Dom üblich war, dass Baumeister als Wasserspeier verewigt wurden und die Mitarbeiter auch schon mal im Dom übernachteten. Viele wussten auch nicht, dass es in Köln eine eigene Toilette unter dem Domdach und einen Handwerker-Aufenthaltsraum für die Mittags- und Ruhepausen hoch über der Stadt gab. Sie erzählte es Neumeling.

»Ja, aber diesen Komfort haben wir hier in Speyer leider nicht. Der Dom hat zwar gigantische Ausmaße, ist aber nicht so groß und verwinkelt wie der Kölner Dom. Trotzdem hat auch der Speyerer Dom seine Eigenarten und ein Innenleben, das der normale Besucher nicht sieht.«

Inzwischen hatten sie einen der beiden Osttürme erreicht, von dem sich ein atemberaubender Blick über den Dom, die Stadt und den Rhein bot. Von hier oben war die historische Bebauung, aber auch die neueren Gebäude der dynamischen Stadt sehr gut zu erkennen. Hier lag eine moderne Stadt, die ihre lange Geschichte bewahrt hatte, ohne den Anschluss an die Gegenwart und den Blick für die Zukunft zu verlieren.

»Leider ist von der mittelalterlichen Stadt nicht mehr viel zu erkennen«, bedauerte Neumeling. »Die Soldaten haben damals gründliche Arbeit geleistet. Aber, und das muss man anerkennend sagen, die Speyerer haben sich nie unterkriegen lassen und die Stadt immer wieder besiedelt und« – er machte eine weit ausholende Geste über das grünspanbedeckte Kupferdach des Hauptschiffs – »vor allem den Dom erhalten.«

Über eine Treppe, die schon so oft genutzt worden war, dass man ausgetretene Stufen durch ausrangierte Grabplatten ersetzt hatte, ging es zurück in das Querschiff.

Dort verabschiedete sich Neumeling auf einmal sehr hastig. Er wurde offensichtlich schon erwartet – von einer drallen Endzwanzigerin mit zu viel Make-up und sichtbar künstlicher Blondierung, die er als seine Mitarbeiterin Katharina Andergassen vorstellte. Maria Zoely fing aber die Blicke auf, die sie einander zuwarfen – und dachte sich ihren Teil.

Sie setzte ihren privaten Rundgang durch die öffentlich zugänglichen Teile des Doms fort, ohne jedoch neue Impulse für ihren Fall zu erhalten. Wahrscheinlich braucht man tatsächlich den Dom einmal ganz für sich, dachte Maria Zoely und warf einen sinnierenden Blick auf die Touristenschwärme. Gedankenverloren ging sie über die Maximilianstraße in ihre neue Dienststelle zurück. Dort erwarteten sie schon Dziwicz und Blumke.

»Siehst du morgens Blum und Blisch, liegt sicher Arbeit auf dem Tisch«, reimte Dziwicz. Bevor Maria Zoely etwas sagen konnte, schoss Blumke hinterher: »Eifrig suchten Blisch und Blum in den Akten lang herum«.

»Und hör' ich noch so einen Reim, gehe ich in Bälde heim.«

Blumke und Dziwicz hatten nicht mit einem so spontanen Gegenreim gerechnet, grinsten aber nach kurzer Überraschung fröhlich. Maria Zoely merkte, dass sie mit diesem spontanen Paroli-Reim schneller gutes Wetter gemacht hatte als mit einer höflichen Allerweltsfloskel.

»Also«, begann Dziwicz, der einen Stoß Papier, der offensichtlich noch nicht durch viele Hände gegangen war, dabei zu Rate zog, »die Kollegen von der ›Spusi‹ haben die Fingerabdrücke von Ines Deutermann, der Nachbarin, und von Helga Becker, der Putzfrau, genommen und mit den sichergestellten Spuren verglichen ...« Er betrachtete eingehend seine Unterlagen und wandte sich dann direkt an die Kommissarin: »Möchten Sie eigentlich einen Kaffee?«

Maria Zoely war beim ersten Teil seiner Ausführung vor Neugier schier geplatzt – und anschließend vor Verärgerung fast explodiert, dass gerade an dieser Stelle mit so einer banalen Frage kam.

»Nein, danke schön, *später*«, lehnte sie mit Nachdruck ab.

»Ich hole Ihnen aber gerne gleich einen«, der Schalk blitzte aus seinen Augen, als er schnell hinzufügte: »War nur ein kleines ›Schbäßelsche‹.«

Er wurde schlagartig wieder ernst. »Also: Von Helga Becker sind Abdrücke in der ganzen Wohnung. Die Kollegen sind aber der Meinung, dass die Verteilung der Fingerabdrücke durchaus üblich ist für jemandem, der eine Wohnung putzt und in Ordnung hält. Also hier durchaus erwartbare Ergebnisse.«

»Okay.« Maria Zoely, die sich schon Gedanken über Helga Beckers mögliches Motiv gemacht hatte, entschied, die Reinigungskraft auf ihrer Liste der Verdächtigen einige Positionen herunterzustufen. »Und Ines Deutermann?«

»Die Nachbarin von Birglbichler war nach Spurenlage in seinem Wohnzimmer – und zwar recht häufig. Die Küche scheint sie eher selten betreten zu haben. Am Herd und dem direkten Umfeld wurden fast keine Abdrücke von ihr gefunden«, fasste Dziwicz die Ergebnisse der KTU zusammen, während er die entsprechenden Belege in den Unterlagen markierte. Sehr gewissenhaft, dachte Maria Zoely.

»Und im Schlafzimmer?«, fragte sie laut.

»Wurden keine festgestellt.«

»Könnten also auch abgewischt worden sein, wenn man etwas zu verbergen hat«, schob sie nach.

»Dann müsste sie aber schon frühzeitig ihre Fingerspuren weggewischt haben, damit sich die anderen in dieser Menge darüberlegen können.« Blumke nickte bedeutungsschwer.

Auch er hatte einen ähnlichen Papierstoß vor sich. »Wäre aber möglich, meinen die ›Spusis‹.«

Bei der gängigen Abkürzung der Kriminaltechnik erinnerte sich Maria Zoely, dass die Leiterin der KTU in Mainz mit Vornamen Susanne hieß – und bei der »Meenzer Fassenacht« in der Bütt als »die Susi von der Spusi« stand. So meldete sie sich manchmal auch am Diensttelefon, sehr zum Missfallen des Polizeipräsidenten.

»Also bleibt Ines Deutermann verdächtig. Immerhin hatte sie auch einen engeren Kontakt zum Toten. Gab es bisher einen Hinweis auf diese Schwarzhaarige, die bei ihm in der Wohnung war?«

Dziwicz und Blumke schauten in die Unterlagen und schüttelten anschließend synchron die Köpfe: »Bisher nicht.«

»Haben Sie bei den Telefongesellschaften nachgefragt, ob es ein Handy auf Birglbichlers Namen gab?« Maria Zoely wirkte ein wenig ungeduldig.

»Anfrage läuft noch.« Blumke zuckte ergeben mit den Schultern, »wir müssen außerdem den richterlichen Beschluss für die persönlichen Sachen des Toten, den wir schon für die Wohnungsdurchsuchung vorgelegt haben, nachschieben, wenn wir den Mobilfunkanbieter haben. Da ist aber Frau Steinheufele aus Frankenthal dran, die rechtliche Seite zu klären und dann gleich die Verbindungsdaten an uns zu senden. Die übernehmen das direkt, dann sparen wir uns das ganze Hin und Her.«

»Gut.« Maria Zoely würdigte gerade gedanklich die gute Zusammenarbeit mit der Staatsanwaltschaft und wollte schon gehen, als es an der Tür klopfte.

Niclas Dängler trat ein und brachte noch mehr Papier mit.

»Die Computerexperten haben über die IP-Nummer des Computers aus Birglbichlers Dienstzimmer die Internet-

Verbindungen der letzten Tage abgerufen. Viele Seiten von Bistümern, außerdem ein wenig Kunsthistorisches, ein paar Predigtseiten, nicht oft, aber wenn, dann immer freitags.«

Maria Zoely nickte. »Wie sieht es mit den Mails aus?«

Dängler blätterte in den Papieren. »Eine Masse. Ich konnte gar nicht alle in Ruhe lesen, die noch im Posteingang lagen. Auf jeden Fall waren wieder viele aus Ordinariaten anderer Bistümer dabei, ein paar aus dem Vatikan, aber davon die meisten auf Deutsch. Es geht im Wesentlichen um Finanzfragen, aber das sollen sich vielleicht ein paar Spezialisten aus unserer Wirtschaftsabteilung ansehen. Es tauchen aber selten Namen auf, viele Zahlen, vor allem Fragen nach Kosten und Einsparungen, Zukunftsprognosen und Hochrechnungen.« Er gähnte. Der E-Mail-Check hatte sich sicher bis tief in die Nacht hingezogen. »Nicht wirklich spektakulär. Dann sind Verbindungen zum zentralen Server im Ordinariat und zum Bischofs-PC, an die wir so ohne Weiteres nicht herankommen. Vor allem nicht an den zweiten, wenn kein dringender Verdacht besteht.«

»Wie sieht es denn mit der Privat-E-Mail-Adresse aus? Müssen wir die noch ermitteln?«, fragte Maria Zoely nach, worauf sich Dennis Krübling, der bisher im Hintergrund gestanden hatte, wie in der Schule meldete.

»Na ja, die Schwester und der Birglbichler haben doch sicher nicht nur miteinander telefoniert, sondern auch gemailt. Im BO hatten die aber nur seine dienstliche Adresse: *korbinian.birglbichler@bistum-speyer.de*. Da kam mir eine Idee ...« Dennis Krübling legt eine Kunstpause ein, bevor er fortfuhr: »Ich habe heute Morgen den Frühgottesdienst in der Klosterkapelle besucht und bin dabei mit Schwester Alphäa zusammengetroffen – ganz zufällig natürlich. Wir haben erst ein paar belanglose Worte gewechselt und sind dann natürlich auch auf den Tod von Birglbichler gekommen. Und da habe ich einfach gefragt, ob sie denn auch per E-Mail mit dem Herrn Birglbichler kommuniziert hat.«

»Und?« Niclas Dängler sprach aus, was allen auf der Zunge brannte.

Dennis Krübling holte sein Notizbuch aus der Innentasche und entnahm ihm einen sauber zugeschnittenen Zettel, auf dem die Gottesdienstzeiten der Klosterkirche vermerkt waren.

»Hier, Schwester Alphäa hat mir seine E-Mail-Adresse aufgeschrieben.«

Maria Zoely nahm den Zettel und las, was auf der Rückseite vermerkt war: *Korbinian.Birglbichler@gmx.de*.

Dennis Krübling warf sich stolz in die Brust.

Maria Zoely setzte sich sogleich an den PC, um die Staatsanwaltschaft Frankenthal zu bitten, sich mit dem E-Mail-Anbieter in Verbindung zu setzen. »Ist noch etwas?«, fragte sie den Kommissaranwärter, der noch nicht fertig zu sein schien.

»Falls Sie die Adresse nach Frankenthal schicken wollen – das habe ich heute Morgen schon erledigt, als die dienstliche E-Mail-Überprüfung angefordert wurde.«

Maria Zoely nickte anerkennend. Es war zwar nicht gerade die dienstliche Obliegenheit des Anwärters, in den Fall einzugreifen, aber vielleicht hatte er den Landesslogan »Wir machen's einfach« auch bei seiner Arbeit ernst genommen. Trotzdem war sie froh, dass er so schnell reagiert hatte – auch die Polizei musste ergebnisorientiert arbeiten. Angesichts der strammen Personaldecke war jeder um jeden bereits erledigten Handgriff froh.

Krübling strahlte nach dem nonverbalen Lob über beide Ohren.

Niclas Dängler meldete sich zu Wort. »Ich war noch einmal beim Generalvikar und habe nun auch die Kontaktdaten der Angehörigen. War recht schwierig. Er hat keine Eltern mehr, die sind früh gestorben. Auch seine ältere Schwester lebt nicht mehr, sie hatte einen Unfall mit ihrem Wagen, den sie nicht überlebte. Diese Schwester war nicht verheiratet, hat aber einen Sohn. Ich habe die Kollegen der Freisinger Schutzpolizei gebeten, in der Wohnung vorstellig zu werden. Und jetzt kommt's …«

Maria Zoely hielt kurz die Luft an, weil sie befürchtete, dass Moosbrunner ihrem Speyerer Kollegen die Geschichte mit der inoffiziellen Befragung auf die Nase gebunden hatte. Das konnte böse ins Auge gehen – und wenn es auch glimpflich ausginge, wäre ihr der Spott über ihre privat-polizeilichen Beziehungen nach Bayern sicher.

»Der Neffe, Matthias Birglbichler, war nicht zu Hause, wohl schon einige Zeit nicht, denn sein Briefkasten quoll über, und bei der Befragung des Hausmeisters kam heraus, dass er wohl schon länger nicht mehr anzutreffen war. Ich habe dann bei den Kollegen in der Freisinger Kripo angerufen und gebeten, die Augen nach Matthias Birglbichler offenzuhalten. Kaum hatte ich den Namen gesagt, wurden die plötzlich sehr interessiert.«

»Wegen dem Domkapitular?«, fragte Dziwicz nach, der die ganze Zeit aufmerksam zugehört hatte.

Dängler schüttelte den Kopf. »Nein. Die haben Matthias Birglbichler selbst auf dem Radar.«

»Warum?« Maria Zoely war nun auch neugierig.

»Deswegen«, entgegnete Dängler und fächelte mit einem Computerausdruck. »Die bayerischen Kollegen haben uns den Tipp gegeben, den Namen ›Matthias Birglbichler‹ mal in unsere Datenkartei einzugeben.«

Dängler blickte auf den Ausdruck. »Vorstrafen. Eine ganze Latte, schon von Kindesbeinen an. Lauter Kleinkram, Einbruch, kleinere Diebstähle, Verstoß gegen das Betäubungsmittelgesetz, dann ab seinem 18. Geburtstag noch diverse Strafen vom Verkehrsgericht, Fahren ohne Fahrerlaubnis, Fahren unter Alkoholeinfluss und so weiter. Immer mal wieder kürzere Aufenthalte hinter schwedischen – hier wohl bayerischen – Gardinen, vor allem, weil er in Bewährungszeiten wieder rückfällig wurde.«

Die Kollegen staunten.

Dängler ergänzte, dass die Fahndung laufe. »Vor allem, um ihn als nächsten Angehörigen informieren zu können, aber wir müssen ihn auch als verdächtig einstufen. Nicht nur wegen der Vorgeschichte und seiner Abwesenheit. Ich denke, dass es sicher lohnenswert wäre, Birglbichlers Erbe anzutreten. Alleinstehender älterer Mann mit langem Berufsleben und gutem Monatseinkommen, kaum Ausgaben und offensichtlich sparsam. Dann ist wohl nur der eine Erbe da. Da wird doch sicher was zu holen sein ...« Er überlegte kurz und ergänzte: »Sicher spekulieren die vom Bistum auch auf eine unerwartete Finanzspritze – weiß jemand, wie das ist, wenn ein Priester stirbt? Ich meine, wegen der Erbfolge und dem Recht der Kirche auf den Besitz der klerikalen Mitarbeiter. Immerhin scheint mit dem Zölibat auch eine gewisse Abhängigkeit verbunden zu sein.« Er blickte in allgemeine Ratlosigkeit. »Dann fragen wir mal die Steinheufele, die ist fit in solchen Sachen.«

Dängler raschelte wieder mit seinen Unterlagen.

»Außerdem ist Birglbichler junior nicht nur blank, sondern auch verschuldet. Die Kollegen aus Bayern haben uns ihre Unterlagen aus seiner Hausbank gemailt. Mein lieber Scholli! Dass der überhaupt noch ein Dach über dem Kopf hat, verdankt er seinem Domherrn-Onkel, der die Miete bezahlte. Sonst klebt auf dem wenigen Besitz wohl größtenteils schon jetzt der Kuckuck.«

»Aber schlachtet man das Huhn, das die Eier legt?«, warf Krübling ein.

Maria Zoely gab zu bedenken, dass der Neffe vielleicht auf einen Schlag mehr Geld gebraucht habe. »Motive gibt es sicher genug. Und wenn er das Erbe gut anlegt, ist auch die Miete sicher. Und zwar ohne Bettelei oder die Furcht, dass irgendwann der Geldhahn zugedreht wird.«

Sie blickte Blumke an. »Konnte sich eigentlich jemand einen Reim darauf machen, was es mit diesen eigenartigen Fotos aus Birglbichlers Schlafzimmer auf sich hat?«

Blumke schob ihr eine Mappe der Kriminaltechnik hin. Dort stand vieles über das verwendete Papier und Belichtungsverfahren, immerhin hatten die Kollegen sich auch die Mühe gemacht herauszufinden, ob und dass Birglbichlers Apparat für die Aufnahmen benutzt wurde. Die präzise herausgearbeiteten Details konnten aber, das sah Maria Zoely schon beim Überfliegen des Textes, nicht verbergen, dass die Fotoanalyse bei der Suche nach einem Zusammenhang mit dem gewaltsamen Ende des Domkapitulars nach einer Sackgasse aussah.

»Wir könnten den Ort der Aufnahmen ermitteln«, schlug Dennis Krübling vor.

Maria Zoely schüttelte den Kopf. »Ihren Eifer in allen Ehren, Herr Kollege«, Krübling strahlte bei dieser selbstverständlich hingeworfenen Anrede über das ganze Gesicht, »das bringt aber meines Erachtens nichts. Die Bilder sollen etwas aussagen, aber nicht durch das Material oder den Aufnahmeort, sondern durch das Motiv. Und da hat sich der ansonsten so ökonomisch denkende Herr Birglbichler wohl zu biblisch-bildlichen Hinweisen berufen gefühlt. Es wäre ja auch zu einfach gewesen, einen klaren Text in einem Ordner abzulegen.«

Bevor einer der Soko-Mitglieder etwas entgegnen konnte, ruderte sie sogleich zurück: »Ja, ja. Ich weiß schon, was Sie sagen wollen. Glauben Sie nicht, dass ich nicht selbst schon daran gedacht habe, dass Birglbichler möglicherweise Angst hatte, dass sein Geheimnis entdeckt wird – und es auch im Ordinariat nicht sicher war, einen deutlichen Hinweis zu deponieren.« Sie dachte einen Augenblick nach und setzte dann hinzu: »Das sollte uns zu denken geben.«

Zustimmendes Kopfnicken und diskretes Schweigen kommentierten ihre Worte.

Maria Zoely setzte sich wieder an einen der Rechner. Sie gab die Schlagwortkette »Geldbeutel«, »Würfel«, »Rose«, »Korb«, »Hammer«, »Zange«, »Nägel«, »Leiter«, »Peitsche« in ein Suchportal ein, wusste bei dem Begriff »Äskulapstab« nicht, wie gut diese Anfrage war, und ließ sie kurzentschlossen erst einmal weg.

Knapp 2000 Treffer ergab das. Die meisten, die ihr brauchbar erschienen, hatten natürlich mit Kirche zu tun, speziell mit der biblischen Geschichte der Kreuzigung. Neben einem Kunstlexikon und einem Online-Angebot für Traumdeutungen wurden Seiten angegeben, die die Attribute der Heiligen beschrieben. Sie las mit Interesse, konnte aber keinen Zusammenhang mit dem Fall herstellen. Sie überblätterte einige Seiten für Handwerker, unter anderem Portale für Preisvergleiche, und las dann einen Blog von Altertumsfreunden, was aber ebenfalls keine wesentlichen Neuigkeiten brachte. Auch Änderungen der Suchanfrage und eine Ergänzung um »Speyer« und »Dom« brachten keine neuen Erkenntnisse.

Gerhard Kranich betrat das Büro, wurde von Niclas Dängler diskret ins Bild gesetzt und meldete sich sogleich zu Wort: »Ich habe einen befreundeten Pfarrer angerufen.«

Maria Zoely überlegte, dass er mit seinen zahlreichen kirchlichen Kontakten einen ganzen Pool an Geistlichen kontaktieren konnte, während Niclas Dängler lakonisch meinte: »Nachdem wir auch schon das Publikum befragt haben, fehlt nach dem Telefonjoker noch der Fifty-Fifty-Joker.«

Kranich fand den Einwand nicht ganz so spaßig, sondern fuhr mit einem leicht verärgerten Seitenblick fort: »Ich habe ihm von den Aufnahmen erzählt.« Auf die kritischen Gesichter hin beruhigte er: »Nein, nein, keine Sorge, der Pfarrer ist vertrauenswürdig – und sicherheitshalber habe ich auch nicht gesagt, dass es sich um den unseren Fall handelt.«

Er verschwieg allerdings, dass der Pfarrer natürlich nachgefragt hatte. Über einen der dunklen Informationskanäle der Speyerer Kirchenmitarbeiter hatte er bereits Wind von den mysteriösen Umständen des Todesfalles im Dom bekommen.

»Ich habe ihn mit den Bildinhalten konfrontiert und gebeten, einfach aus dem Bauch heraus zu sagen, woran ihn die Aufnahmen erinnern.«

Kranich vergewisserte sich der ungeteilten Aufmerksamkeit und fuhr dann fort: »Hammer, Zange, Nägel und Leiter können tatsächlich mit der Kreuzigung Jesu zusammenhängen, wobei die Leiter auch auf die Geschichte mit Jakob und die Himmelsleiter hindeuten könnte. Die Peitsche könnte auf die Folterung Jesu anspielen. Die Würfel würden auch dazu passen, weil doch die Soldaten um Jesu Gewand, das aus einem Stück gewebt war, würfelten.«

»Und die anderen Bilder weisen auch alle auf die Kreuzigungsgeschichte hin?«, fragte Niclas Dängler dazwischen. »Dann müssen wir herausfinden, wieso die Kreuzigung für Birglbichler von so großer Bedeutung war. Meint ihr, er wäre gefoltert worden?«

Maria Zoely schüttelte den Kopf. »Es wurden keine Gewaltspuren außer denen vom Sonntag an seinem Körper festgestellt.«

»Ich meine auch weniger eine körperliche, sondern vielleicht eher eine seelische Gewalt oder eine Passion, auf die wir bisher noch nicht gekommen sind.«

Maria Zoely zuckte mit der Schulter. »Wir müssen überhaupt mehr über ihn in Erfahrung bringen.«

Gerhard Kranich fuhr fort: »Mit dem Geldbeutel war mein Bekannter etwas überfordert. Er meinte, zusammen mit den Utensilien für die Kreuzigung könnte das auf die Silberlinge für Judas hindeuten, aber Geld taucht an vielen Stellen in der Bibel auf, bei Zöllnern, bei der Suche nach dem verlorenen Pfennig, den Talenten – und, und, und. Ich glaube, da kommen wir nicht weiter.«

»Und der Äskulapstab?«, fragte Niclas Dängler nach.

»Der ist eindeutig mit der ehernen Schlange des Mose in Verbindung zu sehen, die dieser in der Wüste goss. Könnte aber auch ein Hinweis auf eine Apotheke oder einen Arzt sein.« Kranich blickte von seinem Zettel aus in die ratlosen Gesichter.

»Arzt oder Apotheker? Das wäre etwas Neues in unserem Fall«, warf Dennis Krübling ein.

»Wir sollten vielleicht etwas essen«, schlug schließlich Maria Zoely vor, deren Magen schon mehrfach vernehmlich geknurrt hatte. Hier gab es gerade kein Vorwärtskommen. Allgemeine Zustimmung schlug ihr entgegen. Alle atmeten auf, weil damit die mit Händen greifbare Spannung ein wenig gelöst wurde. Sie war frustriert, weil sich noch keine wirklich heiße Spur zeigte. Einige Verdächtige waren im Portfolio, wie dies neuerdings hieß, aber zu viele lose Fäden machten den Fall Birglbichler eher undurchsichtig. Sie wollte sich aber auch nicht unter Druck setzen lassen, nicht von ihren Vorgesetzten und schon gar nicht von einigen Heißspornen der Stadt oder des Bistums, denen es wohl auch weniger um die Aufklärung als um die schnelle und publikumswirksame Präsentation von Ergebnissen ging.

Daniela Pfeffer stieß hinzu und gab einen kurzen Abriss über eingehende Telefonate. Außerdem hatten sich beim Sozialen Netzwerk in der neugegründeten Birglbichler-Gruppe bereits eine Menge Rückmeldungen ergeben.

»Leider nichts Greifbares; einige Beileidsbekundungen, viele Neugierige, die mehr Fakten und auch ganz offen vertrauliche Infos einforderten.« Daniela Pfeffer schüttelte den Kopf. »Aber wir bleiben dran«, schloss sie hoffnungsvoll.

Wenigstens war die Truppe in diesem Stadium nicht mutlos, dachte Maria Zoely.

Die Stadtspitze hatte wieder nach dem Fortgang der Ermittlungen gefragt – und Daniela Pfeffer musste erneut auf die Schweigepflicht und die offiziellen Pressemitteilungen der Polizei verweisen.

Während ihres kurzen Referates hing Dennis Krübling wieder gebannt an ihren Lippen, wie Maria Zoely mit einem Seitenblick feststellen musste. Daniela Pfeffer hatte es wohl auch gesehen und bedachte Krübling mit einem koketten Augenaufschlag. Maria Zoely hoffte, dass der Kommissaranwärter anschließend noch zum Dienst zu gebrauchen war und nicht reanimiert werden musste. Bei einem Blick in die andere Richtung fiel ihr aber auch auf, wie intensiv Dängler die rothaarige Kollegin betrachtete – und sie überlegte, ob zwischen den beiden nicht vielleicht schon etwas am Laufen war.

Ihre Gedankengänge wurden durch das Klingeln ihres Diensthandys unterbrochen.

»Voigtländer«, schallte es ihr entgegen und – unnötigerweise –: »Kripo Ludwigshafen. Wollte mich mal nach dem Zwischenstand erkundigen.«

Maria Zoely referierte kurz, was auf der anderen Seite mit einem beredten Schweigen kommentiert wurde.

»Aha«, schloss der Kriminaldirektor dann doch, »das klingt aber alles sehr danach, dass der Neffe als dringend tatverdächtig eingestuft werden kann.«

Maria Zoely machte darauf aufmerksam, dass die Ermittlungen in vollem Gange seien und dass über die Rolle des abgängigen Neffen zum jetzigen Zeitpunkt noch keine Aussage gemacht werden könne.

Der Kriminaldirektor schien damit nicht beruhigt zu sein und erkundigte sich nach dem Lärm im Büro.

»Wir sind auf dem Weg zum Essen«, gab Maria Zoely ehrlich zu, die es leid war, in so einer Situation vom Außendienst zu sprechen oder einen Gang zu einem Verdächtigen vorzuschieben. Immerhin würden der Fall und die Ergebnisse auch beim Essen die Gespräche bestimmen.

Der Kriminaldirektor knurrte etwas Unverständliches in den Hörer und sagte dann: »Vielleicht ergeben sich morgen neue Hinweise – Sie haben nämlich um 8 Uhr einen Termin mit einer wichtigen Person.«

Maria Zoely konnte einen leicht sarkastischen Tonfall nicht vermeiden, als sie zurückfragte: »Mit einem weiteren dringend Tatverdächtigen?«

»Das wäre ein Ding«, meinte der Ludwigshafener Vorgesetzte lakonisch, »Sie haben ein Gespräch mit dem Speyerer Bischof.«

10

Der Domplatz lag in goldenem Oktoberlicht.

Maria Zoely kam vom Parkplatz der Speyerer Polizeiinspektion, obwohl sie leicht im Hof des Bischöflichen Palais' hätte parken können. Aber sie wollte sich noch ein wenig die Beine vertreten, umrundete den Dom, bewunderte die späte Blütenpracht im Domgarten und stand nun vor dem Bischofshaus, an dessen Balkon die drei Wappen von Bistum, Papst und Bischof im Sonnenlicht glänzten.

Das bischöfliche Wappen, das hier über dem weißen Gebäude mit den gelben Gesimsen hing, erstaunte sie mit der goldenen Brezel im Wappenfeld immer mehr.

Der Bischof galt, trotz seiner Jugendzeit in einem traditionell-katholischen Milieu, seiner Bäcker-Ausbildung und seines Studiums in Rom als Vertreter des eher modernen Katholizismus in Europa und hatte deswegen innerhalb des Klerus wie auch des deutschen Episkopats keine leichte Stellung. Dazu kam, dass er viel Wert auf Ökumene legte; in diesem Fach hatte er auch promoviert. Während viele andere Bischöfe dies, wie auch Papst Benedikt VI., vor allem als Ökumene mit den Kirchen des Ostens verstanden, war ihm der ökumenische Brückenschlag mit den Kirchen der Reformation ebenso wichtig. Er bestritt auch nicht die Bezeichnung »Kirche« für die evangelischen Kirchen, er machte sich sogar vehement für sie stark. So war ihm immer wieder die Kritik vor allem aus den Reihen der traditionsbewussten Romtreuen sicher.

Rein geografisch hatte der Speyerer Bischof es nicht schwer, Ökumene zu leben: Schließlich hatte der Kirchenpräsident der Evangelischen Kirche der Pfalz, die aus historischen Gründen zusätzlich die Bezeichnung »Protestantische Landeskirche« führte, seinen Dienstsitz direkt unterhalb des Domes.

Wie Maria Zoely dem Internet entnommen hatte, trafen sich der Bischof und der Kirchenpräsident regelmäßig zum vierhändigen Klavierspiel, zum Kartenspielen, gemeinsamen Unternehmungen, Diskussionen – und zu Fachsimpeleien am Computer. Beide waren nicht verheiratet, der eine, weil das Zölibat es ihm versagte, der andere, weil er sich als weithin bekannter »Workaholic« schon immer mit Leidenschaft in die Sache der Kirche gestürzt hatte.

Maria Zoely hatte diversen Internetforen entnommen, dass der Bischof im Bistum gut ankam, weil er freundlich und offen auf Menschen zuging und modern auftrat. Gleichzeitig verteidigte er aber klar die Linie der Glaubenslehre, bemühte sich stets um eine Aktualisierung des christlichen Glaubens – und verstand es ganz hervorragend, die Mitarbeiterinnen und Mitarbeiter bei seinen Besuchen vor Ort zu motivieren.

Sie war überrascht gewesen, als der Bischof sie am Vortag nach Voigtländers Hinweis zusätzlich persönlich angerufen und um ein Gespräch bei ihm gebeten hatte. Dass er nicht zur Dienststelle kommen wollte, schien ihr verständlich, auch wenn Bischofshaus und Polizeiinspektion nur wenige Gehminuten voneinander entfernt lagen. Sie wunderte sich allerdings, dass der Bischof ganz offen gefordert hatte, dass sie allein kam. Er wäre gerne bereit, auch eine offizielle Aussage zu machen, aber er wolle zunächst mit ihr allein sprechen. Mehr ließ er am Telefon nicht durchblicken. Sie war jedenfalls schon gespannt, was der Bischof von ihr wollte. Mit

Sicherheit war ihm auch am Fortschritt der Ermittlungen gelegen – oder er wollte auf diese Weise deutlich machen, dass auch das Bistum ganz offiziell Interesse an der Klärung dieses merkwürdigen Falles hatte.

Der Tag selbst hatte nicht gut begonnen. In der Morgenbesprechung, in der alle aus der Soko einen wenig ausgeschlafenen Eindruck machten, hatten sie sich noch einmal im Kreis gedreht. Sämtliche Verdächtigen hatten entweder kein sicheres Alibi – oder waren bislang noch nicht erreicht worden. Daniela Pfeffer hatte nochmals den aktuellen Ermittlungsstand in einem Bericht aufbereitet, der zwar die bisherigen Fakten detailliert auflistete, allerdings dem Unmut über die festgefahrene Situation nichts entgegenzusetzen hatte. Im Gegenteil.

Maria Zoely klingelte nun beherzt an der Eingangstür des Bischofshauses gegenüber der Westfassade des Doms. Die Tür, die sichtlich schon einige Jahrhunderte auf dem Buckel hatte, aber dem ganzen Gebäude einen zusätzlich repräsentativen Eindruck verlieh, öffnete sich rasch. Sie war also erwartet worden.

Der bischöfliche Sekretär, ein junger, schmächtiger Kaplan mit vollem blonden Haar, begrüßte sie und ließ sich den Dienstausweis zeigen, den er intensiv studierte, bevor er ihn zurückgab.

»Kaplan Sebastian Hammes, Privatsekretär seiner Exzellenz und Bischofsvikar am Hohen Dom«, stellte er sich danach steif – und sichtlich stolz – vor und bat Maria Zoely einzutreten.

Von Gerhard Kranich hatte sie erfahren, dass Hammes nicht sehr beliebt war. Er war Kaplan, also geweihter Priester, aber von der Arbeit in der Gemeinde freigestellt. Als Zeremoniar sorgte er sich um die Liturgie im Dom, musste also bei den Pontifikalämtern immer an der Seite des Bischofs als Zeremonienmeister zugegen sein. Die blasse Hautfarbe des bischöflichen Sekretärs, so vermutete Maria Zoely, ließ darauf schließen, dass sich Hammes meist im Innern des Doms und sonst vor allem zwischen Buchdeckeln aufhielt.

Die bischöfliche Wohnung war vom derzeitigen Amtsinhaber ungeachtet der historischen Bausubstanz modern und funktional eingerichtet worden. Die Büros der direkten Mitarbeiter waren, soweit die Türen offenstanden und Maria Zoely dort einen Blick hineinwerfen konnte, mit neuen Möbeln und aktueller Datenverarbeitungshardware ausgestattet.

Vorbei an den Bildern der ehemaligen Speyerer Bischöfe und an herausragenden Fotografien und Gemälden des Domes ging es direkt ins Amtszimmer des Speyerer Oberhirten.

Irritiert blickte Maria Zoely auf einen Garderobenständer, auf dem neben einer schwarzen Soutane und einem weißen Chorhemd mit Spitzen, wie dies die traditionelle Chorkleidung katholischer Geistlicher war, auch eine weiße Soutane hing, die sie selbst nur von Aufnahmen des Bischofs von Rom kannte. Sebastian Hammes interpretierte ihren fragenden Blick richtig und meinte mit einem wissenden, fast herablassenden Lächeln: »Nein, nein, heute ist nicht seine Heiligkeit zugegen.«

Er zeigte auf die purpurfarbenen Paspeln am Rücken und drehte die weiße Soutane um, die außerdem auch mit purpurfarben bezogenen Knöpfen sowie entsprechend farbigen Knopflöchern versehen war und sich damit als bischöfliches Bekleidungsstück auswies.

Maria Zoely ließ auch die weiteren Erläuterungen von Kaplan Hammes über sich ergehen, um nicht bereits zu Beginn die Kontakte zur bischöfliche Residenz abzuwürgen. Zumal der bischöfliche Sekretär offensichtlich Eindruck schinden wollte. Die weißen Soutanen, so Hammes, seien in warmen Ländern üblich.

»Seine Exzellenz, der hochwürdigste Herr Bischof, waren zuvor Titularbischof in Amathus in Palästina und haben es sich nicht nehmen lassen, dort hin und wieder Besuche abzustatten«, erklärte der Sekretär, selbst in einer schwarzen Soutane, wiederum etwas oberlehrerhaft.

Maria Zoely erinnerte sich aus ihrer Zeit in Mainz an den Begriff »Knopflochentzündung«, der im Volksmund üblich war, wenn ein Priester Domkapitular oder gar Bischof wurde und ihm dann purpurfarbene Knöpfe und Paspeln sowie ein entsprechend farbiges Zingulum als Bauchbinde und Käppchen zustanden. Besonders ausgeprägt war es im Vatikan, wo jeder, der etwas auf sich hielt, für mehr oder weniger Violettfärbung sorgte, und sei es nur, um einen Prälaten- oder Monsignore-Titel zu bekommen, weil damit automatisch die übliche schwarze Kleidung mit Violett aufgepeppt wurde.

Auf Hammes' Klopfen hin ertönte wenigstens kein lateinischer »Introitus«-Ruf, sondern ein zackiges »Herein«, und schon standen Maria Zoely und der Sekretär, der sie vorstellte und sich dann dienernd verzog, im Dienstzimmer des *Episcopus Spirensis*, wie das Dienstsiegel und die lateinische Unterschrift unter dem Amtstitel angaben. Die Speyerer hatten ein Faible für Latein; so wurde selbst die städtische Augenweide nicht einfach zur »Miss Speyer«, sondern mit dem Titel »Filia Spirae« geschmückt.

Maria Zoely war auch hier überrascht über das moderne Mobiliar mit viel Holz, zahllosen Büchern – und dazwischen eine rote Couch, der sie einen erstaunten Blick widmete. Dieses Möbel fügte sich zwar harmonisch in die Räumlichkeit und die Ausstattung ein, war jedoch mehr als nur ein interessanter Farbtupfer.

Bischof Dr. Reginbald Panifer lächelte über Maria Zoelys Blick. »Die Couch fällt jedem Besucher auf, das war schon zu meiner Zeit als Weihbischof in Fulda so.«

Zur Begrüßung kam Bischof Panifer um seinen Schreibtisch herum auf sie zu. Fast herzlich schüttelte er ihre Hand und fragte gleich, ob sie gern einen Kaffee oder Tee hätte, beides fair gehandelt. Maria Zoely nahm aus Höflichkeit einen Kaffee, den sie schon aus der Polizeiinspektion kannte. Sie erwähnte das und erntete ein anerkennendes Nicken.

»Sicher steckt da der Herr Kranich dahinter«, meinte der Bischof lächelnd. »Unsere gute Seele im Dom und sicher auch bei Ihnen.« Maria Zoely lächelte zurück und nickte.

Bischof Panifer dirigierte die Kommissarin freundlich, aber bestimmt in eine Gesprächsgruppe, die mit ihren schwarzen Lederbezügen und den verchromten Metallstreben eher in ein Dienstzimmer zu passen schien.

Panifer, etwa 1,90 Meter groß, »mit Mitra 2,13 Meter«, wie Maria Zoely der Online-Ausgabe des »Pilger«, der Speyerer Bistumszeitung, entnommen hatte, war schon in Fulda einer der jüngsten Weihbischöfe gewesen und nun, mit 46 Jahren, der jüngste Oberhirte eines europäischen Bistums.

Er trug einen einfachen schwarzen Anzug und ein weißes Hemd, dessen oberster Knopf offen stand. Ein kleiner Fisch, nicht das übliche Kreuz am Revers machte deutlich, dass es sich um einen Kirchenmann handelte. »Mich kennen eh bald viele – und wer mich nicht kennt, muss nicht meine violette Bauchbinde in der Stadt anstarren«, hatte sie im Online-Interview gelesen.

Über Panifer wusste man, dass er in der Morgendämmerung eine Runde zu joggen pflegte und dabei auch ungezwungen mit dem einen oder anderen Jogger ins Gespräch kam. Seine Termine in Speyer absolvierte er grundsätzlich mit dem Fahrrad, außer bei Regen, und bei der Speyerer Messdienerwallfahrt nach Waghäusel pflegte er stets mitzuradeln – in aller Regel weiter vorn.

Während sein Vorgänger sogar mit Soutane und violettem Ornat die Ministrantenfreizeit besuchte, wusste Panifer sehr wohl zwischen den einzelnen Sozialgruppen in seinem Bistum zu unterscheiden. Dementsprechend beliebt war er, sei es im Kleinkindergottesdienst, bei den Kommunionhelfern, den Fans der Eucharistischen Anbetung, den Hard-Rock-KJGlern bis hin zu den Anhängern des Alternativen Künstlerweihnachtsfestes. Allein die Mitglieder des Opus Dei hatten noch etwas Kontaktschwierigkeiten.

Maria Zoely fiel im Dienstzimmer des Bischofs, von dem man durch die Fenster einen schönen Blick auf die Westfassade des Domes hatte, außer der roten Couch eine Lamellenkonstruktion zwischen zwei Fenstern auf. Hinter den wie eine Jalousie gestalteten goldfarbenen Lamellen befand sich ein wandfüllendes Foto des aktuellen Dominnenraums beim Blick vom Hauptportal zur Vierung.

Bischof Panifer folgte Maria Zoelys Blick und zog an einer Schnur, so dass sich die Lamellen schlossen. Es erschien eine Schwarz-Weiß-Fotografie der barocken Domvorhalle, die Mitte des 19. Jahrhunderts durch den aktuellen Westbau ersetzt worden war.

»Das war Birglbichlers Idee bei der Einrichtung dieses neuen Amtszimmers. In Freising hat man in einer Kirche den Hochaltar durch eine solche Lamellenkonstruktion ersetzt, auf der ein altes Foto aufgeätzt wurde. Als ich mit Birglbichler bei einer Konferenz in Freising war und wir bei einer Pause einen Rundgang durch die Stadt unternahmen, habe ich es gesehen und wollte so etwas auch haben.« Er seufzte, schien ganz bei Birglbichler zu sein. »Es tut mir sehr weh, dass er von uns gehen musste, wir hatten noch ein strammes Programm vor uns – und ein auch nur annähernd akzeptabler Ersatz ist kaum in Sicht.«

Bischof Panifer wurde aber nicht larmoyant, sondern entschuldigte sich im nächsten Atemzug, dass ein Gespräch erst jetzt zustande gekommen war. »Ich hatte eine Reihe von Terminen zu absolvieren, die lange geplant waren, unter anderem auch die Vollversammlung der deutschen Bischöfe, und wurde unterwegs vom tragischen Tod meines lieben Mitbruders überrascht.«

Maria Zoely registrierte, dass sich hier erstmals ein hohes Mitglied der Bistumsleitung persönlich betroffen über den Tod des Domkapitulars äußerte. Andererseits, wenn der Domkapitular für eine solche künstlerische Installation den Impuls gegeben hatte, konnte das Verhältnis zwischen Birglbichler und Panifer nicht schlecht gewesen sein.

»Ich habe aber keine Veranlassung gesehen, gleich mit Ihnen in Verbindung zu treten, sondern vielmehr meinen Generalvikar angewiesen, Ihnen alle nötigen Auskünfte zu geben und Ihnen Zugang zum Büro von Herrn Birglbichler zu verschaffen. Ich hätte die Vollversammlung der Bischöfe auch nur schwerlich verlassen können. Die für Sie wichtigen Informationen können Sie auch bei meinem Stellvertreter bekommen. Die Verwaltungsarbeit ist nicht mein Ding – dafür gibt es schließlich den Generalvikar.« Er lachte, ihm schien dieser Umstand nichts auszumachen.

»Ja, das lief auch alles ganz problemlos ab«, bedankte sich Maria Zoely. Sie erinnerte sich an ihre Zeit in Mainz, in der es bei der Zusammenarbeit mit dem Bistum auch keinerlei Probleme gegeben hatte. Dass die Zusammenarbeit mit der Kirche nicht immer so offen und vertrauensvoll vonstattenging, hatte sie aber in zahlreichen Gesprächen auf Fortbildungen erfahren, wenn sie vom Mainzer Fall berichtete und daraufhin oft negative Erfahrungsberichte über Ermittlungen bei Gottes Bodenpersonal zu hören bekam.

Der Bischof nickte. »Auf meine Mitarbeiter hier kann ich mich voll und ganz verlassen.«

Inzwischen brachte die Sekretärin des Bischofs den Kaffee, der schon von Weitem verführerisch duftete.

Die Sekretärin, etwa im Alter des Bischofs, also eine adrette Mittvierzigerin, war gleichzeitig die Chauffeurin des Speyerer Bischofs. Ihre Einstellung war damals durch die Presse gegangen, weil üblicherweise die Speyerer Bischöfe wie auch andere Oberhirten einen Sekretär einstellten, also ein männliches Wesen, der zugleich Chauffeur war und bei Einsätzen außerhalb des Bistums auch beim Altardienst mitwirkte. Letzteres hatte die Sekretärin rundweg abgelehnt. Allerdings, so hatte Maria Zoely dem Online-Portal des Bistums entnommen, hatte die studierte und promovierte Theologin es nicht abgelehnt, als persönliche Sekretärin des Bischofs auch dessen Dienstwagen zu lenken.

Bischof und Sekretärin hatten gemeinsam studiert und waren bereits in mehreren Pfarrämtern zusammen tätig gewesen. Es gab – das hatte ihr Gerhard Kranich berichtet – immer wieder Gerüchte um eine mögliche Liebschaft, was bei einem derart offenen Bischof nicht verwunderte. Trotzdem hatten sich die Gerüchte schnell verflüchtigt, wie er herausgefunden haben wollte. Vielleicht wollte Kranich auch nur abwiegeln, aber das war Maria Zoely schlichtweg egal; sie hatte einen Todesfall aufzuklären.

Sie hatte schon zu viele Gespräche und Treffen mit Menschen gehabt, um an der Körperspannung des Bischofs nicht erkennen zu können, dass dem Würdenträger etwas auf der Seele brannte, er aber nicht sofort mit der Tür ins Haus fallen – oder, wie Lateiner (und Kirchenmänner) zu sagen pflegten, »in medias res« gehen – wollte.

»Sie hatten mich eingeladen«, betonte Maria Zoely und baute damit eine Brücke, um Panifer den Einstieg zu erleichtern.

»Ja.« Panifer zögerte. »Ich würde trotzdem gerne vorher noch einmal an Ihre Verschwiegenheit im Amt appellieren, die Sie genauso wie ich auch haben. Bei mir heißt das Beichtgeheimnis.«

»Sie wissen aber auch, dass ich bei einer Straftat Hintergründe und mögliche Zusammenhänge nicht verschweigen kann«, erklärte Maria Zoely, die sich fragte, warum es der Speyerer Bischof so spannend machte.

Der Bischof lächelte. »Ich hoffe, dass die Beule unter ihrer Jacke kein verstecktes Diktafon ist.«

Maria Zoely lächelte gewinnend zurück und klappte ihre Jacke auf, so dass der Bischof ihr Pistolenhalfter sehen konnte. »Das ist Walther«, stellte sie ihre Dienstwaffe kurz vor.

Der Bischof nickte und lachte. »Entschuldigen Sie, ich wollte nicht unhöflich sein oder Sie vorab in Misskredit stellen. Es sollte nur ein Scherz sein.«

Er blickte nachdenklich auf eine Stelle hinter ihr und dann wieder der Ermittlungsleiterin in die Augen.

»Ich habe mich in einem ausführlichen Gespräch mit meinem Bischofskollegen aus Mainz über Sie unterhalten, und dieser hat mir versichert, dass Sie eine absolut vertrauenswürdige Polizistin sind.«

Maria Zoely war dieses Kompliment des Mainzer Bischofs nicht fremd, auch wenn es sie in der momentanen Situation ein wenig überrumpelte. Der Mainzer Oberhirte hatte Panifer schon zuvor sehr gefördert und war – wie Kranich gemutmaßt hatte – mitverantwortlich, dass die Wahl des Papstes auf ihn als neuen Speyerer Bischof gefallen war.

Maria Zoely wartete ab. Sie wollte Panifer mit ihrer Zurückhaltung ein wenig aus seiner Deckung locken.

»Ich bin Ihnen auch sehr zu Dank verpflichtet, dass Sie auf meine Bitte, mit Ihnen allein zu sprechen, eingegangen sind. Ich weiß, dass das nicht Gepflogenheit der Kriminalpolizei ist – und glauben Sie mir, auch nicht meine. Aber mein Mainzer Kollege hat mir Dinge aus dem Umfeld der Ermittlungen zum Mord im Dom erzählt, von denen er glaubt, dass Sie diese nicht einmal Ihrem Tagebuch anvertrauen würden, so Sie eines führen.«

Maria Zoely lächelte und mimte eine zustimmende Geste.

Der Speyerer Bischof schaute sie scharf an: »Ich erwähne nur das Bischofsdouble bei der Andacht zum Fest der Kirchenmusik.«

Aha, dachte Maria Zoely, da hatte der Mainzer Bischof mit seinem Speyerer Kollegen aber wirklich ein herausragendes Vertrauensverhältnis.

Bischof Panifer interpretierte ihren kurz aufflackernden Blick richtig. »Okay, ich sehe, dass Sie verstehen.« Er holte tief Luft.

»Ich werde Ihnen jetzt etwas erzählen, was Sie aber im Ernstfall nicht von mir wissen, sondern immer noch reine Spekulation ist. Ich denke, dass das, was ich Ihnen zu sagen habe, für Ihre Ermittlung wichtig sein könnte, daher möchte ich es Ihnen nicht verheimlichen. Aber alle, die damit befasst sind, haben striktes Schweigegebot, deshalb werde nur ich mit Ihnen darüber reden und sonst niemand.«

Seine Stimme hatte an Festigkeit gewonnen und auch ein wenig an Schärfe. Er machte eine rhetorische Pause, bevor er fortfuhr: »Wir sind alle Mitarbeiter an der Wahrheit« – damit spielte er auf den Wahlspruch von Papst Benedikt XVI. an – »deswegen sollen Sie alle Informationen bekommen, die wichtig sind; allerdings können und wollen wir nicht alles an die große Glocke hängen.«

Maria Zoely, die sich nicht einschüchtern lassen wollte, entschied trotzdem, kein Kontra zu geben. Der etwas härtere Tonfall diente dem Bischof wohl in erster Linie zur eigenen Stärkung, weniger, um sie unter Druck zu setzen.

»Ich habe Rücksprache mit dem Vorsitzenden der Bischofskonferenz gehalten, außerdem mit dem Päpstlichen Nuntius in Berlin und sicherheitshalber auch bei der verantwortlichen Kurienverwaltung in Rom.«

Er legte erneut eine rhetorische Pause ein.

»Außerdem habe ich darüber auch mit der zuständigen Kommission der Deutschen Bischofskonferenz gesprochen. Wir haben uns entschieden, diesen Weg zu gehen und Ihnen – und nur Ihnen persönlich – diese Informationen zu geben.«

Maria Zoely zog überrascht die Augenbrauen hoch. Bei einem solchen Absicherungsverhalten konnte es nicht um ein kleines Speyerer Spezifikum gehen, sondern um etwas in einer weitaus größeren Dimension.

»Ich verpflichte Sie deswegen hiermit um absolutes Stillschweigen über das, was Sie jetzt hören werden. Setzen Sie Ihre Schlussfolgerungen so um, wie Sie denken, aber lassen Sie über keine der folgenden Informationen etwas außerhalb dieses Zimmers dringen. Wenn Sie damit einverstanden sind, fahren wir fort, ansonsten können wir uns natürlich gerne noch über etwas anderes unterhalten.«

Maria Zoely war hin- und hergerissen. Sie war eigentlich dienstlich hier – und nicht als Beichtmutter. Sie sagte Panifer trotzdem, dass er auf ihre Verschwiegenheit zählen könne.

»Gut. Dann möchte ich ein wenig aus Birglbichlers Werdegang erzählen«, begann der Bischof mit einem Blick aus seinem Fenster auf den Dom. »Darf ich Sie zunächst einmal fragen, was Sie über ihn bisher in Erfahrung gebracht haben?«

»Wir haben bisher leider nicht allzu viel Erhellendes erfahren.« Maria Zoely berichtete über die vagen Hintergründe des offensichtlich nicht ganz klaren Auftrags von Korbinian Birglbichler.

Der Bischof hörte schweigend und aufmerksam zu. Als sie geendet hatte, blickt er wieder aus dem Fenster.

»Die Deutsche Bischofskonferenz hatte vor einigen Jahren ein Institut, das für gewöhnlich Wirtschaftsunternehmen über Absatzmärkte und Kundenwünsche berät, beauftragt, eine Milieustudie über die Bevölkerung durchzuführen. Hintergrund war die Frage, wie Kirche heute wahrgenommen wird und wie wir welche Milieugruppe erreichen können. Mit unseren – ich nenne das jetzt einmal so – traditionellen Angeboten erreichen wir leider nur die, sagen wir mal, Stammkundschaft. Wir wollen aber auch diejenigen erreichen, die außerhalb der Kirche stehen, und suchen nach neuen Wegen und Formen.«

Maria Zoely nickte. Sie kannte diese Studie aus Mainz. Sie fand sie sehr spannend, weil Kirche als unternehmerische Einheit betrachtet wurde und seither immer wieder neue Angebote für Gruppen ausgedacht und durchgeführt wurden. Ziel der Studie waren vor allem diejenigen, die zwar prinzipiell für Kirche und Glauben offen standen, mit den traditionellen Einrichtungen wie Gottesdienst, Kirchenchor, Frauentreff und Kolpingfamilie aber nichts anfangen konnten. Zu den neuen Angeboten zählte eine zum Beispiel Motorradwallfahrt für Frauen, ein Weihnachtsgottesdienst mit Rockmusik und anschließendem Outdoor-Meeting oder neue Formen von Kunst im Kirchenraum. Alles wurde außergewöhnlich gut angenommen und eröffnete der Katholischen Kirche neue Zielgruppen. Das Bistum Speyer hatte daraufhin in Ludwigshafen eine Jugendkirche eingerichtet, die großen Zuspruch erfuhr, und die City-Pastoral in den größeren Städten verstärkt. Kirchen hielten an Menschenansammlungen, wie am Markt oder in der Einkaufspassage, die Türen für Kontakte offen.

»Wir haben eine Menge niederschwelliger Angebote eingerichtet, die sich sehr gut angelassen haben«, berichtete der Bischof, »dazu gehörte aber auch das Abschneiden alter Zöpfe.«

Er sprach dann die Gemeindepastoral 2015 an, die unter seinem Vorgänger geplant und durchgeführt wurde. Dabei wurden viele Pfarreien zusammengefasst und zu Großpfarreien zusammengelegt. »Problematisch war dabei vor allem, dass nicht mehr an jedem ehemaligen Pfarrort ein Pfarrer ansprechbar ist, es zu übergemeindlichen Gremien kommen musste und natürlich auch nicht mehr in jeder Gemeinde ein Kirchenchor vor sich hin krebst oder eine miniaturisierte Frauengemeinschaft arbeitet. Diese Reform hat uns sehr viel Kritik und zum Teil massiven Widerstand eingebracht.«

Panifer verwies auf die zahlreichen Kirchenaustritte und den auch durch die sinkende Geburtenrate verursachten Rückgang an Kirchenmitgliedern – und Kirchensteuereinnahmen. »Wir mussten sparen und haben es radikal umgesetzt.«

Maria Zoely, der dies alles bekannt war, fragte sich, worauf der Bischof hinauswollte – und welche Rolle Korbinian Birglbichler in diesem Prozess spielte, der ja vor dessen Zeit eingeläutet worden war. Panifer konnte wohl die leichte

Ungeduld erkennen und gab zu verstehen, dass sie noch etwas Atem brauche.

»Dieser Reformprozess war wichtig, weil wir nicht weiter in dem Maße Geld ausgeben können, wie dies bisher der Fall war. Wir hatten Glück und konnten einige Gebäude sinnvoll veräußern. Mit den Kirchengebäuden ist es allerdings ein Problem, das wir nicht völlig gelöst haben. In Kaiserslautern wurde ein Apartmenthaus in die ehemalige Christkönigskirche eingebaut, das ist sicher eine ganz interessante Lösung, in anderen Gemeinden sollen alte Kirchen als Kolumbarien umgestaltet werden.«

Maria Zoely hatte solche Kolumbarien schon auf Fotos gesehen: In alten Kirchen wurde der Raum als Urnengrabstätte genutzt. Auch hier schien ein Markt zu sein, den sich die Kirche nicht entgehen lassen konnte.

»Dieser ganze Prozess ist aber erst der Anfang einer größeren Entwicklung, an der wir stehen.« Der Bischof machte eine Denkpause. »Und hier kommt Korbinian Birglbichler ins Spiel. Korbinian, ich hoffe, Sie verzeihen, wenn ich einfach so von ihm spreche, hatte eine Banklehre gemacht und anschließend parallel katholische Theologie und Betriebs- und Volkswirtschaftslehre studiert – und alle drei Studiengänge auch abgeschlossen. Ich weiß nicht, was der Auslöser war, dass er sich dann trotzdem vor allem der Theologie zuwandte. Seine ökonomischen Interessen hat er jedoch nie vernachlässigt. Wir haben hier im Bistum auch einen Priester, der Internetseiten programmiert und gestaltet, und an einigen Kirchen haben wir Kirchenmusiker, die zugleich Priester sind; eine zweigleisige Interessenlage ist also in unserem globalen Unternehmen nicht von Nachteil.«

Panifer trank von seinem Kaffee, desgleichen tat Maria Zoely. Er schmeckte hervorragend.

Panifer lachte: »In einem Kloster im Norden unseres Landes fahren auch Ordensschwestern Bagger und haben hauseigene Juristen, warum nicht auch die Weltkirche? Immerhin hat der ehemalige Kölner Kardinal Höffner nach dem Desaster um die Vatikanbank 1987 ein Reformprogramm vorgelegt, das schon im Folgejahr positive Ergebnisse brachte. Es ist also nicht ungewöhnlich, dass kirchliche Amtsträger auch über wirtschaftliche Kompetenz verfügen.« Er nippte an seinem Kaffee. »Höffner war immerhin viermal promoviert, zwei Mal in Theologie, einmal in Philosophie und einmal in Volkswirtschaftslehre. Reguläre Doktortitel, keine h.c.s – und nichts davon ›geguttenbergt‹.« Der Bischof lächelte. »Birglbichler hatte als Kaplan schon mehrere Strukturreformen in Gemeinden begleitet oder erfolgreich durchgeführt«, setzte er fort. »Schon früh erhielt er eine Pfarrstelle, weil er auch auf Diözesanebene gute und praktikable Vorschläge für Neuerungen einbrachte, die dem Bischof von Freising sehr gefielen.« Panifer lächelte wieder vor sich hin. »Der größte Clou war, als er nach einigen Jahren seine desolate Pfarrkirche komplett renovieren ließ und einen Orgelneubau durchsetzte. Als die bischöfliche Finanzkammer die Bücher sehen wollte, weil die Gemeinde komplett auf die Zuschüsse der Diözese verzichtet hatte, stellten sie fest, dass die Gemeinde keine Schulden mehr hatte und durch die Renovierung und die neue Orgel auch keine neuen anhäufen musste. Birglbichler hatte einen Großteil der Finanzmittel bei schlechter Aktienmarktlage in gute Wertpapiere angelegt – und nach einer anhaltenden Hausse die Papiere wieder verkauft; der Gewinn hatte locker für eine zukunftsweisende Restaurierung und das Instrument gereicht.«

»Der Schuss hätte aber auch nach hinten losgehen können«, bemerkte Maria Zoely.

»Ja, allerdings. Es gab auch erst einen dicken Rüffel vom Bischof, der ihn anschließend aber in die Bistumsleitung berief, weil Birglbichler offenbar auf seiner Pfarrstelle völlig unterfordert war. Auch dort hatten viele seiner Vorschläge das Bistum auf einen guten Weg in die Zukunft gebracht.«

»Und Herr Birglbichler wollte nicht in die Wirtschaft wechseln?«, warf Maria Zoely ein, die an die niedrige Pfarrerbesoldung dachte.

»Nein, Birglbichler wollte sein Priesteramt nicht aufgeben. Wir vermuten alle, dass er es sowieso aus reinem Eigeninteresse ausübte; er hatte ja auch privat immer satte Kursgewinne erzielen können, ich möchte nicht wissen, wie hoch sein Privatvermögen war.« Er bremste seinen Erzählstrom kurz und schob dann nach: »Obwohl ich weiß, dass er einen Großteil seiner Spekulationsgewinne auch spendete. Also so eine Art römisch-katholischer Robin Hood.«

Maria Zoely dachte an die noch laufenden Ermittlungen – und an den Neffen, der jetzt unversehens an eine Stange Geld käme. »Wir haben dies auch so ermittelt«, deutete sie vage an; sie war nicht angewiesen, den Bischof in die Ermittlungen einzuweihen, andererseits war es sinnvoll, immer wieder einen Zipfel der Erkenntnis zu lupfen, um an weitere Erkenntnisse zu kommen.

Panifer nickte gedankenvoll. »An dieser Stelle kam es dann zu einer beruflichen Neuorientierung – und über das, was ich Ihnen jetzt zu erzählen habe, bitte ich um Ihr absolutes Stillschweigen. Sie können alle Umstände auch in Ihrem Team referieren, das ist klar. Aber die folgenden Informationen sind ausschließlich für Sie persönlich.« Panifer sah Maria Zoely prüfend an. Er hatte mittlerweile einen fast glasigen Blick.

»Ich denke, dass das Mordmotiv in der Arbeit, die Birglbichler übernommen hatte, zu finden ist. Er hatte in

Freising eine diözesane Aufgabe und musste zum Schein ein Gemeindepfarramt übernehmen, damit das Interesse an ihm nicht zu groß wurde. Die Pfarrämter behielt er jedoch nicht lange, damit die Seelsorge nicht zu viel Schaden nahm.« Er lachte leicht säuerlich. »Sie ahnen ja nicht, wie schwer manche Aufgaben umzusetzen sind, ohne dass man dabei einen Aufstand provoziert.«

Maria Zoely nickte. Das erklärte die Informationen ihres bayerischen Kollegen, der von der seltenen Anwesenheit Birglbichlers in seiner Pfarrei – und in der zuvor besetzten – berichtet hatte.

»Birglbichler musste mehrere große und umfassende Finanzreformen stemmen, die in den bayerischen Diözesen zu koordinieren waren – und begleitete die finanzielle Strukturreform in den Bistümern der neuen Bundesländer. Das ist bis heute nicht öffentlich gemacht worden. Das ist der Vorteil eines hierarchisch organisierten Systems, das nicht einer demokratischen Kontrolle bedarf. In den demokratischen Institutionen wird übrigens – meine ich – noch mehr über dunkle Kanäle geregelt. Dagegen sind wir hier im kirchlichen Raum fast schon ›Sakrileaks‹.« Beide mussten über das Wortspiel schmunzeln.

Maria Zoely überlegte, inwiefern dies als Mordmotiv herhalten konnte, als Bischof Panifer tief Luft holte.

»Auf Birglbichler wurde mittlerweile natürlich auch der Vatikan aufmerksam. Wir stehen hier in Europa vor einem gewaltigen Umbruchprozess in der Kirche, der von Rom neugierig, mit Sorge, aber auch mit Interesse verfolgt wird. Ich habe die beiden großen Probleme bereits genannt: der Rückgang der Gemeindemitglieder und der Rückgang der Kirchensteuereinnahmen. Wir hier in Speyer fahren die Zahl der Pfarreien zurück. Andere Bistümer planen und gestalten schon länger solche Prozesse – zum Beispiel Fulda unter dem Titel ›Pastoraler Prozess‹.« Bischof Panifer nickte sich selbst bestätigend zu.

»Wir haben derzeit in Deutschland 27 Bistümer, davon sind sieben Erzbistümer – das ist viel zu viel. Dazu kommen noch Entwicklungen, die wir jetzt schon abschätzen können. Nehmen wir beispielsweise das Bistum Essen. Es ist erst 1957 aus Randgebieten der Bistümer Köln, Paderborn und Münster errichtet worden, weil vor allem durch den Zuzug von Arbeitskräften die Zahl der Katholiken im Ruhrgebiet stetig anstieg. Heute geht in Essen die Zahl der Katholiken zurück, wie in anderen Bistümern auch. Es ist den Menschen nicht mehr vermittelbar, 27 Bistümer mit 27 Bistumskirchen und 27 Domkapiteln zu finanzieren. Außerdem sind die Menschen mobiler und mittlerweile längst auch in anderen Bistümern aktiv. Die Versorgung mit pastoralen Angeboten ist in unserem Bistum auch nach der Strukturreform besser als in den 50er-Jahren, wenn wir unsere Kunden ansehen, die weniger geworden sind, so dass auf weniger Gläubige mehr Priester und pastorale Mitarbeiter kommen. Außerdem nehmen die Möglichkeiten der Mitarbeit der Laien in der Kirche stetig zu, ständig entstehen neue Projekte – so dass wir hier schon mehr Basiskirche haben, als sich viele Kirchenbewegungen das eingestehen wollen. Aber ich schweife ab.«

Panifer versuchte, wieder sein eigentliches Thema aufzugreifen. »Eigentlich wollen wir noch die Gebietsreform der Länder in Deutschland abwarten. In Rheinland-Pfalz ist ja wieder eine größere Verwaltungsreform geplant, bei der Gemeinden zusammengelegt werden. Entsprechendes soll auch auf der Bundesebene stattfinden. Weil es aber die Politik wieder nicht schaffen wird, die Zahl der Bundesländer zu reduzieren, was schon seit Jahrzehnten überfällig wäre, warten wir nicht länger. Wir wollen bald ein fertiges Modell vorstellen und erarbeiten derzeit eine neue Kirchenstruktur, bei der es nur noch sieben Bistümer geben wird, also auch nur noch sieben Bischöfe in Deutschland. Auf eine ähnliche Zahl wird sich auch die Zahl der Bundesländer reduzieren; wir haben die fertigen Pläne in Berlin gesehen. Das wird allerdings ein ganz schwieriger Prozess werden – vor allem, wenn, wie geplant, Teile von Rheinland-Pfalz, Hessen und das Saarland zusammengelegt werden. Aber auch daran führt kein Weg vorbei.«

Maria Zoely war platt. Da hatte der Bischof ohne große Vorwarnung die Katze aus dem Sack gelassen. Spekulationen über die Neugliederung des deutschen Bundesgebiets und der Kirchenstrukturen waren nicht neu, dass aber die Vorarbeit offenbar schon ein solches Stadium erreicht hatte, war noch nicht medial ausgebreitet worden. Erstaunlich, dass noch kein Maulwurf davon gehört und es meistbietend in einer Boulevardzeitung von der Titelseite posaunt hatte.

Panifer fuhr fort, mit ernster Miene und erhobenen, sich an den Fingerspitzen berührenden Händen. »Auf evangelischer Seite haben sich bereits die Kirchenprovinz Sachsen und die Evangelisch-Lutherische Kirche in Thüringen 2008 zur Evangelischen Kirche Mitteldeutschlands zusammengeschlossen, ebenso kommt eine aus den Kirchengebieten Nordelbien, Pommern und Mecklenburg sich bildende Nordkirche zustande. Diesem Prozess werden wir folgen, haben dies aber noch nicht an die große Glocke gehängt, da dies für sehr viel Aufruhr sorgen wird. Wir haben in unserem kleinen Bistum Speyer ja schon erlebt, dass im Rahmen des Pastoralprozesses Gemeinden sich bekriegten, weil jede Pfarrsitz werden wollte und um den regelmäßigen Sonntagsgottesdienst kämpfte. Langfristig sind solche Streitigkeiten sowieso egal. Wir sind in Europa keine Volkskirche mehr und werden es auch nicht mehr werden. Daher müssen wir unsere Kräfte auf die wachsenden Kirchen in Afrika, Lateinamerika und in den asiatischen Gebieten konzentrieren.«

Maria Zoely war über die unverblümte Äußerung sehr erstaunt, wenn auch über deren Inhalt wenig überrascht.

»Wir werden uns deswegen auf breiter Fläche zurückziehen. Wer Angebote will, muss in eine der größeren Städte kommen – und tut dies schon längst. Institutionen werden abgebaut, und die Kirchen, katholische wie evangelische, werden sich weiter aus dem gesellschaftlichen Leben zurückziehen, ja zurückziehen müssen.«

Der Bischof machte eine bedeutungsschwere Pause.

Maria Zoely war sich der Schwere und der Brisanz des Themas wohl bewusst, wagte aber nicht, den spannungsgeladenen Augenblick mit einer hingeworfenen Bemerkung zu zerstören.

»Die Konsequenzen sind jetzt schon zu sehen. Dort, wo sich die Kirche aus Kindergärten, Schulen und Krankenhäusern zurückgezogen hat, nehmen die Kosten zu, die wiederum auf die Allgemeinheit umgelegt werden. Es hat also auch finanziell keinen Sinn, aus der Kirche auszutreten, weil man kurzfristig persönlich einspart, aber langfristig die Steuern für alle steigen werden. Man könnte dies mit dem massiven Ausbau der Solartechnik vergleichen, den nun alle durch die höhere Umlage mitfinanzieren müssen.«

»Welche Auswirkungen hat diese Reform dann noch?«, wagte Maria Zoely nun doch zu fragen.

Der Bischof zögerte kurz und fuhr dann fort.

»Die Regierungen in Bund und Ländern stehen jetzt schon in den Startlöchern, um die riesigen Schuldenlöcher zu stopfen. Wenn nun die Kirche keine breite Basis mehr im Volk findet, dann hat es auch keinen Sinn mehr, die kirchlichen Feiertage als gesetzliche Feiertage auszuweisen. Als nächstes wird Fronleichnam als freier Tag fallen, weil nur noch wenige, übrigens auch Katholiken, etwas damit anfangen können, dass eine Hostie durch die Straßen getragen wird. Sie glauben nicht, wie viele meist anonyme Mails uns nach Fronleichnam erreichen, das dies wieder eine Demonstration der Rückständigkeit der Kirche sei, wann wir wieder Hexenverbrennungen einführen wollen – und der ewig gleiche Kram, den man von minderbemittelten Gemütern zum Thema Kirche so hört.«

Der Bischof, der mittlerweile einen erregten Eindruck machte, lachte bitter und schob dann hinterher: »Weihnachten und Silvester kann man auch profaniert als Jahresendfest feiern, aber schon mit Ostern wird es schwierig, erst recht mit Pfingsten. Was wollen Sie denn mit dem Heiligen Geist in einer konsumorientierten, materialistischen Welt voller Hedonisten und Performer? Nach Fronleichnam werden zunächst die Feiertage Allerheiligen, Dreikönig und die zweiten Feiertage an Weihnachten, Ostern und vor allem Pfingsten fallen. Dadurch erhält der Staat über die Lohnsteuer wieder mehr Einnahmen und auch die Sozialsysteme wären besser finanzierbar. Sie kennen ja die Argumentation – erinnern Sie sich noch an die Abschaffung des Buß- und Bettags zur Finanzierung der Pflegeversicherung?«

Maria Zoely nickte.

Bischof Panifer seufzte. »Na ja, vielleicht gibt es aber bald einen Feiertag zu Halloween – oder, was ja auch gerade in Mode ist, zu einem Hexenfest. Es ist schon makaber, dass im Land der Reformation, die so vielen Bildung und Freiheit gebracht hat, das Reformationsfest kein Feiertag ist – und der kirchliche Feiertag durch einen heidnischen Brauch, der keine Wurzeln in unserem Land hat, missbraucht wird. Aber der Mainstream entscheidet, nicht mehr die Kultur. Wir als Kirche haben jahrhundertelang an der Ausbreitung von Kultur mitgearbeitet, aber die breite Masse verlangt nach einfachen säkularen Ritualen. Warum soll sich eine Minderheit über die Deutung unserer Kultur aufspielen?«

Maria Zoely nickte betroffen. Sie teilte die Beschreibung der gesellschaftlichen Entwicklungen. Dass aber die Reaktionen auf die Entwicklungen im kirchlichen Bereich planerisch bereits solche Ausmaße angenommen hatten, verblüffte sie.

»Und wir als Kirche haben bei immer weniger Mitgliedern immer weniger Chancen, als Lobby wahrgenommen zu werden, weil wir ja immer nur für die sprechen können, die sich uns zugehörig fühlen. Also werden wir uns wieder auf die Verkündigung konzentrieren und uns weitgehend aus anderen Aufgaben zurückziehen. Wir werden – hier in Europa wohlgemerkt – wieder eine Kirche für die Interessierten. Das fällt uns nicht leicht, ist aber ein Gebot der Stunde und der äußeren Umstände, die letztlich die Gesellschaft selbst zu verantworten hat. Vielleicht muss diese Entwicklung so weitergehen, bis man sich auch an der Menschenwürde vergreift und dann wieder zur Besinnung kommt.« Er zuckte resigniert mit den Schultern. »Wir werden trotzdem nicht aufhören zu warnen, wie der Sämann im Gleichnis, der trotz schlechten Bodens, Dornen und Sonne sein Saatgut ausbringt – und nicht die Hoffnung verliert.«

»Es ist erstaunlich, dass das alles so lange unter Verschluss geblieben ist«, bemerkte Maria Zoely nach einem Moment des Schweigens und fand gleichzeitig ihre Bemerkung als der Dramatik des Themas völlig unangemessen. Ihr war klar, dass mit dieser sensationellen Information die Presse mehr als einen billigen Sommerlochfüller gefunden hätte.

»Ja allerdings. Hier im Bistum sind auch nur das Domkapitel und einige wenige Geistliche in der Spitze der Bistumsleitung eingeweiht. In einem ›Minibistum‹ wie Speyer wird nämlich vieles nach außen getratscht.«

»Und welche Rolle spielte Korbinian Birglbichler in diesem gewaltigen Umbruchsszenario?«, brachte Maria Zoely ihren Fall in Erinnerung.

»Birglbichler war einer der Sonderbeauftragten des Vatikans für die Neugliederung der Diözesen im deutschen Bundesgebiet. Er war zuständig für die betriebswirtschaftliche Planung und Kalkulation der Zusammenlegung der Bistümer Trier, Mainz, Speyer, Freiburg und Rottenburg-Stuttgart zum neuen oberrheinischen Bistum. Alternativ wird eine Lösung Mainz, Trier, Limburg, Fulda, Speyer erarbeitet, die sich besser an den politischen Zielen orientiert. Birglbichler war federführend für sämtliche strukturellen und finanziellen Aspekte beim personellen und baulichen Rückbau des Bistums Speyer im Hinblick auf eine Auflösung.«

Diese weitreichenden Planungen würden, überlegte Maria Zoely, einschlagen wie eine Bombe – beim Gottesvolk und erst recht in der Öffentlichkeit. Wochenlang würden die Medien sich auf dieses Thema stürzen und eine breite Diskussion in der Bevölkerung auslösen. Zumal, wenn noch bekannt werden dürfte, dass entsprechende Pläne für eine Neugestaltung der föderalen Struktur der Bundesrepublik in der Pipeline waren, wie es im Neudeutschen so schön hieß.

Offensichtlich war die Planung in der katholischen Kirche schon weit gediehen. Ebenso waren bestimmte Entscheidungen, wie »Blisch und Blum« sie in den dienstlichen Unterlagen vorgefunden hatten, schon auf die Einsparpotenziale im Bistum zugeschnitten. Der erste Prozess bis 2015 war also nur eine kleine Voretappe für einen gewaltigen Umbruch im Kirchensystem in Europa – und schon dieser hatte im Bistum Speyer für lauten Protest und monatelange Diskussionen zwischen Kirchengemeinden und Bistumsleitung geführt.

Bischof Panifer musste trotz aller Dramatik schmunzeln. »Sie standen bestimmt schon vor der Sandsteinplatte im Dom, auf der alle Bischöfe seit der Wiedererrichtung des Bistums 1817 eingraviert sind.«

»Ja.« Maria Zoely hatte die Platte gesehen, »aber die ist jetzt voll.«

»Richtig. Dies nahmen wir als ein gutes Zeichen, keine zweite Platte zu beginnen, sondern hier symbolisch ein Ende zu setzen. Das Bistum ist damit fast 200 Jahre in seiner neuen Form vorhanden gewesen, vielleicht schaffen wir es, die Auflösung bis 2018 abzuschließen, dann wäre das Bistum Speyer, Version 2.0, gerade 200 Jahre alt.«

Bischof Panifer sah Maria Zoely an und zog einen Mundwinkel nach oben: »Nachdem ich Ihnen jetzt so viel erzählt habe, sage ich Ihnen noch etwas, das nur wenige wissen. Ich selbst bin ein später Nachfahre einer Schwester von Matthäus Georg von Chandelle, der 1818 der erste Bischof der wiedererstandenen Diözese Speyer wurde. Es ist allerdings eine Ironie des Schicksals, dass ich hier nach Speyer kam. Wie Sie vielleicht bei der Neubesetzung des Bischofsstuhls mitbekommen haben, müssen laut dem Bayerischen Konkordat, das eben auch für das Bistum Speyer gilt, sämtliche Speyerer Bischöfe und die Domkapitel der bayerischen Bistümer, also auch Speyer, alle drei Jahre eine Liste mit Kandidaten, die man für das Bischofsamt im jeweiligen Bistum für geeignet hält, nach Rom senden. Muss ein Bischofsstuhl neu besetzt werden, prüft die Nuntiatur in Berlin die Kandidaten und schickt einen Vorschlag an die Bischofskongregation nach

Rom. Der Papst sucht sich dann einen Kandidaten aus und ernennt ihn. Birglbichler und ich haben schon in Freising und Fulda den Umbauprozess geleitet und uns deswegen vorher gekannt. Speyer wurde vom Vatikan als Pilotprojekt zur Auflösung und vorherigen Umstrukturierung ausgesucht. Ich wurde als Bischof eingesetzt – und später wurde Birglbichlers Einsetzung vom Vatikan durchgesetzt.« Der Bischof überlegte und erklärte dann: »Insgesamt wird die Katholische Kirche ihre neuen Bistümer verwalten und betreuen, wie dies das Bistum Münster bereits jetzt tut – nämlich durch eine Reihe von Weihbischöfen, die jeweils für eine Region zuständig sind. So wird der Weihbischof insgesamt von Verwaltungsaufgaben entlastet, kann auch stärker vor Ort wirken, die Kirche wird schlanker und gleichzeitig passt sich die Kirche auch der veränderten Mitgliederzahl an. Wenn Sie ins Theater fahren wollen, dann setzen Sie sich doch auch ins Auto und fahren nach Kaiserslautern oder Ludwigshafen. Warum denn nicht für einen Gottesdienst, eine liturgische Feier, ein Chorprojekt, ein Taize-Gebet oder eine weihnachtliche Rocknacht?« Panifer nickte bekräftigend. »Dieser Reformprozess wäre auch eine Form von Aggiornamento, eine Anpassung der Kirche an die Welt von heute, wie sie das Zweite Vatikanische Konzil forderte.«

Der Bischof dachte nach, dann setzte er seine Rede fort: »Ich glaube, Birglbichler hat sich von der Ökonomie abgewandt, weil ihm schon lange vor der Banken- und Finanzkrise klar war, dass die ökonomischen Systeme auf Crashs hin angelegt sind. Er beklagte immer wieder den Egoismus in diesen Strukturen und unterstrich, dass die Bibel auch in ökonomischer Hinsicht immer auf Solidarität ausgelegt war. Seiner Meinung nach zog das Gewinnstreben von Einzelnen immer auch das Leid der Anderen nach sich, nicht nur in der sogenannten Dritten Welt. Die Spekulationsgewinne in unserer Hemisphäre würden immer, so seine Worte, das Leid der abhängig Beschäftigten und die Vernichtung kleinerer Betriebe nach sich ziehen, damit der Profit für die großen immer größer wurde. Er hat sich immer für eine Stärkung der Region Pfalz eingesetzt und sich für die Wiedereinführung der Regionalwährung ›Pälzer‹ eingesetzt, die vor allem den Betrieben bei uns zugutekomme und nicht als ›Hortgeld‹ ausgelegt ist. Nichts sei schlimmer als das Geldhorten, so seine Worte – und er hat sich auf das biblische Zinsverbot berufen. Deshalb hat er zwar auch in Aktien und Derivaten investiert, aber die Gewinne, die er abschöpfte, flossen zum großen Teil wieder in lokale und globale Sozialprojekte. Er hat stets lauthals beklagt, dass die Kirche, die sich schon immer auf die nachhaltige Ökonomie berufen hatte, nun die Unternehmensberater ins Haus hole – wo doch schon Jesus die Geldwechsler aus dem Tempel vertrieben habe.«

»Aber Birglbichler war doch selbst mit der Umstrukturierung beschäftigt – wie passt das zusammen?«, fragte Maria Zoely erstaunt.

»Ja, da war mir auch nicht immer so klar. Ich glaube aber, dass Birglbichler nie das Wohl der Menschen aus dem Blick verloren hat – und die Neuorientierung der Kirche auch immer dahin ausgelegt werden sollte. Bei aller Struktur- und Spararbeit ging es ihm jederzeit um den Kernauftrag der Kirche, nämlich für die Menschen und das Gemeinwohl da zu sein. In dieser Hinsicht war seine Arbeit also nicht allein ökonomisch.«

Maria Zoely tastete sich an ihre Kernfrage heran: »Mir scheint ein Mordmotiv aus der internationalen Finanzwelt zwar möglich, aber ich denke, dass wir dann ein Bekennerschreiben hätten. Ich gehe immer noch von einer lokalen Ursache aus, zumal die Tötung doch offensichtlich verschleiert werden sollte. Wer weiß denn alles von diesen revolutionären Umbauplänen hier im Bistum?«

»Nur das enge Leitungsgremium, das heißt, das Domkapitel – und ich natürlich. Und sonst nur ganz wenige hohe Geistliche im Bistum, aber das sind nur vier – und sehr betagt.« Bischof Panifer überlegte, dann nickte er, ohne noch etwas hinzuzufügen.

»Wer wäre denn von diesen Strukturveränderungen betroffen?«, wollte Maria Zoely wissen.

»Alle.« Der Bischof schaute wieder einmal sinnierend zum Fenster hinaus. »Fangen wir einmal bei mir an. Ich würde natürlich meinen Bischofssitz verlieren – und müsste unter Umständen als Weihbischof hier oder woanders weiterarbeiten oder noch weiter in der Hierarchie absteigen – das wäre doch ein klassisches Motiv, nicht wahr?«

Maria Zoely sah an Panifers Augen, dass er sie provozieren wollte, und spielte das Spiel mit. Nach diesen vertraulichen Offenbarungen war bei diesem Kirchenmann mit allem zu rechnen.

»Ich mache es kurz«, Bischof Panifer lächelte, »ich selbst werde eine Stelle im Vatikan antreten und dann als päpstlicher Nuntius in den diplomatischen Dienst des Heiligen Stuhls wechseln. Sie haben vielleicht meine Soutane für die heißen Gebiete draußen schon hängen sehen. Ich vermute, dass mich der Heilige Vater nach Nordafrika oder in den Nahen Osten schicken wird. Ich hatte dort in meiner Zeit als Weihbischof ein Titularbistum und freue mich, längere Zeit in ein Gebiet zu gehen, in dem die Kirche wächst und gedeiht – und Seelsorge auf fruchtbaren Boden fällt. Außerdem lerne ich schnell fremde Sprachen und lasse dann die kleinkarierten Anfeindungen, wie sie hier üblich sind, die eifersüchtigen

Ämtersucher und die ständige wachsende Schar derer, denen es die Kirche nie recht machen kann, hinter mir. Ich glaube, was uns als Kirche hier in Europa fehlt, ist einfach mehr Optimismus, Vertrauen, von einem Höheren geleitet zu werden – und etwas weniger Materialismus, Eifersüchteleien und Besitzstandsdenken.«

Maria Zoely nickte zustimmend, versuchte das Gespräch aber wieder auf die Frage nach Verdächtigen und Motiven zu lenken. »Aber dann werden die Mitglieder des Domkapitels auch ihre Ämter einbüßen.«

»Sie wollen damit andeuten, dass aus diesem Grund jemand Veranlassung gehabt hatte, auf Birglbichler loszugehen.«

Eine Aussage, keine Frage, wie Maria Zoely interessiert feststellte.

Bischof Panifer runzelte die Stirn. »Von Ihrem kriminalistischen Denken her kann ich das nachvollziehen. Ich muss jedoch von vornherein sagen, dass ich für alle meine Mitarbeiter die Hand ins Feuer legen würde. Ich bin zwar noch nicht lange hier in Speyer – und kann nicht in den Kopf und das Herz eines jeden blicken –, aber die Bistumsleitung ist jeden Tag um mich herum ...«

Er bemerkte wohl den fordernden Blick Maria Zoelys und kam dann zur Sache. »Nun denn. Der Weihbischof wird in seinem Amt bleiben und vom neuen größeren Bistum Mainz als Regionalbischof für die Rheinpfalz eingesetzt. Ebenso werden der Generalvikar und zwei weitere Domkapitulare nach Mainz wechseln, dort werden entsprechende Stellen frei. Domkapitular Pastor ist als neuer Regionalweihbischof in Görlitz, dem Partnerbistum von Speyer, vorgesehen. Und drei Domkapitulare werden in den Ruhestand verabschiedet; zum Teil etwas verfrüht, aber vom Alter her passt das – und denen ist das auch recht.«

Maria Zoely hatte mitgezählt. »Es fehlen noch zwei Domkapitulare.«

Bischof Panifer nickte. »Die beiden jüngsten. Siegfried Kleinschmidt und Franz Nuhrus. Für die heißt es wohl: Zurück in die Pfarrei.«

Und für uns heißt das, dachte Maria Zoely, dass gerade deren Alibis besonders unter die Lupe genommen werden müssen.

11

Der Tag, an dem das Bischofsgespräch stattfand, war lang geworden – und dafür die Nacht kürzer. Am Frühstückstisch bei den Priesterkandidaten war Maria Zoely nur kurz angebunden. Sie versuchte, freundlich zu sein, aber ihre Gedanken schweiften ab, und sie konnte sich partout nicht auf die Themen konzentrieren, die am Tisch diskutiert wurden. Offensichtlich bemerkte das der pastorale Nachwuchs und ließ sie an diesem Morgen weitgehend in Ruhe.

Maria Zoely war noch völlig verwirrt. Das Wissen um die weitreichenden Strukturreformen in der katholischen Kirche, das ihr der Bischof durch seine Enthüllung verschafft hatte, war nicht spurlos an ihr vorbeigegangen. Sein Vertrauen in ihre Verschwiegenheit hatte sie einerseits geehrt, andererseits belastete sie ein solch tiefer Blick hinter die Kulissen der Kirche als Institution. Auf jeden Fall waren die vordergründigen Umstrukturierungen im Bistum Speyer und anderen Diözesen nur die sprichwörtliche große Spitze eines gewaltigen Eisbergs.

Maria Zoely musste nun einen Weg finden, die Vertraulichkeit zu wahren, ohne aus den Augen zu verlieren, dass es zwei neue Verdächtige gab, die vom Reformprozess der Kirche in ihren Karriereplänen schwer getroffen werden würden – und das ließe sich ohne Weiteres auch mit der Eisbergspitze begründen.

Es war angeblich, wie ihr die Priesteranwärter versicherten, aufgrund der Nachwuchssorgen in der Kirche »kein

Problem, schnell einen Job in der Diözesanleitung oder Bistumsverwaltung zu ergattern«. Maria Zoely musste sich schwer auf die Zunge beißen, um nicht einen Hinweis aus dem Bischofsgespräch zu geben, was die Truppe in St. German noch hellhöriger gemachte hätte. Andererseits wurden aber in der jüngsten Zeit viele Stellen, auch viele Bischofssitze, schon durch junge Nachwuchskleriker besetzt, so dass die Stellen nicht mehr so üppig waren.

Dazu kam, dass sie sich eingestehen musste, dass sie ihre Gefühle wieder einmal nicht im Griff hatte. Niclas Dängler war bei Dienstschluss bei ihr vorbeigekommen und hatte sie verschmitzt gefragt, ob sie denn nicht glaube, dass es jetzt an der Zeit wäre, die Kneipenlandschaft Speyers kennenzulernen – und vorsichtig nachgehakt, dass dies natürlich nur okay wäre, wenn sie damit nicht zu Hause Probleme bekäme. Sie hatte ein leichtes Kribbeln im Bauch gespürt, zumal sie das Gefühl hatte, dass er mit ihr flirtete, und dann, ohne auf die Nachbemerkung Dänglers einzugehen, zugesagt.

Die Kneipe war sehr originell. Dängler erklärte, dass dies die Nachfolgekneipe des »Storchennestes« sei, jetzt hieß sie »Toccata«. Das neue Wirtspärchen beließ den Raum stilvoll, hatte ihn trotzdem individuell und exklusiv renoviert. Die beiden hatten sich beim Kirchenmusikstudium kennengelernt, was sich in der Einrichtung widerspiegelte. Die Decken waren mit ausrangierten Orgelnoten beklebt, an den Wänden hingen Aufnahmen von Orgeln, an einer Wand stand ein kleines Orgelpositiv, das sogar spielbar war und von den beiden auch regelmäßig gestimmt wurde. An diesem Abend hatten das Wirtspärchen darauf sogar vierhändig gespielt, Bach, Mozart und schließlich ein paar Rags. Immer wieder schafften die beiden Kneipenbetreiber es auch, den einen oder anderen Tastendrücker zu einem Live-Act zu bewegen –

und nicht selten kam auch ein Tastenkastenmusiker als Gast, der spontan musizierte.

Neben ausrangierten Kirchenbänken als Sitzmöbel nutzte man in der Kneipe einen alten Beichtstuhl als Schrank, die Innenausstattung bestand aus Orgelbauteilen. Auf der Getränkekarte fand sich außer »Sopran-«, »Tenor-« oder »Bassbier« zum Beispiel eine an Meterbier erinnernde »Oktave«, bestehend aus zwölf kleinen Speyerer Alt aus der hauseigenen Brauerei und serviert auf einer alten Schleiflade einer Orgel.

Maria Zoely war beeindruckt von der witzigen Kneipe, in der Orgelmusik-CDs vor allem von Pfälzer Tastenvirtuosen liefen. Für Speyer fand Maria Zoely dieses Lokal gerade im Jubiläumsjahr besonders originell.

Dängler wusste viel über Stadt und Dom, Bistum und Jubiläumsjahr – und Maria Zoely war für die Themen recht dankbar. Die Zeit verging wie im Flug.

Unter vier Augen fragte Dängler natürlich salopp nach: »Und, wie war das Date mit dem Bischof?«

Maria Zoely hatte ihrem Team die Namen der beiden verdächtigen Domkapitulare, Franz Nuhrus und Siegfried Kleinschmidt, zur Überprüfung der jeweiligen Alibis mitgeteilt. Sie hatte die kirchen- und weltpolitischen Implikationen nicht ausgeführt, sondern die Motive mit den laufenden Strukturmaßnahmen begründet, was auch die Soko als mögliches Tatmotiv einschätzte. So hatte sie die umfassendere Strukturänderung nicht angesprochen und damit dem Wunsch des Bischofs entsprechen können.

Nachdem sie die beiden neuen Verdächtigen ins Spiel gebracht hatte, war sie überrascht, wie schnell sich alle wieder in die Recherche gestürzt hatten. Es war geradezu mit Händen greifbar, dass alle von dem Wunsch beseelt waren, in diesem vertrackt aussehenden Fall weiterzukommen. Insofern bot der erweiterte Verdächtigenkreis auch eine Bereicherung.

Der Neffe von Korbinian Birglbichler war indessen noch immer abgängig, allerdings schienen die Freisinger Kollegen auf einer heißen Spur zu sein.

Die Telefonlisten wurden weiter überprüft, auch wenn »Blisch und Blum« schon Blicke wie Aktenordner hatten. Das Angebot, dass man mit der Arbeit auch abwechseln könne, lehnten sie großmütig ab; sie seien »grad so schää drin« und hätten mit der Recherche »ach kää Uumuß«. Maria Zoely war froh, dass die beiden eine solche Energie auf das Wälzen der Papierberge verwendeten. Ihre Sache war die Nadelsuche im Heuhaufen nicht. Sie dankte den beiden Beamten, worauf Dziwicz gestelzt meinte: »Wir sind halt echte i-Tüpfelchen-Emittenten.« Irritiertes Schweigen, dann lachte Maria Zoely als Erste. »Also echte Dibbelschisser.«

Jetzt lachten auch die beiden Papieranalysten. Blumke fragte direkt: »Ah, enn eschte Pälzer.« Er korrigierte sich schnell: »E eschdi Pälzern.«

»Ei jo«, sagte Maria Zoely, »hunnert Prozent Pälzer – isch bin doch aus Därgem.«

»Dann kenne Se ›Hettenleidelheim‹ ach sischer ohne Probläme drei Mol hinnernanner saache«, grinste Kranich.

»Ei jo«, sagte Maria Zoely, »awwer ach nooch zwää Bier. Meischdens saach isch awwer ›Hettrum‹, wie die annere Pälzer ach.«

»Jo, alla hopp.«

Allseits erheitertes Gelächter brachte wieder ein wenig Schwung in den Betrieb.

Die Vernehmung der beiden Domkapitulare wurde direkt nach dem Gespräch mit dem Speyerer Bischof angesetzt.

Maria Zoely hatte zwar schon in Mainz bei den Ermittlungen in der dortigen Diözesanleitung einen dickeres Fell bekommen, aber bei Niclas Dängler und dem Rest der Truppe war eine gewisse Unsicherheit erkennbar. Es war schon nicht leicht, bei der höheren Geistlichkeit Untersuchungen durchzuführen – und Maria Zoely war froh, dass sie selbst mit den Recherchen bei den Pädophilie-Skandalen nichts zu tun hatte. Aber auch »nur« ihr Mordfall hatte schon ein Gewicht, das sich bei der kriminalistischen Arbeit bemerkbar machte.

Domkapitular Siegfried Kleinschmidt hatten sie sich Nachmittags zuerst vorgenommen. Er machte einen sehr offenen Eindruck. Maria Zoely musste vorsichtig sein, um nicht zu viel von dem Bischofsgespräch auszuplaudern, und konfrontierte ihn mit der drohenden beruflichen Perspektivlosigkeit.

Kleinschmidt war zunächst blass geworden – und hatte dann nachgefragt: »Bin ich deshalb verdächtig, Korbinian Birglbichler ermordet zu haben?«

Er erkundigte sich nicht nach den Quellen ihrer Information, wahrscheinlich konnte er zwei und zwei zusammenzählen – oder war vor Überraschung nicht mehr fähig, nach ihren Informanten zu fragen. Vielleicht war die Versetzung aber auch ordinariatsintern bekannt, so dass sie hier nur eine Spur verfolgten, die sich früher oder später sowieso ergeben hätte.

Maria Zoely brachte den Standardsatz aus den Fernsehkrimis an: »Zunächst einmal überprüfen wir alle Personen im direkten Umfeld. Und ich will nur wissen, wo Sie sich in der Nacht zum Montag aufgehalten haben.«

Im Bett, vermutete sie, aber Siegfried Kleinschmidt antwortete zu ihrer Überraschung: »Ich war mit dem Wagen unterwegs. Ich bin am Sonntagabend nach der Vesper noch nach Köln gefahren und war dort den ganzen Abend bis spät in die Nacht.«

»Allein?«

»Ja.« Dem Gesichtsausdruck Siegfried Kleinschmidts war allerdings zu entnehmen, dass seine grauen Zellen fieberhaft arbeiteten. Er war aber genauso offensichtlich nicht bereit, mehr zu sagen.

Eine ziemliche Heimlichtuerei an allen Ecken und Enden, dachte sie, versuchte dann aber, ihm eine Brücke zu bauen. »Haben Sie vielleicht jemanden getroffen, der das bestätigen kann.«

Kleinschmidt blickte aus dem Fenster. »Ja, ich habe jemanden getroffen. Aber ich kann den Namen nicht sagen, weil ich inkognito dort unterwegs war.«

»Eine Frau?« Maria Zoely probte den direkten Angriff.

Kleinschmidt war sichtlich erschrocken, sagte aber nichts. Auch weitere Nachfragen brachten sie nicht weiter.

Maria Zoely dachte schon an das ›andere Ufer‹ und wollte eine dienstliche Vorladung aussprechen, als Kleinschmidt fortfuhr: »Es ist nicht das, was Sie vielleicht denken. Trotzdem kann ich nicht darüber reden. Und zwar deswegen nicht, weil ich nicht weiß, in welche Hände die Information gelangen könnte, die ich Ihnen gebe. Und das ist das Problem. Aber ich glaube, dass ich ein Alibi beibringen kann, ohne dass ich jemanden in Misskredit bringe. Wissen Sie, für Sie ist es vielleicht nur ein Alibi, aber für mich geht es um meine Lebensplanung – oder sagen wir mal, um die Planung der nächsten Zeit.«

Maria Zoely verstand nicht, was der Speyerer Domkapitular mit dieser verklausulierten Ausführung sagen wollte, hatte aber auch genug Respekt, zunächst nicht weiter in ihn zu dringen.

»Und das Alibi gedenken Sie wann beizubringen?«, fragte sie vordergründig höflich nach, allerdings mit einem drohenden Unterton, der deutliche signalisierte, dass sie notfalls auch alle Rechtsmittel ausschöpfen würde.

»Sobald es geht.«

Maria Zoely entschied sich, Kleinschmidt noch einen kleinen Aufschub zu gewähren.

Dängler, der bisher nur zugehört hatte, war der Abbruch der Vernehmung nicht recht. »Warum haben wir ihn nicht unter Druck gesetzt? Wenn sein Stuhl tatsächlich wackelt, hat der doch ein handfestes Motiv«, hielt er Maria Zoely vor, kaum, dass sie Kleinschmidt verlassen hatten.

Sie blieb mitten auf dem Bürgersteig stehen, blickte ihn an und entschied sich für die Flucht nach vorn.

»Ich bin in einer verdammt vertrackten Situation. Ich darf bestimmte Informationen nicht weitergeben, das habe ich dem Bischof versprochen. Die tun auch nichts zur Sache. Wohl aber die Tatsache, dass Kleinschmidt und Nuhrus mögliche Verdächtige sind. Glaube mir«, sie sah ihm tief in die Augen, »es tut mir total leid, dass ich hier nicht so offen sein kann – gerade dir gegenüber.«

Dängler ließ seinen Blick noch ein wenig in ihrem ruhen, nickte dann verständnisvoll und ging mit ihr weiter. Das »Du« zwischen den beiden lief seit dem gestrigen Abend in der »Toccata« schon recht gut – trotzdem zeigte der Wortwechsel, dass der vertrauliche Ton nicht das Arbeitsklima beeinträchtigte.

Auf dem Flur im Bischöflichen Ordinariat wieselte Sebastian Hammes vorbei, der ihr ein freundliches »Grüß Gott!« andienerte. Maria Zoely war erstaunt, dass der junge Theologe diese in der Pfalz unübliche bayerische Begrüßungsformel benutzte.

Im Büro von Franz Nuhrus ging es dann doch deutlich lauter zu, als ursprünglich gedacht. Maria Zoely brachte ihre Standardfrage an und war gerade im Begriff, auf seine bevorstehende berufliche Unsicherheit hinzuweisen, als Nuhrus, dessen Gesicht zusehends an Rottönung gewann, ohne große Vorwarnung aus der Haut fuhr.

»Sie glauben doch wohl nicht im Ernst, ich hätte meinen Kollegen ermordet?«, schrie er die beiden Ermittler an. »Das ist nicht nur eine infame Unterstellung, sondern auch eine persönliche Beleidigung. Ich werde mich bei Ihrem Vorgesetzten beschweren!«

»Tun Sie das«, entgegnete Maria Zoely ruhig. »Aber ich dachte eigentlich, dass Ihnen an der Aufklärung dieses Verbrechens genauso gelegen ist wie uns – und dass Sie deshalb Verständnis dafür haben, dass wir alle Personen aus dem Umfeld des Toten unter die Lupe nehmen müssen. Davon können wir niemanden ausnehmen.«

Die offensichtliche Erregung des Domkapitulars nötigte Maria Zoely, die Befragung betont sachlich anzugehen und ihn freundlich, aber bestimmt auf die Alternative einer Befragung auf der Kriminalinspektion hinzuweisen, was den geistlichen Herrn wieder etwas abregte.

Auf der Dienststelle sorgte das eruptive Gesprächsverhalten von Domkapitular Nuhrus für großes Interesse.

»Nein – also so was! Der läuft knallrot an und regt sich tierisch auf, und dabei haben wir nur ganz nett nach seinem Alibi gefragt – und zwar so, dass sogar Stoever und Brockmöller noch etwas hätten lernen können«, berichtete Dängler.

Maria Zoely grinste, weil sie mittlerweile wusste, dass dies die beiden Lieblings-Tatort-Kommissare ihres Kollegen waren. Dängler hatte zwar schon mehrfach betont, dass er die beiden TV-Kommissare als viel zu freundlich und umgänglich ansah, was ihn aber nicht daran gehindert hatte, sich zusätzlich zu seiner Video-Sammlung alle Tatort-Folgen mit diesem Duo noch auf DVD zuzulegen.

»Nuhrus hat also bisher auch kein Alibi«, fasste Dängler das Ergebnis der Befragung zusammen. »Er lag angeblich im Bett und zwar allein. Aber so, wie der reagiert hat, halte ich ihn zumindest für ›beobachtenswert‹. Nachdem der gleich so frech wurde, haben wir ihn auch nicht mehr mit Glacéhandschuhen angefasst, sondern gleich mit seiner beruflichen Zukunft konfrontiert – oder besser gesagt, mit der Nicht-Zukunft.«

»Und – wie war seine Reaktion?«, erwartungsvoll blickte Gerhard Kranich seinen Kollegen an.

»Er hat gemeint, dass seine beruflichen Pläne kein Grund für einen Mord wären. Ich habe nachgehakt und darauf aufmerksam gemacht, dass schon für weniger gemordet wurde. Aber Nuhrus hat nur den Kopf geschüttelt. Das sei so ›wie bei den Arbeitern im Weinberg, die nacheinander alle Boten des Chefs umbringen und dann auch noch den Sohn‹ – was er damit sagen wollte, habe ich nicht ganz verstanden, obwohl ich die Story kenne.«

Maria Zoely nickte, ihr war der biblische Bezug zu diesem jesuanischen Gleichnis klar. »Na ja, die Argumentation hat schon etwas für sich. Natürlich geht das kirchliche Leben weiter, wollte er wohl sagen. Aber es kann ja sein, dass das Tatmotiv nicht die drohende Zukunft war, sondern gerade persönliche Gründe eine Rolle spielten. Das gilt aber nicht nur für Nuhrus, sondern auch für andere.«

Maria Zoely runzelte vielsagend die Stirn. Falls es eine undichte Stelle in der Bistumsleitung gab, konnte der Strukturprozess als Motiv noch für andere Täter in Frage kommen – womöglich für viele andere. Sie seufzte. Unter

Umständen konnte sich der Todesfall Birglbichler über das Bistum Speyer hinaus entwickeln. Trotzdem wurde sie das unbestimmte Gefühl nicht los, dass der Täter im direkten Umfeld zu finden war; immerhin wurden die kirchlichen Veränderungen auch auf anderen Ebenen vorangetrieben – warum dann einen so spektakulären Tod im Speyerer Dom inszenieren?

Niclas Dängler holte sie aus ihren Gedanken wieder auf den Boden der Tatsachen zurück. »Ich habe schon lange nicht mehr mit jemandem zu tun gehabt, der eine so kurze Zündschnur hatte.«

Maria Zoely wurde sich bewusst, dass Dängler immer noch über das Gespräch mit Nuhrus referierte. Es galt also weiter zu ermitteln, dachte sie.

Zunächst sollte aber der Bauch zu seinem Recht kommen. Sie brauchte ihr Mittagessen, damit sie sich rasch und mit klarem Kopf wieder in die Soko einbringen konnte.

Auf dem Weg durch die Maximilianstraße, wo sie sich die Füße vertreten und gleichzeitig den Hunger stillen wollte, beschloss sie, sich mit der Geschichte der Stadt eingehender zu beschäftigen. Literatur gab es genug – und Gerhard Kranich hatte mit Begeisterung für die Bibliotheken in Speyer geworben.

Die Landesbibliothek hatte einen riesigen Bestand, der laufend um neue Literatur erweitert wurde. Dann gab es unter anderem die Bibliothek des Priesterseminars, die vorwiegend theologische und religiöse Literatur vorhielt, aber auch gerade im Kunstbereich einiges anzubieten hatte. Für sie hatten schon die Seminaristen beim Frühstück geworben. Als Pendant hatte die Evangelische Landeskirche eine Medienzentrale mit Bibliothek eingerichtet, die kleiner aber genauso einladend war. Die Stadtbibliothek war in einem sehr repräsentativen

Gebäude, der »Villa Ecarius« untergebracht. Daneben konnte man noch im Zentralarchiv der Evangelischen Landeskirche, dem Stadtarchiv und dem Bistumsarchiv stöbern. Hier trafen sich vor allem die an geschichtlichen Zusammenhängen Interessierten oder die, die in den alten Kirchenbüchern nach Familienmitgliedern suchten.

Kranich hatte vorgeschlagen, abends einfach einen größeren Rundgang oder eine Radtour durch die Stadt zu machen. Er wollte ihr die wichtigsten Sehenswürdigkeiten und das, was man über Speyer wissen sollte, zeigen. Sie nahm sich vor, sein Angebot anzunehmen.

Nach einem schnellen Imbiss und der Feststellung, dass zur Weiterarbeit noch Zeit bliebe, entschloss sie sich zu einem Spaziergang durch den Domgarten. Für einen Werktag herrschte dort reger Besucherverkehr. Da das Seitenportal offen stand, begab sie sich in das Dominnere. Schon beim Durchschreiten des Portals hatte sie das Gefühl, eine neue, ganz andere Welt zu betreten.

Obwohl der Dom nach der großen Renovierung zu einem sehr hellen Innenraum gekommen war, taten die mächtigen Steinwände das ihre, um eine ganz eigene Atmosphäre zu schaffen.

Maria Zoely schlenderte in der Kathedrale herum und ließ die unterschiedlichen Perspektiven auf sich wirken. Den Blick in die dunkle Apsis, die Sicht auf die Stufen des Königschors, der Blick auf die meterdicke Westwand, wo neben dem Bronzeportal die neue Hauptorgel thronte, die Seiten- und die Querhäuser des Domes, die ihre eigene Schönheit besaßen und ein ganz individuelles Flair ausstrahlten.

»Das 1024 von Konrad II. gegründete, 1061 eingeweihte und unter Heinrich IV. bis 1106 nochmals erweiterte Kirchengebäude ist ein beredtes Symbol für die Macht

Gottes, zunächst aber vor allem ein Symbol für die weltliche Macht der salischen Herrscher, die damit auch ihre religiöse Macht gegenüber dem Papst deutlich und gewaltig in Szene setzten, so wie auch mit dem Bau der Geschwister-Dome in Mainz und Worms.« Eine Führung zog gerade an ihr vorbei.

Vor dem Königschor kam ihr die Frage einer interessierten Touristin zu Ohren, die von der Führerin, in der sie Schwester Alphäa wiedererkannte, die Bedeutung des Papstwappens am Bischofsbalkon wissen wollte.

Schwester Alphäa erinnerte an den Besuch von Johannes Paul II. 1987 in Speyer. Seitdem sei immer das aktuelle Papstwappen am Bischofsbalkon montiert. Außerdem wehten weiß-gelbe Fahnen vor dem Dom, die mit bunten Schirmen bedruckt waren, wie man sie auch bei vatikanischen Wappen oft sah – Zeichen dafür, dass der Dom, seit 1981 UNESCO-Weltkulturerbe, ab dem Jahr 1925 päpstliche Basilika war.

»Dem Kölner Petersdom, der seit 1996 Weltkulturerbe ist, ist dieser päpstliche Ehrentitel bislang verwehrt geblieben, obwohl Köln einen Teil des Petrusstabes aufbewahrte«, betonte Alphäa verschmitzt – und sehr stolz. Sie nickte Maria Zoely kurz zu, als sie sie erkannte, und schritt mit ihrer geführten Gruppe tatkräftig weiter.

Nach dem Mittagessen suchten Maria Zoely und Niclas Dängler den Steinmetz Jan van Feller auf, mit dem sie einen Termin vereinbart hatten.

Der von Architekt Neumeling genannte Dom-fanatische Steinmetz, der gerne auch in den Nachtstunden das Gebäude durchstreifte, war zwar nicht direkt verdächtig, Maria Zoely wollte ihn aber auch nicht so schnell entlasten. Außerdem konnte er vielleicht etwas gesehen haben – oder einen Tipp geben.

Immerhin war noch unklar, wie Birglbichler sein Leben im verschlossenen Dom hatte verlieren können. Also musste der Täter – respektive die Täterin – einen Schlüssel besitzen oder einen ihnen bisher verborgenen Fluchtweg benutzt haben. Andererseits konnte niemand am Morgen den Dom verlassen haben, da die einzige Tür zunächst von Touristen belagert, dann von der Polizei beaufsichtigt wurde. Und beide Gruppen hatten angegeben, dass keine verdächtige Person den Dom verlassen hatte. Zumindest nicht durch diese Tür.

Feller wusste schon nach wenigen Worten, was das Anliegen der beiden Ermittler war, und begab sich gleich in die Defensive.

»Ich habe ein paar Nächte auf dem Speicher des Doms verbracht und einmal diese unsägliche Feuerwehraktion ausgelöst, aber ich habe mit dem Tod von Birglbichler nichts zu tun. Im Gegenteil, ich habe ihn immer als sehr freundlichen und zugänglichen Menschen erlebt, der großes Interesse an Kunst und Kultur hatte, der die Arbeit der Handwerker am Dom auch richtig zu schätzen wusste und ...«

Maria Zoely unterbrach den Redefluss: »Wir sind nicht hier, um Sie zu beschuldigen. Aber nachdem bekannt ist, dass Sie immer wieder nachts im Dom und über den Gewölben waren, liegt es doch nahe, dass wir nachhaken, ob Sie vielleicht auch in dieser Nacht ...«, sie überlegte, wie sie es ausdrücken sollte, »... vielleicht etwas gesehen haben. Wie das die Dombauhütte oder das Domkapitel sieht, ist uns egal, es stellt ja keine Straftat dar. Wir ermitteln in einem Kriminalfall, alles andere ist für uns unerheblich.«

Jan van Feller nickte steif. »Sie meinen, ob ich wieder eine Nacht verbotenerweise auf dem Dach verbracht habe? Nein, habe ich nicht. Nach dem Feuerwehreinsatz und der Drohung des Dombaumeisters, mich das nächste Mal fristlos zu entlassen, werde ich so etwas nicht mehr tun. In dem Fall könnte nämlich auch die Innung nichts mehr ausrichten. Und mir ist mein Job lieb, auch wenn ich leicht woanders wieder Arbeit bekäme. Aber mit einem Rausschmiss in der Personalakte ...« Er schüttelte ergeben den Kopf. »Arbeiten zu dürfen am Speyerer Dom, das ist eine Sache, die man nicht so einfach wieder in den Lebenslauf bekommt. Verstehen Sie?«

Dängler nickte, während Maria Zoely zunächst nicht reagierte.

Feller bekräftigte: »Wissen Sie, ich bearbeite nicht nur Steine, die in irgendeinem verborgenen Winkel eingebaut werden. Meine Arbeiten sehen Sie außen an der Fassade, wenn Sie um den Dom herumgehen. Das ist eine besondere Ehre!«

»Haben Sie Zeugen dafür, wo Sie in der Nacht waren?« Niclas Dängler hatte zwar auch vor dem Besuch bei Feller deutlich gemacht, dass er für den Handwerker kein direktes Motiv sah, wollte aber trotzdem die übliche Routine abarbeiten.

Feller nickte. Er sei mit einigen Kumpels unterwegs gewesen: »In ein paar Kneipen: Wir hatten montags ausnahmsweise frei, Überstunden abbauen, da kam es auf ein paar Minuten nicht an. Ansonsten trinken wir nicht, weil das schweren Ärger gäbe.«

Er schaute die beiden Kriminalbeamten an, die nickten.

»Wir müssen immer wieder aufs Gerüst. Dann Alkohol im Blut ... Wir wollen ja nicht enden wie der Dombaumeister Gerhard aus Köln, den angeblich der Teufel vom Gerüst gestoßen haben soll.« Er lachte und zitierte: »Auch beim Wein spiel nicht den starken Mann! Schon viele hat der Rebensaft zu Fall gebracht.«

Maria Zoely grinste und konterte: »Jesus Sirach.«

Feller riss erstaunt die Augen auf.

»Aber wird nicht der Wein in der Bibel auch positiv beschrieben?«, fragte Dängler nach.

»›Wie ein Lebenswasser ist der Wein für den Menschen, wenn er ihn mäßig trinkt. Was ist das für ein Leben, wenn man keinen Wein hat, der doch von Anfang an zur Freude geschaffen wurde? Frohsinn, Wonne und Lust bringt Wein, zur rechten Zeit und genügsam getrunken‹«, antwortete der Domhandwerker mit einem weiteren Zitat und ergänzte: »Aber bei Jesus Sirach steht auch: ›Kopfweh, Hohn und Schimpf bringt Wein, getrunken in Erregung und Zorn. Zu viel Wein ist eine Falle für den Toren, er schwächt die Kraft und schlägt viele Wunden.‹«

Dängler staunte über Fellers Bibelfestigkeit, während sich die pragmatischere Maria Zoely die Namen seiner Alibizeugen geben ließ, durchweg Mitarbeiter der Dombauhütte.

Nach dem Besuch bei Jan van Feller fasste Maria Zoely spontan den Entschluss, nochmals Siegfried Kleinschmidt aufzusuchen.

Dängler zeigte sich verwundert. »Warum haben wir nicht gleich nachgehakt? Und warum wollen wir ihm den weiteren Tag Aufschub jetzt auf einmal nicht mehr geben?«

Maria Zoely bemerkte die geschickte Wir-Formulierung, mit der Dängler seinen Anteil an ihren Entscheidungen deutlich machte – und damit verschleierte, seiner neuen Chefin zu widersprechen.

»Ich war irritiert«, gab Maria Zoely unumwunden zu. »Er machte auf mich nicht den Eindruck, dass er so eine schreckliche Tat begehen könnte. Und ich denke, die Unschuldsvermutung sollte ja immer zuerst gelten. Aber ich möchte schon wissen, wie er ein Alibi bekommen möchte – und warum er sich nicht dazu äußert, was er in Köln gemacht hat. Ich glaube außerdem, dass er sein Alibi mittlerweile geklärt haben dürfte.«

»Wenn er denn überhaupt dort war«, gab Niclas Dängler zu bedenken.

Der Weg zu Kleinschmidts Wohnung in der Nähe der Gedächtniskirche führte sie vorbei am prachtvollen, aber immer noch nicht zur Einkaufsgalerie umgebauten Postgebäude, dessen Umgestaltung sich länger als geplant hinzog, wenn auch die Arbeiten jetzt sichtbar im Gange waren.

»Was ist denn das?« Kurz vor dem Abbiegen in die Große Gailergasse blieb Maria Zoely stehen und betrachtete ein Vordach, das einen Teil des Bürgersteigs überdachte. »Ist das auch der Rest eines unfertigen Bauvorhabens?«

Niclas Dängler lachte und verneinte. Er erklärte, dass sich hier das Archäologische Schaufenster des Landesamtes für Denkmalpflege befand und Ausstellungen zu aktuellen Themen der Archäologie im Land zeige. Man könne hier den Weg vom Scherbenfund zum Ausstellungsobjekt in der sogenannten »Gläsernen Werkstatt« nachvollziehen.

»Und hier auf dem Vorplatz ist das Modell einer fränkischen Bestattung aufgebaut.«

Tote wurden im sechsten nachchristlichen Jahrhundert in einem Behältnis aus Sandsteinplatten bestattet. Eine Stahlscheibe macht auf den Grabhügel, der darüber errichtet wurde, aufmerksam. Zwei Nachbauten römischer Giebelwände begrenzten den Platz.

»Und in den Vitrinen wird über die Platzgestaltung und die Aufgaben und Arbeit der archäologischen Denkmalpflege informiert.«

Dängler deutete auf die partielle Bürgersteigüberdachung. »Dieser überdachte Bürgersteig war in den Hauptstraßen der großen Orte des Römischen Reiches vom ersten bis vierten Jahrhundert prägend und ist eine Nachbildung der römischen Originale«, fasste Dängler nach einem vergewissernden Blick in die Schaukästen zusammen.

Maria Zoely war beeindruckt. »Geschichte auf Schritt und Tritt«, murmelte sie anerkennend.

Niclas Dängler lächelte. »Weißt Du, woher der Name Speyer kommen soll?«

Maria Zoely verneinte. Dängler grinste.

»Angeblich schon aus biblischer Zeit. Du kennst die Geschichte von Jona? Das ist der aus dem Walfischbauch. Nach einer witzigen Version soll der Wal hier vorbeigekommen sein und wollte Jona loswerden. Dann hat Gott zu ihm gesagt: ›Dann spei er!‹.«

Maria Zoely lachte. »Da hat aber einer seine Gehirnwindungen nach einem Sprachwitz ausgewrungen. Das hört sich ja an wie eine der Antwortmöglichkeiten aus ›Wer wird Millionär‹.«

Gemeinsam lachten sie über diese Assoziation.

Sie erreichten den Innenhof des Wohnkomplexes in der Großen Gailergasse, in dem Kleinschmidt lebte – und blieben schlagartig stehen.

Siegfried Kleinschmidt kniete in einer alten Hose am Boden und hatte, wie man erkennen konnte, den Papiercontainer der Wohnanlage auf dem Hof ausgeleert. Papier für Papier nahm er in die Hände, die in Einweghandschuhen steckten, und warf es nach mehr oder weniger gründlicher Prüfung zurück in die Tonne. Besondere Aufmerksamkeit widmete er zusammengeknüllten Zetteln, die er entfaltete und dann auch wieder der Tonne zuführte. Das Bild wurde in seiner Absurdität noch gesteigert durch die Anwesenheit einer etwa siebzigjährigen Dame, die wenige Schritte neben dem knienden Domkapitular stand – in Kittelschürze, braunen Fellpantoffeln und mit einer farbenfrohen Auswahl an Lockenwicklern im grauen Haar – und den Priester lauthals und mit hochrotem Kopf beschimpfte.

Maria Zoely und Niclas Dängler hielten sich zunächst zurück, um die eigenartige Szene zu beobachten. Dann entschieden sie sich, der unfreiwilligen Dramatik ein Ende zu setzen und gingen auf Kleinschmidt zu.

Sofort stürzte sich die keifende Frau auf die beiden Beamten: »Wunderbar. Nun habe ich auch zwei Zeugen, die die kriminellen Machenschaften dieses Herrn«, sie sprach das »Herrn« mit spöttischem Nachdruck aus, »bezeugen können. Sitzt hier und wühlt in meinem verfassungsrechtlich geschützten Müll. Ihre Namen bitte: Halten Sie sich als Zeugen für eine gerichtliche Vorladung bereit!«

Maria Zoely zeigte ihren Dienstausweis, worauf die Frau hocherfreut meinte: »Ja, so liebe ich die Polizei. Sogar noch schneller da, als man denkt. Jetzt können Sie diesen feinen Herrn«, »Herrn« wieder mit dem bereits bekannten Unterton, »gleich festnehmen und ihm seine Rechte verlesen. Und meine gleich. Anklage: Eindringen in meine Privatsphäre im Müll.«

Maria Zoely beschwichtigte die aufgeregte Frau und fragte Kleinschmidt, der das Herannahen der beiden Polizisten ohne größere Gefühlsregung wahrgenommen zu haben schien, wonach er denn suche.

»Ich suche mein Alibi für den Sonntag. Da ich ein Flüssiggasauto fahre, muss ich regelmäßig und häufiger tanken. Den Beleg für meine Fahrt am Sonntag habe ich aber schon in den Papiermüll geworfen, also muss ich sehen, dass ich die Tankquittung wieder ans Tageslicht befördere.« Er kramte weiter.

Maria Zoely tat der Priester jetzt fast schon leid. »Ich will Sie in Ihrer Suche nicht entmutigen, aber der Beleg ist noch kein Beweis dafür, dass Sie auch tatsächlich dort waren. Kennen Sie den Namen der Tankstelle?«

Der Domkapitular schüttelte den Kopf. »Es war auf jeden Fall noch in Köln, damit der Treibstoff bis nach Speyer reicht. Ich habe mir das auch schon überlegt – wenn ich den Tankbeleg finde, kann ich die Tankstelle anrufen und die um die Sicherung des Videos aus der Überwachungskamera bitten. Dafür dürfte es noch nicht zu spät sein.«

Maria Zoely nickte. »Also das mit der Überwachungskamera überlassen Sie besser uns. Aber noch besser wäre es, Sie könnten uns einen Gesprächspartner angeben, den Sie getroffen haben.« Nach einer kurzen Pause schob sie nach: »Ich meine damit keinen Gesprächspartner an der Tankstelle.«

Geknickt starrte der Domkapitular in den restlichen Papierberg. »Ich muss noch einiges klären. Bitte lassen Sie mich noch suchen. Ich werde bald schon bei Ihnen vorstellig werden.« Und dann mit flehenden Augen: »Ich bitte Sie einfach, mir zu glauben, dass ich Birglbichler kein Haar gekrümmt habe.«

Maria Zoely und Niclas Dängler setzten zum Rückzug an. Es gab keine drängenden Verdachtsmomente – also mussten sie seine Worte so stehen lassen. Außerdem war ein eingehendes Verhör in dieser Situation auch nicht sinnvoll.

»Ich weiß nicht, der Kleinschmidt hat richtig Fracksausen«, bemerkte Dängler.

»Kann ich aber verstehen. Wenn mich die Polizei in einer Mordsache als Verdächtigen vernehmen würde, bekäme ich auch kalte Füße«, entgegnete Maria Zoely.

»Ja, schon recht. Aber meinst du nicht, der Kleinschmidt übertreibt ein bisschen mit der Alibi-Geschichte?« Niclas

Dängler schüttelte zweifelnd den Kopf. Maria Zoely zuckte mit den Schultern. Man gewöhnte sich im Laufe der Jahre an so einiges, was ungewöhnlich war.

Zurück in der Dienststelle wedelten Dziwicz und Blumke schon mit diversen Listen herum.

»Zunächst einmal haben wir den privaten E-Mail-Verkehr von Korbinian Birglbichler gecheckt.« Blumke vertiefte sich in seinen Flachbildschirm. »Die Computerkollegen haben zusammen mit der Staatsanwaltschaft ganze Arbeit geleistet. Wir haben aber das Problem, dass Korbinian Birglbichler immer relativ schnell seine Mails gelöscht und die Löschzeit beim E-Mail-Anbieter auch recht kurz gestellt hat. Offenbar hatte er auch im digitalen Bereich eine gute Ordnung für den Datenberg. Es gab nur wenige Mails im Gesendet-Ordner und leider auch nur wenige im Posteingang.«

»Waren die denn brauchbar?« fragte Niclas Dängler nach.

Die beiden Schreibtischkollegen schüttelten fast synchron die Köpfe.

»Leider nein«, Blumke hatte die Berichterstattung übernommen. »Es gab vor allem ein paar Bestätigungen für Online-Buchkäufe, lauter Kunstschinken, und ein wenig private Kommunikation, auch mit seinem Neffen. Da ging es aber vor allem um Mahnungen, seinen Lebenswandel betreffend. Sie wollten sich in Kürze treffen, Ort und Zeit waren aber nicht abzulesen.«

Blumke suchte erneut in seinen Unterlagen. »Birglbichler hat sich nochmals mit einem Kollegen aus einem Pfarramt in Freising kurzgeschlossen, mit dem er wohl engeren Kontakt hatte. Die wollten ein Treffen organisieren. Den Kollegen haben wir noch nicht erreicht. Ansonsten haben wir auch hier wenig Erhellendes.« Er zuckte bedauernd mit den Schultern.

Maria Zoely notierte den Namen und das Pfarramt des bayerischen Kollegen, suchte die Telefonnummer aus dem Online-Telefonbuch, erreichte aber ebenfalls niemanden im Pfarramt und hinterließ eine Mitteilung auf dem Anrufbeantworter.

Sie wollte weitere Informationen abklopfen und selbst Bericht erstatten; bevor sie jedoch dazu kam, pochte es an der Tür.

Auf Niclas Dänglers zackiges »Herein« trat Domkapitular Siegfried Kleinschmidt ein. Die Überraschung bei Maria Zoely und Dängler, aber auch bei den anderen Teammitgliedern, war mit Händen zu greifen.

»Kann ich kurz mit Ihnen sprechen – mit Ihnen allein?«, fragte Kleinschmidt Maria Zoely nach einem knappen Gruß und Nicken in die Runde.

»Noch so einer«, dachte Maria Zoely, aber Dänglers verständnisvolles Nicken ermutigte sie, Kleinschmidt in einen Kommunikationsraum zu dirigieren, wo er verlegen herumdruckste.

»Ich möchte, dass Sie Kontakt zu diesem Herrn aufnehmen.« Er drückte ihr einen Zettel mit einem Namen und einer Handynummer in die Hand. »Er hat mich am Sonntag getroffen und würde auch privat eine eidesstattliche Erklärung abgeben – aber nur, wenn dies nicht dazu führt, dass unser Treffen in den nächsten Tagen publik wird.

»Was für eine Geheimniskrämerei«, dachte Maria Zoely und nahm den Zettel entgegen.

»Wir werden natürlich Kontakt aufnehmen und uns so diskret wie möglich verhalten. Aber ich kann Ihnen nichts versprechen«, meinte sie zurückhaltend.

Obwohl sie Kleinschmidt noch einmal auffordernd ansah, wollte er ihren stillen Appell nicht zu einer weiteren

Information nutzen, nickte nur und verabschiedete sich – sichtlich bedrückt.

Maria Zoely kehrte ins Dienstzimmer zurück und wählte die erhaltene Telefonnummer. Eine männliche Stimme meldete sich. Nach ihrer kurzen Vorstellung kam das telefonische Gegenüber direkt zur Sache und sagte, dass er Bescheid wisse. Er könne bezeugen, dass er Siegfried Kleinschmidt getroffen habe. Das müsse aber unter dem Deckmantel der Verschwiegenheit bleiben. Es gäbe eine Entwicklung in seiner Beziehung zu Herrn Kleinschmidt, die er noch nicht weiter ausführen könne. Zu gegebener Zeit würden aber alle Informationen weitergegeben. Er sei zudem bereit, eine eidesstattliche Erklärung abzugeben.

Maria Zoely bat ihn um die baldige schriftliche Erklärung zu Kleinschmidts Alibi bei einer Polizeidienststelle und legte auf.

Einer Eingebung folgend gab sie den Namen des Gesprächspartners in die Maske einer Suchmaschine ein.

Interessiert kam Dängler um den Monitor herum und las halblaut vor: » ... Abitur ... Studium der Theologie in Münster ... Studium in München ... Studium in Bonn ... Priesterweihe ... Kaplan ... Pfarrer ... – ganz normaler Lebenslauf.« Daneben schaute ein sympathisches Gesicht aus der Webseite.

Maria Zoely nickte vielsagend und scrollte die Seite ein Stück nach unten.

Dängler las weiter: »Generalvikar ist er, ja, und?«

Maria Zoely zeigte mit dem Finger auf eine Stelle und Dängler las: »In Bonn. Was soll daran besonders sein?«

Maria Zoely lachte kurz und meinte dann: »Schau die Bezeichnung des Bistums einmal genauer an ...«

Dann wollten auch die anderen im Raum wissen, was denn so Sensationelles auf dem Monitor zu sehen sei.

Dängler schaute seine Kollegen an und erklärte dann: »Kleinschmidt hatte sich am Sonntag, wenn das stimmt, mit dem Generalvikar aus Bonn getroffen.«

Da sich niemand besonders wunderte, setzte er hinzu: »Mit dem Generalvikar der Altkatholiken.«

Er schaute auf den Bildschirm und berichtete weiter: »Der selbst einmal römisch-katholischer Priester war und dann in die altkatholische Kirche gewechselt ist.«

Jetzt war offensichtlich, warum Kleinschmidt zunächst ein anderes Alibi vorschieben wollte und warum ihm daran gelegen war, dass diese Information auf keinen Fall nach außen dringen sollte.

Daniela Pfeffer meldete sich zu Wort: »Ich habe vorhin noch einen längeren Chat mit einem User aus einer Online-Community geführt. Dieses Netzwerk im Internet hatte Sympathisanten, zu denen auch Birglbichler gehörte. Die nannten sich die Postmaterialisten und haben online eine Protestbewegung gegen den internationalen ›Finanzterrorismus‹ gegründet, wie sie das bezeichnen. Ich denke, dass wir in dieser Richtung auch die Augen offen halten sollen.«

Maria Zoely war froh, dass Pfeffer sich der Informationen aus dem Netz angenommen hatte, obwohl sie sicher war, dass der Schlüssel zur Lösung des Falls sozusagen vor den Toren des Speyerer Doms zu finden war. Aber eine zu enge Führung der Ermittlungen wäre weder redlich noch professionell. Sie bat deshalb Daniela Pfeffer, weiter im Internet nach Hinweisen zu forschen.

Daniela Pfeffer führte noch knapp einige Aspekte der neuen sozialen Bewegung aus, die sich stark für Solidarität international und regional einsetzte. »Außerdem«, man spürte, dass sie sich noch eine Überraschung aufgehoben hatte, »habe ich noch ein digitales Gespräch mit einem anderen Netzwerk-Partner geführt. Es gibt noch einen hier aus Speyer, der bei Birglbichler auf der Abschussliste stand – und der ihn deswegen auf dem Kieker hatte. Und ist nicht Birglbichler in der Nähe der Chororgel tot aufgefunden worden?«

Maria Zoely stöhnte innerlich. Sollte der Fall abgeschlossen sein, würde sie die Mitarbeiter der Soko für eine Speyer-Rätseljagd anmelden. Das wäre vielleicht auch touristisch gesehen eine willkommene Alternative. Aber vielleicht wollte jeder auch nur der ganzen Geschichte die nötige methodische Würze geben, um so das Augenmerk auf die tatsächlichen Umstände zu lenken.

»Pedro Resto.«

Ein in den Raum eingeworfener Name, der Maria Zoely an irgendjemanden erinnerte. Sie sah Daniela Pfeffer fragend an.

»Das ist der Domorganist«. Sie grinste. »Der sich selbst am liebsten vorstellt als ›Dom-Organist ohne Festanstellung‹. Pedro Resto wurde von seiner Organistenstelle am Freiburger Münster abgeworben, weil er hier die Leitung der verschiedenen kirchenmusikalischen Arbeiten managen sollte. Dann hat man die Stelle des Domorganisten auf Knall und Fall in eine nebenamtliche Stelle umgewandelt, weil man der Meinung war, dass nur Chorarbeit eine künstlerische Betätigung sei, der Organist aber nur Befehlsempfänger des Priesters. Da hatte der Resto aber schon eine Wohnung bezogen und seinen gesamten Lebensmittelpunkt nach Speyer verlegt. Der Vertrag war so gerissen abgefasst, dass eine Klage vor Gericht keine Chance hatte.«

»Und was hat das mit unserem Fall zu tun?«, wollte Maria Zoely wissen.

»Resto hat irrtümlich den Birglbichler für den Schuldigen gehalten und seine Aversion ganz auf ihn projiziert. Dabei, das hat mir der Online-Freund gesteckt, hat der Birglbichler im Hintergrund massiv gegen diese Disqualifizierung der Orgelmusik gearbeitet. Keine Chance. Überhaupt schien der Birglbichler der geborene Sündenbock für alles unangenehm Neue gewesen zu sein.«

Klar, dachte Maria Zoely, erst einen Externen einfliegen lassen, dann ihn zum inneren Feind abstempeln und schließlich in die Wüste schicken, das war schon im alten Israel üblich. Und die verantwortlichen Strippenzieher waschen ihre Hände in der sprichwörtlichen Unschuld. Auch das mit biblischem Bezug, dachte Maria Zoely bitter.

»Gut«, sagte sie laut, »dann nehmen wir Domorganist Resto auch unter die Lupe.«

Daniela Pfeffer rutschte auf ihrem Stuhl nach vorne.

»Ich habe noch was.« Maria Zoely nickte ihr aufmunternd zu. Es kam sichtlich Bewegung in den Fall.

»Ich habe den Chat-Kontakt noch weiter ausgefragt – da gab es eine Initiative aus der Unternehmensberatung, die im Bistum Speyer ein neues Modell installieren wollte. ›Evaluation in der Kirche – Qualitätssicherung durch Feedback‹. ›EVAKQUAF‹ sollte die Einrichtung heißen. Über ein Online-Portal können dann Gläubige die Mitarbeiter im Kirchendienst bewerten.«

»Die Idee ist ja nicht so neu, das gibt es für Unis, Schulen und Firmen doch schon lange«, wandte Krübling ein. »Und für Kirchen wurde es bereits von einer Zeitung in Bayern aufgegriffen. Für die Sonntagsgottesdienste kann man da auf einer Bewertungsskala drei Engelchen bis drei Teufelchen vergeben.«

»Ja sicher.« Daniela Pfeffer nickte bedächtig. »Neu war aber, dass das System längerfristig dazu ausgebaut werden sollte, um eine leistungsabhängige Prämie zu ermitteln, die neben einem existenzsichernden Grundgehalt ausgezahlt werden sollte. Dieser Geistesblitz unternehmensberaterischer Vorschläge ging Korbinian Birglbichler, so mein Netzwerk-Kontakt, doch entschieden zu weit. Es sollen da zwischen den beiden regelmäßig die Fetzen geflogen sein. Das ging so weit, dass sämtliche Vorschläge des Beraters von Birglbichler immer in den Ansätzen abgewürgt wurden.«

»Wie hieß der denn?«, fragte Maria Zoely, während Blumke schon einen Stift schnappte, um den Namen auf der Übersichtstafel festzuhalten. Er würde auch die Prüfung des Alibis übernehmen, war damit unausgesprochen verbunden, wie sich Maria Zoely sicher war.

Daniela Pfeffer schaute auf ihre Notizen. »Der Unternehmensberater war von McKenzie und hieß Ronald Thaler.«

Danach stockte der Informationsaustausch, man konnte förmlich mit Händen greifen, dass jeder seinen eigenen Gedanken nachhing.

Mitten in das Schweigen hinein hüstelte Blumke. »Darf ich vielleicht mit der Auswertung der Telefonate fortfahren, liebe Kolleginnen und Kollegen?«

Ein Grinsen ging durch den Raum. Ein Verdächtiger weniger wäre in diesem Moment eine willkommene Entlastung gewesen, aber Blumkes Gesicht verhieß in dieser Hinsicht keine Entspannung.

Und richtig, Blumke zog schon eine weitere Liste hervor, deren Aufbau Maria Zoely als Aufstellung von Telefonaten identifizierte. »Aha, die Liste der Anrufe von Birglbichlers Privathandy.« Blumke nickte bedeutungsschwer.

Zur Steigerung der Spannung, Maria Zoely hatte den Eindruck, dass dies zu Blumkes Methode gehörte, blätterte er umständlich in den Unterlagen, die er aber, da waren sich alle sicher, so sauber geordnet hatte wie der Vatikan seine Archive.

»Wir haben hier mehrere Anrufe bei Firmen, da ging es um handwerkliche Probleme beim Einzug, das haben wir schon kontrolliert. Einige Anrufe mit Schwester Alphäa, sieht auch nach einem normalen Kontakt aus, hat ja auch die Schwester schon berichtet. Dann noch ein paar dienstliche Telefonate mit Ordinariaten und einer Firma, die diese Auflösung und Integration des Bistums begleitet. Die haben als Unternehmensberater fungiert und wurden von Birglbichler immer wieder auch von seinem Privathandy kontaktiert – haben wir auch schon telefonisch geklärt. Ebenso Anrufe bei der Bauhütte und dem Historischen Museum, da ging es um sein Steckenpferd, die Kunst, und den Dom. Außerdem hatte er ein paar Gespräche mit Jan van Feller, dem Steinmetz mit dem Raucherproblem.« Er grinste, weil er nach wie vor die Geschichte mit den Rollvorhängen im Dachstuhl des Domes sehr erheiternd fand. »Da sollten wir vielleicht auch noch einmal nachfragen, warum ein Leitungsmitglied der Dombauhütte mit einem zwar engagierten und kunstfertigen Handwerker, aber eben nur einem Mitarbeiter privat Kontakt aufnimmt. Aber das ist nicht das Interessante an diesen Listen.« Dann eine kunstvoll gesetzte Pause.

»Wir haben aber hier noch zwei Nummern, die wir noch nicht angerufen haben.«

»Jetzt hätten wir aber gern die Auflösung der sibyllinischen Vorrede.« Maria Zoely wurde ungeduldig, ebenso die anderen.

»Okay.« Blumke hatte wohl seinen guten Tag. »Die eine Nummer wurde seltener angerufen, sie gehört Irenäus Neumeling.«

»Na ja, der stellvertretende Dombaumeister ist ja auch ein eingefleischter Domfan und hat sicher auch privat das eine oder andere Mal mit Birglbichler gesprochen«, kommentierte Maria Zoely diese Mitteilung.

Blumke und Dziwicz nickten. »Das wäre zu vermuten, wenn die wenigen Telefonate nur für sich stehen würden. Aber es sind nur ein paar und erst in den letzten beiden Wochen. Aber dann gibt es noch eine Nummer, die er schon seit Monaten immer wieder angerufen hat ...«

Maria Zoely runzelte die Stirn.

Piotr Dziwicz fuhr fort: »Wir haben nicht nachgezählt, aber das ist auch unerheblich. Korbinian Birglbichler hat immer wieder, manchmal auch mehrfach täglich, mit Christiana Neumeling-Oberth telefoniert, der Frau von Irenäus Neumeling.«

12

Das Bild zeigte ihr sofort, dass es sich bei der aufgehübschten Blondine, die den stellvertretenden Dombaumeister Neumeling abgeholt hatte, nicht um dessen Ehefrau gehandelt haben konnte. Maria Zoely hatte das Passfoto aus der Meldedatei elektronisch übersendet bekommen und darauf eine dunkelhaarige Frau mit energischen Gesichtszügen erkannt, die etwas älteren Semesters zu sein schien.

Christiana Neumeling-Oberth hatte sich auf ihren Anruf hin unmittelbar per Handy gemeldet und sofort zugegeben, regelmäßig Anrufe von Korbinian Birglbichler erhalten zu haben. Maria Zoely bat um einen Gesprächstermin und nahm nach dem Rascheln am anderen Ende an, dass Kollege Terminkalender ein akutes Mitspracherecht hatte.

Noch am selben Abend war es der Frau des stellvertretenden Dombaumeisters möglich, einen Gesprächstermin einzurichten. »Aber bitte möglichst am Dom, weil wir noch ein Symposium zum Domjubiläum vorbereiten müssen und das nur in den Abendstunden geht«, war ihre Bitte, der Maria Zoely bereitwillig nachkam – einer der klassischen Beziehungskiller bei der Kriminalpolizei: Bei der Fülle an nachzuprüfenden Alibis musste eben auch öfters ein verdienter Feierabend verschoben werden.

Am Ölberg neben dem Dom traf Maria Zoely auf Christiana Neumeling-Oberth, die auch von ihrer Körpergröße her auffiel; Maria Zoely vermutete, dass sie sogar noch ihren nicht gerade kleinwüchsigen Mann überragte.

Christiana Neumeling-Oberth kam sehr freundlich und souverän auf Maria Zoely zu und strahlte eine charmante Atmosphäre aus. Maria Zoely erkannte einen selbstbewussten und im Umgang mit Menschen unterschiedlicher sozialer Zugehörigkeit, Nationalität, Religion und Meinung erprobten Charakter, dem es sicher auch nicht schwerfiel, einen Abend lang nur Small Talk zu machen – um am anderen Tag 24 Stunden konzentriert zu arbeiten.

Christiana Neumeling-Oberth schlug Maria Zoely vor, im Café am Dom noch etwas zu trinken. »Ich muss mich für heute Abend noch ein wenig in Schwung bringen. Aber so ist das, ein Domjubiläum lässt sich nun nicht verschieben – und wir sind ja auch alle dankbar, Speyer wieder in den Mittelpunkt nicht nur der Pfalz rücken zu können.«

Sie lachte gewinnend.

»Nachdem unser Pfälzer Bundeskanzler nicht mehr im Amt ist, hat das überregionale Medieninteresse am Dom und der Stadt rapide abgenommen. Da kam das Domjubiläum gerade recht.«

Beim Passieren des Historischen Museums zeigte Neumelings Frau mit ihrem Daumen auf das Gebäude. »Und, schon in der Salier-Ausstellung gewesen?«

Maria Zoely verneinte bedauernd, gelobte aber einen baldigen Besuch der Jubiläumsausstellung – und meinte es ehrlich, weil ihr Interesse, ganz fallunabhängig, groß war.

Maria Zoely fiel es angesichts der netten und unkomplizierten Art dieser Frau etwas schwer, mit der Tür ins Haus zu fallen, und so entschied sie sich für die sanfte Tour.

Christiana Neumeling-Oberth erzählte auf dem Weg zum Café vom Dom und dem Jubiläum und einigen neuen Erkenntnissen zur Baugeschichte, die bisher wenig untersucht worden waren.

Maria Zoely staunte, dass man aus einem Bauwerk, wenn auch einem derart großen und alten, so viele Details herausarbeiten konnte. Sie fand die Geschichten, die die Kunsthistorikerin referierte, ähnlich spannend wie manchen Kriminalfall. Christiana Neumeling-Oberth fiel es offenbar nicht schwer, gegenüber der ermittelnden Kriminalpolizistin als einziger Zuhörerin den Gesprächspart zu übernehmen. Maria Zoely konnte sich aber auch vorstellen, dass die Kunstfachfrau genauso in der Lage war, eine Halle mit kunstbeflissenen, architekturbegeisterten Domfans ins kognitive Romanik-Nirwana zu bugsieren.

Nachdem beide vor einer Tasse Kaffee saßen, kam Maria Zoely schnell auf den Punkt: »Wir haben Ihre Handynummer in der Nummernliste von Korbinian Birglbichlers Handy gefunden.« Sie sah die Frau des Dombaumeisters dabei prüfend an.

»Ja, ich hatte Ihnen ja gesagt, dass wir regelmäßig miteinander telefonierten. Herr Birglbichler war sehr interessiert an den baulichen Vorgängen am Dom und wollte auch die wissenschaftlichen Analysen nicht verpassen. Das Symposium heute Abend wird übrigens vom Bistum mitfinanziert und ausgerichtet, wir wollen dabei auch Korbinian Birglbichler gedenken, der dies im Hintergrund maßgeblich mit in die Wege geleitet hat.« Christiana Neumeling-Oberth schien trotz aller Gefasstheit ehrlich betroffen zu sein und blickte nachdenklich in den Kaffee, den sie umzurühren begann, obwohl sie weder Zucker noch Milch hineingetan hatte. »Korbinian – wir haben uns geduzt – war uns da eine echte Hilfe, der immer an allen wichtigen Ecken und Enden Fürsprache eingelegt hat. Und gerade das Symposium heute Abend ist ja kein Umsatzbringer, sondern eine rein wissenschaftliche Renommierveranstaltung.«

Maria Zoely schwieg einen Moment und setzte dann wieder an: »Waren Sie auch in seiner Wohnung?«

Christiana Neumeling-Oberth zuckte leicht zusammen und zog dann erstaunt die Augenbrauen hoch, um Maria Zoely mit großen Augen anzublicken.

Diese wollte es der dunkelhaarigen Mitarbeiterin am Dom, die ebenfalls Architektin war, wie sie auf dem Weg zum Café erzählt hatte, nicht unnötig schwer machen und fuhr fort: »Unsere Kriminaltechniker haben schwarze Haare einer unbekannten Person in der Wohnung des Toten sichergestellt. Ich muss Sie sowieso zum Abgleich der Spuren bitten, mir eine Haar- oder Speichelprobe zu überlassen.«

Christiana Neumeling-Oberth schaute betreten wieder in ihren Kaffee, hielt den Löffel aber nun ruhig. Sie seufzte tief und gab sich dann sichtlich einen Ruck.

»Korbinian war einer der interessiertesten und fachlich versiertesten Laien, die ich jemals bei Restaurierungsarbeiten getroffen habe. In der nicht so langen Zeit, in der er hier in Speyer war, hat er den Dom schnell in seinen vielen Facetten kennengelernt. Er konnte sich Ergebnisse und Zusammenhänge merken, als hätte er ein fotografisches Gedächtnis. Anfangs kam er nur in die Hütte, später ist er dann immer wieder auch mit uns auf die Baustelle gegangen und hat sich vor Ort das eine oder andere angesehen, geduldig erklären lassen und gezielt nachgefragt. Irgendwann ist er dann meistens bei mir hängen geblieben – und dann oft auch noch nach Dienstschluss. Wahrscheinlich, weil auch ich ein so großes Faible für den Dom habe. Vielleicht auch aus anderen Gründen.«

Dann brach es auch Christiana Neumeling-Oberth heraus: »Ich bin todtraurig über seinen Tod – mir ist schon lange kein Todesfall mehr derart zu Herzen gegangen!«

Maria Zoely sah Tränen in ihren Augenwinkeln schimmern. Diese emotionale Reaktion stufte sie als ehrlich ein. Trotz alledem entschied sie sich für eine offensive Befragung.

»Die Spurensicherung hat die schwarzen Haare, von denen ich Ihnen eben berichtet habe, auch im Schlafzimmer des Toten sichergestellt.«

Es tat ihr fast leid, weil sie spürte, dass der Tod Korbinian Birglbichlers der Frau tatsächlich sehr naheging.

Nun begann Christiana Neumeling-Oberth endgültig zu schluchzen. Maria Zoely ließ ihr Zeit und trank in der Zwischenzeit von ihrem Kaffee.

Neumelings Frau putzte sich schließlich mit rotgeweinten Augen geräuschvoll die Nase.

»Korbinian und ich lagen auf der gleichen Wellenlänge. Irgendwann haben wir uns zum gemeinsamen Abendessen getroffen und dann auch lange Spaziergänge unternommen. Allerdings nicht in Speyer, weil viele uns hier kennen. Es kam sehr schnell eines zum anderen, wenn Sie verstehen.«

Maria Zoely nickte. »Wusste Ihr Mann von diesem Verhältnis?«

»Ich weiß es nicht. Möglicherweise. Ich habe mich nicht darum gekümmert. Wieso fragen Sie?«

Maria Zoely machte eine Pause, die die Architektin richtig deutete.

»Sie glauben doch nicht, dass mein Mann ...« Christiana Neumeling-Oberth schüttelte mit halb offenem Mund heftig den Kopf. »Oh nein. Das dürfen Sie nicht denken!«

»Wir haben festgestellt, dass Ihr Mann und Korbinian Birglbichler in den Tagen vor seinem Tod noch einige Male miteinander telefoniert haben.«

»Das waren aber dienstliche Gespräche.« Christiana Neumeling-Oberth nickte, wie um sich selbst zu überzeugen, und setzte hinzu: »Ganz sicher!«, einen Augenblick später schon relativierend: »Glaube ich jedenfalls.«

»Die Anrufe kamen aber über das Privathandy von Herrn Birglbichler. Und diese Nummer hatten noch nicht einmal die Mitarbeiter des Bischöflichen Ordinariates.«

Christiana Neumeling-Oberth schwieg. Sie zog ihr Handy heraus.

»Vielleicht hat er die Nummer gefunden.« Sie rief ihr Telefonbuch auf. »Dabei habe ich Korbinians Nummer extra unter dem Namen »Klaudia Keller« gespeichert. Dann hätte er ruhig nachsehen können, wenn es klingelt – und Korbinian hätte einfach auflegen können, wenn er merkte, dass nicht ich das Gespräch annehme.«

»Hat Ihr Mann Ihnen nachspioniert?«

Christiana Neumeling-Oberth zuckte mit den Schultern. »Ich weiß es nicht. Da müssen Sie ihn schon selbst fragen.« Das nächste Schluchzen hinderte sie am Weiterreden.

»Das werden wir tun müssen.« Maria Zoely seufzte. »Wir werden dann auch fragen müssen, ob er vom Kontakt zwischen Ihnen und Herrn Birglbichler Kenntnis besaß.«

»Tun Sie, was Sie nicht lassen können.« Gedankenverloren sah sie in die Ferne. »Korbinian bringt das nicht mehr zurück. Deswegen ist mir vieles momentan so egal.« Sie blickte in den dunklen Himmel über Speyer und setzte dann mit belegter Stimme hinzu: »Ich kann mir schon vorstellen, dass mein Mann merkte, dass es einen anderen Mann in meinem Leben gab. Aber das war bei ihm nicht anders. Ich habe das Gefühl, dass er seine Frauengeschichten braucht, um sich irgendetwas zu beweisen. Deshalb glaube ich aber nicht, dass Irenäus etwas mit Korbinians Tod zu schaffen hat.«

Maria Zoely hielt es noch eine kleine Weile bei Neumelings Frau aus; da sie aber nun gehört hatte, was sie wissen wollte, verabschiedete sie sich nach einer ihr angemessen erscheinenden Anstandszeit.

Sie rief sogleich Irenäus Neumeling auf dessen Handy an und bat um einen Gesprächstermin. Neumeling wirkte eigenartig aufgeräumt und bot an, am Samstagmorgen auf der Kriminalinspektion vorbeizukommen. Maria Zoely wunderte sich, dass er in die Vorarbeit zum Symposium nicht eingebunden war, – und sprach es an. Neumeling lachte am Telefon. »Das gehört nicht zu meinen Aufgabengebieten, wenngleich ich natürlich das Symposium mit großem Interesse verfolgen werde.«

In der Kriminalinspektion erkundigte sie sich, ob die Suche der Freisinger Kollegen nach Matthias Birglbichler inzwischen erfolgreich war. Noch keine gute Nachricht, wurde ihr beschieden.

Gleichzeitig machten »Blisch und Blum« auf zwei neue Verdächtige aufmerksam, die sich aus dem Aktenstudium herauskristallisiert hatten.

»Birglbichler hatte hier Kopien aus der Bewerbungsmappe auf seine Stelle – Gott weiß, wie er da dran gekommen ist, die sind doch beim Personalchef unter Verschluss.«

Dziwicz schüttelte missbilligend den Kopf, berichtete dann aber weiter. Es handelte sich um zwei Priester aus dem Bistum, die sich auch auf die frei werdende Stelle beworben hatten.

In dem einen Fall wollte der Priester unbedingt aus einer problematischen Brennpunktgemeinde weg, die ihm sein Pfarramt und sein Privatleben zur Hölle machten. Birglbichler hatte Kopien von den zahlreichen Briefen des betreffenden Pfarrers, die nummeriert waren und eine zweistellige Größenordnung aufwiesen. Nach dem Pfarrer wurde bereits von Daniela Pfeffer geforscht.

Maria Zoely stufte diese Spur von geringerer Priorität ein, der zweite Fall ließ sie aber aufhorchen.

Ein älterer Geistlicher hatte den Platz im Speyerer Domkapitel, der dann doch von Birglbichler besetzt wurde, als Krönung seines Lebenswerkes gesehen und sich wohl lange in großer Sicherheit gewähnt. Dann kam Birglbichler dazwischen, und der »Domherrntraum« zerstob wie – in der Pfalz würde man sagen: »sellemols« – die Idee einer Pfälzischen Republik anno 1849. Der Priester, Jakob Geissel, hatte sich mit Beschwerdeschreiben bis an die Bischofskonferenz gewandt, die sich aber aus dem Fall heraushielt und ihn an die Speyerer Bistumsleitung zurückverwies. Geissel hatte dann mit einer Klage bei der römischen Kurie gedroht, was er aber nicht durchführte. Stattdessen leitete er ein Verfahren vor dem Kirchenverwaltungsgericht ein und parallel dazu eines vor dem staatlichen Arbeitsgericht – und verlor beide Prozesse. Birglbichler hatte vermerkt, dass die Arbeit des Priesters schließlich auf ein unerträglich niveauloses Maß gesunken war. Es gab Beschwerden aus der Gemeinde. Wie einer beigefügten Aktennotiz zu entnehmen war, sollte der Priester vorzeitig in den Ruhestand versetzt werden. »Wahrscheinlich unter Kürzung der Altersbezüge«, vermutete Blumke. »Na ja, immerhin hätte er dann ja noch welche. Wir sehen von unserer Pension wahrscheinlich nicht mehr viel«, spottete Dziwicz bitter.

Geissel – der Name kam Maria Zoely nicht ganz unbekannt vor. Dziwicz bestätigte ihre Vermutung: »Ja, ja, einer der Speyerer Bischöfe hieß auch so, Johannes von Geissel, nach dem ist auch eine Straße am Vincentius-Krankenhaus benannt. Unser Geissel, allerdings ohne ›von‹, ist ein Nachfahr dieses Bischofs, der übrigens auch gebürtiger Pfälzer war und nach seiner Speyerer Zeit am Kölner Dom weiterbauen ließ.«

Aha, dachte Maria Zoely, dann heißt die Geisselstraße in Speyer also nicht so, weil die Lehramtsanwärter für Gymnasien und berufliche Schulen in gleichnamiger Straße ihr Ausbildungsseminar besuchen.

Schließlich hatte sich Birglbichler den Unwillen einer religiösen Bewegung zugezogen. Eine Gruppe fundamentalistischer Katholiken, die sich einer ultrakonservativen Richtung angeschlossen hatten, forcierte massiv und mit allen möglichen finanziellen und rechtlichen Mitteln den Kauf einer historischen Kirche mitten in Speyer. Hier hatte Birglbichler wohl durch geschickte Schachzüge erreicht, dass das Gebäude nicht an sie verkauft wurde, nachdem er über eine Detektei aufdecken ließ, dass die Gruppe unter einem Decknamen eine romtreue Linie vorschützte, in Wirklichkeit aber eine Palastrevolution in der katholischen Kirche plante. Bevor der Kauf unter dem Deckmantel – und dem Briefkasten – einer harmlosen Käufergruppe stattfinden konnte, hatte Birglbichler die Reißleine gezogen. Er hatte durch mehrere Notizen in den Akten auch vermerkt, dass der Evangelischen Landeskirche das Gebäude überlassen werden sollte mit der Maßgabe, es an das Bistum Speyer – oder dessen Rechtsnachfolgerin – zurück zu verkaufen, sollte es nicht mehr kirchlich oder kirchennah genutzt werden.

Über diese verwickelten Akten hatten Dziwicz und Blumke eine ganze Nacht im Büro gebrütet. »Rädelsführer dieser Gruppe ist ein Joseph Rüppelt, der wohl mehrfach Birglbichler am Telefon bedroht hatte, wie wir in den Unterlagen gefunden haben. Birglbichler hat eine Reihe von Gesprächsnotizen abgeheftet.«

Maria Zoely notierte auch diesen Namen auf der Falltafel, die allmählich unübersichtlich wurde, und veranlasste, dass das Alibi des Wortführers unter die Lupe zu nehmen sei.

»Rache war schon immer ein starkes Motiv«, murmelte sie vor sich hin, als es klopfte und statt des erwarteten und insgeheim erhofften Dänglers Domkapitular Franz Nuhrus auftauchte.

Gegenüber seinem forschen oder, wie Dängler es nannte, »frechen« Auftreten zuletzt, wirkte sein heutiges Erscheinen fast ein wenig zu ruhig.

Nuhrus trug einen einfachen Anzug, der nicht erkennen ließ, dass es sich um einen Mann der Kirche handelte. Er wirkte ein wenig verlegen, als er fragte, ob Maria Zoely einen Augenblick Zeit für ein Vier-Augen-Gespräch habe.

Maria Zoely hatte das Gefühl, dass jetzt alle kirchlichen Mitarbeiter auf eine Art Beichtstuhlatmosphäre beharrten, nickte aber nur und ging mit dem Kirchenmann in einen Nebenraum. Sie war überrascht – und spürte, dass es wohl gleich noch eine Überraschung in dieser Geschichte geben würde.

Nuhrus war der zweite Domkapitular, dem nach dem Ende des Bistums Speyer der Gemeindedienst drohte – was weder ihm noch der betroffenen Gemeinde schmecken dürfte. Kranich hatte vom allgemeinen Aufatmen gesprochen, als Nuhrus damals aus der Gemeinde auf den Platz im Domkapitel fortgelobt worden war.

Der sonst so resolut auftretende Vierzigjährige, der den Ehrentitel »Päpstlicher Geistlicher Rat« trug, den Maria Zoely nur bei älteren und zumeist pensionierten Priestern kannte, kam höflich und ein wenig umständlich zu Sache.

»Ich gehe davon aus, dass ich immer noch auf der Liste der Verdächtigen stehe«, meinte er.

Maria Zoely zog die Augenbrauen hoch.

»Gut. Dann will ich Ihnen reinen Wein einschenken. Früher oder später wird es sicher auch an die Öffentlichkeit kommen. Sie wissen um die Zukunft des Bistums – und dass ich wieder in eine Gemeinde gehen muss – oder besser soll.«

Das »soll« ließ Maria Zoely hellhörig werden.

»Ich war am Sonntagabend nicht in Speyer, habe aber beim Verhör durch Ihren Kollegen noch nicht offen reden können und wollen.« Er überlegte, dann fuhr er fort: »Ich habe mich am Sonntagabend im Kloster Himmerod in der Eifel aufgehalten. Ich habe die Absicht, in den dortigen Zisterzienserorden einzutreten.«

Er blickte Maria Zoely an, der es nur schwer gelang, ihren Gesichtsausdruck zu beherrschen.

»Ich habe schon oft Meditationswochenenden in Himmerod verbracht. Die Arbeit in einer der neuen Riesenpfarreien würde mich total überfordern, deswegen war ich froh, dass ich die Stelle im Domkapitel bekommen habe. Andererseits bin ich aber gerne Priester und Seelsorger, kann aber nicht mit einer ganzen Gemeinde umgehen, in der von reaktionären Hardlinern über ultramoderne Performer alle Gesellschaftsgruppen vertreten sind, die ich theoretisch auch alle unter einen Hut bringen müsste. Das traue ich mir nicht zu. Ich traue das im Übrigen auch nur wenigen meiner Kollegen zu. Ich habe damals versucht, so schnell wie möglich in die Bistumsleitung zu kommen, weil ich Kirche sozusagen in der vordersten Front mitgestalten wollte. Aber dort wird der Verwaltungsumfang immer mehr – das ist, wie man so sagt, auch nicht mein Ding. Ich hatte gehofft, kreativ an neuen geistlichen Ideen mitarbeiten zu können und meinen Beitrag auch im Rahmen der Strukturreformen leisten zu können. Ich habe«, er hüstelte gekonnt gespielt verlegen, »einen Abschluss der hiesigen Verwaltungshochschule. Aber diese Verwaltungs- und Organisationsarbeit entsprach auch nicht meiner Vorstellung von pastoraler oder spiritueller

Arbeit – oder sagen wir besser: Berufung. Schon gar nicht, wenn ich das bis 75 machen muss, dem üblichen Pensionsalter im Kirchendienst. Als Bischof wäre ich auch nicht geeignet – also habe ich nach einer längeren Phase des In-Mich-Gehens diesen Weg gefunden. Zuerst wollte ich ins Herz-Jesu-Kloster nach Neustadt, die mich auch gern aufgenommen hätten. Ich habe mir aber dann überlegt, nun doch besser ein gutes Stück weiter weg zu gehen.«

Maria Zoely ließ eine längere andächtige Pause im Raum stehen und bat dann darum, Namen für das Alibi zu nennen. Franz Nuhrus schüttelte den Kopf. »Ich habe mit niemandem direkt gesprochen, sondern bin nach der Abendvesper direkt nach Himmerod gefahren. Dort war eine Nachtmeditation in der Klosterkirche, wo ich mich allerdings bewusst in eine dunkle Ecke verzogen habe. Es wird mich wahrscheinlich niemand gesehen haben.« Er zuckte mit den Schultern, leicht resigniert, wie Maria Zoely schien. »Ich will mich aber bemühen, doch jemanden zu finden, der mich gesehen haben könnte. Ich habe dort nicht übernachtet, leider – hätte ich gewusst, dass ich ein Alibi brauche, wäre ich nicht so geizig gewesen.« Er lachte freudlos. »Oder wäre geschickter gewesen und in der Eifel durch eine Radarfalle gebraust, wie dies in den Fernsehkrimis immer so schön passt – und mir damit ein bombensicheres Alibi verschafft. Tut mir leid. Ich halte mich an die Höchstgeschwindigkeiten.«

Maria Zoely nickte und machte Franz Nuhrus darauf aufmerksam, dass das Alibi überprüft werden würde – er solle sich aber besser auch um einen Zeugen bemühen – schon aus eigenem Interesse.

Lange Zeit zum Nachdenken blieb Maria Zoely nach dem Abgang von Nuhrus nicht, denn schon nach wenigen

Minuten kam Niclas Dängler mit einem fröhlichen »Halli, hallo!« in den Raum. »Bin gerade dem Nuhrus begegnet, sah so aus, als käme er aus unserer Hütte …?«

Verdammt, dachte Maria Zoely, er sieht wieder so gut aus – und ist so fröhlich … Mit Dänglers Eintreten war die sachliche Atmosphäre, die Domkapitular Nuhrus mitgebracht hatte, sogleich aus dem Raum verschwunden, und sie spürte schon wieder die Schmetterlinge in ihrem Bauch. Sie war froh, dass bisher noch nichts Ernsteres aus dem vermuteten Flirten des adretten Kollegen geworden war – und hoffte darauf, dass vielleicht einfach das gute Verhältnis zwischen ihnen auf dem bisherigen Niveau gehalten werden konnte.

Laut bestätigte sie ihm, dass Nuhrus tatsächlich bei ihr gewesen war, und gab das kurze Gespräch knapp wieder.

Dängler staunte. »Mann o Mann! Hier laufen Informationen zusammen – das wäre für die Speyerer Presse genug Material, um im nächsten Jahr komplett das Sommerloch zu füllen.«

Er schaltete die Kaffeemaschine ein – und Maria Zoely war ihm dankbar dafür. Ein Aufputscher kam jetzt gerade recht.

»Wie sieht es aus? Gehen wir nachher die Speyerer Kneipenlandschaft weiter erkunden?«, tastete Niclas Dängler sich vor.

Maria Zoely dachte an den bevorstehenden Besuch von Neumeling, wollte aber Dängler keinen Korb geben und nickte nur kurz.

»Na, Begeisterung sieht aber anders aus.« Dängler zog einen gespielten Schmollmund.

Maria Zoely lachte – und schon war die Anspannung wieder gelöst.

Mit einem Blick zur Uhr fügte Dängler dann schnell hinzu: »Eine gute Zeit für ein Verdauungsgetränk. Außerdem täten uns noch ein paar Schritte in der Abendluft ganz gut.«

Maria Zoely musste ihm lachend zustimmen, erbat sich aber, nicht wieder den Weg zum Dom einschlagen zu müssen. »Nichts gegen den Dom, aber ich habe das Gefühl, dass sich im Moment alles um dieses Bauwerk dreht. Habt ihr auch manchmal woanders Fälle?«

Niclas Dängler lachte. »Für uns ist das auch ein Ausnahmefall. Sonst machen Mord und Totschlag hier in Speyer um das Domviertel einen weiten Bogen.«

Zu Fuß gingen sie einen Umweg vorbei an der »Alten Münze« in der Maximilianstraße und setzten sich an diesem schönen Abend in die draußen aufgestellten Korbsessel eines kleinen Bistros.

Maria Zoely seufzte.

»Was ist denn?« Niclas Dängler fragte direkt nach.

»Der Fall macht mir zu schaffen. Eine Menge Verdächtiger, alle möglichen Ausflüchte, Alibis, auf die wir uns nicht verlassen können ...« Sie brach ab.

»Vielleicht hilft es uns, jetzt nicht über die Arbeit zu reden«, schlug Niclas Dängler vor. »Ich weiß zum Beispiel gar nicht, womit du dich von der Arbeit ablenkst?«

Maria Zoely lachte. »Ich lese gern, vor allem Regionalkrimis. Aber auch gute Romane, eher moderne, manchmal sogar Jugendbücher. Gern mal interessante Sachbücher, wenig Fiktionales. Es gibt zurzeit so viele gute Bücher! Ich gehe gern schwimmen, und außerdem muss ich mir noch ein neues Keyboard kaufen. Das hilft unheimlich, über die beruflichen Rückschläge zu kommen. Entweder Musik selbst machen – oder hören. Moderne Vokalensembles finde ich übrigens auch toll.« Sie lachte. »Habe in Mainz sogar in einem mitgesungen.«

Niclas Dängler hatte wohl ähnliche Hobbys, er bekam jedenfalls ein eigenartiges Leuchten in den Augen. »Oh, da gibt es ja eine große Schnittmenge.« Er lachte. »Ich kann fast alles, was du aufgezählt hast, auch unterschreiben. Aber ein Instrument spiele ich leider nicht.«

Es entstand eine Pause.

»Wann musst du eigentlich aus dem Priesterseminar wieder ausziehen?«, wollte er wissen.

Maria Zoely winkte ab. »Erinnere mich nicht daran. Ich müsste mir eigentlich auch noch eine Wohnung suchen. Ich frage mich nur, wie ich das bei diesen Dienstzeiten noch unterbringen soll. Ich kann ja nicht nachts eine Wohnungsbesichtigung ansetzen.«

»Notfalls kann ja auch einmal ich über Mittag die Stellung halten.«

Maria Zoely dankte ihm lachend – und machte ihn darauf aufmerksam, dass vom Wohl und Wehe dieses Falles auch ihr persönliches Schicksal abhing. »Vielleicht erübrigt sich ja die Suche auf dem Wohnungsmarkt schneller, als wir denken.«

Sie unterhielten sich noch über Kranich, bewundernd, und über Krübling, bei dem beide den leichten Hang zu lästern verspürten. Trotzdem waren sie sowohl über den altgedienten Dom- und Bistumskenner als auch den nassforschen Neuling im Team froh.

Sie beschlossen, unbedingt der neuen Salier-Ausstellung im Historischen Museum gemeinsam einen Besuch abzustatten.

»Die Exponate sollen wieder ganz klasse arrangiert worden sein«, erzählte Dängler, den wohl Kranich schon zu einem Museumsbesuch animiert hatte.

»Meinst Du, wir könnten dienstlich ins Museum? Immerhin haben wir doch auch so etwas wie einen toten Salier.« Er grinste.

Maria Zoely lachte gelöst mit. Doch bevor sie antworten konnte, dass sie gerne Dänglers Angebot zu einem

Museumsbesuch annehmen würde – aber ganz privat –, klingelte ihr Diensthandy. Sie verfluchte das Ding im Stillen, nahm aber das Gespräch an, nachdem sie sah, dass es die Schutzpolizei war, die wohl über die Speyerer Dienststelle an sie weitergeleitet worden war.

»Hallo, Frau Zoely, entschuldigen Sie die Störung.« Der Polizeihauptmeister vor Ort nannte seinen Namen und seine Dienstnummer und erklärte dann seinen Anruf. »Wir haben einen Todesfall zu melden.«

Maria Zoely forderte ihn auf, seinen Standort zu nennen und zu erklären, ob die Kripo kommen solle.

»Ich würde sagen, dass das wieder ein Fall für Sie ist.« Er machte eine vielsagende Pause und ergänzte dann: »Wir befinden uns gerade im Dom.«

Maria Zoely glaubte, nicht recht zu hören. »Was? Wir haben schon wieder einen Todesfall im Dom?«

»Ganz recht. Allerdings stehen wir diesmal nicht im Chorraum, sondern befinden uns unterhalb der Orgelempore.«

Maria Zoely ließ hörbar die Luft entweichen und erhob sich vom Sitz. »Todesursache?«

»Schwierig. Unfall oder Selbsttötung. Ist von einem Gerüst an der Westempore gestürzt. Der Notarzt meinte, er sei sofort tot gewesen.«

Maria Zoely informierte Niclas Dängler in wenigen Worten über den neuen Fall, der nun wahrscheinlich auf sie zukam.

»Haben Sie die Identität?« wollte Maria Zoely wissen.

»Ja. Und interessanterweise haben wir beim Toten auch Ihre Visitenkarte gefunden. Der hat Sie gekannt – oder umgekehrt.«

»Und haben Sie auch einen Namen?« Sie verdrehte die Augen ob ihrer Fragetechnik. »Ich meine den Namen des Toten?«

»Ach so, ja. Entschuldigung«, quakte es aus dem Telefon. »Laut dem Führerschein, den der Tote bei sich trug, heißt der Verunfallte Jan van Feller.«

Maria Zoely warf Niclas Dängler einen vielsagenden Blick zu und wollte schon dankend auflegen, als der Polizist noch einmal seine Stimme anhob.

»Wir haben hier noch etwas gefunden. Das sollten Sie sich unbedingt auch ansehen.«

13

Die Kriminaltechniker waren – trotz Freitagabend – wieder erstaunlich schnell am Werk gewesen.

»Klare Sache dieses Mal.« Hauptkommissarin Birgit Schocke von der Spurensicherung machte sich Notizen. »Ihr bekommt noch den Bericht, aber Jan van Feller ist vom Gerüst herabgestürzt.«

Das klingt ja fast so melodramatisch wie die Geschichte von Meister Gerhard am Kölner Dom, dachte Maria Zoely und betrachtete den Toten.

Der Unglückliche war auf eine Sammlung von überzähligen oder bereits demontierten Metallstangen gefallen, die neben dem Gerüst lagen. Dabei war er, so der Notarzt, mit dem Kopf auf einer der Stangen aufgeschlagen, »und sofort tot gewesen«.

Sie betrachtete das Gerüst, das neben der Westempore bis unter das Kreuzgratgewölbe reichte. »Wofür steht das Gerüst denn hier? Das war doch vorgestern noch nicht da.«

Die Spurensicherung zuckte mit den Schultern, ebenso ein daneben stehender Polizeifotograf.

»Könnte er gestoßen worden sein?«, fragte Maria Zoely. Erneutes Schulterzucken von Seiten der Kollegen.

»Möglich, aber das soll die Gerichtsmedizin analysieren.« Birgit Schocke machte sich weiter eifrig Notizen – und sprach gleichzeitig noch in ein Diktafon. Maria Zoely überlegte sich in diesem Augenblick, wie diese Dinger jetzt eigentlich in Neudeutsch heißen, vielleicht »Speechnoter« oder so, und fand es absurd, in diesem Augenblick an so etwas zu denken.

Sie zog die Stirn in Falten. Birgit Schocke winkte einem ihrer Mitarbeiter, der sogleich einen Koffer brachte, den Schocke öffnete. Sie entnahm ihm eine Folie, die ein Blatt Papier enthielt. »Wir haben einen Brief bei dem Toten gefunden, der Sie sicher interessieren wird.«

Maria Zoely überflog die wenigen Zeilen und reichte das Schriftstück an Niclas Dängler weiter.

»Laserdrucker?«, wollte sie wissen.

»Vermutlich. Können wir auch erst nach der Analyse feststellen.«

Die Truppe zog ab, nicht ohne den Fundort weiträumig abgesperrt zu lassen. Ein rot-weiß gestreiftes Absperrband mit zusätzlichem Polizei-Aufdruck hing in weitem Bogen rings um die Unglücksstelle.

Einige Kollegen im Ganzkörperoverall suchten nach letzten Spuren. Oben auf der Empore und auf dem Gerüst waren trotz der Abendstunde noch Kollegen zugange.

Im Mordfall Birglbichler keine konkreten Hinweise und jetzt noch der Tod von Jan van Feller, dachte Maria Zoely bitter. Andererseits – und dies stellte der Kriminaldirektor auch gleich fest, der sich postwendend auf Maria Zoelys Handy meldete – sei durch den Selbstmord Fellers auch eine wichtige Wendung in dem Fall eingetreten, die er der Öffentlichkeit mitzuteilen gedenke.

Der Direktor spielte damit auf den Zettel an, den Feller bei sich trug und der nun ein Fall für die Spurensicherung war. »Die werden unsere Hypothese natürlich bestätigen«, frohlockte der Kriminaldirektor. »Wenn die mit der Bestätigung herauskommen, gehen wir an die Presse.«

Maria Zoely hatte gebeten, noch ein wenig zu warten, was bei ihrem Vorgesetzten auf wenig Begeisterung gestoßen war. »Warten? Warum?«

Maria Zoely wollte nicht mit einem dumpfen, unscharfen Gefühl kommen und verwies auf die Kriminaltechnik und die Analyse durch den Gerichtsmediziner.

Fellers Leichnam wurde indessen in einen Metallsarg gelegt und zur Gerichtsmedizin gefahren. Maria Zoely besah sich den Tatort, konnte aber nichts erkennen, was auf einen Mord schließen ließ. Sie machte sich auf den Weg in die Vorhalle und stieg dort die Wendeltreppe zur Empore hoch. Auf die Brüstung musste sie sich fast legen, um darüber schauen zu können.

»Was ist denn hier los?«

Maria Zoely fuhr herum. Ein Gesicht, das sie bisher noch nicht kannte, dichtes, lockiges Haar, ein ebensolcher Bart, eine abgetragene Weste und verwaschene Jeans komplettierten mit ausgetretenen Schuhen das Bild eines Mannes, der, mit einigen größere Notenheften unter dem Arm, hinter ihr aufgetaucht war.

Maria Zoely stellte sich vor und fragte nach, wie er denn den Weg auf die Empore gefunden habe – und darüber hinaus, was er hier tat.

»Erlauben Sie mal, ich arbeite hier.«

Maria Zoely konnte nicht gleich das Ratespiel lösen, darum half der Fremde nach: »Pedro Resto, Chef-Tastenkastenbediener.«

»Domorganist«, ergänzte Maria Zoely.

»Richtig. Und wie ich hier heraufgekommen bin? Ich nehme gern den Weg über den Speicher und gehe im Seitenschiff hoch. Da steht übrigens keine Polizei.« Was Maria Zoely mit einem schnellen Griff zum Handy änderte.

»Und Sie wollen wahrscheinlich ein Alibi von mir haben.«

»Zunächst einmal würde ich gerne wissen, wozu das Gerüst hier aufgestellt wurde. Das ist doch ganz neu hier.«

»Richtig. Wir haben noch abschließende Arbeiten an der Domorgel. Ein paar Register müssen neu intoniert und Testmessungen in der Orgel vorgenommen werden, außerdem sind einige Bauteile noch nicht eingebaut. Vieles davon kann man nicht die engen Treppen hoch transportieren, da lohnt sich so ein Gerüst mit Fahrschiene«, lauteten seine Erklärungen.

»Und ich könnte die Tat begangen haben«, setzte er freimütig hinzu. »Ich habe noch Musikstücke ausgewählt, die ich an der neuen Orgel«, damit zeigte er auf die Metallplatte über ihnen, »die hier über uns steht, heute Nacht üben wollte. Tagsüber geht das momentan schlecht, weil der Dom offen ist und ich ein paar Probeaufnahmen machen wollte. Ich habe in der Klosterkirche St. Magdalena geübt, wo ja auch das Kirchenmusikalische Institut angesiedelt ist, und bin dann hier hoch gekommen. Wenn mich nicht zufällig jemand gehört – oder noch besser – *gesehen* hat, dann wird's wohl eng.«

Maria Zoely nickte zustimmend.

»Tja. Ich habe aber eigentlich nichts mit Jan van Feller zu tun gehabt, ich kannte ihn nur vom Sehen. Ich hatte überhaupt keinen Kontakt zu ihm, und deswegen finde ich, können Sie mich von der Fahndungsliste streichen.« Gewinnend lächelte der Dommusiker die Kommissarin an.

»Und wo waren Sie am Abend des Domfestes?«, schob Maria Zoely nach.

Restos Gesichtsausdruck verfinsterte sich augenblicklich. »Sie meinen, an dem Abend, an dem Korbinian Birglbichler ermordet wurde?«

Maria Zoely nickte zustimmend.

Der Domorganist blies die Backen auf. »Lassen Sie mich nachdenken. Wir hatten ein anstrengendes Wochenende.

Proben, Einsingen, die Gottesdienste, Nachbesprechungen. Am Sonntagabend waren wir dann alle gemeinsam in der ›Toccata‹, haben Pizza gegessen und gefeiert. Ich bin bis etwa zwölf geblieben. Dann bin ich direkt nach Hause.«

»Kann das jemand bestätigen?«

»Na ja, die Feier war ja gut besucht. Und dann sind noch ein paar Musiker mit mir nach Hause gegangen und haben bei mir noch ein wenig weitergefeiert. Einige haben auch bei mir übernachtet.« Er lachte verlegen. »Ab einer gewissen Promillerate sollte man ja nicht mehr motorisiert unterwegs sein.«

Maria Zoely notierte sich die Daten von Pedro Resto, der sich anschickte, in Richtung Spieltisch der Hauptorgel weiterzupilgern.

Maria Zoely stoppte ihn und dirigierte ihn zum Ausgang.

Scherzhaft meinte der Kirchenmusiker: »Also mittlerweile habe ich den Eindruck, dass die Todesfälle auf das Konto eines Feindes der Dommusik gehen. Erst können wir die Chororgel nicht mehr nutzen, jetzt ist auch noch die Empore gesperrt.« Er zog bedeutungsschwer die Augenbrauen nach oben.

Maria Zoely machte deutlich, dass sie die Schlussfolgerung zur Kenntnis genommen hatte und komplimentierte ihn von der Westempore.

Da sie am Tatort keine weiteren Auffälligkeiten feststellen konnte, fuhr sie nach Hause, wobei sie noch einen Abstecher im »Toccata« einlegte.

Das Wirtspärchen bestätigte die Aussagen von Resto. Er sei mit einer großen Gruppe da gewesen – zu vorgerückter Stunde sei dann noch ein Repertoire an geistlicher Chormusik mehrstimmig erklungen, wobei schnell einige Texte sehr weltlich geworden waren.

Als Maria Zoely in dieser Nacht endlich in ihrem Zimmer im Priesterseminar eintraf, beschloss sie, die verdiente Extradosis Schlaf zu sich zu nehmen, um für das lange Wochenende gerüstet zu sein.

Am Samstagmorgen lag die Analyse vor. Manfred Berger hatte wieder eine Nachtschicht eingelegt – und sah trotzdem aus wie der strahlende Sonnenschein, der sicher auch wieder den heutigen Tag zu einem goldenen Oktobertag werden ließ.

Nach Lage der Dinge, Druck- und Bruchstellen, sei der Steinmetz eindeutig an Genickbruch durch den Aufprall auf den Boden gestorben. Einen Stoß könne er allerdings nicht ausschließen, erwiderte der Gerichtsmediziner auf Nachfrage, aber es gäbe keine verwertbaren eindeutigen Spuren.

Berger nickte, bevor Maria Zoely etwas fragen konnte. »Ich weiß, Sie wollen sicher wissen, ob es wie bei Birglbichler ein Fragezeichen gibt. Aus Sicht der Gerichtsmedizin leider nicht. Ich kann Ihnen allerdings – ich sagte es schon – nicht sagen, ob er freiwillig gesprungen ist oder gestoßen wurde. Direkte Druckstellen sind nicht gefunden worden.«

Vielleicht war ein möglicher Täter – derselbe, der auch Birglbichler auf dem Gewissen hat? – dieses Mal vorsichtiger gewesen. Aber es war ihm dann auch Hilfe von einer anderen Seite gekommen: Der Steinmetz hatte beim errechneten Todeszeitpunkt nicht weniger als 1,6 Promille intus.

Maria Zoely wollte die Kriminaltechnik abwarten, die noch einen anderen Fall bearbeitete und erst am Nachmittag definitive Aussagen über die Spuren und vor allem das Papier machen konnte.

»Bekennerschreiben, Abschiedsbrief – nennen Sie es, wie Sie wollen, aber es ist ein wichtiges Indiz«, hatte der Kriminaldirektor geknurrt. Seine Laune war nach dem Tod

Birglbichlers und dem jüngsten Todesfall auf einem neuen Tiefpunkt angelangt.

```
Ich kann mit meiner Schuld nicht mehr leben.
Ich habe den Domkapitular auf dem Gewissen.
Gott möge unseren armen Seelen gnädig sein.
```

Das waren die wenigen Zeilen, die auf dem Blatt standen, das in Jan van Fellers Hosentasche gefunden worden war.

Maria Zoely hatte dem Kriminaldirektor ihre Bedenken mitgeteilt. Einerseits störte sie der gesamte Stil des kurzen Textes, aber am meisten machte sie stutzig, dass der Text auf einem Rechner geschrieben und dann ausgedruckt worden war. »Würde man für seine letzten Worte und vor allem für sein Geständnis nicht eine handschriftliche Erklärung abfassen?«, fragte sie ihren Vorgesetzten.

»Gogeloores. Schlechte Handschrift, vielleicht Nervosität, vielleicht eine Kurzschlussreaktion. Auf jeden Fall hätten wir dann den Fall Birglbichler gelöst.«

Maria Zoely sträubten sich die Haare. Sie hatte kein gutes Gefühl wegen dieser ganzen Geschichte, die immer verwirrender wurde.

Sie setzte sich an diesem Samstagmorgen in eine der Bänke mitten im Kirchenschiff und war überrascht, dass trotz der zahlreichen Besucher, die sich nicht unbedingt so bewegten und unterhielten, wie man dies gemeinhin in einem Kirchenbau erwarten würde, der Dom noch ruhig und atmosphärisch wirkte.

Sie hatte damals mit Ludwig Moosbrunner eine Fahrt zur Wieskirche gemacht und war schockiert, als sie die vielen Autos und Reisebusse auf dem Gelände sah. Die

Wallfahrtskirche stand neben den wenigen Häusern des kleinen Ortes Wies etwas einsam in der Gegend, wenn man von den Ansammlungen motorisierter Fortbewegungsmittel einmal absah. Der größte Schock aber war das Gedränge an der Tür zur »Wies« und dann drinnen, wo es so laut war, dass sie nach einem raschen Rundgang entsetzt wieder flohen.

Hier in Speyer war aber eine ganz andere Atmosphäre. Sie genoss an diesem warmen Herbsttag die angenehme – und für sie inspirierende – Kühle im Innern des Speyerer Domes.

Sie hatte schon eine Weile gesessen, als sie spürte, dass sie beobachtet wurde. Eine Person aus dem weiten Umfeld des Domes – und dem Verdächtigenkreis, wie sie schaudernd bemerkte. Selbst jetzt, nach fast einer Woche, konnte sie noch niemanden definitiv ausschließen.

Ja, die Verdächtigen. Eigentlich hätten sie am Morgen alles einpacken können, die Akten zusammenstellen, alles abheften, Nummer drauf und ab ins Archiv. Zumal der schriftliche Bericht des Gerichtsmediziners eine Selbsttötung des Steinmetzen nicht ausschloss – und das bei Jan van Feller gefundene Schreiben wunderbar ins Bild passte.

Aber sie hatte der Soko noch einmal eingeschärft, dass einer der beiden Todesfälle auch zur Vertuschung des jeweils anderen geschehen sein konnte, dass die beiden Todesfälle auch nichts miteinander zu tun haben mussten – oder dass ein Trittbretttäter den zweiten Mord ausgeführt haben könnte, nicht aber den ersten.

Maria Zoely war fast persönlich enttäuscht, dass der Fall diese Wendung genommen hatte.

Sie kam zurück in die Inspektion und wurde von Niclas Dängler gleich zur Spurensicherung umdirigiert, nachdem Birgit Schocke fast dazu vorgeladen hatte.

Mit einem hintergründigen Gesichtsausdruck hieß sie Maria Zoely und Niclas Dängler Platz zu nehmen, während sie noch etwas in die Maske des Rechners eintippte. »Können Sie nachher mitnehmen, ist das Ergebnis unserer Analyse.«

»Haben Sie nach der Herkunft des Papiers und dem Fabrikat des Druckers schon gefahndet?«, wollte Maria Zoely wissen.

»Nein.« Birgit Schocke tippte ausdruckslos weiter.

Maria Zoely wollte schon aus der Haut fahren, riss sich aber innerlich zusammen. »Warum nicht?«

»Wir machen das noch.«

Maria Zoely war sich wegen der stoischen Ruhe der beliebten und souveränen Kollegin nicht sicher, kannte sie aber noch nicht gut genug, um ihr Verhalten einzuordnen. Sie beschloss, einfach zu warten.

Mit einem langgezogenen »So« beendete Birgit Schocke den Eintrag, gab einen Druckbefehl und nickte dann Niclas Dängler zu.

Dann sah sie Maria Zoely an. »Wollen Sie mal lesen?« Sie holte ein Blatt aus dem Drucker, das sie vor die beiden Polizisten legte. Maria Zoely musste das Blatt in die Hand nehmen, um es lesen zu können – und war verblüfft.

»Stopp!« Der plötzliche Befehl der Spurensicherungschefin ließ sie zusammenfahren.

»Was soll denn das!« Maria Zoely war jetzt doch ärgerlich. Erstens über die Art, mit der sie ausgebremst wurde, dann darüber, dass sie die Wettervorhersage aus einem Internet-Portal zu lesen bekommen hatte.

Birgit Schocke grinste Niclas Dängler an, dann Maria Zoely. »Kleine didaktische Finesse, Frau Kollegin. Wie man so schön sagt: Was man mit den Händen fühlen kann, bleibt besser hängen als das, was man gehört hat.« Birgit Schocke zeigte auf Maria Zoelys Hände, die das Blatt hielten. »Und jetzt falten Sie es bitte von A4 auf A6«.

Maria Zoely, der sich der Sinn der Übung immer noch nicht erschloss, folgte der Anweisung widerstrebend.

»So.« Birgit Schocke nickte zufrieden. »Was haben Sie gerade gemacht?«

Maria Zoely war verwirrt. »Ein Blatt Papier gefaltet?«

»Fingerabdrücke hinterlassen«, entgegnete Birgit Schocke mit einem hintergründigen Grinsen. »Und zwar so«, damit zog sie einen Bogen heraus, auf dem Fingerabdrücke sichtbar gemacht wurden. »Es gibt ein charakteristisches Verteilungsmuster von Fingerabdrücken, wenn man einen Bogen in die Hand nimmt und dann faltet.« Sie führte es vor. »Außerdem sind die Abdrücke selbst wiederum charakteristisch, weil man mit ganz unterschiedlichem Druck und Fingerstellungen das Blatt bearbeitet.«

Schocke zog einen weiteren Bogen in einer versiegelten Klarsichtfolie heraus. »Und hier haben wir die Fingerabdrücke auf dem Bogen, der bei Jan van Feller gefunden wurde.«

Schon auf den ersten Blick war klar, dass dies ein völlig anderes Muster war als jenes, das Schocke als »charakteristisch« bezeichnet hatte. Birgit Schocke kommentierte ungehalten: »Ich hasse es, wenn wir Material bekommen, bei dem man glaubt, wir hier bei der Kriminaltechnik wären die letzten Idioten. Da fabriziert jemand Fingerabdrücke auf ein Blatt Papier, aber so schlecht, dass wir eigentlich nicht mehr nach dem Drucker suchen wollen. Doch der Chef will es, also machen wir es auch. Aber ein so doofer Verbrecher ist eigentlich unter unserer Würde.«

Maria Zoely wollte fast lachen angesichts der wütenden Tiraden ihrer Kollegin. Glücklicherweise sah sie aber den warnenden Blick von Niclas Dängler.

Schocke hatte sich in Rage geredet. »Wenn ihr die Person findet, die zwar so clever sein wollte, Fingerabdrücke zu hinterlassen, aber nicht wusste, dass es nicht nur auf das *Was* sondern auch auf das *Wie* ankommt, gehört sie schon wegen ihrer bodenlosen Dummheit ins Gefängnis.« Sie griff in den Ausgabeschacht des Druckers, nahm eine Reihe von Bögen heraus, die sie lochte und heftete und dann Maria Zoely vor die Nase warf. »Das vorläufige Ergebnis der Fingerabdrücke. Am Modell des Druckers sitzen noch die Kollegen. Beim Papier werden wir wohl wenig Glück haben, ist so ein Supermarktpapier, wie man es überall bekommt.«

Maria Zoely war über diese Analyse platt. Sie rief direkt den Kriminaldirektor an, den sie informierte und der dann seinerseits ärgerlich wurde. Er hätte gerne den Fall abgeschlossen. Der vorgetäuschte Selbstmord des Steinmetzen hätte gut ins Bild gepasst – und die Gemüter beruhigt.

»Jetzt geht es also wieder von vorne los«, raunzte Kriminaldirektor Voigtländer ins Handy und legte auf.

Vor allem für die Speyerer Kriminalpolizei geht es wieder von vorne los, dachte Maria Zoely.

Zu viele offene Fäden und zu viele Verdächtige mit durchaus annehmbaren Motiven. Die Nachbarin, die eifersüchtig auf die Geliebte sein könnte. Die Geliebte, die ebenfalls an Eifersucht litt oder ärgerlich war, weil Birglbichler am Zölibat festhielt. Die Kollegen aus dem Domkapitel, die sich übergangen sahen und nun von der Strukturreform überrollt wurden. Vielleicht auch der Ehemann der Geliebten – oder jemand aus dem Bistum oder dem direkten Umfeld, dem Birglbichler so geschadet hatte, dass er nach Rache schrie. Vielleicht war es ja auch ein Kollektivverbrechen, dachte Maria Zoely zynisch, wie in dem berühmten Agatha-Christie-Krimi, in dem Hercule Poirot auch viele Verdächtige hat und dann feststellt, dass alle ihren Tötungsgelüsten gemeinsam nachgegangen waren.

Schließlich war da auch noch der Neffe, der wie vom Erdboden verschluckt blieb.

Ihr kam Sebastian Hammes in den Sinn, den sie am Morgen am Hauptaltar hatte stehen sehen, wo er jemanden herumdirigierte, der einen schweren Gegenstand schleppte. Sie stellte fest, dass sie vergessen hatten zu fragen, was denn aus dem Sekretär des Bischofs werden würde – und was dieser vielleicht wusste, weil er sich immer im Dunstkreis und damit auch Nachrichtenfeld des Bischofs aufhielt. Sie beschloss, einen Termin zu vereinbaren, um auch diesem Kleriker auf den Zahn zu fühlen.

Niclas Dängler erschien mit einem süß-saurem Ausdruck im Gesicht. »Hatte gerade einen Anruf aus ›LU‹ …«

Maria Zoely wusste gleich, dass es wieder der Kriminaldirektor gewesen war.

»Ich sollte mir mal den ›Vorderpfälzer Express‹ besorgen. Das habe ich dann getan.« Er warf Maria Zoely eine Zeitung auf den Schreibtisch.

Eine dicke Schlagzeile verkündete:

Mord im Speyerer Dom –
Auflösung des Bistums Motiv?

Darunter waren neben Ansichten des Doms und des Bischofs auch weitere Würdenträger abgebildet, die mit dem toten Birglbichler in Verbindung gebracht wurden. Das Drama bestand aber weniger in der aufgebauschten Mordgeschichte – daran war die Polizei mehr oder weniger gewöhnt –, sondern darin, dass die Auflösung des Bistums und die damit verbundenen gesamtgesellschaftlichen Folgen intensiv ausgerollt und sehr plakativ auf mehreren Seiten mit entsprechendem Bildmaterial präsentiert wurden.

Maria Zoely konnte und wollte nicht gleich alles lesen und legte die Zeitung zur Seite. »Der Fall wächst sich langsam aus.« Dängler nickte betreten.

Das Telefon läutete. Dängler nahm ab und meldete sich. Dann – mit harten Gesichtszügen: »Wir nehmen keine Stellung dazu.« Das wiederholte sich nach dem Auflegen gleich ein weiteres Mal.

Dängler rollte die Augen. »Presse. Auch die Öffentlich-Rechtlichen haben schon angerufen. Ich glaube, dieses Schmierblatt hat eine ganz große Lawine losgetreten.«

Maria Zoely nickte. »Und den Fall Birglbichler irgendwie ins Abseits gedrängt. Ich hoffe, die Pressestelle in ›LU‹ und die des Bistums halten uns den Rücken frei.«

Das Telefon läutete erneut. Dängler nahm ab. Nach einem kurzen Gespräch und einer Terminbestätigung legte er auf und sah Maria Zoely an: »Der Generalvikar. Er will am Montagmorgen schon in der Frühe zu uns kommen. Unbedingt. Es geht um die Zeitungsgeschichte. Im Bischöflichen Ordinariat fliegen wohl die Fetzen. Aber das ist nicht der Hauptgrund.«

»Sondern?« Maria Zoely war gespannt.

»Er meint, wir sollten ihm doch Einblick in die Ermittlungen geben, eventuell kann er uns noch ein paar Tipps und Hinweise für unsere Arbeit geben.«

Maria Zoely zog ihre Stirn kraus. »Was meinst du, was das heißt?«

»Na ja«, Niclas Dängler wiegte den Kopf, »vielleicht bringt er uns noch ein paar Verdächtige mit.«

Und nach einer kurzen Pause: »Oder versucht, eine falsche Spur auszulegen.«

Mitten in die Diskussion platzte Irenäus Neumeling, dessen Termin Maria Zoely in der Aufregung fast vergessen hatte.

Neumeling machte wieder einen auffallend munteren Eindruck. Er schnupperte demonstrativ, was Dängler veranlasste, ihm einen Kaffee anzubieten. Neumeling ließ wissen, dass er das Angebot bei diesem wunderbaren Geruch nicht ausschlagen könne, setzte sich auf einen Besucherstuhl der Marke »extraunbequem«, schlug die Beine übereinander und lächelte Maria Zoely erwartungsvoll an.

Er war sich seiner Wirkung auf das andere Geschlecht sehr sicher. Maria Zoely war überzeugt, dass Neumeling mit seinem Auftreten und seiner attraktiven Erscheinung keine Schwierigkeiten hatte, exakt die Frauen kennenzulernen, die er kennenlernen wollte.

Trotzdem ganz Profi, lächelte sie zuckersüß zurück und fragte bei Neumelings erstem Schluck, was er denn von Korbinian Birglbichler gewollt habe. Neumeling schien einen kurzen Moment zu stocken, dann lachte er.

»Ah, Sie haben das Telefonat mit Birglbichler gefunden.«

Maria Zoely machte deutlich, dass hier der Singular nicht angebracht sei, sondern es durchaus mehrere solcher Gespräche gegeben habe.

»Na ja, Herr Birglbichler war sehr kunstsinnig, das habe ich Ihnen ja bereits erzählt – und da haben wir uns natürlich auch das ein oder andere Mal über die Ergebnisse der Domuntersuchungen unterhalten.«

Maria Zoely wollte diese Geschichte nicht schon wieder hören und hakte nach: »Sie haben Herrn Birglbichler aber auf seinem Privathandy angerufen. Woher hatten Sie die Nummer?«

»Oh, er hat sie mir gegeben.«

»Das glaube ich Ihnen nicht. Herr Birglbichler hat nur die engsten Vertrauten und gute Freunde von diesem Handy aus angerufen – selbst Mitarbeiter der Hütte, die er regelmäßiger sah, wurden ausschließlich über sein Diensthandy kontaktiert. Dafür nahm er sogar in Kauf, dass er bei einer Kontrolle durch die bischöfliche Finanzkammer nicht nur die Gespräche hätte nachzahlen müssen, sondern er auch eine Strafanzeige kassiert hätte.«

Neumeling blickte auf einen Aktenschrank, dann nickte er Maria Zoely zu. »Okay. Das stimmt.« Er gab sich sichtlich einen Ruck.

»Meine Frau hat mir von dem Gespräch mit Ihnen berichtet und den Seitensprung mit Birglbichler gebeichtet. Ich habe das aber selbst schon vorher herausgefunden, weil einmal das Handy läutete, als sie im Bad war, und ich dann sah, dass eine ›Klaudia‹ angerufen hatte. Christiana, meine Frau, hatte immer die eingehenden Anrufe und Kurznachrichten sofort gelöscht, aber ich hatte schon einige Zeit den Verdacht, dass da etwas mit dem Birglbichler läuft. Als er wieder einmal bei uns in der Bauhütte war, habe ich vom Festnetz aus das Handy vom Birglbichler angeläutet, dann wusste ich, wer hinter der ›Klaudia‹ steckte.«

»Sie erzählen das ja in einem gefassten Ton«, bemerkte Niclas Dängler, der wie Maria Zoely das Gefühl hatte, dass mit dieser Geschichte noch nicht der Weisheit letzter Schluss erreicht war.

»Na ja, Sie haben mich ja auch mit Jacqueline gesehen«, er nickte Maria Zoely zu, die annahm, dass mit Jacqueline die blondierte Dame gemeint war. »Und Jacqueline war nicht meine einzige Verfehlung. Ich will jetzt nicht um Ihr Verständnis zu betteln, aber meine Frau wusste um die Affären und hat sie geduldet. Fachlich und bei der Arbeit waren wir ein super Team – und privat haben wir uns ...« – Neumeling suchte nach einem passenden Wort – »arrangiert.«

Er stockte kurz und fuhr dann fort: »Dass sie ein Verhältnis hatte, störte mich nicht. Ich wollte aber einfach aus Neugier wissen, wen sie sich da geangelt hatte.« Er lachte. »Ich habe immer gedacht, dass ihre große Leidenschaft die Arbeit ist. Dass dann tatsächlich eine zweibeinige Sache daraus wurde, hat mich eigentlich nur amüsiert.«

Maria Zoely waren solche Erklärungsversuche nicht fremd. Bei einigen Verhören waren Liebschaften von Ehepartnern in der Weise bagatellisiert worden. Aber zunächst wollte sie es so hinnehmen, wie Neumeling es dargestellt hatte.

»Dann müssen wir – der Form halber – fragen, wo Sie in der Nacht vom Sonntag auf den Montag waren, in der Korbinian Birglbichler starb.« Niclas Dängler hatte sehr steif nachgefragt, wie Maria Zoely überrascht und ein wenig amüsiert feststellte.

Irenäus Neumeling nickte, zog ein Notizbuch aus der Tasche, schrieb eine Telefonnummer auf und reichte sie Maria Zoely.

»Ist das die Telefonnummer von Jacqueline, die wir anrufen sollen, damit sie Ihnen ein Alibi für die Nacht gibt?«

Neumeling lächelte. »Nein, das ist die Telefonnummer von Sabine Laminka, unserer Praktikantin in der Dombauhütte. Ich habe mit Sabine die Nacht verbracht – die ganze Nacht. Und ich wäre Ihnen dankbar, wenn Sie dieses Detail Jacqueline nicht auf die Nase binden.«

Damit stand er auf und entließ `sich selbst. Die Kriminalbeamten hinderten ihn nicht.

Maria Zoely und Niclas Dängler sahen sich an. »Wir wissen ja, welchen Stellenwert die Aussagen und Alibis von Geliebten haben«, meinte Maria Zoely.

Dängler nickte. »Der Neumeling ist noch nicht aus dem Schneider. Leidenschaft, Eifersucht und das ganze Trara drumherum waren schon immer ein starkes Tatmotiv.«

Maria Zoely wollte damit den Samstag Samstag sein lassen, als das Telefon läutete.

Am anderen Ende waren die Kollegen aus Freising. Matthias Birglbichler war ihnen ins Netz gegangen.

»Kommissar Zufall hat hier seine Hände im Spiel gehabt«, berichtete der Kollege mit seinem oberbayerischen Akzent.

Matthias Birglbichler, der Neffe des toten Domkapitulars, wurde von einem Kaufhausdetektiv geschnappt, als er versuchte, eine größere Menge von CDs zu klauen. Dem Kaufhausdetektiv war er aufgefallen, weil er in einer für die Jahreszeit ungewöhnlich weiten Winterjacke in der CD-Abteilung stöberte. Also wurde er beobachtet, in flagranti erwischt und gestellt. Da er nicht so rasch die prall gefüllte und damit schwere Jacke loswerden konnte, hatten der Kaufhausdetektiv und anschließend die Polizei leichtes Spiel.

»Jetzt sitzt er bei uns. Ein Kollege hat sich erinnert, dass die Kollegen vom Mord an ihm interessiert waren. Die haben gleich nachgehakt, wo er sich am letzten Sonntagabend aufgehalten hat.«

»Und?« Maria Zoely platzte fast vor Ungeduld.

»Matthias Birglbichler verweigert die Aussage.«

14

Am Montag begann wieder die Arbeit – und der erste Tag der Werkwoche wollte zunächst kein Ende nehmen. Nachdem das Telefon nicht mehr still stand und die Zentrale in Ludwigshafen schließlich einen Beamten zum Telefonisten ernannte, der nichts anderes mehr zu tun hatte, als die Pressemeute abzuwimmeln, konnten sich Maria Zoely und ihr Team wieder ihrer »normalen« Arbeit widmen – »was halt so normal ist bei der Abteilung Mord und Totschlag«, witzelte Blumke.

Bei Jan van Feller wurde kein Handy gefunden, auch nicht in seiner Wohnung, was wiederum zu Spekulationen führte, bis schließlich die Rückfrage bei den Telefongesellschaften einen Treffer zeigte. Die Rufnummernliste kam ebenso schnell hinterher, zumal die Staatsanwaltschaft in Frankenthal ohne großes Federlesen einen richterlichen Beschluss erwirkt hatte. Auch dort lief die Ermittlungsmaschinerie auf Hochtouren.

In der Fellers Wohnung schauten sich die Kriminalbeamten zusammen mit der Spurensicherung um. Maria Zoely hatte keine üppig ausgestattete Wohnung erwartet, waren in Speyer doch die Mieten hoch, während man das von der Entlohnung für angestellte Handwerker nicht behaupten konnte. Sie war allerdings überrascht, wie Feller einige Steinkunstwerke – vermutlich selbst angefertigt oder Geschenke von Kollegen – so geschickt über die etwa 40 Quadratmeter verteilt hatte, dass sie den Eindruck erweckten, man stünde mitten in einem kleinen Atelier für Skulpturen. Die Skizzen für Steinmetzarbeiten und Zeichnungen von Kapitellen, Figuren und Ornamenten gaben dem ganzen Raum einen harmonischen Rahmen, der durch das sauber bezogene Bett und die tadellos aufgeräumte Küche unterstrichen wurde.

»Wahrscheinlich nicht benutzt«, knurrte Dennis Krübling, wohl ein wenig neidisch wegen der blitzenden Sauberkeit.

»Oh doch«, antwortete Maria Zoely, als sie die Abfalltüten unter der Spüle, einen recht ordentlich gefüllten Kühlschrank und allerlei Küchenwerkzeug und -geräte gesichtet hatte. Ein ramponiertes Buch »Backen mit Helma Göbel« zeigte, dass »hier ein Mann seine Frau stand«, wie Kranich anerkennend feststellte.

Die wenigen Habseligkeiten des Steinmetzen waren schnell durchsucht – ein Heft mit Kontoauszügen, das alle gern gesehen hätten, wurde allerdings nicht gesichtet.

»Wir können nicht ausschließen, dass wieder jemand vor uns da war«, meinte Birgit Schocke zerknirscht, »aber diesmal haben wir keine Spuren außer denen des Steinmetzen. Keine anderen Fingerabdrücke, auch sonst kein Hinweis, dass sich zusätzlich noch jemand, wenigstens zeitweise, hier aufgehalten haben könnte.«

»Ja, danke«, sagte Maria Zoely ihren Spurensuchern – und dann gleich noch einmal in ihr Handy, um damit ein Gespräch zu beenden, das sie gerade geführt hatte.

»Ich habe eben bei der Dombauhütte angerufen«, wandte sie sich an die hier anwesenden Soko-Kollegen. »Jan van Feller hatte ein Konto bei der hiesigen Liga-Bank, und die gewähren uns Einsicht in die Unterlagen.«

»Die Liga-Bank – ist das die mit dem Kreuz?«, wollte Krübling wissen.

Gerhard Kranich klärte ihn auf, dass es sich bei der Liga-Bank um eine von katholischen Priestern gegründete Genossenschaftsbank handelte, die mittlerweile auch anderen Personen offen stehe, aber immer im Kontext der katholischen Kirche arbeite.

Nach eingehender Prüfung des richterlichen Beschlusses und der Dienstausweise wurden Maria Zoely und Niclas Dängler in einen Beratungsraum des Bankgebäudes gebeten. Kurz darauf erschien die Filialdirektorin persönlich, um ihnen die Auszüge von Jan van Feller zu zeigen, die einen bemerkenswert hohen Kontostand auswiesen.

Maria Zoely schaute sich gemeinsam mit Niclas Dängler die einzelnen Positionen an. Neben den üblichen Einträgen wie Gehalt, Abbuchungen für Miete und Beiträgen für eine kleine Lebensversicherung waren über Wochen hinweg keinerlei außergewöhnliche Ausgaben und Einnahmen festzustellen, außer, dass kürzlich ein größerer Betrag bar eingezahlt und seit einigen Wochen kein Bargeld mehr abgehoben worden war. Seitdem liefen auch keine Abbuchungen mehr über die EC-Karte.

Maria Zoely machte auf die hohe Einzahlung aufmerksam, doch die Filialleiterin zuckte nur mit den Schultern.

»Es handelt sich hierbei um eine Summe, die nicht kontrolliert werden muss. Außerdem war uns Herr van Feller als seriöser Kunde bekannt, es gab nie Schwierigkeiten, er musste nie seinen Dispositionsrahmen in Anspruch nehmen.«

Maria Zoely blickte Niclas Dängler ratlos an, sah aber, dass ihm wohl gerade das Gleiche durch den Kopf ging wie ihr. Dies musste allerdings nicht in der Bank besprochen werden.

Auf dem Bürgersteig nickte Dängler Maria Zoely zu und meinte nur: »Der gleiche Gedanke?«

Sie lachte und meinte: »Sonst auch so kurz?«

»Das wollen wir jetzt mal nicht vertiefen.« Dängler grinste vielsagend. »Zurück zum Geld. Woher?«

Maria Zoely zuckte mit den Schultern. »Wenn wir die Banknoten hätten, wären vielleicht noch Fingerabdrücke darauf. Aber ich vermute fast, Feller hat das Geld als Ganzes zur Bank gebracht. Vielleicht wollte er sich auch wieder komplett davon trennen.«

»Schweigegeld?«

»Erpresstes Geld?«

»Aber wofür?«

In der Dienststelle machte Maria Zoely nochmals darauf aufmerksam, dass ihr nicht an wilden Spekulationen gelegen war. »Wir brauchen klare Indizien und Beweismittel. Und wir müssen sehen, ob und wenn ja, was der Tod Jan van Fellers mit dem Tod von Korbinian Birglbichler zu tun hat.«

Die Dombauhütte war schnell informiert. Dombaumeister Hubertus Klötzle, inzwischen wieder zurück in Speyer, stand sofort für ein Gespräch zur Verfügung.

Klötzle und sein Stellvertreter Irenäus Neumeling brüteten mit jeweils einer Tasse Kaffee über architektonischen Zeichnungen, als die beiden Kriminalbeamten das Zentralbüro der Dombauhütte betraten.

»Hier wird wohl auch die Kaffeepause mit Arbeit vollgestopft«, bemerkte Maria Zoely etwas spöttisch.

Die beiden Herren lachten. »Warum sollte es uns besser gehen als der Polizei?«, meinte Klötzle und Neumeling schob hinterher: »Wir sind ja auch so eine Art Baupolizei und ermitteln, wo es Probleme gibt, und schreiten als Freund und Helfer des Domes ein.«

Maria Zoely erinnerte sich an verschiedene Werbeslogans, die ihr in der Dombauhütte auf Plakaten entgegengelacht hatten – und fand, dass hier kreative Werber am Werk gewesen sein mussten.

»Über den Tod von Herrn van Feller brauche ich Sie nicht zu informieren. Aber wir würden gerne wissen, ob es noch Familienangehörige gibt, die wir benachrichtigen müssen, oder enge Freunde.«

Hubertus Klötzle nickte und reichte Maria Zoely ein dünnes Bündel Kopien. »Ich habe das vorausgeahnt und Ihnen schon die wichtigsten Auszüge aus der Personalakte zusammengestellt, Zeugnisse, Arbeitspapiere, Lebenslauf und die Karte mit persönlichen Daten. Es gibt noch einen Bruder, der bei Karlsruhe wohnt. Den müsste man informieren. Machen Sie das oder sollen wir es tun? Ich habe angeordnet, dass über den Tod von hier zunächst nichts nach außen dringt. Was natürlich schwierig ist, wenn der Tatort am Dom an einer so stark frequentierten Stelle liegt. Es ging uns aber zunächst darum, nichts über die Identität verlauten zu lassen. Ich selbst bin zutiefst bestürzt über diesen Tod – und nicht zuletzt, weil ich einen der besten Steinmetze verloren habe, die jemals am Dom gebaut haben. Herr Neumeling hatte ja schon mit Ihnen über den Toten gesprochen«, die beiden Männer nickten sich gegenseitig zu, »ich kann das nur unterstreichen. Ein überaus fähiger, kompetenter und zuverlässiger Handwerker, der hervorragende Qualität am Dom hinterlassen hat.« Er seufzte tief. »Auch wenn er seine persönliche Beziehung zum Dom manchmal sehr eigenmächtig pflegte.«

»Wir verlieren einen großartigen Mitarbeiter«, beeilte sich Neumeling zu sagen. »Aber ich hatte Ihnen ja schon gesagt, dass Jan van Feller insgesamt eher ein Einzelgänger in unserer Truppe war.«

Das anschließende Gespräch mit den Steinmetzarbeitern verlief ergebnislos. Jan van Feller war bei allen respektiert und geachtet, seine handwerklichen Fähigkeiten schienen tatsächlich über jeden Zweifel erhaben.

»Oder nach seinem Tod wollen alle nur Gutes von ihm gedacht haben«, unkte Niclas Dängler.

Schweigend fuhren sie zu Fellers Bruder nach Karlsruhe. Dängler, der auf dem Beifahrersitz von Maria Zoelys Kadett saß, hing seinen eigenen Gedanken nach, während sie alle möglichen Motive für eine Ermordung durchging und Kombinationen durchspielte, bei denen Birglbichler und Feller eine Rolle spielten.

Am meisten ärgerte sie, dass sie Feller bei der Befragung nicht stärker unter Druck gesetzt hatte. Vielleicht hatte er wirklich etwas beobachtet, was ihm letztlich den Tod brachte. Vielleicht war der Tod von Jan van Feller aber auch ein geschicktes Ablenkungsmanöver. Als solches war es offenbar auch geplant gewesen – es sollte wie ein Unfall eines Schuldigen aussehen. War Birglbichler vielleicht nur getötet worden, um später den Mord an Feller in eine ganz andere Richtung zu lenken? Oder umgekehrt? Maria Zoely schüttelte den Kopf. Dängler sah zu ihr hinüber und bemerkte: »Dich lässt der Fall auch nicht los.«

Maria Zoely lachte. »Sieht man mir das an?«

»Ja, allerdings.«

»Ich finde alles ziemlich verworren. Zumal ich immer noch keine Verbindung zwischen den beiden Toten entdecken kann. Die haben doch wahrscheinlich auch kaum miteinander geredet. Wir haben zwar die wenigen Handyverbindungen von Birglbichler zu Feller, aber der hat sich ja in unserem Gespräch herausgeredet. Gut, die beiden konnten sich ja ganz unproblematisch im Dom treffen. Beide arbeiteten im gleichen Umfeld. Und in Speyer sind die Wege ja nicht nur am Dom kurz.«

Dängler nickte. »Wir haben immer noch keinen Kristallisationspunkt für beide Morde.«

Maria Zoely blickte ihn einen Moment erstaunt an, bevor sie sich wieder auf den Verkehr konzentrierte. Vermutlich hatte er wieder einmal ein Handbuch für Kriminalanalyse gewälzt. »Mann. Das wäre ein Satz für die letzten Derrick-Folgen gewesen. Damit ist der Weg zum Leiter der Polizeidirektion sicher.«

Beide lachten und vergaßen einen Moment lang die Mammutaufgabe, die ihnen die Todesfälle stellten.

Jonas van Feller, der Zwillingsbruder, war dem Toten wie aus dem Gesicht geschnitten. Maria Zoely überbrachte ihm die Todesnachricht und sprach ihm ihr Beileid aus. Der Bruder schien wie vom Blitz getroffen. Erst nach einigen Schrecksekunden war er in der Lage, die Kriminalpolizisten, noch völlig erschüttert, in seine Wohnung zu bitten.

Nachdem Jonas van Feller sich und den beiden Beamten etwas zu trinken gebracht hatte und eine Weile vor sich hin starrend an seinem Glas festzuhalten schien, schaute er schließlich hoch.

Maria Zoely suchte nach einem geeigneten Einstieg und machte eine Bemerkung über die große Ähnlichkeit der beiden Brüder.

»Ja, wir wurden als Kinder oft verwechselt. Wie viele Zwillinge haben wir uns immer einen großen Spaß daraus gemacht. Ich war in Sport und Sprachen besser, Jan in Mathe, so sind wir manchmal in der Schule füreinander angetreten und haben uns gegenseitig die Noten etwas verbessert. Unsere Eltern haben uns zum Glück immer in Parallelklassen unterbringen lassen, da war das ganz praktisch.«

Jonas van Feller lachte leise bei der Erinnerung an die Schulzeit, war aber insgesamt sehr mitgenommen von der Todesnachricht, wie Maria Zoely feststelle.

Jonas van Feller gab an, er habe Goldschmied gelernt, aber schon lange nicht mehr in diesem Beruf gearbeitet. »Und jetzt fange ich auch nicht mehr an.« Er verdiente sich seinen Lebensunterhalt als Gehilfe in einem ortsansässigen Maler- und Lackierergeschäft. »Nicht so kreativ, aber einträglich«, meinte er mit einem Blick in seine kleine, aber saubere und gemütliche Wohnung.

In punkto Sauberkeit stand Jonas van Feller seinem Bruder in nichts nach, stellte Maria Zoely anerkennend fest. Trotzdem wurde sie das Gefühl nicht los, dass Jonas van Feller bei aller Trauer einen nervösen Eindruck machte. Vielleicht nur ein Tic, aber vielleicht auch ganz akut – und so trat sie gleich die Flucht nach vorn an: »Wer könnte Ihrem Bruder nach dem Leben getrachtet haben?«

»Ich weiß es nicht. Jan hat nur seinen Job gemacht, wollte für sich bleiben, hat immer wieder gelesen, ferngesehen, gewandert und war mit sich und seiner Arbeit zufrieden. Wer sollte denn einen Steinmetzen umbringen wollen? Irgendwann hätte es sicher seine Arbeit gemacht, aber ein Handwerker am Dom ist doch nicht von einer Gewalttat bedroht.«

»Offensichtlich doch«, warf Dängler ein. »Wir haben die Kontoauszüge Ihres Bruders geprüft. In den letzten Wochen ist dort ein hoher Betrag bar eingezahlt worden. Können Sie Angaben machen, woher dieses Geld stammte?«

Wieder meinte Maria Zoely, eine leichte Steigerung der Nervosität zu spüren, aber Jonas van Feller verneinte, irgendetwas zu wissen.

Es breitete sich ein unbehagliches Schweigen aus. Maria Zoely hatte keine passenden Fragen mehr, und auch Niclas Dängler machte ein betretenes Gesicht. Super, dachte Maria Zoely, wenn ihm das Aufsuchen eines Angehörigen so nahegeht, kann das in Zukunft bei Rückfragen und Information der Angehörigen ja heiter werden. Aber vielleicht war es auch nur so wie bei ihr, dass ihm einfach nichts mehr einfiel. Vielleicht hatte er auch bloß einen schlechten Tag, das wollte sie ihm zugestehen.

Mit leichtem Schrecken, aber auch einem leichten Schauern fiel ihr auf, dass sie jetzt schon versucht war, ihren Kollegen in Schutz zu nehmen und dessen Verhalten zu seinen Gunsten zu analysieren. Sie schalt sich und ihr Verhalten als unprofessionell.

Gerade als sie eine passende Wendung für das Besuchsende überlegte und schon ihre Dienstvisitenkarte zückte, schien Jonas van Feller aus seiner Trance zu erwachen.

»Wissen Sie, was ich überhaupt nicht verstehe?«, brach es aus ihm hervor, und er schaute die beiden Polizisten mit großen Augen an. »Ich kann mir überhaupt nicht vorstellen, dass Jan einen Menschen umbringt. Aber den Birglbichler zu töten – das ist ja noch abwegiger. Jan hatte einmal einen Riesenkrach mit dem Dombaumeister«, er blickte Maria Zoely an, die ihm durch ein Nicken zu verstehen gab, dass ihr diese Geschichte bekannt war.

»Aha, ich sehe, der Buschfunk hat es weitergetragen. Also bei diesen Übernachtungen im Dom handelte es sich nur um Jans Hobby, Interesse oder, wenn Sie es so bezeichnen wollen, Obsession. Er war dem Bau total verfallen und studierte die Einzelheiten, historischen Analysen und so fort. Okay, dass das Nächtigen im Dom verboten war, ist eine Vorschrift. Aber er hat damit seine Entlassung riskiert. Wahrscheinlich hat der Dombaumeister es als seine karitative Großtat und Leistung hingestellt, dass Jan nicht entlassen wurde. Aber wissen Sie, wer sich bei der Hütte massiv für ihn verwendet hatte? Der stellvertretende Baumeister – weil er keinen anderen Handwerker hatte, der Jan das Wasser reichen konnte.

Reiner Eigennutz, wenn Sie mich fragen. Billige Arbeitskraft, aber handwerkliche Spitzenleistung.«

Maria Zoely sah, dass sich Jonas van Fellers Zorn ein wenig Luft machen musste. Er wollte aber noch etwas nachliefern, also wartete sie selbst noch ab.

»Aber es gab noch jemanden, der sich bei der Hütte persönlich für ihn verwendete. Jan hatte es herausbekommen, weil der Dombaumeister selbst es ihm sagte. Wenn der Birglbichler nicht gekommen wäre – und auf dessen Anregung dann sogar der Dompropst, das ist der Weihbischof – hätte er die Sache nicht so großzügig übergehen können. Also: Wenn der Birglbichler sich so als Schutzengel präsentiert – welchen Grund oder Anlass sollte Jan dann gehabt haben, ihn umzubringen?«

»Hat Jan Ihnen gesagt, ob Herr Birglbichler eventuell eine Gegenleistung für seinen Einsatz erwartete?«, fragte Maria Zoely vorsichtig nach.

Jonas van Feller schüttelte den Kopf. »Nein. Jan war extra bei ihm und hat sich bedankt, aber Birglbichler hat nur gelacht und gesagt, er solle einfach weiter so am Dom bauen wie bisher, das sei er ihm schuldig.«

Feller lachte jetzt fast. »Na ja, und Jan hat natürlich, wenn es interessante Neuigkeiten bei der Domuntersuchung gab, mit Birglbichler Führungen gemacht.« Er überlegte kurz. »Natürlich nicht nachts und immer mit Wissen der Hütte, selbstverständlich.«

Für Maria Zoely kamen die Antworten ein wenig zu forsch. Sie hatte das Gefühl, dass Jonas van Feller, bei aller offensichtlichen Trauer um seinen Zwillingsbruder, etwas verschwieg.

Sie bekam galant die Kurve zur Verabschiedung, hinterließ ihre Visitenkarte und den dazugehörigen Standardspruch und nahm dann mit ihrem Kollegen in ihrem Kadett Platz.

»Hast Du den Fernseher und die Stereoanlage gesehen? Ganz schön teure Modelle für einen einfachen Handwerker, der ja auch noch seine Wohnung und eventuell ein Auto finanzieren muss.«

»Apropos Auto ...« Dängler zeigte auf die andere Straßenseite, wo Jonas van Feller aufgetaucht war, der in einen zwar nicht besonders großen, dafür aber nagelneuen Personenwagen stieg. Buchstaben auf dem Kennzeichen: JF.

Die beiden sahen sich an.

»Du meinst also auch, dass wir hier noch ein bisschen bohren sollten.«

Maria Zoely grinste Niclas Dängler an und schlug ihm in einer freundschaftlichen Geste auf den Arm.

»Au«, jaulte Dängler gespielt auf, lachte aber dabei von einem Ohr zum anderen. »Jawoll, Frau General, wir sehen das genauso.«

Übers Handy ließ Dängler »Blisch und Blum« den Halter des Fahrzeugs feststellen, mit dem Jonas van Feller nun losgefahren war, während Maria Zoely unauffällig die Verfolgung aufnahm.

Feller blieb schließlich in einer Seitenstraße stehen und verschwand in einem Hausflur.

Dängler wollte aussteigen, aber Maria Zoely hielt ihn zurück. »Wir erregen jetzt keinen Verdacht, sondern lassen uns die Bewohner dieses Hauses heraussuchen. Punkt. Wir müssen wieder nach Speyer.«

Und bevor es sich Niclas Dängler auf seinem Sitz bequem machen konnte – er hatte bereits die Augenlider geschlossen –, drückte ihm Maria Zoely das Fahrtenbuch in die Hand und diktierte den Kilometerstand vom Fahrtbeginn, den sie sich gemerkt haben musste, wie Dängler neidisch feststellte. Auf ihr Grinsen hin fragte er dann aber doch nach.

»Nein, Kollege, ich kann nur gut Kopfrechnen und habe den Kilometermesser vorher auf Null gestellt – deswegen muss ich mir nichts merken. Und du auch nicht. Also schreib.«

Dängler tat, wie ihm befohlen, und spielte auf der restlichen Fahrt die vordergründig beleidigte Leberwurst.

Alter Männertrick, dachte Maria Zoely, der dabei wieder ein wenig schmerzhaft Florian in den Sinn kam, der ihr ähnliche gespielte Szenen gemacht hatte. Er hatte dann stets erwartet, dass sie ihn tröstete, um den alten Frieden wiederherzustellen. Meistens war sie auch darauf eingegangen, oder besser: darauf hereingefallen, wie sie mit leichtem Selbsttadel nun dachte. Beim nächsten Mann wird alles anders, ging ihr durch den Kopf, deshalb machte sie das Spiel mit Dängler nicht mit und ignorierte ihn.

Nicht ignorieren konnte sie das Läuten seines Handys. Irritiert blickte sie auf Dänglers Diensthandy und fragte, was das denn für ein Klingelton sei.

Dängler ging nicht darauf ein, sondern nahm das Gespräch entgegen, sagte wenig und blickte stattdessen nur starr geradeaus auf die Autobahn. Bei der Vorbeifahrt an den Begrüßungsschildern des Landes Rheinland-Pfalz salutierte er im Sitzen.

»Die Familienbilder sind schöner, aber die alten sahen amtlicher aus«, zischte er leise vor sich hin, widmete sich dann aber wieder ganz seinem Gespräch.

»Der Klingelton ist das Läuten der größten Glocke des Speyerer Doms«, erklärte Niclas Dängler, nachdem er das Telefonat beendet hatte. »Habe ich mal aufgenommen und fand das anlässlich unseres Falls ganz passend.

»Es gibt in Speyer eine Sage vom Läuten der Glocken beim Tod von Kaiser Heinrich IV., der im Kirchenbann starb. Sein

Leichnam konnte nicht im Dom beigesetzt werden, also bestattete man ihn in der Afra-Kapelle, die damals noch nicht geweiht war. Nach dem Lösen des Banns konnte er dann in der Kaisergruft beigesetzt werden. Bei seinem Tod in Lüttich soll die Kaiserglocke des Domes von selbst zu läuten begonnen haben.«

Maria Zoely war beeindruckt und schlug mit Blick auf Dänglers Handy einen schnellen Bogen: »Und was hat dir dein Glöckner geflüstert?«

»Blisch und Blum waren dran. Hatten ein paar Neuigkeiten. Das Auto ist tatsächlich auf Jan van Fellers Bruder Jonas zugelassen, vor zwei Wochen.« Bedeutungsvolle Blicke zwischen den beiden Kriminalbeamten.

»Und die Bewohner des Hauses werden gerade gecheckt, die Daten kommen heute noch herein.«

Maria Zoely nickte. »Was Neues von Matthias Birglbichler?«

»Nein, der Junge schweigt wie ein Grab.« Ob Dängler die Formulierung absichtlich gewählt hatte oder versehentlich, war nicht auszumachen.

Dängler hatte aber noch mehr auf Lager. »Das Handy von Jan van Feller konnte geortet werden. Rate mal, wo.«

Maria Zoely verzog das Gesicht. Solche Spielchen konnte sie nicht ausstehen. Niclas Dängler war aber offensichtlich nicht auf eine Quizshow aus, sondern ergänzte selbst: »Im Rhein, in der Nähe der Rheinbrücke, über die die B 9 führt. Taucher sind unterwegs.«

»Na ja, an die Daten wären wir auch so gekommen.«

»Richtig, aber so können wir vielleicht noch an das Adressbuch herankommen und Kurznachrichten lesen.«

In der Dienststelle wartete bereits der Generalvikar auf die beiden. Nachdem er sich Luft verschafft und gefordert hatte, dass die Polizei nach dem Leck in ihren Reihen suchen sollte, erklärte er auf einen Einwand Dänglers, dass natürlich auch bei der Bischöflichen Verwaltung nach einem möglichen Verdächtigen gesucht werde.

Als der Generalvikar abgerauscht war, grinste Gerhard Kranich. »Bestimmt sitzt der Maulwurf im BO. Die haben schon mehrfach Interna in der Zeitung lesen müssen, die eigentlich nicht oder noch nicht für die Öffentlichkeit gedacht waren. Warum sollte das jetzt anders sein.«

Maria Zoely zog sich mit Dängler in ihr Büro zurück.

»Ich werde das Gefühl nicht los, dass wir etwas erfahren haben oder schon wissen, was uns in diesem Fall weiterbringt.« Sie kramte in den Ermittlungsunterlagen und holte die Fotos heraus, die bei Korbinian Birglbichler im Schlafzimmer hingen. »Und diese Bilder sind der Schlüssel. Wir haben hier die Aussagen der Reinigungskraft, die uns so dezidiert Birglbichlers Aussage überliefert hat. Birglbichler muss geahnt haben, dass ihm etwas Schreckliches bevorstand, und legte diese Spur aus.«

»Aber warum hat er dann keinen eindeutigeren Hinweis hinterlassen?«

»Weil er sich sicher war, dass offene Angaben sofort entfernt werden würden. Die Schlüssel wurden ja schon nachgemacht, und in der Wohnung war einer drin. Und der Putzfrau oder der Nachbarin wollte er sicher auch keinen Hinweis hinterlassen, um sie nicht in Gefahr zu bringen.«

»Aber im BO wäre es doch ein Leichtes gewesen.«

»Ja, aber da scheint er niemandem vertraut zu haben. Wir haben ja immer noch Tatverdächtige aus diesen Reihen«, erinnerte ihn Maria Zoely.

Dängler und Maria Zoely betrachteten nachdenklich die Bilder.

Maria Zoely schlug sich gegen die Stirn. »Thomas Rodt, der Generalvikar, war doch eben hier. Warum haben wir dem nicht die Fotos vorgelegt?«

»Aber wenn er der Täter ist, dann riecht der doch Lunte«, warf Niclas Dängler ein.

»Dann legen wir die Bilder noch mehr BOlern vor. Wir müssen endlich zu einer Spur kommen. Und je länger wir warten …«

»… umso kälter wird die Spur«, ergänzte Dängler. Aber da hatte Maria Zoely schon den Hörer in der Hand und die Durchwahl zum Generalvikar gedrückt, die sie direkt auf dessen Handy umleitete. Thomas Rodt war immer noch auf dem Weg, hatte aber nichts einzuwenden, von der Polizei sozusagen verfolgt zu werden.

Eine Viertelstunde später standen sie in seinem Büro und legten ihm die Fotos vor. Der Generalvikar assoziierte zunächst auch die Kreuzigungsszene und die anderen verstreuten biblischen Motive, konnte aber ebenfalls kein zusammenhängendes Thema erkennen. Enttäuscht verabschiedeten sich Maria Zoely und Niclas Dängler.

In der Dienststelle nahmen sie sich nochmals die Verdächtigen vor und schoben Argumente und mögliche Alibis hin und her, als Blumke erschien und mitteilte, dass die Bewohner des Hauses, das Jonas van Feller betreten hatte, nun bekannt seien. Ein Grundschullehrer mit Ehefrau, eine geschiedene Bankkauffrau mit ihrem dreijährigen Sohn, ein Kaufmann, der vorher Goldschmied gewesen sei, unverheiratet, und ein älteres Rentnerehepaar, beide hatten einen Bäckerladen betrieben, der nun an eine Großbäckerei verkauft worden war.

»Jonas van Feller war sicher bei dem ehemaligen Goldschmied«, mutmaßte Dängler, »vielleicht kannte er den noch aus seiner beruflichen Zeit. Oder es war ein gemeinsamer Bekannter – oder sogar Vertrauter, bei dem er sich nach der Todesnachricht aussprechen musste.«

Maria Zoely nickte, das hatte sie auch vermutet. »Wir halten uns dort mit einer Befragung zurück. Noch haben wir keinen triftigen Grund, unsere Lauscher auszufahren, also beobachten wir – oder lassen beobachten.«

Damit wurden direkt die Kollegen aus Karlsruhe per Telefon ins Bild gesetzt, die daraufhin eine Observation in die Wege leiteten.

Dängler ging kurz weg und brachte zwei Tassen Kaffee für sich und Maria Zoely. Neben ihre Tasse hatte er noch eine kleine Tafel mit Marzipan-Schokolade einer Speyerer Confiserie gelegt. Maria Zoely war überrascht. Bei einem Besuch im zugehörigen Café hatte sie die gleiche Schokolade gekauft – er musste es sich gemerkt haben. Dängler war ein wenig verlegen. Maria Zoely musste innerlich schmunzeln, weil seine Verlegenheit etwas Schuljungenhaftes hatte. Sie wollte ihn nicht aus der Fassung bringen, dankte artig und sagte ihm, dass sie sich freue, dass er sich dieses Detail gemerkt habe.

»Wir müssen doch jeden Tag mit Details arbeiten«, antwortete er lächelnd. Ein Hauch von Romantik lag in der Luft, die jäh zerstört wurde, als Blumke aufgeregt ins Büro gestürzt kam.

»Ihr habt Besuch. Aber ihr werdet nicht glauben, wer es ist …«

Dängler und Maria Zoely sahen sich an und dann zur Tür. In ziviler Straßenkleidung stand dort eine bekannte Persönlichkeit: der Speyerer Bischof. Er war im Gespräch mit Kranich, und man konnte sehen, dass sich die beiden gut kannten.

Maria Zoely erhob sich, ebenso Dängler, der – gut katholisch erzogen – fast einen Kniefall andeutete, was der Bischof mit den Worten kommentierte: »Bitte jetzt nicht niederknien und den Ring küssen.«

Er lachte dabei, als Dängler irritiert aus der Wäsche lugte. »Ich kann es oft nicht verhindern, vor allem nicht bei den Brüdern und Schwestern höheren Alters.«

Die Atmosphäre war gelöster nach dieser offenen Bemerkung. Der Bischof wandte sich an Maria Zoely.

»Ich habe von einigen Mitgliedern meines Hauses eben erfahren, dass Sie Fotos herumzeigen, die wohl mit dem Fall zu tun haben.«

Maria Zoely bestätigte das und sagte ihm auch, wo die Bilder gefunden worden waren.

Der Bischof holte seine Brille aus einem Etui. »Ich habe mir von den Motiven berichten lassen und mir gedacht, ich werfe selbst einen Blick darauf.«

Maria Zoely bat ihn, Platz zu nehmen. Einen Kaffee lehnte der Bischof dankend ab. Sie breitete die Fotos vor ihm aus.

Der Speyerer Oberhirte betrachtete die Bilder, vor allem das Foto mit dem Würfel schaute er sich ganz intensiv an. Gespannt warteten Maria Zoely und Niclas Dängler auf eine Reaktion. Sie hatten schon ein wenig die Hoffnung verloren und erwarteten die übliche Bibelsymbolik, als der Bischof seine Brille absetzte und sie mit einem entschlossenen Gesichtsausdruck anblickte.

»Sie hätten mir die Bilder schon eher vorlegen sollen. Ich glaube nämlich, ich weiß, worauf die Bilder hindeuten.«

15

Die Stille der Morgenstunden war ihm am liebsten. So konnte er seine Schätzchen, wie er sie liebevoll nannte, in Ruhe betrachten und bewundern. Sie waren alt geworden. Fast alle hatte es schon vor ihm gegeben – und sie würden auch nach ihm bleiben. Er war dankbar, dass er wenigstens einen kleinen Teil des Daseins seiner Schätze begleiten, für sie sorgen und sie pflegen durfte. Es war für ihn wie für viele seiner Kollegen eine innere Genugtuung, dass auch noch künftige Generationen ihre Freude daran haben würden.

Hermann Laudert seufzte, als er wieder daran dachte, wie viel von dem, was hier hätte stehen können, in den Jahren »abhanden« gekommen war. Was 1689 nach den Truppen des Pfälzischen Erbfolgekriegs noch geblieben war, zerstörten 1794 die Gefolgsleute Napoleons.

Er seufzte erneut. Noch heute war er bei seinem morgendlichen Spaziergang am ältesten Teil des Domes, dem Ostwerk, vorbei gekommen und hatte – wie jedes Mal – auf das alte Relief der Halbsäule geblickt, das, nach einem Jesaja-Wort gestaltet, Menschen, Löwen und Schlangen im friedlichen Beisammensein zeigte. Wenn es doch auch in Speyer so paradiesisch zuginge! Der Mord am Domkapitular hatte Hermann Laudert zutiefst erschüttert, ebenso der Tod von Jan van Feller, dem er mehrfach begegnet und der ihm auf Anhieb sympathisch gewesen war. Trotz des beträchtlichen Altersunterschieds, Feller stand in der Blüte seines Lebens, Laudert kurz vor der Rente, hatten doch beide das gleiche idealistische Arbeitsprinzip. Feller am Dom und Laudert im Historischen Museum, wo er als einer der Konservatoren für die Exponate des Domschatzes verantwortlich war.

Viel gab der Speyerer Domschatz ja nicht her – nicht mehr, nachdem so vieles in den Wirren der Kriege im 17. und 18. Jahrhundert unwiederbringlich zerstört worden war. Selbst die beiden Weltkriege hatten der Stadt weniger Schaden zugefügt als die Kriege zuvor.

Laudert seufzte wieder. Glücklicherweise war der Dom erhalten geblieben und die zerstörten Teile sinnvoll ergänzt worden. Die Westkuppel brachte zwar bauliche Probleme mit sich, und die Westtürme wurden allgemein als zu schmal gesehen; außerdem wurde das Westwerk, im 19. Jahrhundert neu angelegt, immer wieder stark diskutiert – trotzdem gehörte der Dom zur Pfalz. So hatte sich Laudert auch an der Aktion »Die Pfalz malt für den Dom« beteiligt und war stolz, dass eines der kleinen Quadrate, die zugunsten des Doms in ein größeres Kunstwerk eingebettet wurden, von ihm stammte.

An diesem Morgen betrachtete er die Ausstellungsstücke noch einmal. Die Grabkronen, die bei der Öffnung der Kaisergräber gefunden wurden und glücklicherweise die vielen Plünderungen überlebt hatten, waren nun »oben« zu sehen, in der Ausstellung des Historischen Museums, das seine aktuelle Präsentation im Jubiläumsjahr den Saliern widmete. Mit der Ausstellung »Das Reich der Salier« hatte das Historische Museum bereits 1992 einen absoluten Glücksgriff getan – und damit eine völlig neue Museumskonzeption gestartet. Der kontinuierlich hohe Besucherstrom gab der neuen Philosophie Recht.

Laudert lächelte beim Blick in die leeren Vitrinen, in denen sonst die Grabkronen standen. Die Salier waren eigentlich ein Wormser Fürstengeschlecht und hatten in ihrer Zeit als Fürsten im Dom zu Worms ihre Grablege. Hätte nicht der Bischof von Worms gegenüber dem Papst seine Rechte als Fürst über die Stadt Worms durchgesetzt und damit die Salier aus Worms vertrieben – die dann Speyer und den Speyergau als Schwerpunkt ihres Lebens und dann auch den Dom in Speyer als Grablege errichteten –, wäre der Wormser Dom heute der salische Dom und Speyer vielleicht gar keine Siedlung geworden. Dann, so dachte er ironisch, würde auch er sicher heute etwas anderes arbeiten. Das waren die Zufälle der Geschichte – oder die verschlungenen Wege Gottes.

Laudert liebte die frühe Zeit am Morgen, bevor die Besucher kamen. Gerade jetzt im Jubiläumsjahr stieg der Strom der Speyer-Touristen deutlich an. Aber ihm gefiel seine Arbeit, die ihn auch von vielen Fragen in seinem Inneren ablenkte. Nachdem seine Ehefrau vor sieben Jahren sehr schnell an Krebs gestorben war, wurde die Beschäftigung in der Domschatzkammer sein Ein und Alles. Deshalb hatte er vor der Rente jetzt schon etwas Angst – und den Museumsdirektor mehrfach bedrängt, dass er auch nach seiner aktiven Zeit ehrenamtlich noch ein wenig mitwirken dürfe.

Er betrachtete die liturgischen Geräte, die wenigen Gewänder und Bilder, auch aus verschiedenen Pfarreien des Bistums, die an diesem Ort aufbewahrt wurden, die großen Schraudolph-Fresken, die hier in enormer Wucht auf die Besucher herabblickten.

Sicher, andere Bistümer und Domstädte hatten größere, wertvollere und vielleicht auch interessantere Domschätze. Trotzdem hatte dieser Domschatz seinen Reiz, nicht zuletzt durch das große Modell des Doms mit den Nebengebäuden, die heute nicht mehr standen, aber hier einen guten Blick auf die Dimensionen der mittelalterlichen Baugruppe gaben.

Hermann Laudert nahm sich vor, wieder einmal die Limburg zu besuchen. Der Sage nach hatte Konrad II. am gleichen Tag die Grundsteine für den Dom in Speyer und eine Benediktinerabtei auf dem Berg bei Bad Dürkheim gelegt. Die Limburg war heute eine Ruine, bei der die Krypta wiederhergestellt und die Apsiden eingedeckt waren; für Wanderer ein beliebtes Ziel und auch als Torso noch beeindruckend.

Unruhe auf der Zugangstreppe zur Domschatzkammer ließ Hermann Laudert aufhorchen. Um diese Zeit war noch kein Besuch zu erwarten. Neugierig blickte er auf eine kleine Gruppe von Besuchern, die vom Museumsdirektor persönlich angeführt wurde. Er erkannte die neue Polizistin, die in der Tageszeitung kürzlich als leitende Ermittlerin in der Mordsache Birglbichler vorgestellt worden war. Es war wohl noch einer ihrer Kollegen dabei, wie er aus dem vertrauten Umgang der beiden schloss, und – was ihn besonders erstaunte – der Bischof von Speyer höchstselbst. Es war zwar nicht selten, dass man Bischof und Mitglieder des Domkapitels auf dem Domplatz sah, aber es war schon seltsam, dass der Bischof in einer so kleinen Gruppe, in dieser eigenartigen Konstellation, an einem Werktag und um diese frühe Zeit in die Katakomben des Historischen Museums hinabstieg. Außerdem war noch Kranich dabei, den er von zahlreichen Veranstaltungen in und um den Dom kannte.

Der Museumsdirektor nickte Laudert freundlich zu und stellte ihn den anderen kurz vor, die ihn höflich grüßten. Zielstrebig steuerten sie dann aber eine Vitrine an und versammelten sich darum. Schlüsselklappern war zu hören, dann drehte sich der Museumsdirektor mit einem Lächeln zu ihm um: »Wir müssen eines Ihrer Schäfchen einmal einer genaueren Kontrolle unterziehen.«

Laudert wurde nervös. Der Museumsdirektor bemerkte das, deutete es richtig und beruhigte ihn: »Nein, nein, das hat mit Ihnen überhaupt nichts zu tun. Der Bischof möchte nur einen Blick auf das gute Stück werfen.«

Das Exponat wurde aus seiner Schauvitrine geholt, der Bischof setzte seine Brille auf und starrte intensiv auf das Ausstellungsstück. Er nickte und zeigte auf eine Stelle, die Laudert nicht erkennen konnte, erklärte etwas, das Laudert auch nicht verstand, zeigte auf eine zweite, dann wieder auf andere Stellen. Schließlich wurde es still.

In das allgemeine Schweigen drang die Stimme der neuen Kommissarin, die nach einem Seufzer sagte: »Vielen Dank für Ihre Hilfe, Exzellenz. Jetzt werden wir uns wohl wieder eine ganz neue Ermittlungsstrategie ausdenken müssen.«

Die nervöse Stimme des irritierten Museumsdirektors: »Sie werden das Exponat aber nicht mitnehmen wollen?«

Das Lächeln der Kommissarin, die freundlich verneinte, dann aber ernst dem Bischof sagte, er müsse seine Aussage protokollieren lassen und unterschreiben, was dieser als Selbstverständlichkeit bejahte. Anschließend wurde die Vitrine verschlossen, und die morgendliche Besuchergruppe zog wieder ab.

Hermann Laudert ging zur Vitrine hinüber und blickte hinein. Er seufzte. Er musste sie noch einmal öffnen. Sie hatten das Exponat ein wenig anders, als es sonst stand, zurückgestellt.

»Was sagst Du dazu?«, fragte Maria Zoely, wieder zurück in der Dienststelle, Niclas Dängler. Dieser zuckte hilflos mit den Schultern.

»Und ihr?«

Der Rest der Truppe war ebenso ratlos.

»Ich fasse nochmals zusammen«, resümierte Dängler. »Wir haben die Fotos dem Bischof vorgelegt. Dieser hat die Motive als Goldschmiedearbeiten auf dem sogenannten Lehrbach-Kelch des Speyerer Domschatzes identifiziert. Der Kelch heißt so, weil er«, Dängler zog eine Information des Historischen Museums der Pfalz hervor, »vom Reichsgrafen Damian Hugo Philipp von Lehrbach dem Speyerer Dom geschenkt wurde – und zwar im Jahr 1812. Lehrbach war im Jahr zuvor von Freising, wo er dem höheren Klerus angehörte, ins Magdalenenkloster als Alterssitz gezogen, mit dem Kelch, der 1723 in München hergestellt wurde. Der Kelch ist eine kostbare und handwerklich herausragende Arbeit – ich will jetzt nicht alles vorlesen – aus Gold, Perlmuttmedaillons, Smaragden, Rubinen, Diamanten und Brillanten, insgesamt 444 Steine.« Er machte eine Pause. »Es folgt eine genaue Beschreibung des Kelchs, das will ich uns jetzt aber schenken, hm ...« Er las leise weiter und setzte dann laut fort: »An Fuß und Kuppa sind die Leidenswerkzeuge Christi zu sehen, das Schweißtuch der Veronika«, die folgenden Worte betonte er besonders: »die Würfel der Soldaten, der Geldbeutel des Judas, die Geißel, die Dornenkrone sowie Rohrkolben und Rutenbüschel. Außerdem ist auf dem Kelch das Goldene Kalb, der Zug durch das Rote Meer und – jetzt wird's wieder interessant – der Traum Jakobs von der Himmelsleiter zu sehen. Schließlich ist ein Korb, in dem Hammer, Zange und Nägel liegen, bei einem Kreuz zu sehen und eine Darstellung der Ehernen Schlange, des Opfers Abrahams und die Geschichte vom Manna in der Wüste.«

»Und das alles passt auf einen einzigen Kelch?« wunderte sich Dennis Krübling.

Maria Zoely nickte. »Eine herausragende Handwerksarbeit und künstlerische Leistung. Der Kelch darf aber nicht verkauft werden, das hat Lehrbach so festgesetzt. Der jeweilige Bischof von Speyer soll den Kelch nutzen dürfen, also wird er bei festlichen Pontifikalämtern im Dom als Messkelch eingesetzt.«

»Ist das nicht ein bisschen riskant, so einen wertvollen Kelch für einen Gottesdienst zu benutzen?«, warf Dennis Krübling ein.

»Richtig«, antwortete Niclas Dängler, »deswegen gab es schon mehrfach von Kunsthistorikern massive Proteste, die darauf hinwiesen, dass das gute Stück oft längere Zeit unbeaufsichtigt im Altarraum steht.«

»So, und jetzt wird die Geschichte interessant«, warf Maria Zoely ein, bekam aber von Niclas Dängler das Wort abgeschnitten, so sehr war er in seinem Element: »Genau, der Kelch wird vor den Pontifikalämtern immer zu einer vorher nicht genannten Zeit aus dem Historischen Museum in die Domsakristei gebracht und dort im Tresor aufbewahrt. Aber an diesem Ort schien er nicht sicher, zumal schon mehrfach in die Domsakristei eingebrochen wurde. Korbinian Birglbichler hat vor etwa einem Jahr selbst einen Einbruch vereitelt. Er verjagte die Einbrecher schon beim Weg in die Sakristei auf ziemlich brutale Weise.« Dängler grinste.

Maria Zoely lächelte auch. Der Bischof hatte erzählt, dass Birglbichler die Einbrecher bemerkte, als sie sich an der Sakristeitür zu schaffen machten. Sie mussten sich Abends im Dom versteckt haben, hatten ihn aber bei einer seiner nächtlichen Orgeleskapaden nicht bemerkt. Dieser habe wohl den Dom betreten, in dem sich die Gauner sicher fühlten, und dabei die Einbrecher entdeckt. Von diesen unbemerkt war er in die Afra-Kapelle geschlüpft und hatte sich eine weiße Albe mit Kapuze übergezogen. So war er dann auf die Einbrecher losgegangen und hatte diese mit hohler Stimme ob des Frevels an seinem Dom beschimpft. Zu Tode erschrocken hätten die beiden Einbrecher zu flüchten versucht, kamen aber aus dem verschlossenen Dom nicht heraus. Die schon vor der Aktion aus der Afra-Kapelle alarmierte Polizei konnte die beiden Kleinkriminellen dann in Seelenruhe abfangen.

»Mann, da wäre ich gerne Mäuschen gewesen«, grinste Gerhard Kranich, dem die Aktion dunkel in Erinnerung war.

Wieherndes Gelächter in der Dienststelle. »Hätte ich so einem steifen Domkapitular gar nicht zugetraut, den Dom in solch eine Geisterbahn-Stimmung zu versetzen«, schmunzelte Dennis Krübling.

»Die beiden hatten es aber wohl vor allem auf Bargeld und weniger auf liturgische Gerätschaften abgesehen«, bemerkte Maria Zoely, die nun das Wort an sich nahm.

»Damit hätten wir jetzt wieder zwei neue Verdächtige«, seufzte Dennis Krübling, während Gerhard Kranich schon an die Infotafel ging, um die Namen hinzuzufügen.

Maria Zoely winkte ab. »Eine gute und eine schlechte Nachricht.«

»Ich will erst die gute«, bat Gerhard Kranich.

»Es gibt nur eine Nachricht. Die gute ist: Wir brauchen die beiden nicht zu checken. Das ist auch die schlechte. Zwei Verdächtige weniger – also weniger Arbeit, leider aber auch zwei mögliche schnelle Lösungen weniger.«

»Und mit welchem eindrucksvollen Alibi können die beiden aufwarten?«, wollte Dennis Krübling wissen.

Niclas Dängler grinste verstohlen: »Die sitzen hinter schwedischen Gardinen, seit über zwei Monaten. Die wollten eine Bank ausrauben und hatten sicherheitshalber gewartet, bis die Schalterhalle leer war. Daraufhin hatte der Kassenmitarbeiter die elektrischen Türschlösser verriegelt und die Polizei geholt.« Die Soko lachte.

»Vielleicht sollten die beiden sich ein anderes Betätigungsfeld suchen«, schmunzelte Kranich.

»Kommen wir zurück zum Lehrbach-Kelch«, erinnerte Maria Zoely. »Bischof Panifer beschloss, eine Kopie des Kelchs anfertigen zu lassen, die er auch selbst finanzieren wollte. Um die Anfertigung dieses Duplikats nicht an die große Glocke zu hängen, wurde nach einem geeigneten Goldschmied gesucht. Und jetzt kommt die Wendung in der Geschichte. Birglbichler war mit Jan van Feller schon längere Zeit vorher in Kontakt gekommen, eigentlich, wie vieles im Leben, eher per Zufall. Dann kamen die nächtlichen Domeskapaden dazu. Dabei hatte Birglbichler ein gutes Wort eingelegt, weil er die handwerklichen Fähigkeiten Fellers richtig einschätzte. Und bei dieser Gelegenheit hatte Jan van Feller erzählt, dass sein Bruder Jonas ein herausragender Goldschmiedehandwerker mit einer geradezu perfekten Technik sei. Also gab Bischof Panifer, den Birglbichler einweihte, im Geheimen über Jan van Feller an dessen Bruder Jonas den Auftrag, der gemeinsam mit einem befreundeten, ebenso verschwiegenen Goldschmied die Kelchkopie anfertigte. Einziger Mitwisser außer dem Bischof, Birglbichler und Feller, dem man mit Entlassung drohte, wenn er redete, war der Museumsdirektor, der von der Idee begeistert war, weil man den Kelch so immer im Museum lassen konnte und ihn nicht ungeschützt über die Straße transportieren musste.«

»Was für ein Aufwand.« Kranich war sichtlich erregt.

»Na ja, die Kopie diente letztlich als Köder, weil man befürchtete, dass sich die Tat wiederholen würde. Außerdem steht ja im Museum das Original – in vielen anderen Museen stehen an manchen Stellen Kopien.«

»Wahrscheinlich wurde der Kelch zur Tarnung in der Plastiktüte eines Discounters vom Museum in den Dom transportiert«, scherzte Dennis Krübling und schob hinterher: »Es wird ja wohl nicht jedes Mal eine feierliche Prozession gewesen sein, die nur Aufmerksamkeit auf sich zieht.«

Niclas Dängler wies auf Fellers Bruder hin, der vermutlich nach der Todesnachricht umgehend zu dem befreundeten Goldschmied gefahren sei.

Maria Zoely nickte. »Auf jeden Fall stand das Duplikat im Museum, natürlich nicht in der Vitrine im Domschatz, und wurde dann ausgeliehen.«

»Wie konnten denn Original und Fälschung auseinandergehalten werden?«, fragte Krübling.

»Auf dem Boden wurde keine Gravur angebracht, während der Lehrbach-Kelch eine historische Handwerkssignatur trägt. Der Bischof hat uns aber noch einen Hinweis gegeben: Die Fälschung ist einem liturgischen Mitarbeiter wohl aus der Hand geglitten oder er hat sie irgendwo angestoßen. Auf jeden Fall hatte Bischof Panifer bei einem Pontifikalamt entdeckt, dass am Fuß des Kelchs eine Schramme war.« Die folgende Pause machte deutlich, dass nun der Höhepunkt kam: »Nach dem Pontifikalamt am Patrozinium des Doms, dem 15. August, Mariä Himmelfahrt ...«

»... was offiziell eigentlich Mariä Aufnahme in den Himmel heißt ...«, musste Kranich korrekterweise ergänzen.

Maria Zoely nickte. »... war das Duplikat plötzlich weg. Man könnte meinen, Bischof Panifer habe geahnt, dass so etwas passieren würde.«

»Wann ist der Kelch denn gestohlen worden?«, fragte Dziwicz, der später hinzugekommen war, weil er noch Ermittlungstermine hatte.

»Am Ende des Gottesdienstes stand er noch auf der Kredenz, das ist der Tisch, auf dem die Gefäße stehen, die bei der Gabenbereitung zum Altar gebracht und nach der

Kommunion wieder dahin zurückgestellt werden. Als der Domsakristan die Gefäße in die Sakristei mitnehmen wollte, war der Kelch weg. Der Sakristan rannte dann direkt in die Sakristei und informierte als Erstes den Bischof. Dieser hat zusammen mit Birglbichler die Sache heruntergespielt und den Sakristan mit der Aussage beruhigt, dass Birglbichler den Kelch für einen Gottesdienst im Kloster mitgenommen habe. Das Original gab es ja noch – und nur wenigen Personen war die Existenz einer Kopie bekannt, was auch so bleiben sollte.«

»Und was hat die Suche nach dem Kelch ergeben?«, fragte Dziwicz nach.

»Das ist ja das Komische. Nach dem Tod von Birglbichler stand das Duplikat wieder in der Domsakristei. Zwar nicht im Tresor, aber das tat er auch nicht immer. Weil das Duplikat weg war, wurde am Morgen der originale Lehrbach-Kelch für das Pontifikalamt zum Domweihjubiläum benutzt. Es gab deswegen am Montagmorgen im Rahmen unserer Ermittlungen viel Verwirrung, weil man ja annahm, dass der wertvolle Originalkelch wieder seinen Weg ins Museum zurückgefunden hat: Plötzlich stand er noch – oder besser wieder – da. Es hat aber keiner eine Brücke schlagen können, also wurde das Duplikat zurück ins Museum geschafft. Birglbichler konnte nichts mehr sagen, der Bischof musste zur Vollversammlung der Bischöfe – und der Museumschef, der auch unterwegs war, freute sich, dass die Kopie wieder im Land war. Ich habe mit ihm gesprochen, es handelt sich um die ›echte‹ Kopie.«

Maria Zoely runzelte die Stirn. »Ich vermute, dass der Täter im Gottesdienst war und festgestellt hat, dass noch ein zweiter Kelch existiert, daraufhin ›seinen‹ Kelch untersucht hat, ihn zurückbringen und gegen das Original tauschen wollte.«

»Aber alles am Sonntag?«

»Ja klar.« Maria Zoely nickte. »Am Sonntag bestand die größte Chance, noch an das Original heranzukommen.«

»Und wenn der Kelch im Tresor gestanden hätte?«

»Birglbichler hatte einen Sakristeischlüssel – und wie in vielen Sakristeien gibt es für den Tresor einen Zweitschlüssel an einer dort versteckten Stelle. Der Dieb hatte sicher kalkuliert, dass Birglbichler dieses Versteck kennt – er gehörte immerhin zum Domkapitel. Es ist anzunehmen, dass der Kelchdieb eigens wartete, bis Birglbichler wieder im Dom war. Und am nächsten Morgen wäre er unbemerkt mit dem Kelch herausspaziert. Mich wundert nur, dass sich der Täter mit der Leiche so eine Mühe machte und einen Unfall auf den Stufen vortäuschte. Er hätte den Leichnam ja irgendwo verstecken können. Stattdessen wählt er diese exponierte Präsentation.«

»Er wollte einen Unfall vortäuschen«, gab Niclas Dängler zu bedenken.

Maria Zoely wiegte den Kopf. Die von ihr dargelegte Rekonstruktion der Zusammenhänge hatte auch sie noch nicht vollständig überzeugt.

»Aber die Nachbildung des Kelchs ist doch auch viel wert.« Blumke schüttelt den Kopf. »Wer geht denn solch ein Risiko ein?«

»Es muss dem Täter um den originalen Lehrbach-Kelch gehen. An einem Duplikat hat er kein Interesse«, meinte Maria Zoely.

»Vielleicht enthält der Kelch ein Versteck und dort ein wertvolles Geheimnis?«, Dennis Krübling wagte wieder, seinen Spekulationen freien Lauf zu lassen.

Niclas Dängler schüttelte den Kopf. »Der Kelch ist vielfach untersucht worden. Er ist an sich eine große Kostbarkeit, aber es gibt keine verborgenen Botschaften.«

»Vielleicht steckt im Kelch ein anderer Kelch, der durch die äußere Hülle geschützt werden soll?« Dennis Krübling ließ nicht locker.

»Nochmals: Falls hier jemand auf der Suche nach dem Heiligen Gral ist, liegt er falsch.« Maria Zoely blickte Krübling scharf an, der den Wink verstand. Er hatte wohl etwas in dieser Richtung andeuten wollen, sagte aber nichts mehr dazu.

»Grund für zwei Morde.« Gerhard Kranich sprach das zentrale Motiv aus. »Birglbichler wusste um das Duplikat und ist jetzt tot, Feller hat seinen Bruder vermittelt und ist jetzt auch tot. Haben wir eigentlich schon an Schutz für Jonas van Feller gedacht?«

Dängler war überrascht, aber Maria Zoely winkte ab: »Eine Streife steht rund um die Uhr vor seiner Tür, er ist außerdem darüber informiert und besitzt einen Notsignalgeber. Ich habe ihn übrigens wegen der vorenthaltenen Informationen ziemlich in die Mangel genommen.«

Niclas Dängler unterdrückte ein Grinsen. »Jetzt müssten wir nur noch wissen, wer ein so großes Interesse an dem Kelch hat, dass er bereit ist, dafür zwei Morde zu begehen.« Dängler sprach die große Frage gelassen aus – und erntete als Reaktion allgemeines Kopfnicken.

Kranich schlug vor, in den »dunkleren Kreisen« nachzuforschen, wie damals in Köln beim Einbruch in die Domschatzkammer.

»Wir können, glaube ich, einen einfachen Raub ausschließen.« ergriff Maria Zoely wieder das Wort. »Ich denke, es gibt ein persönliches Motiv. Der Materialwert ist zwar beträchtlich, aber de facto uninteressant. Der Kelch selbst hat natürlich einen hohen kunsthandwerklichen und kunsthistorischen Wert, aber man kann so einen prominenten Kelch nicht einfach weiterverkaufen. Selbst ausgebuffte Hehler sind heutzutage vorsichtig geworden.«

Sie erinnerte sich an ein Gespräch mit dem Leiter für Diebstähle in Mainz, der die »Marktlage« für sakrale Kunst bei den Hehlern als momentan eher schlecht eingeschätzt hatte.

»Mich macht stutzig, warum nur der Kelch und nur dieser Kelch gestohlen wurde, es stehen doch noch andere liturgische Geräte in der Sakristei außerhalb des Tresors, die man wenigstens vom Materialwert her noch hätte mitgehen lassen können.« Sie dachte an den modernen Bischofsstab, der wegen des prominenten Künstlers ein Vermögen wert war. Aber sicher war dieses Kunstwerk deswegen zum Weiterverkauf nicht geeignet.

Die Kollegen nickten. Die Polizei musste immer öfter vor allem in Neubaugebiete kommen, wo aus Bauten die Kupferleitungen und Dachrinnen gestohlen wurden. Selbst vor Eisenbahnschienen und Stützträgern aus Stahl machten die Rohstoffdiebe keinen Halt, seitdem in den letzten Jahren an den Börsen die Preise massiv angestiegen waren.

Maria Zoely mahnte, die Akten nochmals durchzugehen. »Wir überprüfen noch einmal die Alibis der Verdächtigen«, ordnete sie an, »und überlegen uns, wer von den besagten Personen einen Bezug zu diesem Kelch haben könnte.«

Ein Blick in die Runde zeigte ihr, dass sie sich den letzten Satz hätte sparen können. Der Fall war so dicht mit dem Dom verwoben wie der Lehrbach-Kelch. Also standen wieder einmal fast alle einschlägigen Verdächtigen auf dem Tapet.

»Und wir müssen sehen, dass die Spur mit dem Kelch nur eine Möglichkeit ist, die wir haben«, schob Maria Zoely noch nach. »Der Bischof selbst hat deutlich gemacht, dass der Kelch zwar diese Fotosymbole auf sich vereint, es sich aber dennoch auch um Hinweise auf etwas ganz anderes handeln könnte.«

»Also wieder alles auf Start«, sagte dann noch überflüssigerweise Niclas Dängler.

Maria Zoely sah das eine oder andere Augenrollen, verkniff sich aber eine spitzzüngige Bemerkung – unter diesen verworrenen Umständen konnte sie die Kolleginnen und Kollegen auch verstehen.

Dziwicz hatte mittlerweile die Handyliste des toten Jan van Feller erhalten und direkt durchgearbeitet. »Alles wie gehabt, Telefonate vor allem mit der Hütte und den Vorgesetzten, auch natürlich dem Vorarbeiter und der Truppe. Dann Telefonate mit Birglbichler – in den letzten beiden Wochen vor dessen Tod mehrere Male.« Dziwicz blickte auf. »Wir wären gescheiter vorher mal die Anrufliste durchgegangen.«

Maria Zoely schüttelte den Kopf. »Das hätte uns auch nichts gebracht. Feller wollte nicht mit uns reden, der hätte dann genügend Ausflüchte anbringen können. Und wir hätten keinen richterlichen Beschluss bekommen bei diesen dürftigen Voraussetzungen.«

Der Nachmittag war ganz dem vertieften Aktenstudium gewidmet. Nach stundenlanger Lektüre schaute Dängler auf, rieb sich die Nasenwurzel und sah zu Maria Zoely an den anderen Schreibtisch hinüber. »Ich sehe bald nur noch Bahnhof. Meinst Du wirklich, wir könnten aus den Akten ein wichtiges Indiz herauslesen?«

Sie zuckte mit den Schultern. »Ich habe das Gefühl, dass eine Spur da ist. Uns fehlt aber eindeutig ein konkreter Hinweis, wo wir ansetzen müssen und wie.«

Sie blickte in ihre Unterlagen, sah dann aber wieder auf. »Ich habe das – wie mein Ausbilder an der Polizeischule immer so schön sagte – unterschwellige Gefühl, dass wir ganz dicht dran sind. Irgendjemand hat etwas gesagt – oder es war die Weise, wie es gesagt wurde, was mich stutzig gemacht hat. Aber ich bekomme die Situation nicht vor mein geistiges Auge.«

Dängler nickte. Er kannte dieses Gefühl.

»Hat sich eigentlich jemand auf die Sendung bei ›polizei.tv‹ gemeldet?«, erkundigte sich Maria Zoely in der Runde.

Nachdem die Polizei mit Informationen über den Todesfall Birglbichler an die Öffentlichkeit gegangen war, hatte sie angeregt, beim Offenen Kanal eine Sendung zum aktuellen Fall auszustrahlen. Die Serie ›polizei.tv‹ berichtete schon seit Jahren von der Arbeit der Speyerer Polizei, wobei es bisher nur um schutzpolizeiliche Aktivitäten ging.

Dängler schüttelte den Kopf. »Blumke und Dziwicz hatten mehrere Anrufe nach der Ausstrahlung in der Landesschau, aber du kennst selbst das Gros an Trittbrettfahrern und Wichtigtuern, die sich da immer melden. Und die ernst gemeinten Anrufe waren nicht weiterführend. Um diese Uhrzeit ist halt auch in Speyer kaum noch jemand auf den Beinen.«

Maria Zoely klappte mit einem lauten Seufzen die Akte zu, klickte ihren Computer auf »Herunterfahren« – und war selbst überrascht, ihre eigene Stimme sagen zu hören: »Und was machst du heute Abend noch?«

Niclas Dängler blickte freudig überrascht von seinem Papierstapel auf. »Ich habe nichts vor. Ein paar belegte Brote und dann die »Tatort«-Wiederholung von dem Toten an der Orgel.«

»Aha, aus Österreich, kenne ich. Zur Inspiration?«

Dängler zog ein etwas missmutiges Gesicht, was Maria Zoely veranlasste, schnell nachzulegen: »Würde ich mir gern aber auch noch mal anschauen.«

Dängler strahlte. »Dann komm doch einfach heute Abend gegen sieben bei mir vorbei, wir können etwas zusammen kochen und uns dann den ›Tatort‹ zusammen ansehen.«

Maria Zoely war über die Aussicht, den Abend nicht allein verbringen zu müssen, hocherfreut – und sagte sofort zu.

Dängler freute sich sichtlich – und blickte nun fast vergnügt in die Akten.

Maria Zoely brannten schon die Augen. Die Polizeidienststelle war zwar erst kürzlich mit neuen Schreibtischlampen ausgestattet worden, bei deren Licht die Augen angeblich nicht so schnell ermüdeten, aber auf längere Zeit konnte auch die beste Beleuchtung die Beanspruchung nicht ausgleichen.

Maria Zoely schaute in Dänglers Richtung und sagte nur knapp: »Bis später«, bevor sie sich im wahrsten Sinne des Wortes aus dem Staub machte, der sich auf den Akten über kurz oder lang ansammeln würde.

Ihr fehlte in dem Fall einfach ein Impuls, dachte Maria Zoely, als sie aus dem Revier auf die immer noch sehr belebte Maximilianstraße trat, die bei diesem herrlichen Herbstwetter noch zahlreiche Einheimische und Gäste zum Flanieren einlud. Was sollte sie tun, wenn die ganze Ermittlung im Sande verlief? Sie fand es einfach undenkbar, den Einstiegsfall zu versemmeln und dann doch die Stelle zu besetzen – Vorschusslorbeeren aus dem Mainzer Fall hin oder her.

Maria Zoely blickte zum Dom. Was wohl aus denen geworden war, die am Dom in irgendeiner Weise mitgewirkt und dabei versagt hatten? Sie wollte nicht an die Tragik dieser Situation denken, auch nicht daran, dass beim Scheitern sicher noch größerer Druck auf sie und die folgenden Fälle ausgeübt würde. Und Erfolge bei den »Feld-Wald-und-Wiesen-Morden«, die sich immer wieder ereigneten, konnten diese Schlappe nicht wettmachen. Von ihren persönlichen Gewissensbissen, versagt zu haben – auch den Toten gegenüber –, ganz abgesehen.

Eine Wohnung müsste sie sich auch noch suchen, schoss ihr siedend heiß durch den Kopf, das lag bisher noch auf Eis. Ausgerechnet jetzt, dachte Maria Zoely verärgert. Wenn der Fall so schlecht läuft, habe ich auch keine Nerven, eine Wohnung auf Schwachstellen zu untersuchen, die mich dann, wenn der Kopf wieder freier wird, ärgern würden. Vielleicht, dachte sie, nehme ich einfach Niclas mit. Er machte auf sie einen soliden Eindruck, schien kein Draufgänger zu sein – und die Art, wie er auf sie zuging, freute sie wirklich.

Sie spürte, wie sie bei dem Gedanken an Niclas positiver gestimmt war, und bemerkte, dass sie über das Sinnieren vor dem Dom angelangt war. Sie empfand den tiefen Drang, das Gebäude zu betreten – vielleicht gäbe es einen Impuls, sie wagte es kaum zu denken, von weiter oben? Sie seufzte tief, schloss ihr Fahrrad, das sie am Wochenende mit einigen anderen persönlichen Sachen von Mainz nach Speyer transportiert hatte, an einem Fahrradständer an und betrat den mächtigen Bau.

Wie eine Schleuse wirkte das Portal, welches das Leben draußen geradezu verschluckte und eine neue Welt, zumal in dieser abendlichen Stunde, zu öffnen schien.

Maria Zoely bemerkte, dass sie wieder in der gleichen Bank Platz genommen hatte wie in der Woche zuvor; ihr waren der Blick, die Richtung und der Winkel sofort vertraut. Seltsam, dachte sie. Der Dom war zwar von seinen Ausmaßen her gewaltig, hatte aber nicht so viele Sitzbänke, wie man eigentlich vermutete. Bei einer Führung hatte sie gehört, dass allein der Chor- und Apsisbereich etwa die Hälfte der gesamten Länge beanspruchten.

»5556 Pfeifen, darunter die größte mit knapp zehn Metern Länge, 80 laufende Meter Kanalanlage, 1500 laufende Meter Abstrakte, das sind feine Leisten aus Holz, die die Klaviatur mit den Ventilen unter den Pfeifen verbinden.«

Maria Zoely erriet, auch ohne hinzusehen, dass wieder eine Domführung unterwegs war, die sich gerade der neuen Hauptorgel widmete. Nun erklang diese auch mit einem prächtigen Werk, das sie nicht einordnen konnte. Könnte Bach sein, vermutete sie.

Nachdem der letzte Ton verhallt war, lobte der Führer, der ein wenig nach Student aussah, ausführlich die Vorzüge der neuen Orgel und ging auf weitere technische Finessen ein. Maria Zoely wollte sich das Instrument im nächstmöglichen Konzert auf jeden Fall anhören, obwohl Gerhard Kranich auf die schwierigen akustischen Bedingungen im Dom aufmerksam gemacht hatte.

»Die neue Orgel ist ein weiterer Pluspunkt für den Dom und die Touristik«, vernahm Maria Zoely eine vertraute Stimme, als sich Schwester Alphäa zu ihr in die Bank gesellte.

»Darf ich?« Alphäa war höflich.

Maria Zoely nickte einladend – sie war ganz dankbar, einen Gesprächspartner außerhalb der Dienststelle zu treffen.

Alphäa setzte sich.

»Ich hoffe, unser Nachhaken hat Sie nicht zu sehr getroffen«, setzte Zoely an, obwohl sie sich schon früh in ihrer Mainzer Zeit vorgenommen hatte, sich für routinemäßige Ermittlungen nicht mehr zu entschuldigen.

Schwester Alphäa lachte, für Maria Zoely in einem Dom fast zu laut. »Nein, Sie machen Ihre Arbeit – und ich meine. Und dass ich auf der Verdächtigenliste stehe, finde ich normal. Es hätte mich gewundert, wenn Sie mich ausgeklammert hätten.«

Maria Zoely lachte ebenso verhalten wie erstaunt zurück, nachdem sie an den Lachfältchen um Alphäas Augen sah, dass die Schwester mit der polizeilichen Ermittlungsarbeit tatsächlich keine Probleme hatte.

Maria Zoely hatte noch einmal im Kloster ermitteln lassen, ob es Zeugen dafür gab, dass die Schwester in der fraglichen Nacht dort war. Alphäa selbst konnte sich nicht erinnern, wohl aber, dass ihre Lektüre eines historischen Romans fast die ganze Nacht in Anspruch genommen hatte. Doch es gab nicht nur Zeugen, die Licht unter ihrer Tür gesehen hatten, sondern auch eine schlaflose Mitschwester, die kurz nach Mitternacht Alphäa im Schlafgewand noch durch den Gang hatte laufen sehen. Alphäa konnte sich daran erinnern, dass sie sich noch eine Flasche Mineralwasser aus der Küche geholt hatte, hatte aber nicht erwartet, dass sie dabei beobachtet worden war. Maria Zoely glaubte zwar der Mitschwester aufs Wort, ließ sich aber trotzdem eine gerichtlich verwertbare Erklärung unterschreiben. Damit war Alphäa aus dem Schneider.

Maria Zoely grinste bei dieser gedanklichen Formulierung, sinnigerweise war die Mitschwester, die Alphäa ein Alibi geben konnte, in der Schneiderei des Klosters beschäftigt. Da sie auch ohne Brille kleinste Änderungen vornahm, stand ihre Sehschärfe außer Frage. Alphäa stand ohnehin auf der Liste der Verdächtigen ganz unten.

Schwester Alphäa blieb eine Weile in der Bank neben Maria Zoely sitzen und erzählte, dass sie mit dem Tod von Korbinian Birglbichler noch hadere. »Ich weiß nicht, warum dieser arme Mann das erleiden musste«.

Maria Zoely, die keine Ermittlungsergebnisse ausplaudern wollte, gab nur ein zustimmendes Geräusch von sich. Sie beobachtete gedankenverloren die Dombesucher.

Alphäa bemerkte Maria Zoelys Blick und meinte: »Fast alle, die hierher kommen, glauben, das Paradebeispiel eines romanischen Gebäudes zu sehen. In manchen Bildbänden wird sogar das Innere abgebildet, das ja doch nur das Empfinden der 1960er-Jahre war.« Sie machte eine Pause und lachte.

Maria Zoely hatte den Eindruck, dass auch Alphäa sich von ihren trüben Gedanken ablenken musste.

»Haben Sie gewusst, dass beim Ausbau des Speyerer Flughafens nach einem geltenden Gesetz das obere Drittel der beiden Osttürme hätte weiß-rot schraffiert werden müssen?«

Maria Zoely lachte darüber, verhalten, wie es ihrer Meinung nach dem Raum angemessen war. Sie hatte es nicht gewusst, wollte es sich aber unbedingt merken, um Gerhard Kranich vielleicht einmal damit zu überraschen – wenn er es nicht schon selbst wusste.

Alphäa schaute nun konzentriert in Richtung Seitenschiff, was Maria Zoely auffiel, die dem Blick folgte. Sie erkannte das Gesicht einer verdächtigen Person.

Alphäa schaute dieser Person noch einen Moment hinterher, dann wieder geradeaus.

»Ich finde es toll, dass manche Menschen sich so sehr für Geschichte interessieren. Wissen Sie, wir haben ja auch im Kloster noch eine Menge an historischem Material. Das Kloster wurde zwar 1689 wie der Dom und ein Großteil der Stadt niedergebrannt, aber trotz der vielen Niederlagen in den Jahrzehnten danach haben wir seit 1828 wieder eine lebendige und zusammenhängende Klostergeschichte.«

Ihr Blick fiel erneut auf die Person, die nun vor dem Königschor stand.

»Aber dass diese Jahre zu Beginn des 19. Jahrhunderts so interessant sind, hätte ich nicht gedacht. Was wir alles für Akten aus dieser Zeit deswegen gesichtet haben ...«

Maria Zoely wurde hellhörig. Alphäa erzählte, dass sie für die Person, die nun die Stufen zum Querhaus betrat, die alten Unterlagen aus dem Klosterleben hatte heraussuchen müssen.

»Unsere Schwester Priorin war ganz hinterher. ›Wenn sich jemand vom Dom für unser Archiv interessiert, sind wir doch froh‹ – das waren ihre Worte.« Alphäa schmunzelte und fügte hinzu: »Na ja, und für mich war es natürlich auch nicht uninteressant.«

Maria Zoely spürte ihr Herz auf einmal heftiger schlagen und fragte nach: »Waren darunter auch die Unterlagen über den Grafen Lehrbach, der dem Dom den berühmten Kelch vermacht hat?«

Alphäa blickte die Kommissarin mit großen, staunenden Augen an. »Ja, natürlich.«

Beide schwiegen einen Moment.

Dann setzte Alphäa hinterher: »Seltsam. Aber jetzt, wo Sie so direkt nachfragen, fällt es mir auch auf: An diesen Akten bestand sogar das größte Interesse.«

16

Die Sache lief aus dem Ruder. Und zwar an allen Fronten. Eigentlich hätte mit dem toten Domkapitular die ganze Sache als tragischer Unfall abgehakt werden können. Aber dann waren die Spürhunde von der Polizei gekommen und hatten alles umgekrempelt.

Dabei waren doch in der Wohnung alle Hinweise auf die Sache entfernt worden. Und im Dienstzimmer war bestimmt kein Indiz gefunden worden – der Birglbichler war doch immer so vorsichtig.

Und dann war diese neue Kommissarin aus Mainz gekommen und hatte begonnen herumzuschnüffeln.

Jetzt sitzt sie bei der Schwester. Auf die hätte man auch noch einen Blick werfen sollen.

Ob die Schwester etwas von dem Kelch wusste? Wohl nicht. Man war vorsichtig gewesen und hatte auch die anderen Akten durchgegangen, die eigentlich völlig uninteressant waren. Das hatte Zeit gekostet – aber hoffentlich abgelenkt.

Eine anstrengende und mühsame Aktion. An den alten Blättern aus dem Klosterarchiv hätte man ersticken können. Und dann war die Alphäa auch noch so interessiert gewesen. Jedes Blatt hatte sie begutachtet. Zum Glück kam die Erkältung dazwischen und der Arbeitsanfall, den man vorschieben konnte.

Alphäa hatte sicher nichts gemerkt – und konnte der Kommissarin, die jetzt neben ihr in der Bank saß, auch keinen Hinweis geben, selbst wenn die beiden jetzt so offensiv nach vorn schauten.

Wer weiß, wie viele Menschen noch in die alten Archive sahen.

Außerdem war keinem klar, was es mit dem Kelch auf sich hatte. Schließlich war der ja schon mehrfach untersucht worden. Aber wie beim ungläubigen Thomas konnten die mit den Augen nicht unbedingt sehen, was tatsächlich hinter der Sache steckte.

Dummerweise kam hinzu, dass irgendwie noch ein zweiter Kelch existierte, der aber nicht echt war. Das hatte die Sache verkompliziert. Als beim Festgottesdienst im Fernsehen der Bischof den Kelch zur Wandlung hob, hatte sich ein Schock eingestellt, der immer noch in allen Gliedern steckte.

Vielleicht musste jetzt erst mal Gras über die ganze Sache wachsen.

Verdammt, jetzt reden die Schwester und die Kommissarin noch immer miteinander und schauen auch noch beide her – lachen und winken, wie im Film!

Nur nicht nervös werden, die wissen nichts, die ahnen nichts. Sonst hätte die junge Polizistin schon längst nachgehakt.

Nun ja.

Der Unfall war ins Auge gegangen, der Kelch war ein Problem – und dann kam auch noch der Steinmetz dazwischen. Die Sache mit Feller hatte natürlich das Ganze zusätzlich angeheizt, ganz klar. Und neben der Schwester müsste auch noch der Bruder ... Es kamen langsam zu viele Unsicherheiten ins Spiel. Vielleicht sollte die ganze Sache begraben werden.

Dabei war alles so durchdacht und geplant gewesen. Auch mit dem Schweigegeld.

Alles wie Seifenblasen zerplatzt.

Wenn die Kommissarin nicht so erstaunt schauen würde ...

Wieso stürzt die jetzt plötzlich so hektisch davon?
Ob ich die Alphäa mal aushorchen sollte?
Es wäre besser, wenn ich dort auch gleich vorgesorgt hätte.
Ver... Man soll an heiligen Orten nicht fluchen.
Aber es war ja vielleicht noch nicht zu spät ... hoffentlich.

17

Niclas Dängler war von der raschen Abfolge sich widerstreitender Gefühle selbst überrumpelt: erst Enttäuschung, dann Überraschung, schließlich Enthusiasmus.

Zunächst war er erstaunt, dass Maria Zoely ihn noch vor dem geplanten abendlichen Tête-à-Tête anrief. Er befürchtete zunächst, dass der gemeinsame Abend ins Wasser fallen würde. Er war dann zwar begeistert, dass seine Kollegin auf ein früheres Treffen drängte, aber weniger davon, dass dies dann, wie sich herausstellte, nicht auf einem ungebremsten Hormonausstoß, sondern auf dienstlichen Belangen gründete. Diese waren wiederum, wie Maria Zoely am Telefon erklärte, neuen Erkenntnissen in ihrem Fall geschuldet. Daher sollte das Treffen auch nicht in Dänglers neuer Küche (»selbst eingebaut«) stattfinden, sondern im eher trist möblierten Dienstzimmer der Polizei.

So hatte Dängler sich den Abend, von dem er sich einiges versprochen hatte, nicht vorgestellt. Aber, tröstete er sich, seine Kollegin würde sicher noch länger in Speyer bleiben, und da galt es, wie im Dienst, nichts zu überhasten.

Der Enthusiasmus stellte sich aber dann doch ein, als Maria Zoely vom abendlichen Gespräch mit Schwester Alphäa im Dom berichtete, vor allem von den eher achtlos hingeworfenen Informationen, die aus den bunten Mosaikteilchen ein zusammenhängendes Muster entstehen lassen sollten. Allerdings fehlte noch, wie sie betonte, der »Klebstoff« des Ganzen, der sich noch nicht herauskristallisiert habe.

Dängler war zwar mittlerweile auch davon überzeugt, dass das Motiv für die beiden Todesfälle mit dem Kelch zusammenhing. Welche konkrete Rolle dieses liturgische Gerät aber tatsächlich spielte, lag für ihn wie auch für Maria Zoely bisher noch im Dunkeln.

Also schnappte er sich sein Rennrad, das er bereits in den Keller verfrachtet hatte, zog sich nochmals um und brauste in den abendlichen Stunden, die nun doch deutlich kühler wurden, in die Dienststelle. Dass er danach nicht mehr nach seinem französischen Rasierwasser roch, das er anlässlich der Einladung und des geplanten kulinarischen Abends eigens aufgelegt hatte, war zweitrangig.

Maria Zoely wartete bereits und teilte ihm mit, dass auch der Rest der Truppe bald eintreffen würde. Sie entschuldigte sich, dass das geplante Beisammensein ins Wasser fiel, aber die Wendung in der Geschichte hatte nun einmal Priorität.

Immerhin schien Maria Zoely dienstliche und private Interessen nicht nur gut unter einen Hut zu bringen, sondern zwischen beiden bei Bedarf auch sauber trennen zu können, folgerte Dängler.

Maria Zoely setzte ihm einstweilen auseinander, wie sie sich den kommenden Morgen vorstellte, und vereinbarte per Telefon Termine mit den beiden Hauptverdächtigen.

Sie bemühte sich, ihre Stimme am Telefon nach einer routinemäßigen Befragung von Zeugen klingen zu lassen. Dängler bewunderte Maria Zoely, die dabei sehr neutral und geschäftsmäßig klang. In einem der beiden Fälle war deutlich der Argwohn des Gesprächspartners heraushören, auch wenn er versuchte, gleichmütig zu klingen.

Über den Verlauf des Verhörs gab es zunächst noch ein kleines Geplänkel. Maria Zoely hatte die beiden verdächtigen Personen zur gleichen Zeit ins Kommissariat einbestellt. In nebeneinander liegenden Zimmern sollten sie nacheinander, eventuell auch abwechselnd, befragt werden. Maria Zoely fand das effektiv und zielführend, während Dängler die Methode als ein wenig antiquiert abtun wollte. Er argumentierte, dass sich die beiden eventuell über die parallelen Termine verständigen würden – aber ein Nacheinander der Befragung hatte ebenfalls erhebliche negative Folgen. Schließlich musste er zugeben, dass die Vorladung an die beiden Verdächtigen zur gleichen Zeit Vorteile bot, nicht nur zeitliche.

Nachdem die Truppe vollzählig im Kommissariat versammelt war, gab Maria Zoely einen Überblick über die bisherigen Ergebnisse und stellte ihren Plan für den kommenden Morgen vor. Beim Auseinandergehen war eine gewisse Unruhe bei den Soko-Mitgliedern zu spüren.

Der folgende Tag würde die Entscheidung bringen, wie es mit den Fällen weitergehen würde. Und auch, wie lange es die Soko noch gab.

Für Maria Zoely begann der Morgen der Entscheidung in der Kapelle des Priesterseminars. Noch vor der Morgenmesse, an der sie mittlerweile hin und wieder teilnahm, um sich anschließend mit den angehenden pastoralen Mitarbeitern zum Frühstück zu begeben, saß sie bereits dort.

Die Sonne warf die ersten Strahlen durch das bunte Glas in den Raum. Maria Zoely erinnerte sich, dass der Glaskünstler, Valentin Peter Feuerstein, auch im Ulmer Münster einige Fenster entworfen hatte, wobei ihr das »Fenster der Verheißung« am lebendigsten in Erinnerung war. Obwohl als Randfenster fast versteckt, war doch ein Ausschnitt sehr bemerkenswert, der den Urknall symbolisierte – und neben den Konterfeis von Einstein, Galilei, Kopernikus, Kepler und Newton auch das Weg-Zeit-Gesetz des freien

Falls und Einsteins berühmte Energie-Masse-Beziehung im Fensterglas abbildete. Was wohl mit den Fenstern des Priesterseminars geschieht, überlegte Maria Zoely, wenn die Ausbildungsschmiede für die angehenden Priester ins Bistumshaus umquartiert wird? Manchmal fragte sie sich, wie dauerhaft ihre Arbeit und die ihrer Kollegen war. Immer wieder neue Verbrechen, immer wieder Verhaftungen und Urteile, manchmal Freisprüche, wenn die Indizienlage nicht ausreichte. Das konnte ab und an auch in ihrem Beruf die Sinnfrage hervorrufen, auf deren Beantwortung sich eher die Mitarbeiter des Bistums konzentrierten. Oder, wie ein Pfarrer ihr einmal sagte, nicht nach fertigen Antworten zu suchen, sondern immer wieder bereit sein, Fragen zu stellen.

Gerhard Kranich hatte sie auf das Relief am Ostchor aufmerksam gemacht, das zu den ältesten Teilen des Domes gehörte. Dort hatte ein Bildhauer die biblische Friedensvision in ein kleines, aber feines Bild gehauen. Maria Zoely dachte daran, dass damals die Größe und das Aussehen des Doms noch gar nicht absehbar gewesen waren. Viele Mitarbeiter des Dombaus hatten die Fertigstellung dieses gigantischen Gebäudes nicht mehr erlebt.

Ebenso konnte auch für die Polizei die Arbeit an einem Fall manchmal wie eine Herkulesaufgabe erscheinen – oder besser wie die Aufgabe des Sisyphus. So viele Erschwernisse, bis es eine Lösung gab. Und doch blieb immer wieder der eine oder andere ungeklärte Fall.

Das bunte Licht in der Kapelle nahm zu. Maria Zoely hoffte, dass ihre Strategie heute aufging. Durch die Bestätigung einiger Alibis hatten sich die Zahl der Verdächtigen stark reduziert und andererseits eine völlig neue Perspektive in diesem Fall ergeben.

Sie musste nun alles auf eine Karte zu setzen.

Maria Zoely ließ sich noch einmal vom beeindruckenden Licht der Kapellenfenster mitreißen – und versuchte, in der Orgelmusik der Chororgel, die über die kapelleneigene Anlage erklang, noch einmal die nötige Ruhe zu finden.

In der Dienststelle wartete bereits Dängler – und die anderen Soko-Mitglieder kamen nach und nach hinzu.

Noch lange hatte Maria Zoely mit Niclas Dängler über die Verhörtaktik diskutiert. Es war hauptsächlich um die Frage gegangen, mit wem der beiden Verdächtigen das Verhör beginnen sollte. Maria Zoely hatte lang mit sich gerungen, aber entschieden, mit der Person anzufangen, die ihr am verdächtigsten erschien – und wofür auch die meisten Anhaltspunkte vorlagen. Dängler war zunächst dafür gewesen, mit der weniger verdächtigen Person zu beginnen.

»Denke daran, dass wir die schwächere Person zuerst befragen sollten. Mit deren Aussage können wir dann immer noch den Hauptverdächtigen konfrontieren.«

Maria Zoely gab zu, dass es eine bestechende Argumentation war, hielt aber an ihrem Vorhaben fest. »Wir können immer wieder hin und her springen, falls es nötig sein sollte«, gab sie zu bedenken.

Die beiden Verdächtigen trafen nacheinander ein, so dass es möglich war, dass sie sich doch nicht über ihren gemeinsamen Termin ausgetauscht hatten.

Maria Zoely begrüßte sie jeweils freundlich und geleitete sie in die Verhörräume. »Konferenzraum« stand auf den Türschildern.

Im Verhörraum I des Speyerer Kriminalkommissariats saßen dann Maria Zoely und Niclas Dängler dem Hauptverdächtigen gegenüber. Die übrigen Soko-Mitglieder warteten hinter einer einseitig verspiegelten Scheibe.

Staatsanwältin Andrea Steinheufele hatte es sich nicht nehmen lassen, in aller Frühe aus Frankenthal zu kommen. Sie hatte in einer riesigen Tüte Brötchen und Kaffeestückchen (Kranich nannte die süßen Teilchen erfreut »Schneekes«) mitgebracht und dafür viele dankbare Abnehmer gefunden. Selbst Kriminaldirektor Voigtländer aus Ludwigshafen war erschienen. Maria Zoely vermutete, wie die anderen Kollegen auch, dass er weniger wegen des Falls und der Verhöre als vielmehr wegen ihr gekommen war. »Mal sehen, wie sich die Neue so macht«, war auch bei den anderen Beobachtern die unausgesprochene Devise, wenn auch vordergründig der Fall im Blickfeld stand.

Niclas Dängler leitete das erste Verhör ein, indem er den Verdächtigen zunächst über seine Rechte belehrte, wie es vor Vernehmungen Pflicht ist. Er verwies auf den Tatvorwurf, das Aussageverweigerungsrecht sowie das Recht auf Hinzuziehung eines Anwalts.

Maria Zoely hatte die Abzüge der Fotos aus Korbinian Birglbichlers Wohnung dabei und wie ein Kartenspiel in ihrer Hand aufgefächert.

Nun legte sie die Bilder der Reihe nach vor dem Hauptverdächtigen auf den Tisch, ohne zunächst ein Wort darüber zu verlieren.

Sie erntete Stirnrunzeln und Achselzucken als ebenso stumme Reaktion.

»Wir wissen, dass Korbinian Birglbichler diese Fotos als Hinweise in seiner Wohnung deponierte. Wir wissen auch, dass er dies tat, weil er eine – sagen wir mal – Unregelmäßigkeit im Dom beobachtet hatte.«

Weiterhin Schweigen.

»Wir wissen zudem, dass diese Bilder nicht für sich allein stehen, sondern für ein wertvolles liturgisches Gerät, das gestohlen wurde«, ein schneller Blick zu Niclas Dängler, »beziehungsweise gestohlen werden sollte.«

Immer noch keine Reaktion. Dennoch sprach der starre Blick auf die Bilder, der wohl weniger den Motiven oder dem fotografischen Arrangement galt, Bände.

»Wir wissen auch, dass Sie in den letzten Wochen immer wieder im Kloster St. Magdalena gerade diejenigen Unterlagen eingesehen haben, die aus der Zeit stammen, in der Graf von Lehrbach im Kloster weilte.«

Sichtliches Erstaunen seitens des Verdächtigen; Maria Zoely traf ein fragender Blick, aus dem Niclas Dängler ein leichtes Erschrecken herauszulesen glaubte.

»Und wir wissen, dass Sie kein Alibi für die Tatzeit haben.«

Nachdem sich offenbar Widerspruch regte, schob Maria Zoely schnell nach: »... nicht mehr haben.«

Sie genoss im Stillen ihren Triumph, äußerlich jedoch blieb ihr Gesichtsausdruck völlig unbewegt. Sie spielte, so musste es Dängler anerkennen, ihre überlegene und wissende Rolle voll aus.

Unruhe, Hin- und Herrutschen des Verdächtigen. »Was soll das heißen?«

Maria Zoely blickte wortlos auf die undurchsichtige Glasscheibe des Verhörraums.

»Das kann überhaupt nicht sein!«, regte sich ihr Gegenüber auf.

Sie erwiderte nichts. Es folgte wieder dumpfes Brüten seitens des Verdächtigen, das sie ein paar Minuten hinnahm. Dann zog sie einen Briefbogen aus der vor ihr liegenden Mappe, der den Kopf der rheinland-pfälzischen Polizei trug.

»Was würden Sie denn zu der Aussage eines Augenzeugen sagen, der sich eindeutig an eine Person erinnert, die am fraglichen Abend in den Dom hineinging? Sie sind bekannt genug, Speyer ist hinreichend klein, und der Domplatz ist auch in der Nacht momentan gut ausgeleuchtet.«

Schweigen.

Maria Zoely nahm ein weiteres Blatt aus der Mappe, ebenfalls mit dem dreiteiligen Landeswappen in einem Polizeistern.

»Und was würden Sie sagen, wenn es noch eine zweite vertrauenswürdige Aussage gäbe, die unabhängig von der ersten ebenfalls Sie belastet?«

Sie vertiefte sich in die Blätter. »Uns wurde sogar Ihr Name genannt.«

Sie legte das Blatt mit dem deutlich erkennbaren Wappen vor sich auf den Tisch.

Das folgende Schweigen war schier unerträglich.

»Außerdem kann Ihre Freundin nicht zweifelsfrei bestätigen, dass Sie die ganze Nacht bei ihr waren. Sie gab nachträglich zu, irgendwann eingeschlafen zu sein – und einen sehr festen Schlaf zu haben. Wir haben zudem ein mittelschweres Schlafmittel in ihrer Wohnung gefunden.«

Der Besucher schwieg, aber nun sichtlich geschockt.

Maria Zoely legte noch einmal nach. »Ich brauche Ihnen sicher nicht zu erklären, dass wir natürlich auch von Kleidung und mittlerweile sogar von der Haut fremde DNS abnehmen können. Und bei einem dringenden Verdacht ist ein Vergleich mit der DNS eines Verdächtigen sogar angeraten.«

Man konnte förmlich das Knistern in der Luft spüren – und dann den Moment, wie wenn bei einer zu hohen Spannung endlich ein Blitz sich Bahn bricht.

»Es war ein Unfall!«

Damit brach ihr Gegenüber seine Mauer des Schweigens.

Maria Zoely vermied ein Aufatmen, denn das Ziel ihrer Ermittlungen war noch nicht erreicht.

»Es war ein Unfall.« In der Wiederholung hörten sich die Worte der Rechtfertigung noch wie ein Schutzschild an, das der furchtbaren Tat aber den Schrecken nicht nehmen konnte. Auch Zoely konnte diesem Satz, den sie schon vielfach gehört hatte und den sie ebenso vielfach widerlegen konnte, keinen Entschuldigungswert beimessen. Hatte sie noch nie können.

»Sie schaffen es nicht, mir einen Mord anzuhängen. Sie wissen ja nicht einmal, wie es wirklich war!«

Irenäus Neumeling hob den Kopf, schaute erst Maria Zoely an und dann aus dem Fenster, wo der strahlende Herbstmorgen einen starken Kontrast zu der Atmosphäre im Verhörraum bot.

Maria Zoely nickte unauffällig zu der verspiegelten Glasscheibe hin – ein Zeichen für Gerhard Kranich.

»Alphäa hat also geredet«, stellte Neumeling nach einer längeren Pause fest. Er seufzte tief. »Hat sich vermutlich noch nicht einmal etwas dabei gedacht.«

Maria Zoely fixierte ihn mit undurchdringlicher Miene.

»Bertha Hoffmannsberg ...«

Ein Name, der zunächst lose in der Luft hing.

»Bertha Hoffmannsberg war eine Mitarbeiterin des Klosters St. Magdalena, auch in den Jahren 1811 bis 1815. Sie arbeitete vor allem in der Pflege der im Kloster wohnenden Priester, die dort ihren Lebensabend verbrachten.«

Bei der Jahresangabe nickte Maria Zoely wissend. Das hatte ihr am Abend zuvor noch Schwester Alphäa herausgesucht: In diesen Jahren verbrachte Graf Lehrbach seinen Lebensabend im Kloster unterhalb des Speyerer Doms.

»Bertha Hoffmannsberg wurde aus dem Dienst entlassen, wenn man das einmal freundlich ausdrückt, weil sie ein uneheliches Kind erwartete. Das war allerdings nach 1815. Zuvor war sie für die schwersten Arbeiten noch gut genug.

Unter anderem war sie für die persönliche Betreuung von Damian Hugo Philipp Graf von und zu Lehrbach zuständig«, der Name wurde fast ausgespuckt, »der ihr eine ordentliche Entlohnung für die mühevolle Arbeit versprochen hatte. Lehrbach lebte von 1811 bis 1815 im Kloster. Zu der versprochenen Entlohnung ist es nie gekommen.

Nachdem Bertha Hoffmannsberg nicht mehr im Kloster arbeiten durfte, hatte sie mit ihrem kränklichen Kind eine mühevolle Zeit in strenger Armut zu überstehen, was ihr zunächst sogar gelang. Aber sie starb dann rasch in Krankheit und völlig unterernährt. Ihre Tochter musste, weil auch sie keine gute Gesundheit hatte, um einen einigermaßen erträglichen Lebensunterhalt kämpfen, auch, nachdem sie einen Schreiner geheiratet hatte, dessen Handwerksbetrieb mehr schlecht als recht lief. Trotzdem gelang es ihr und ihren Nachfahren, die Familiengeschichte fortzusetzen.«

Nach einer kurzen Pause: »Diese Tochter war meine Ururgroßmutter.«

Ein persönliches Motiv. Maria Zoely wurde vom weiteren Geständnis nicht wesentlich überrascht. Sie hatte die Richtung, die die Erklärung nehmen würde, geahnt.

»Wenn ich sehe, welche Schenkungen Lehrbach dem Dom und der Bibliothek des Priesterseminars machte, wäre es ihm ein Leichtes gewesen, die schwere Arbeit, die Bertha Hoffmannsberg zu verrichten hatte, entsprechend zu vergüten. Wir haben in unserer Familie noch ein paar Briefe und Aufzeichnungen aus dieser Zeit, in denen diese Mühsal niedergeschrieben ist. Auch über die Versprechen des Grafen Lehrbach. Allerdings haben mehrere Rechtsanwälte uns von einem Regressanspruch abgeraten – es sei zu lange her, und wir hätten natürlich keinen Schuldbrief oder eine Schenkungsurkunde oder etwas Ähnliches. Und meine

Ururgroßmutter war weder gesundheitlich noch von ihrem gesellschaftlichen Status in der Lage, einen Gerichtsprozess herbeizuführen.« Neumeling machte wieder kurze Pause, bevor er seine Erklärung fortsetzte.

»Seither schlägt sich meine Familie durch das Leben. Mir selbst war ein Studium nur möglich, weil ich schon als Schüler immer wieder jobbte und später in den Semesterferien selbst Knochenarbeiten übernahm, während meine Mitstudenten sich über das lockere Leben im Studium freuten.« Ein grimmiges Schnauben. »Ich wollte nur den Schaden, den Generationen hatten, endlich ausgleichen. Und wenn man die Arbeitszeiten damals mit entsprechenden Faktoren auf heute hochrechnet, kommt ein stattlicher Betrag heraus.«

»Meinen Sie nicht, dass die Sache schon lange verjährt ist?« Niclas Dängler sprach aus, was auch Maria Zoely durch den Kopf ging.

Irenäus Neumeling machte den Eindruck, als wollte er dem Kommissar an den Hals springen.

»Es ging nicht nur um die Zeit damals. Mein Vater, Handwerker am Speyerer Dom, wurde trotz hervorragender Arbeit entlassen, weil er eine evangelische Frau heiratete. Meine Eltern lebten damals in einem kleinen Ort, nicht weit von hier. Sonntags im Gottesdienst wurden sie namentlich an den Pranger gestellt. Die ach so guten katholischen Kaufleute bedienten meine Eltern schließlich nicht mehr. Meine Eltern wanderten also nach Bayern aus, wo meinem Vater trotzdem Arbeit gegeben wurde, sogar an katholischen Kirchen, die aber weniger auf die sture Einhaltung überkommener Sitten achteten. Mein Großvater, ebenfalls im Kirchendienst, hatte im Krieg dafür gesorgt, dass viele Priester und Kirchen von den Nazis verschont blieben, wurde nach dem Krieg aber krank und prompt ohne Weiteres entlassen. Selbst die guten

Worte der Kirchenleute, von denen einige ihm vielleicht ihr Leben verdankten, hatten bei der Bistumsleitung kein Gewicht. Ich selbst werde, was die Bezahlung angeht, vom Domkapitel an der kurzen Leine gehalten. Eigentlich hätte ich Dombaumeister werden sollen, hatte auch die besten Karten bei der Bewerbung – und was geschieht? Auf einmal kommt jemand, der mit einem Domkapitular privat gut kann – und erhält ohne großes Aufheben die Stelle, auf die ich mich jahrzehntelang mit harter Arbeit, akribischer Planung und unzähligen Fachpublikationen vorbereitet habe.«

Irenäus Neumeling blickte gedankenverloren aus dem vergitterten Fenster.

»Unsere Familie hatte unter der Kirche seit Jahrzehnten zu leiden. Ich wollte endlich Genugtuung haben – und der Kirche einen Denkzettel verpassen. Der Kelch erschien mir als adäquates Mittel, die Familienehre wiederherzustellen. Nach dem Diebstahl hätte ich das Bistums schon wissen lassen, welche Schuld es an meiner Familie auf sich geladen hatte.«

Schweigen im Vernehmungsraum, dann ließ Maria Zoely nur einen Namen fallen: »Birglbichler.«

»Genau, der Birglbichler. Der kam mir ausgerechnet da in die Quere, als ich den vermeintlichen Lehrbach-Kelch endlich hatte. Er muss mich beim Diebstahl entdeckt haben – oder hatte zumindest den Verdacht, nachdem Alphäa ihm wohl von meinen Recherchen im Kloster erzählt hat. Als ich die Schwester gestern Abend neben Ihnen in der Bank sitzen sah, ist mir ein Licht aufgegangen. Birglbichler hatte seine Quelle direkt im Kloster. Er hat zwar nie ausgesprochen, dass er mich gesehen hat, aber er ließ deutlich durchblicken, dass er wisse, dass ich der Lehrbach-Dieb sei. Er hat mir eindeutige Hinweise gegeben, dass er dafür auch Belege hatte.«

»Wann haben Sie gemerkt, dass es nur ein Duplikat war?« Maria Zoely fragte behutsam nach.

»Als der Bischof im Festgottesdienst den Kelch bei der Wandlung in die Fernsehkameras hielt, sind bei mir die Alarmglocken losgegangen. Ich habe sofort einen Goldschmied aufgesucht.«

»Am Sonntag?« Niclas Dängler runzelte die Stirn.

»Ja. Er ist ein guter Freund von mir. Er hat mir bestätigt, dass der Kelch eine gute Replik sei, aber eben nur eine Nachbildung. Aus dem Museum konnte ich schlecht das Original entwenden, also habe ich am Abend noch einmal die Sakristei aufgesucht, um an den echten Kelch zu kommen.«

»Und Birglbichler kam Ihnen mit seiner Orgelbegeisterung in die Quere. Deswegen haben Sie ihn im Dom angegriffen. Oder gehörte seine Tötung als theatralisches Signal auch zu Ihrem Rachefeldzug?« Maria Zoely wollte direkt zum Fall kommen.

Schulterzucken. »Ich habe ihn nicht angegriffen. Außerdem war die ganze Aktion nicht geplant, sondern eigentlich Zufall. Ich wusste ja von Birglbichlers nächtlicher Marotte. Ich konnte aber nicht ahnen, dass ich beobachtet werde. Wäre alles glattgegangen, hätte ich einfach gesagt, ich hätte noch das Bedürfnis gehabt, den Dom nachts zu erleben. Ein Rüffel von der Domhüttenleitung hätte mir in meiner Position nichts ausgemacht.«

»Warum haben Sie Korbinian Birglbichler ermordet?«

Der Verdächtige zuckte zusammen.

»Es war ein Unfall. Noch einmal: Ich hatte nie vor, ihn umzubringen. Ich wollte ihn ins Boot holen, ihm Geld anbieten, aber der Kerl war kirchentreu bis in die Knochen. Er hatte einiges an Wissen zusammengetragen, auch über andere Verfehlungen und Aktionen – und mich direkt im

Verdacht. Er wollte zunächst dem Bischof alles offenbaren, dann der Polizei. Bevor ich denken konnte, dass er vielleicht gar keine handfesten Beweise hatte, sind bei mir die Sicherungen durchgebrannt. Ich war stinksauer und ging auf ihn los. Der wollte mich provozieren, hat mich ausgelacht, weil ich das Duplikat geklaut hatte. Ich habe mich dann nicht mehr halten können – und ihn gestoßen. Er ist nach hinten gestolpert, gefallen und anscheinend mit dem Genick auf der Orgelbank aufgeschlagen. Er war sofort tot, ich hätte ihn nicht auffangen können.«

»Konnten Sie beurteilen, dass er tatsächlich tot war?« Maria Zoely notierte in Gedanken, dass sie sich direkt mit der Spurensicherung in Verbindung setzen musste, um deren Ergebnisse mit Neumelings Aussage nochmals abzugleichen.

»Ich war mir sicher«, beharrte der Verdächtige. »Aber ich wollte keine Lawine lostreten, also habe ich Birglbichlers Leiche auf die Stufen des Königschores fallen lassen, in der Hoffnung, dass mit dem Unfall, der ja nun offensichtlich war, die Sache erledigt ist.«

»Und das Duplikat des Kelchs haben Sie klammheimlich wieder zurückgestellt?«

Nicken. »Schon vorher. Ich habe aus der Sakristei die Orgel gehört und nicht mehr daran gedacht, noch mehr Spuren zu verwischen – geschweige denn, den Schlüsselbund an der Sakristeitür zu entfernen. Ich wollte alles wie einen Unfall aussehen lassen. Was es ja auch war.«

Und was dir auch fast gelungen wäre, dachte Maria Zoely für sich. Aber sie war noch nicht zufrieden.

»Und Jan van Feller?« Maria Zoely blickte dem Architekten in die Augen.

Irenäus Neumeling hob abwehrend die Hände. »Damit habe ich nichts zu tun. Er muss von selbst abgestürzt sein.

Immer wieder hat er solche akrobatischen Mätzchen machen müssen, auch in der Arbeitszeit.«

»Jan van Feller hat eine größere Summe erhalten – war das Schweigegeld?«

Neumeling zuckte mit den Schultern. »Nicht von mir. Wie gesagt, damit habe ich nichts zu tun.«

»Von einem Ihrer Konten, das wir erst gestern entdeckt haben, weil es einer Erbengemeinschaft gehört, die nicht unter Ihrem eigenen Namen läuft, ist ein großer Betrag abgehoben worden. Kurz danach ging ein ähnlich hoher Betrag bei Jan van Feller bar auf dessen Konto ein. Außerdem muss er noch Bargeld gehabt haben. Finden Sie das nicht belastend?«

»Von mir war dieses Geld nicht.«

Maria Zoely, die spürte, dass an dieser Stelle kein Weiterkommen war, ließ die Aussage unkommentiert, stand auf und ging mit Niclas Dängler ins Nachbarzimmer, in dem Neumelings Frau Christiana saß.

»Sie haben Teile des Verhörs mitgehört, ich habe meinen Kollegen«, damit nickte sie Kranich zu, »gebeten, die Aussagen Ihres Mannes hierher zu übertragen.«

Unnötigerweise setzte Dängler hinzu: »Er hat ein Geständnis abgelegt.«

Maria Zoely machte auf das Zeugnisverweigerungsrecht aufmerksam.

Christiana Neumeling-Oberth nickte. «Ich möchte trotzdem aussagen. Ich glaube meinem Mann, dass es nur ein Unfall war. Unsere Ehe war schon am Ende, als er verstärkt mit anderen Frauen anbandelte und schließlich recht offen Verhältnisse begann. Ich habe das irgendwann akzeptiert.«

»Warum sind Sie dann zusammengeblieben?«, fragte Maria Zoely.

»Wir profitierten beruflich ungemein von unserer Ehe, ich will das gar nicht alles ausführen. Aber ich konnte ihm zuarbeiten und gute Kontakte knüpfen, während er mir immer neue Projekte besorgte. Wir haben uns arrangiert. Auch darum machten wir kein Geheimnis. Die Affären meines Mannes wurden schnell stadtbekannt. Daran habe ich mich auch irgendwann gewöhnt. Daher gab es auch keine Komplikationen, bis wir hier in Speyer landeten. Irenäus gab immer wieder vor, wegen des Doms gekommen zu sein, wie ich auch. Irgendwann hat er dann von diesem Kelch angefangen – und das wurde ein manischer Gedanke bei ihm. Er musste ihn haben. Ich glaube, es war für ihn neben der Befriedigung für die Schmach, die die Familie hatte – er hat es Ihnen ja geschildert –, vor allem ein persönlicher Rachefeldzug. Seit wir hier in Speyer sind, hat er sich in diese fixe Idee, die Familienehre wiederherzustellen, hineingesteigert. Ich konnte ihn nicht bremsen – und habe es dann irgendwann einfach aufgegeben.«

Tränen schimmerten in ihren Augenwinkeln. »Vielleicht habe ich gehofft, dass ich mit Korbinian irgendwo ein neues Leben beginnen könnte.«

Maria Zoely wunderte sich, dass die Ehefrau des stellvertretenden Dombaumeisters so gefasst reagierte. Wahrscheinlich hatte sie die Dinge so kommen sehen, wie sie sich letztlich entwickelt hatten.

Christiana Neumeling-Oberth war aber noch nicht fertig.

»Es war bei einem Symposium über die architektonische Gestaltung des Doms und seine Funktion im Wandel der Jahrhunderte. Birglbichler kannte nicht nur die neuesten Ergebnisse der Bauforschung, sondern auch ältere Veröffentlichungen und war an Neuigkeiten immer sehr interessiert. Außerdem war er äußerst sachkundig«, Christiana

Neumeling-Oberth zögerte ein wenig, bevor sie mit verhaltenem Lächeln hinzufügte: »und sehr charmant. Wir haben uns schnell verstanden und Hals über Kopf eine Beziehung begonnen. Da ich noch an der vorhergehenden zu knabbern hatte, habe ich mich anfangs vielleicht damit auch ein wenig zu trösten versucht, aber wir haben uns verstanden, wie ich es noch nie zuvor erlebt hatte.«

»Gab es denn keine Schwierigkeiten für ihn – er war doch Priester?«, warf Niclas Dängler ein.

»Wir hatten unsere Beziehung geheim gehalten; außerdem war Korbinian nicht gerade ein Aushängeschild des Bistums. Dadurch, dass er einen ganz anderen Auftrag hatte als die Verkündigung, stand er medial und pastoral völlig im Hintergrund. Und Speyer hat glücklicherweise seine eigenen Skandälchen, die herumgetratscht werden, so dass das Interesse an der ›grauen Maus im BO‹, wie sich Korbinian gerne nannte, sehr gering war. Korbinian hat selbst immer wieder damit angefangen, dass er ja auch noch andere berufliche Qualifikationen und außerdem auch etwas auf der hohen Kante habe. Aber wir waren beide für so einen Schritt eigentlich noch nicht reif.«

Christiana Neumeling-Oberth dachte nach: »Und er wollte unbedingt diese seltsame Umstrukturierung noch zu Ende bringen, über die er mir nie viel erzählt hat.« Tränen waren ihr in die Augen gestiegen. Sie tupfte sie mit Papiertaschentüchern weg.

»Hat Ihr Mann mit Ihnen über den Tod von Korbinian Birglbichler gesprochen?«

Christiana Neumeling-Oberth schüttelte den Kopf.

Maria Zoely ließ von Gerhard Kranich ein Protokoll anfertigen, das zu unterschreiben war, während Neumeling abgeführt wurde.

»Er hat keinen Anwalt verlangt«, wunderte sich Niclas Dängler ein, »obwohl wir es ihm geraten haben.«

Maria Zoely zuckte die Schultern. »Vielleicht war es ihm bloß wichtig, sich alles von der Seele zu reden.«

»Und wenn er das Geständnis widerruft? Wäre nicht der erste.« Dängler hielt kurz inne, lachte dann. »Wir haben ja zur Not noch die Zeugenaussage.«

Maria Zoely schüttelte den Kopf. Dängler blieb im Gang stehen. »Wie? Nein? War das ein Bluff?«

Er nahm Maria Zoely die Mappe aus der Hand und besah sich die Bögen. Der erste war ein Antrag auf die Bereitstellung einer Spülmaschine für die Speyerer Dienststelle beim Ludwigshafener Polizeipräsidium, der zweite Bogen enthielt die Liedauswahl eines Gottesdienstes für die rheinland-pfälzische Polizei im Speyerer Dom.

Maria Zoely sagte nichts, lief stattdessen einfach weiter.

Niclas Dängler folgte auf dem Fuße. »Oh, Mann. Und was jetzt?«

Maria Zoely sagte nur knapp: »DNS.« Neumeling war bereits eine Probe entnommen worden, die schon auf dem Weg ins Labor war.

Das Labor bestätigte die für die Polizei gute, für Neumeling schlechte Nachricht, dass tatsächlich seine DNS-Spuren im Brustbereich von Birglbichlers Kleidung gefunden wurden. »Leider«, so Birgit Schocke nach dem Gespräch mit Dängler und Maria Zoely, »können wir damit und mit den Fundstellen die Aussage Neumelings, dass es ein Unfall war, nicht zweifelsfrei widerlegen.«

»Was ist mit der Orgelbank?« Dängler hatte in weiser Voraussicht auch dort nachgefühlt.

»Könnte stimmen, wir haben sowohl Partikel von der Haut, den Haaren und der Kleidung Birglbichlers an der hinteren Kante gefunden. Aber wir wussten ja, dass er an der Orgel spielte, also haben wir diesem Umstand zunächst keine Bedeutung beigemessen. Von der Menge her könnte der Tatverlauf so gewesen sein. Auch hier können wir den Unfall also nicht ausschließen.«

»Das heißt, der Sturz auf die Orgelbank könnte tatsächlich so stattgefunden haben?« Niclas Dängler fragte sicherheitshalber noch einmal dezidiert nach.

»Ja.« Die Kollegin aus der Kriminaltechnik nickte. Sie hatte noch etwas auf dem Herzen.

»Eine eventuelle Schuld Neumelings am Tod von Jan van Feller«, sie schüttelte betreten den Kopf, »können wir definitiv nicht beweisen. Wir könnten uns mit dem Papier weiter beschäftigen, aber den Tod nicht eindeutig Neumeling anlasten. Vielleicht schaffen wir eine Druckerzuordnung.«

Maria Zoely blickte Dängler an und meinte dann ironisch: »Freuen wir uns also auf den nun folgenden Papierkram, der zu erledigen ist.«

Dängler erwiderte schlagfertig: »Ich freue mich auch darauf.«

Nachdem Maria Zoely ihn erstaunt anblickte, weil sie ihn eigentlich nie für einen der Bürohengste ihrer Abteilung gehalten hatte, setzte er hinzu: »Weil wir nach dem Abarbeiten des Papierbergs unser ausgefallenes Abendessen bei mir nachholen könnten.«

18

»Wir haben hier auf dieser Erde keine bleibende Stätte ...« Die Worte von Bischof Panifer verhallten in der Speyerer Bernhardskirche. Dann wurde der Sarg mit den, wie es immer so pathetisch heißt, sterblichen Überresten von Domkapitular Korbinian Birglbichler auf einem Holzwagen mit Gummireifen zum Kapitelsfriedhof hinter der Bernhardskirche gefahren. Ein leise quietschender Reifen störte allerdings ein wenig die ansonsten feierliche Zeremonie.

Zuvor hatte im Dom ein Requiem stattgefunden, an dem neben dem kompletten Domkapitel, dem Bischof, dem Weihbischof und allen ehemaligen Speyerer Kapitelsangehörigen auch eine erstaunlich große Anzahl von »Fußvolk«, wie es Gerhard Kranich ein wenig despektierlich nannte, teilnahm.

Bischof Panifer hatte im Requiem, das vom »DICK«, dem »Diözesanen Instrumental- und Chor-Kammerensemble« gestaltet wurde, ein Schreiben des Papstes verlesen, in dem Birglbichler posthum mit den persönlichen Titeln »Päpstlicher Protonotar« und »Monsignore« ausgezeichnet wurde.

Die Soko war komplett angetreten und folgte dem klerikalen Zug zur Beisetzung, an der ebenfalls eine größere Zahl von Schaulustigen teilnahm, die bei der Andacht in der Kirche, aber vor allem auf dem Weg zum Grab die Wege säumte.

Der Bischof hatte es sich nicht nehmen lassen, selbst die Beerdigungszeremonie zu leiten. Das sei er schließlich, so erklärte er noch morgens der Soko in der Dienststelle,

Korbinian Birglbichler, den er persönlich gekannt und geschätzt habe, schuldig.

Er war vorbeigekommen, um den Ermittlern für ihre Arbeit zu danken. Die Sonderkommission war zwar offiziell aufgelöst, aber es gab auch jetzt, drei Tage nach Abschluss der Ermittlungen, noch einen Berg an Akten zu katalogisieren. Außerdem musste der Abschlussbericht geschrieben werden, an den sich Maria Zoely gesetzt hatte.

Bischof Panifer bedauerte, dass der Täter aus dem Umfeld des Doms stammte, auch wenn er froh war, dass es kein Kleriker oder weltlicher Diözesanmitarbeiter war. Er drückte auch seine Bestürzung darüber aus, dass der Tod von Jan van Feller wohl als Unfall abgelegt werden müsste. Er versuchte, der Soko zu erklären, dass es auch eine pastorale Dimension gab, bei Gewaltverbrechen eine Begründung zu finden – »auch wenn das letztlich kein Trost sein kann«.

Maria Zoely spürte, dass der Bischof gern noch ein paar Hintergrundinformationen haben wollte, die sie ihm aber nicht geben konnte und durfte, also umriss sie die Motive des stellvertretenden Dombaumeisters nur knapp.

Der Bischof schien zu verstehen. »Die Kirche hat sich immer wieder schuldig gemacht – in den großen Linien der Welt, aber auch in vielen Einzelschicksalen. Dass sich aus der Wut darüber eine so unkontrollierte Aggression entwickelt, die letztlich mindestens ein Menschenleben gekostet hat, ist unverzeihlich.«

Maria Zoely erläuterte dem Bischof den weiteren Fortgang. Die Staatsanwaltschaft Frankenthal hatte Anklage gegen Irenäus Neumeling erhoben, es war aber zu vermuten, dass er tatsächlich nur wegen fahrlässiger Tötung verurteilt wurde. Hinzu kam erschwerend der Tatbestand der unterlassenen Hilfeleistung – immerhin verfügte er nicht über ärztliches

Wissen; vielleicht wäre Korbinian Birglbichler noch zu helfen gewesen.

Im Todesfall Jan van Feller müsse noch einiges an Energie von den Ermittlungsbehörden aufgebracht werden, deutete Maria Zoely dem Speyerer Diözesanbischof an. Ein wichtiges Indiz sei das Geld, außerdem sei der Abschiedsbrief sowohl sprachlich als auch von der Form – und dann von der Positionierung der Fingerabdrücke – nicht authentisch. Es gäbe Telefonate zwischen Feller und Neumeling, außerdem hatte Jonas van Feller, der Bruder der Toten, einige Hinweise erhalten, die die Schuld Neumelings erhärteten. Trotzdem werde es schwer werden, Neumeling den Tod Fellers als direkte Tötung nachzuweisen. Hier müsse man sich auf einen Gerichtsweg einstellen, der sicher durch mehrere Instanzen gehe und sich ganz stark an den Indizien orientiere. Neumelings Frau würde ein Verfahren wegen Beihilfe erwarten, aber sicher glimpflich davonkommen.

Die Alibis der anderen Verdächtigen hatten sich weitgehend bestätigt; Nuhrus war von einem Mitarbeiter in Himmerod zufällig gesehen worden, ebenso war Kleinschmidts Alibi unanfechtbar. Beide würden noch in dieser Woche ihren Rückzug aus dem Domkapitel erklären.

Die beiden verdächtigen Priester konnten ebenfalls Alibis vorweisen. Der eine würde das Bistum wechseln und hatte eine gute neue Stelle im Norden in Aussicht, wo er am fraglichen Abend auch nachweislich gewesen war.

Das Alibi von Pfarrer Jakob Geissel, der ebenfalls weiter oben auf der Kandidatenliste gestanden hatte, war schwierig zu ermitteln gewesen – und hatte letztlich Daniela Pfeffer einen ganzen Tag Fahrerei beschert. Geissel arbeitete mittlerweile an mehreren Buchprojekten, unter anderem einem Kriminalroman zu einem Toten in der Krypta des Speyerer

Domes, war aber zum Tatzeitpunkt in einer Klinik untergebracht, weil er Herzprobleme bekommen hatte. Da diese Herzattacke ganz plötzlich eintrat, war in der Schnelle niemand informiert worden, daher war auch die Polizei bei ihrer Suche zunächst aufgelaufen. Ein weiterer Grund, das Zölibat bei Priestern noch einmal zu überdenken, dachte Maria Zoely.

Die fundamentalistische Gruppe unter der Führung von Joseph Rüppelt hatte sich indessen aufgelöst. Innere Querelen hatten die kleine Gemeinschaft auseinanderbrechen lassen. Eine verbliebene Splittergruppe hatte zwar jetzt ein Wohnhaus eines der Mitglieder teilweise zum Gemeinde- und Gottesdienstraum umgebaut, hatte sich aber mittlerweile einer anderen Gruppierung angeschlossen, die über Geld und Räumlichkeiten verfügten, wie Krübling herausfand.

Der Priester mit den drei zu alimentierenden Kindern, denen Birglbichler in seiner Sparwut die Zuschüsse gestrichen hatte, war ebenfalls bald ausfindig gemacht worden. Er hatte seine Freundin mittlerweile geheiratet, deren Namen angenommen und in Germersheim eine überregional gefragte Unternehmens- und Organisationsberatung aufgebaut. In der »Jubiläumsnacht« war er mit Geschäftsfreunden an der Ahr, um eine erfolgreiche Insolvenzabwendung zu feiern. Dafür gab es viele Zeugen, auch einige nüchtern gebliebene.

Nun stand der Bischof am offenen Grab in dem Feld, in dem die Mitglieder des Domkapitels bestattet wurden.

»Hier liegen keine Bischöfe«, wunderte sich Dennis Krübling, der seine Hirnfehlfunktion gleich selbst bemerkte. »Ach ja, die liegen ja im Bischofschor im Dom.«

» ... wer an mich glaubt, wird leben, auch wenn er stirbt, und jeder, der lebt und an mich glaubt, wird in Ewigkeit nicht sterben.« Zu diesem biblischen Zitat wurde der Sarg von Korbinian Birglbichler herabgelassen.

Erde wurde auf den Sarg geworfen, Weihwasser gesprengt, eine kleinere Schar an Trauergästen verabschiedete sich mit Blumen von dem Domkapitular, der vielen so fremd geblieben war.

Matthias Birglbichler durfte an der Beerdigung teilnehmen, war aber in Begleitung zweier bayerischer Polizisten in schwarzer Kleidung, die schon vor der Trauerfeier witzelten, dass sie bei diesem massiven Polizeiaufgebot bei der Beerdigung selbst eine Sightseeing-Tour durch Speyer hätten machen und danach ihren »Betreuungsfall« wieder in Empfang nehmen können.

Auf dem Weg zurück zu den Autos fragte Maria Zoely ihren kirchlich engagierten und informierten Kollegen Gerhard Kranich: »Wie wird es denn jetzt im Domkapitel weitergehen?«

»Na ja, die Stelle von Birglbichler wird nicht mehr besetzt werden. Nachdem die Katze aus dem Sack gelassen wurde, hat sich wenigstens diese Frage schnell gelöst.«

Er lachte. »Apropos Katze aus dem Sack. Hat jemand von euch den Bischofssekretär Hammes gesehen, der immer um den Bischof herumgeschwänzelt ist?«

Allgemeines Kopfschütteln. Maria Zoely war aufgefallen, dass er bei der Feier den Bischof nicht begleitet hatte, wie es seine Aufgabe gewesen wäre.

Kranich grinste, seine Frage war rein rhetorisch gewesen. »Es hat sich mittlerweile herumgesprochen, dass Hammes die undichte Stelle im Bischofshaus war, die der Presse die Informationen gesteckt hat. Angeblich aus Frust. Er hatte ja schon seit drei Jahren an einer Dissertation in Mainz gearbeitet. Jetzt hat sich herausgestellt, dass fast das gleiche Thema vor wenigen Wochen in Regensburg als Doktorarbeit veröffentlicht wurde. Also konnte er seine ganze Forschung in den Müll werfen. Und weil der Bischof mit dem Wegfall des Promotionsstudiums ihm auch die Stelle als Sekretär aberkennen und ihn in eine verrufene Landgemeinde schicken wollte, hat er aus Rache noch schnell die Presse angespitzt.«

»Was wird er jetzt tun?«, wollte Niclas Dängler wissen.

»Angeblich hat er eine Volontariatsstelle bei derselben Zeitung, die von ihm auch die Informationen bekommen hat«, wusste Kranich.

»Ah, da wäscht auch eine Hand die andere.« Maria Zoely schüttelte bei so viel Verquickung nur den Kopf.

Kranich sah sie grinsend von der Seite an. »Es wird noch besser. Neuer stellvertretender Dombaumeister wird ein Studienkollege des Generalvikars.«

»Ach.« Niclas Dängler staunte. »Die Vetternwirtschaft nimmt ja kein Ende.«

»Apropos.« Maria Zoely blickte sich um und musste unwillkürlich grinsen. Ines Deutermann, die Nachbarin von Birglbichler und ursprünglich auch auf der Liste der verdächtigen Personen, hatte wohl eine private Entwicklung erlebt – und wurde vor dem Friedhofstor von einem Mann etwa ihren Alters mit Kuss empfangen, der ihr die Wagentür aufhielt und mit ihr davonfuhr. Diese Beziehung, die in der Tatnacht nachweislich vertieft wurde, war ebenfalls erst jetzt geklärt worden, nachdem sich herausstellte, dass Ines Deutermanns Liebschaft noch verheiratet war und deshalb zunächst nicht als Zeuge genannt werden wollte.

Ronald Thaler von der Unternehmensberatung McKenzie hatte ebenfalls ein stichhaltiges Alibi. Er war am betreffenden Abend bei einer außerordentlichen Versammlung von Betriebsmitarbeitern einer Baufirma gewesen, an deren gewinnbringender Zerschlagung und Auflösung er maßgeblich beteiligt war. Nach der Versammlung konnte er nicht mehr heimfahren, weil Unbekannte sein Auto mit schnelltrocknendem Beton ausgefüllt hatten. Bei der Polizeidienststelle, bei der er eine Strafanzeige hatte aufgeben wollen, arbeitete aber der Schwager eines der im Zuge der Zerschlagung entlassenen Vorarbeiters, der ihn stundenlang schmoren ließ. Nachdem Thaler wegen der Langsamkeit einen Tobsuchtsanfall bekommen hatte, hatte der Polizist erst einmal genüsslich die zertrümmerte Büroeinrichtung aufgelistet, die Staatsanwaltschaft informiert und Thaler in die Ausnüchterungszelle verbannt.

Nachdem sich der Fall der Ziellinie näherte, hatte Maria Zoely auch wieder Zeit und Nerven, ihr sogenanntes Privatleben zu ordnen – und hatte sich am Abend vor der Beisetzung Birglbichlers noch mit Florian in Mainz getroffen, um die Fronten zu klären. Sie war erstaunt, dass sie gerade dieses Treffen gebraucht hatte, um diese Beziehung endgültig ad acta zu legen.

In Speyer würde sie sich wohl fühlen. Immerhin hatte sie vor der Beerdigung noch eine Altbau-Wohnung in der Innenstadt besichtigt, die ganz ihrem Geschmack entsprach – und sich mit den Erträgen auf ihrem Girokonto finanzieren ließ. Sogar ein nicht allzu weit entfernter Stellplatz für ihren geschätzten Opel Kadett fand sich.

Der Kriminaldirektor war voll des Lobes für ihr geschicktes Taktieren und den erfolgreichen Abschluss des Falls, der in der ganzen Pfalz für großes Aufsehen gesorgt hatte. Sie war für das »heute journal« interviewt worden, was für den Kriminaldirektor ein gutes Argument war, dass sie nun als das »neue Gesicht der Kriminalpolizei Speyer« keinen Rückzieher machen durfte. Außerdem war die Anfrage gekommen, den

Fall im Rahmen eines neuen »Tatorts« fernsehtauglich aufzubereiten. Das Domkapitel verweigerte allerdings vorab die angefragte Drehgenehmigung im Dom.

Ihren Ausstand im Priesterseminar musste sie noch geben – aus Dankbarkeit für die sensible Behandlung der Materie hatte der Bischof höchstselbst die Mietforderung unter den Tisch fallen lassen und Maria Zoely noch einen weiteren Monat kostenfreie Logis zugesagt.

Es würde ihr ein wenig schwer werden, den Tag ohne das gemeinsame Frühstück und die angeregten Diskussionen im Priesterseminar zu beginnen. Der Regens des Priesterseminars hatte sie aber eigens dazu eingeladen. »Außerdem sind wir bald im umgebauten Bistumshaus St. Ludwig in der Innenstadt, da wird für Sie der Weg viel kürzer.«

Maria Zoely seufzte – und spürte dann einen Arm in ihrer Seite. Niclas Dängler hatte sich mit einem aufmunternden Lächeln bei ihr untergehakt.

»Was gibt es zu seufzen? Machen wir uns doch einen schönen Nachmittag und Abend.«

Maria Zoely lächelte zurück. Vielleicht war dies wirklich der Beginn einer wunderbaren Freundschaft? Man würde es sehen.

Auf jeden Fall hatte es sich für sie gelohnt, dachte Maria Zoely, dem Ruf Goethes in seinem »Götz von Berlichingen« zu folgen, in dem es heißt: »Macht euch auf nach Speyer.«

Bitte beachten Sie unsere
Inserenten auf den folgenden Seiten.

Vielen Dank!

Hännse ebbes gege Schnooke?
Seh isch so aus?
NEU
HUSTEN BONBONS
BOISELLE 665 B
... dääden Se mool besser uns frooge!
HAUCK
Fliegengitter
www.fliegengitter-hauck.de

Anzeige